젊은 여자는 살아남는다

젊은 여자는 살아남는다

차례

해설

황유지(문학평론가)

청담

늘 목이 마르다.

화장은 엉망으로 뭉치고 번졌다. 브래지어 끈과 블라우스 사이로 흐른 땀이 증발돼, 더운 와중에도 등이 선득한 느낌이 든다.

데오드란트를 뿌렸음에도 흠뻑 젖은 겨드랑이가 민망하지만, 발을 반자동 기계처럼 앞으로 계속 옮기고 있다. 누군가 허리 위를 통째 잘라 은쟁반 위에 올려놓은 것 같다. 중간중간 멈춰 서, 어깨에서 계속 미끄러지는 핸드백 체인을 추켜올리는 것도 지쳤다. 온몸의 피부 밑에서 열이 차오르고 있다.

귓구멍을 이어폰으로 틀어막고, 부지런히 전진한다. 이미, 학동사거리 대로에서부터 압구정까지 행군하듯 걸어왔다.

길은 핏줄처럼 어디든 뻗고, 어디로든 연결된다. 길을 걷다 보면 갓 태어난 아이 같은 느낌이 든다. 양발은 호흡기가 되고, 피부는 공기에 녹는다. 모든 냄새, 소리, 사물과 시간과 공간이 세포 사이사이로 젖어들어, 온몸에 흡수된다. 나는 걸으면서 길의 맛을 보고, 땅의 맥을 잰다. 향수와 된장찌개와 아기 젖내와 하수구 내가 섞인 공기가 투명해진 내 뼈와 살과 피를 이룬다. 걸을 때는 머리 아픈 생각도, 오만한 자아도 사라진다. 무심히 스쳐 온 타인들의 삶을, 문득 멈춰 서 잠시 들여다보게 된다. 격랑 일던 마음은 잔잔히 가라앉는다. 걷는 동안 나는 자신을 잃어, 스스로 낫는다.

맞은편에서 한 여자가 확신에 찬 걸음으로 걸어온다. 레깅스에 상의는 헐렁한 회색 후드티, 레이밴 선글라스에 가방은 샤넬 도빌백 라지.

나이는 가늠할 수 없다. 미성년자는 아니지만 이십 대 초반이래도 믿기고, 어떻게 보면 삼십 대 후반 같기도 한, 신비로운 얼굴이다. 여자의 얼굴은 예쁜 가면 같고, 여자에게선 비누를 흉내 낸 비누 향수 내가 난다.

여자의 얼굴엔 전형적인 한국인의 특성이 없다. 광대뼈와 턱뼈는 미끄럽게 갈려 있고, 피부는 옥을 문질러 닦은 듯 창백하고 투명하다. 앞턱은 손가락으로 꼬집은 찰흙 덩이처럼 뾰족하며, 이마는 어린애처럼 볼록하다. 그녀가 발을 옮길 때마다, 가슴팍의 타원형 덩어리 두 개가 걸음과 엇박으로 움직인다. 한 뼘밖에 안 될 허리가 버티기엔 버거워 보인다.

난 저런 여자가 되고도 싶었다.

서울이라는 도시는, 젊고 대중적인 관점에서 예쁜 종류의 여자에게 지름길을 제시한다. 이것에 대해 많은 사람들이 풍문으로 알고 있다. 하지만 이 거대한 공모의 장에 뛰어들어 본 여자나, 실상을 정확히 아는 남자와 여자는 별로 없다. 이 산업에 뛰어든 앨리스들이 비극적 사연을 갖고 있다거나, 자신을 수치스레 생각한다는 건 딜떨어진 남자들의 희망이자 그런 남자들의 애정을 원하는 여자들의 추측이다.

여자애들은 SNS에 떠도는 앨리스들의 사진들을 보며 〈하루 종일 알바해 봤자 3, 4만원… 솔직히 부럽다〉 〈21살. 서울. 스폰 원해요〉 같은 글들을 인터넷에 올린다. 한국에서 미모와 젊음은 지능과 재능처럼, 아니 그 이상의 이윤을 창출하는 것처럼 보인다. 돈이 벌리면 찬양의 대상이 되고, 찬양을 받으면 돈을 벌 수 있다. 여자애들은 사회의 룰에 충실할 뿐이다.

물론 이성애자 커플이 이루는 4인 가족만을 인정하는 건전 사회는, 앨리스의 존재를 겉으론 부정한다. 경험해본 결과, 매춘은 단기 아르바이트로는 꽤 괜찮았다. 단지 그 일을 현실적으로 오래는 할 수 없을 거란 계산과, 사회가 용인해 주는 일을 해야 한다는 인정 욕구가 내가 그 일을 직업으로 택하는 것을 막았을 뿐이다. 직업은 단순한 이윤 창출의 수단을 넘어, 사회가 개인에게 발부하는 신분증이니까.

토끼굴엔 발만 삐끗하면 누구나 빠져들어 갈 수 있다.

내심 가장 기대를 걸었던 입사 면접에서 떨어진 직후,

난 핸드폰으로 성인 인증만 하면 바로 볼 수 있는 19금 바 알바 사이트를 보고 있었다. 신세계였다. 애매한 표현으로 기술된 (표면적으론) 모던바, 선전 문구가 더 직설적인 룸살롱, 무슨 일을 해야 되는지 알 수 없게 몇 줄 얼버무린 '방석집', 생각보다 시급이 세 놀란 보도방(이 말의 어원이 '보지 도매'라는 걸 아는 사람이 많을까?)과 키스방, 타임이 짧아 좋다는 코스프레 콘셉트 방, 심지어 유신시대에 사라진 줄 알았건만 조악한 한복까지 입고 일하는 요정까지, 매춘업소라는 것은 이 나라에 버라이어티하게도 존재했다.

결론적으로, 난 그 세계에서 짱돌이었다. 수석의 조각조차 안 됐다. 반면 나를 스쳐 지나가고 있는 여자는 보석이다. 여자는 나 같은 짱돌보다 훨씬 권력이 있다. 여자는 인스타그램에 셀피(selfie)를 올린다. 여자는 호텔 창가, 고급 외제차 운전석, 비싼 편집 숍, 휴양지의 풀장에서 카메라를 보며 웃는다. 나를 포함한 평범한 여자들은 열망한대도 될 수 없는 삶을 그녀들은 산다. 꽃처럼 아름다운 여자들. 그러나 꽃은 시들면 버려진다.

왜 그런 길을 택했나요?

여자에게 묻는다면 내 마음이죠, 답할 거다. 그러나 자본주의 사회에서 앨리스가 가질 수 있는 순수한 자발성이란? 앨리스는 타인의 욕구와 요구에 따라 만들어진다.

매슬로(Maslow) 욕구 위계까지 운운하지 않아도, 그 욕구가 인간 욕구 중 가장 밑바닥에 위치한 것임은 누구나 안다. 그녀는 나쁘지도, 더럽지도 않다. 오히려 그 반대에 가깝다. 한 사회에 팽배한 주의(ism)에 충실히 따르는 이들은 반기를 드는 이들보다 건전하고 건강하다. 그녀들은 자신의 자산을 활용해, 사회가 샛길로라도 허락해 주는 방식으로 돈을 벌 뿐. 부당 이득을 취하는 포주라는 중간상의 존재 말곤, 이 단순한 자본주의 원리가 위반하는 건 아무것도 없다.

그러나 실은, 저 아름답고 당당한 여자보다 더 되고 싶은 것이 있었다.

사회가 찬양하는 이데올로기 자체를 육화시킨 존재보다는, 내 생각이 만든 의지로써 원하는 삶을 살아가는 인간.

나는 언제나 사람들의 눈동자 뒤에 있는 것을 보고 싶었다. 모든 이해할 수 없는 것에 왜, 라고 말하고 싶었다. 이를테면 자인, 처럼.

자인은 내가 생각하기에 가장 살아 있는 존재였다. 이데올로기와 좀비가 아니었다. 눈빛은 부드럽고 음성은 나직했지만 말투는 단호했다. 자신을 찬양하지도, 비하하지도 않았다. 그 애는 누구의 도움도 없이 자신의 꿈을 이루려 했고, 그러고 있다. 난 세상이 찬양하는 아름다움의 화신이자 눈앞에 있는 여자보다, 일만 오백이십육 킬로미터 떨어진 자인의 살과 뼈를 더 강하게 느낀다.

하지만 나는 자인이 될 수 없었다. 자인의 지하드(jihad), 성전(聖戰)을 숭배했지만, 차라리 여자의 삶을 간신히 모방해야 했다. 이곳은 시카고가 아닌 서울이므로.

생존은 이즘보다 강하다. 나는 이 세계에 나를 팔아 살아남을 것이고, 거기에 별로 불만이 없다.

구 팀장을 다시 보는 일은 없을 것이다.

그날 아침, 학동사거리의 신생 PR 대행사엔 일찌감치 도착했었다. 한 시간이 지나자 콧노래를 부르며 웹서핑을 하던 경리 여자애, 송희는 수화기를 내려놓고, 헬륨 가스를 머금은 듯한 목소리로 "구 팀장님 거의 다 오셨대요." 했다.

송희가 자리에서 일어났을 때, 보았다. 나보다 훨씬 일찍 사회생활을 시작한 여자애의 피로와 고단과 권태가 밴, 하지만 동시에 흐느적대는 동작에서 보이는 은근한 자부심 같은 것. 회색 유니폼 치맛단은 구겨져 있었고, 허리에서 비어져 나온 셔츠는 끝단이 누랬다. 통굽 슬리퍼 위 종아리는 잦은 면도로 모공각화증이 일어나 있었다.

팬시점에서 파는 싼 발목 양말 한쪽엔 구멍이 났다.

"미팅이 길어져 좀 늦었네요."

통통한 남자는 창고 같은 좁고 지저분한 회의실에 오도카니 앉아 있던 내게 미안하다 하지 않았다. 오동통한 손가락은 달큰한 내를 풍기는 바닐라 라테 잔을 움켜쥐고 있었다. 순간, 역했다.

나는 백육십오 센티미터에 사십칠 킬로그램이다. 살이 찌는 게 싫다. 두렵다. 추해지는 것, 더 정확하게는 이 사회에서 추녀라 각인되는 것이. 그렇다고 토하는 건 몸에 나쁘고 금전적으로도 낭비니, 저녁 여섯 시 이후로는 새우처럼 허리가 꺾이게 배가 고파도 물만 먹고 참는다. 오래전 나도 구 팀장 같은 몸을 지녔던 적이 있었다. 그때 난 자신을 크고 무감한 바윗덩어리라 끊임없이 세뇌시켰다. 앞머리 없는 단발로 얼굴을 가리고, 시선은 늘 발끝에 두고, 귀는 이어폰으로 틀어막은 채 누구와도 눈을 마주치지 않았다. 둔중한 표정을 짓고 있었지만, 안에서는 늘 비명 지르고 있었다. 다시는 그때로 돌아가고 싶지 않았다. 몸뚱이의 지방과 과거의 기억은 비슷하다. 나는 꼬리 자르고 달아나는 도마뱀처럼, 무거운 모든 걸 지니지 않고 버림으로써 산다.

구 팀장의 살찐 게 다리 같은 허벅지에 시선이 갔다. 얇은 양복바지가 타이트하게 말려 올라가, 물컹한 사타

구니 윤곽을 역력히 드러냈다. 하지만 미쉐린 타이어 캐릭터 같은 몸피와 상반되는 날카로운 눈빛, 문외한인 내가 봐도 고급스러운 슈트는 그가 만만한 인물은 아님을 전해 왔다.

"좋은 학교 나오셨네요. 근데 왜 우리처럼 갓 만든 작은 회사에 지원했을까?"

나는 심호흡을 한 번 했다.

"올여름까지 잡지사에서 인턴으로 근무했습니다. 그때 기자들과 협조하며 늘 밤낮으로 분주히 일하시는 홍보대행사 분들에게 매우 좋은 인상을 받았었고, 언론홍보라는 직무 자체에도 큰 매력을 느껴 이렇게 지원하게 되었습니다. 졸업 후 기자 아카데미도 수료한바 있고요."

"말하는 게 그쪽 공부한 사람답네."

베일 것처럼 날카로운 명함엔 '구선일 AE, CP PR executive producer'라 금박으로 적혀 있었다.

구선일 AE는 단단한 사무의 세계를 대변했다. 전화벨 소리, 신경질적인 외침들, 아직 못 알아듣겠는 업계 현황에 대한 농담들, 이에 따르는 간헐적이고 건조한 웃음들이 그의 등 뒤에서 파도처럼 밀려왔다. 난 그 세계에 속하고 싶었다.

구 팀장이 내 이력서에 눈을 떨어뜨리고 있을 때, 면접실을 찬찬히 둘러보았다. 얼룩진 화이트보드, 받침대에 떨어진 시커먼 유성 매직 가루들, 경제 잡지와 일간지들과 각종 팸플릿이 산란하게 펼쳐진 원형 테이블, 소형 캐논 복합기, 물때가 껴 보이는 정수기, 파란 사무실용 휴지통. 이 모든 것들에 어떤 이상한 애정이 일었다.

구의 검지가 내 이력서를 톡톡 두드렸다.

문득 구 팀장의 손가락이 내 다리 사이를 기어 올라가, 좁은 치마 틈 사이로 이리저리 움직이는 상상이 들었다.

굵직한 손가락들이 내 팬티 속을 비집고 들어간다. 구는 손을 꺼내 제 엄지와 검지에 묻은 투명하고 점성 있는 액체를 본다. 아득해진 난 구를 올려 보지만, 권력자의 눈동자는 무거운 철문처럼 닫혀 있다. 구는 내 팔을 잡고 일으켜 원형 테이블 모서리에 밀어붙인다. 타이트하게 붙어 있던 내 정장 치마가 힘겹게 걷어 올려진다. 그의 둥실한 아랫배가 내 꼬리뼈에 닿는다. 드러난 허벅지에 닿는 테이블이 차다. 나는 불안한 상태에서 기대한다. 이윽고 언제나 불편하지만 짜릿한 첫 마찰이 올 때, 짧은 탄성이 나온다.

상상을 멈춘 난 구 팀장에게 미소를 지어 보였다. 구 팀장의 작은 눈동자가 약간 흔들렸다. 그는 눈을 맞춘 채 천천히 말했다.

"…이 업계에서 신입의 일은, 들어 본 적 있을지 모르겠지만 뉴스 클리핑부터 시작합니다. 야근하는 선배 AE

들의 커피 심부름부터, 날파리 같은 작은 언론사 기자들의 전화에 하나하나 응대하는 일까지 모두 막내 몫이죠."

"그건 제가 잡지사에서 인턴으로 일할 때 수행했던 업무들이기도 합니다. 얼핏 잡무 같아 보이는 일들도, 신입에게는 향후 업무에 꼭 필요한 내용이기 때문에 할당되는 것이라 생각합니다."

"그건 그렇죠."

"또한 가장 기초라고 여겨지는 일부터 밟아 나가는 것이, 신입에게는 전체 업무를 조속히 파악하고 숙지하는 밑바탕일 거라고도 믿습니다."

구 팀장은 무미건조하지만, 무게감 있게 고개를 끄덕였다.

모든 면접은 중개자 없는 매춘이다. 우리는 밥과 빵을 얻기 위해 자신의 어떤 것을 팔아야만 한다. 자신의 무언가를 거래하지 않으면 세상에 들어갈 수 없다. 그것이 재능이건, 총기건, 지력이건, 젊음과 매력과 성기건.

조신한 여자 신입처럼 보이도록 베이지와 핑크를 섞어 바른 립스틱 탓에 입술이 바짝바짝 말라 왔다. 목까지 탄다 생각하는데, 구 팀장이 순간 몸을 숙여 내 눈동자를 깊숙이 들여다봤다.

"혹시 남자 친구 있나요?"

"아, 아니오. 없습니다."

"달리 궁금한 건 아니고, 소위 홍보녀라 불리는 내 동료, 후배 들은 있는 남친과도 헤어지는 게 일이라."

당사자성 없는 한숨을, 구는 쉬었다. 한숨의 주체가 돼야 하는 건 잦은 야근과 주말 근무 때문에 있는 남친과도 헤어져야 하는 여자들이지, 상사인 그의 입장에서는 장점이 더 많은 일일 것 같았다.

"우리 일은 밤낮이 없죠. 큰 이벤트 준비하다 보면 매번은 아니지만 밤 새는 것도 예사고. 쉴 때도 그냥 쉬는 게 아니라 다음 행사 때는 어떻게 피알 할지 끊임없이 생각해야 돼요. 그런 점은 괜찮은가요?"

아뇨! 야근이라면 딱 싫습니다. 적은 돈을 받아야만 한다면 아침 아홉 시부터 저녁 여섯 시까지 오차 없이 일하고, 가차 없이 퇴근하고 싶어요. 그게 노동자의 권리잖아요. 아무리 그럴싸한 말을 덧붙여도 사무 노동자는 하나의 나사에 불과하죠. 볼트와 너트에게 충성심까지 기대하지 마세요. 저는 철저한 부품이 될래요.

―라고 생각하며, 난 미소와 함께 답했다.

"솔직히 하루도 빠짐없이 야근한다면 체력 문제도 있고 곤란하겠지만, 어느 정도의 야근은 신입이라면 감내해야 할 부분이라고 생각합니다. 일단 업무를 익혀 팀워크에 지장 없도록 하는 것이 최우선이겠죠."

구 팀장은 여전히 알 수 없는 눈으로 날 응시했다. 많은 섹스를 해 왔지만, 남자들의 눈빛은 거의 하나라고 생각했지만 이 남자의 눈은 닫혀 있었다. 나는 토실토실한 구의 허벅지에 얼굴을 묻고 입으로 해 주는 상상을 했다. 왜냐고? 다시, 면접은 중개자 없고, 섹스 없는 매춘이니까.

"만일 합격하시면 출근은 언제부터 가능하죠?"

구 팀장의 말에 정신이 들었다.

"바로 나올 수 있습니다."

그는 뻔한 손짓으로 이력서에 뭔가를 연필로 끼적였다.

어차피 통근 거리와 즉시 출근 가능 여부는 당락에 결정적인 영향을 주지는 못한다. 특히 이런 총인원 열 명도 안 되는 회사라면. 면접자가 하는 필요 이상 딱딱한 액션은, 그들이 구직자보다 상대적 우위를 점했다는 어필일 뿐.

그곳을 나서며, 나는 실무, 경영, 인사까지 아우르는 만능 팀장 구선일의 축축한 손을 잡았다. 형식적 배웅을 해 주던 그는 입구의 자동 유리문이 닫히기 전, 내가 긴가민가한 착각이라 스스로를 속일 수 있을 정도의 찰나로 내 손바닥을 가볍게 긁었다.

매번은 아니지만, 처음 겪는 일도 아니었다. 그 회사에 붙더라도 내가 구 팀장과 잠자리하는 일은, 나나 그의 머릿속이 아닌 공간에서는 절대 벌어지지 않는다. 나만큼 그도 잘 알고 있을 터이니, 소위 성적 수치심이란 걸 느낄 필요는 없었다.

소위 좌절되고 허무한, 수컷의 흔한 번식 시도. 이것을 안쓰러이 치부하고 뇌에서 치워 버릴 수 있을 정도만큼은 난 강하다. 나 아닌, 나 같은 젊은 여자들도 마찬가지일 것이다. 젊은 축의 여자들은 이 분야에 다 맷집과 굳은살을 갖고 있다.

열 시간쯤 뒤, 구 팀장이 말했던 남자 친구 잃은 홍보녀인 듯도 한 여자가 전화를 걸어 왔다. 피로가 더할수록 기를 쓰고 목소리 톤을 올리는, 책상에 오래 앉아 일하는 여자들 특유의 시큼한 목소리.

─구 팀장님이 대략적인 얘기 안 해 줬나요? 면접 때.

─들은 바 없는데요….

수화기 속 여자는 입을 다물었다.

세계의 거대한 공모.

채용 사이트들과 면접관들 모두, 북핵 관련 기밀이나 된 양 조개처럼 입 다물어 버리는 사인이 있다. 신입사원의 연봉이다. 불합리하고 치사하다는 비난들조차 의미 없이 느껴질 정도로, 이 비상식적인 행위는 이미 한국 구직계에서는 상식이 됐다.

— 인사 담당자가 아니라 정확히는 모르겠지만, 신입 AE들 평균 생각해 보면 천팔백 정도로 책정될 것 같네요.

— …네.

천팔백만 원, 그게 반듯한 사무의 세계가 내게 매기는 몸값이었다.

시작은 미약하지만, 결국 성공적으로 커리어를 이끌어 갈 홍보대행사 여성 AE의 미덕은? 활달하면서도 여성성을 벗어나지 않고, 화려한 PR 세계에서 주눅 들지 않을 정도로 충분히 예쁘지만, 신뢰감을 주도록 야하지는 않으며, 쾌활하지만 가벼워 보여서는 안 되고, 세련되면서도 사치스럽게 보이지는 않아야 하겠지.

짧은 인턴 생활과 수십 번의 면접을 거치며 느낀 점은, 이 사회는 신입, 특히 여자 신입사원에겐 다층적인 역할을 원한다는 거다. 나는 영화에서처럼 교차하는 레이저 선을 이리저리 통과한다. 그러는 동안 내 몸은 조각조각 부서지다 결국 스테인드글라스의 한 조각이 된다. 부서진 조각인 나를 흡수하는, 속내를 얼핏 비추는 듯해 코를 대고 들여다보면 모든 것이 아롱져 버리는 두꺼운 유리의 세계. 부서진 조각이 돼 모자이크를 이루는 것이 사회화, 난 그 고통을 감내해야 한다.

사회에서 직업이란 그 자체로 한 인간의 신분증이고,

정확히는 그가 노동을 통해 받는 돈이 얼마인지이다. 돈으로만 따지면 이 사회는 매춘녀인 나를 사무직녀, 홍보녀인 나보다 훨씬 고평가한다. 하지만 낮에 당당히 꺼내 들 수 있는 명함은 전자가 아닌 후자인 것이다. 즉 사회는 액수와 명목, 모두를 원한다. 사회의 간계 앞에 난 때로 망연해졌다.

　―안 그래도 구 팀장님이 유리 씨 스펙으론 우리 회사가 눈에 안 찰 거라 하긴 했어요.

　―그렇다기보단….

　―그럼 내일부터 출근 가능하신 거죠?

　'1800'이란 숫자가 내 명함이 되게 할 것인가.

　구 팀장은 내 연기에 속아 넘어간 모양이었다. 면접에서 난 연기를 해 왔다. 이 직종이면 안 된다는 진심이 없으니, 연기는 더 쉬웠다. 진심이 들어가면 행동은 부담스럽게 구질구질해진다. 담백하지만 그 회사만을 전생부터 원해 왔다는 느낌이 얼핏얼핏 내비치도록만 군다. 연기는, 나름대로 즐거웠다.

　그때껏 내 연기는 억울하게도 대체로 저평가받아 왔다. 한국의 사대 로펌 중 한 곳에 변호사 비서 면접을 갔을 때는 옛날 드라마 〈청춘의 덫〉의 심은하의 차림새를 벤치마킹해, 파스텔 톤 치마 정장을 입고 생전 처음 머리망까지 했다. 화장품 회사 홍보직 면접에서는 테헤란로를 학다리로 가로지르는 커리어 우먼을 이미징하며, 착 달라붙는 바지 정장을 입고 가 내가 아는 최대한 세련된 미소를 지으려고 노력했다. 공교롭게 면접은 같은 날 다른 시간이었는데, 오전에 본 비서직 면접자는 내가 명석하지만 비서로서는 자기주장이 다소 강할 것 같다고 했으며, 오후에 본 홍보직 면접관은 "홍보 일을 하기에는 유리 씨는 너무 여성적인 것 같다"고 평했다. 얼마나 내 몸을 잘게 부숴야 할까?

얼굴 없는 여자는 애 달래듯 말했다.

— 이 업계는 다른 업계와 많이 달라요. 규모와 클라이언트 수가 정비례하지 않죠. 우리 회사는 올 상반기에만 작년 대비 매출이 삼백 퍼센트 상승했고, 클라이언트 사도 다섯 배쯤 늘었어요. 업계에서도 이건 괄목할 만한 수치에요. 입사한다면 몸은 분명 고될 거예요. 하지만 피알 업계 초입자로서 배울 점은 정말 많을 거란 건 장담할게요.

좀 버티다 설령 인하우스로 이직하더라도, 서울대 언론홍보 갓 나온 신입보다 우리처럼 소규모라도 빡센 홍보대행사 일 년 버틴 중고 신입을 더 쳐 준다니까요, 비기라도 읊듯 신난 여자의 말을 난 끊었다.

— 그 말씀인즉슨, 일 년 간신히 버티고 일반 회사 홍

보 부서로 이직 원하는 사람들이 많다는 말씀인가요?

— 아.

잠시 말문이 막혔지만, 그녀는 뱀처럼 매끄럽게 넘어 갔다.

— 말이 그렇다는 거죠.

이젠 반박하지 말라는 듯, 여자는 구 팀장의 화신인 듯 몸담은 회사의 비전을 장황하게 읊었다. 하지만 직원들 이 자기 회사에 대한 칭찬을 늘어놓을 때, 어조에는 어김 없이 엷은 권태가 배어 있다. 난 그 점을 약간 애틋한 심정 으로 캐치했다.

— 신입 입장에서도 힘들더라도 배울 게 많은 회사가 좋다고는 생각합니다.

— 유리 씨 학점도 좋고 좋은 학교 나왔던데, 패기도 있네요. 팀장님이 낙점하신 이유를 알겠어요.

대부분의 면접자는 패기, 정열, 열정을 안 넣고는 문장 을 성립시키지 못한다. 성 기능에 비유하면 발기부전 이 상의 성불구, 한국어 능력 인증 시험이라면 사 등급도 못 받을 수준이다. 또 저들은 기만적이며 건방지다. 대학 내 평평 놀다 강의실에 입사 원서 들고 찾아오는 대기업들 을 골라 들어가던 세대가, 어디 감히 이십 대는 패기니 열 정이 부족하다고 떠들어대는지.

"다 지랄이지 뭐."

면접에 지친 내가 전화 걸어 우는소리를 늘어놓았을 때, 희애는 예비 스튜어디스다운 단아한 말투로 한 줄 요약했었다.

오늘 밤에도 별이 바람에 스치운다, 가 아니라, 면접용 블라우스가 밤바람에 스치운다.

면접용 블라우스는 딱 한 개다. 실크를 가장한, 반질반질한 가짜 진줏빛 폴리에스테르. 인터넷에서 배송비까지 만 삼천 원이라는 좋은 가격에 샀다. 늘 면접 보고 집에 오면, 바로 울 샴푸로 손빨래해 말린다. 간택은 언제, 어떻게 이루어질지 모르니까.

세면대에서 블라우스를 조심조심 빨며, 난 계산해 보았다. 천팔백만 원에서 사대 보험을 제하면 순 월급은 백삼십오만 원 정도. 이는 다행히 퇴직금을 연봉에 포함해 십삼으로 나누는 악덕 업주가 아닌 경우다. 이 금액 안에 점심 식대와 야근 수당이 포함된다.

잡지사 인턴으로 일했을 때, 내가 받은 돈은 한 달에 백만 원이다. 더도 덜도 아닌, 딱 백. 인턴은 정식 기자가 아닌 일용직 아르바이트로 분류돼 사대 보험을 안 뗐다. 점심 식대는 선배 기자들이 법인카드로 같이 내 줬고, 취재와 마감 기간에 든 교통비는 영수증을 제출하면 월급일로부터 열흘 후 통장으로 입금됐다.

인턴이었으므로 품위유지비도 필요 없었다. 정직원은 나름 여성지 기자라 정장 차림에 명품백들을 메고 다닐 때가 많았지만, 나를 포함한 인턴들에게는 학생 때처럼 컨버스 운동화에 청바지 차림이 허용됐다.

내가 졸업한 학교의 레벨, 사 년간 낸 등록금, 시간당 최저임금을 고려할 때 수용할 수 있는 연봉의 마지노선은 이천사백만 원이다. 첫 숫자의 상징성을 고려하면 이천만 원까지도 양보할 수 있다. 하지만 천팔백만 원은, 용납이 안 된다.

젊을 때 고생은 사서 한다고. 그럼 그 고생 제발 사 가시길, 이왕이면 현재 법정 최고 이자율인 연 이십 퍼센트로.

한때 기자가 되고 싶었다. 그 일을 하며, 내게 열정과 자질이 있다고 믿었다. 늘 새로운 것에 대한 호기심에 추동되었고, 그 인상을 글로 남기는 게 좋았다. 대학 땐 인터넷 문화 웹진에 '외부 필자'란 이름으로 한 달에 한두 번씩 글을 보내며, 푼돈이지만 원고료를 받기도 했다. 단어를 조합해 문장과 글을 조립해내는 건 레고 놀이 같았다. 그러나 실무는 백팔십도 달랐다.

두근대는 마음으로 편집장에게 처음 제출한 초고는, 빨간 사인펜 빗금이 폭우 치는 상태로 되돌아왔다. 정확히 네 번 그 과정이 반복된 후, 그녀는 나를 건너뛰어 옆자리 선배 기자에게 다이렉트로 말했다. "쟤 좀 어떻게 해 봐라."

"못 썼다는 게 아냐. '우리 체'가 아니란 거지."

본인도 바쁜 와중에 병아리 지도 임무까지 떠안은 선배가 고맙게 위로해 줬었다. 하지만 잡지사에서 보낸 삼 개월은, 적성과 재능과 일의 차이가 뭔지 확실히 깨닫는 계기가 됐다. 적성은 잘할 수 있는 것이라기보단 잘한다고 인정받는 것. 재능은 적성을 잘 유지시켜 나갈 수 있는 능력. 일은 공인되는 재능과 적성으로써 지속적인 이윤을 창출하는 것. 한 잡지 편집부의 기자들이 모두 같은, 즉 편집장의 문체를 구사하는 건 기자들의 몰개성이나 무능력 때문이 아니라, 그 단일한 문체로 쓰는 것이 그들의 잡(job)이기 때문이다. 학생 때 잡문을 끄적일 때 신경 쓰던 퀄리티, 미학성, 자기만족은 휴지통에 넣어야 했다.

그 좋은 선배는 마지막으로 말했었다.

"소설 쓰는 게 아니잖니."

나는 적성도, 재능도 없고, 일도 못했다. 그리고 예상대로 그 첫 사회생활을 패배자로서 마무리했다. 인턴 삼십 명 중 정기자가 된 인원은 고작 아홉 명이었다는 사실을 강조하며, 이 경험은 겸손의 가치를 되새기는 계기가 됐다고 이력서에 한 줄 갈무리했다. 실패를 교훈으로 포장하는 건 취준생에겐 간지럽고도 쓰라리지만, 결국엔 마취가 되는 경험이다.

— 주민등록등본이랑 통장 사본 챙겨 오세요. 내일 봐
요.

대답을 듣지 않고 전화를 끊은 그녀, 선배 AE에게 혹
시 당신은 자신의 미래를 아느냐고 묻고 싶었다. 십 년 후,
이십 년 후 미래에 어떤 직위와 수입과 자아상으로 살아
갈지 그려 볼 수 있나요? 전망과 조망이 가능한가요? 극소
수 부자남의 아내거나 일찍 결혼해 애를 가져 버려 경력
이 자의 반 타의 반으로 단절된 전업주부가 아니라면, 대
다수 평범한 여자들은 학교를 졸업하고 일을 하면서 아
이까지 키워야 한다는데, 분명 이런 상황에 있으실 당신
이 저 같은 사회 초년생에게 어떤 실제적이고 실용적인
충고를 해 주실 수 있을까요?

나는 정말, 내 방을 갖고 싶거든요.

지금은 아무도 하지 않지만, 어릴 때 모두가 갖고 있던
미니홈피란 것에는 '방'이 있었다. 자신의 아바타가 가운
데 서 있는 삼면 벽은 그야말로 공간만 있어, 소액을 결제
해 벽지를 붙이고 카펫도 깔고 가구도 놓아야 좀 방 같았
다.

실제 집에 가구를 사 들이듯, 미니홈피 유저들 사이에

서는 소위 '도토리'라 불리는 돈으로 '아이템'들을 사 자기의 '방'을 꾸미는 것이 유행이었다. 난 딱 하나의 아이템만 샀었다. '도시의 야경'이라는 전면 유리였다. 그건 정말 뉴욕의 야경 따위를 간명하게 아이콘화한 듯했다. 가질수 없어 허탈감조차 없이, 마치 유니콘이나 후세 따위처럼 안전지대에서 즐길 수 있는 이미지.

내 아바타는 나와 닮은 것 같기도, 내 나이대의 어떤 여자와도 닮아 있었다. 비번과 아이디도 잊었고 결국 사멸된 가상의 공간에서, 그것은 아직도 그 야경만 덩그러니 있는 방에 혼자 웃으며 서 있을까? 그건 내 유일한 꿈이었다. 도심의 밤이 내려다보이는, 텅 비어도 좋으니 내 방을 갖는 것. 아침엔 침묵하는 공간을 뒤로하고 일하러 나가고, 퇴근해선 불 꺼 놓고 캔 맥주를 마시며, 모든 것이 잠들어도 지속되는 아름다운 산업의 현장을 감상하는 생활.

나는 그 방에서 사회인으로서 영원히 잠들 거다. 그렇지만 천팔백만 원의 초봉으로는 그런 방은 월세로도 구할 수 없다. 미니홈피가 역사의 뒤안길로 사라진 건, 어찌보면 세태에 맞는 일일 수도. 환상이 클수록 현실은 쓰니까. '자기만의 방'을 젊은 여자가 갖는 건 버지니아 울프의 시대에나, 이천이십 년대에나 마치 혁명처럼 요원한 일일 것이다.

"알겠습니당."

송희, 경리 여자애는 매니큐어가 벗겨진 손톱으로 수화기를 필요 이상으로 세게 내려놓았다.

"구 팀장님 못 들어오실 수도 있다는데요. 메모 남겨 드려요?"

"아니…. 네, 기회를 주셨는데 죄송하다고 전해 주세요."

그 광고대행사를 나서기 전, 송희 뒤쪽으로 펼쳐지는 공간을 마지막으로 돌아보았다. 면접 봤던 회의실 문은 굳게 닫혀 있었다. 좁은 공간에 떠도는, 과열된 복사기에서 나는 잉크 냄새와 갓 칠한 페인트 냄새. 약간의 둔탁한 슬픔 같은 것을 느꼈지만, 그 감정이 덮쳐 오기 전 몸을 돌렸다.

사무실 가장 안쪽, 모니터에 피피티 자료를 띄워 놓고 들여다보던 여자가 일어났다. 칼 같은 보브컷과 윤 나는 연회색 바지 정장. 그녀가 입을 때 전날 전화로 들려줬던 그 시큰한 목소리를 내기 직전, 난 출입문을 열었다. 여자가 따라 나와 붙잡을까 봐, 비상계단을 뛰어 내려갔다.

텅 빈 한낮의 청담 거리는 거대한 발광체 같았다. 모든 게 고급이지만, 오래전 멸망한 거리 같기도 한 길 위에서 난 눈을 찌푸렸다. 햇빛이 유리 조각처럼 등과 목덜미에 우수수 내리꽂혔다. 휑한 도로에 내가 알 수 없는 곳으로 차들이 띄엄띄엄 달려갔다. 텅 빈 보도 곳곳에서 앨리스들의 비누 향이 풍겼다.

역삼 -1

—사진부터 보내 주세요. 전신 다 나온 걸로.

—직접 찾아뵙고 말씀드림 안 될까요?

난 역삼동의 한 비즈니스호텔 앞에 서 있었다.

호텔은 반질대는 회색 대리석 외관의 평범하고 세로로 길쭉한 석조 건물이었다. 입구 위에 부착된 금색 호텔명 앞엔 왕관을 둘러싼 용 두 마리 로고가 있는. 혼자 호텔이란 장소에 들어서는 건 난생처음이라, 준비됐다고 생각했지만 난 괜히 머뭇거렸다.

특2급 호텔이라지만, 비즈니스호텔이란 명칭처럼 출장 온 직장인이 하루 머무는 장소로는 좀 거창했다. 또 전체적으로 여독을 풀어 주는 장소라기보다는 하룻밤의 천박한 비밀이 더 어울릴 법한 분위기였다. 여러모로 주어진 업무와 들어맞는 좋은 근무 환경 같았다.

같은 강남이라도 강남역 부근, 코엑스가 있는 삼성역 근처, 서초 부근, 역삼에서 선릉에 걸친 지대의 공기는 서로 다른 느낌이다. 같은 경기도라도 인천, 부천, 안산, 안양 간의 미묘한 차이처럼. 역삼과 선릉은 같은 오피스 거리지만 여의도나 광화문과는 다르다. 깨끗한 와이셔츠 속 암내처럼, 번듯한 거리 뒤 구석구석 음험한 느낌이 여의도와 광화문보다 훨씬 짙다. 그리고 그 호텔은 내가 멋대로 가져온 그런 느낌을 집약하고 있었다.

큰 숨을 한번 들이쉬고, 회전문 안으로 들어섰다.

그 새로운 분야의 면접을 본 건, 일주일 전이다.

그날의 면접 차림은, 그 전의 모든 면접과 많이 달랐다. 소개팅에 가깝지만 그보다 조금 더 과감한. 붉은 코트, 몸에 붙는 하얀 니트와 아가일 체크 미니스커트, 이십 데니어 반투명 검은 스타킹에 힐. 아침에 고심해 옷을 입으며, 언젠가 미국 영화에서 본 거리의 여자 옷차림과도 비슷하다는 생각을 잠깐 했다. 하지만 어떤 직업군에나 티피오는 기본 중의 기본, 난 임하는 모든 면접에 최선을 다할 뿐이다.

역삼역에서 내려 이십여 분을 걸었다. 모든 번화가들의 뒷골목은 낯선 얼굴을 보여 준다. 횡단보도를 건너니, 바로 앞에 아무 특색 없는 삼 층 상가 건물이 맞보였다. 마치 소형 창고나 공실이 된 가게 같았다. 다만 건물 외벽, 측면으로 숨은 듯 붙은 흰 간판에 업종과 전화번호는 없고 'C'로 시작하는, 한국어로는 세 글자의 달콤한 간식 이름이 검은 글자로 붙어 있었다.

천천히 걸어 올라갔지만, 계단참에 한 발을 디딘 채 잠시 망설였다. 유리문에는 불투명에 가까운 진회색 셀로판지가 붙어 있었다. 카페 비슷한 공간이라는 것만 희미하게 파악될 뿐, 안이 거의 보이지 않았다. 스타킹에 싸인 발끝이 시려 올 정도로 바닥에서 냉기가 올라왔다. 가만 서 있는데 핸드폰이 울렸다.

십 분 뒤, 007도 아니고, 중얼거리며 엔제리너스 문을 열었다. 실내는 널찍했지만 평일 이른 오후라 손님은 몇 없었다.

"딱 알아보네. 유리 씨?"

끄덕, 어색하게 목례하며 자리에 앉았다. 어떻게 들으면 가명 같기도 한 이름이라 다행이라 생각했다. 카톡 프로필엔 일부러 성을 입력해 놓지 않았다. 반면 이 실장 남자는 '석'으로 끝나는 평범한 남자 이름 세 글자였다. 별것 아닐 수도 있지만, 그렇게 수상쩍은 기미라곤 전혀 없는 정직한 프로필에 약간의 안심을 얻었다.

남자는 발목이 드러나는 슬랙스에 로퍼 차림이었다. 원탁에는 내가 정말 싫어하는 고야드 클러치가 얌전히 놓여 있었다(여자들이야 이래저래 갖고 다니는 물건이 많아 그렇다 치고, 남자들은 대체 클러치에 뭘 넣고 다니는 걸까? 전기면도기? 콘돔 한 박스?). 직군에 맞는 옷차림은 어떤 사회적 위치의 인간이라도 지키는 것. 실장의 외관은, 포주의 차림으로 흠잡을 데 없었다.

"오라 가라 해 미안. 원랜 가게서 면접 보는데, 초보들은 쪼니까 다시 일로 오라고 했지."

"처음인 줄은 어떻게 아셨나요?"

"가게로 오랄 때 버벅거렸잖아. 어디 인터넷에 이상한 얘기라도 읽은 거?"

이를테면 실장 남자가 면접 절차로 치마 속에 손을 넣어 본다거나, 실전에선 어떤지 알아보기 위해 자신과의 잠자리를 먼저 요구한다든가 하는.

하지만 그런 것도 감수할 작정이었다. 그런 종류의 면접은 본 적 없지만. 면접은 구직자의 실무 능력을 파악하는 장(場)이니. 면접이란 림보를 통과하는 것이다. 난 세상에 준비된 모든 림보를 솜씨 좋게 지나가고 싶을 뿐이었다.

"일어나 돌아봐."

"네?"

"자리에서 일어나서, 한 바퀴 삥 돌라고." 실장은 오른팔을 위로 쳐 들고 검지를 한 바퀴 돌렸다.

띄엄띄엄 앉은 사람들을 의식하며, 먼 데 시선을 두고 재빨리 한 바퀴 빙 돌았다. 그 쇼를 하는 동안, 얼굴부터 발까지를 빠르게 몇 번 훑는 실장의 시선을 피부로 느꼈다.

"다리가 예쁘네."

"좀 말랐죠."

"안 한 거지?"

제 가슴께에 손가락을 휘휘 돌리는 그를 흘끗 보고, 난 고개를 저었다.

"솔직히 이 동네는 성괴 애들이 잘 나가긴 하지만, 틈새시장 공략도 나쁘진 않지. 연애건, 비즈니스건 애매하게 쪼금 주무르는 것보다 노선이 확실해야 타율이 좋거든. 좋네, 자연미인."

"자연인 정도로 하죠."

그는 별 흥미 없다는 듯, 프라푸치노에 꽂힌 굵은 빨대를 쪽 소리 나게 빨아들이며 말했다.

"대학생?"

"졸업했어요, 얼마 전."

"전에 비슷한 일이라도 해 본 적 있나? 와인바, 모던바, 착석바라도."

"전혀."

"근데 어떻게 알고? 우리 가겐 보통 룸이나 쩜오에서 소개로 바로 오거든."

실장은 기밀을 전하는 스파이처럼 몸을 낮췄다.

"사연 있어?"

"사연요?"

"우리 가겐 잡상인 안 들여. 딸 찾으러 온 부모, 대부업체 하따리 직원 같은. 그런 싸구려 업소 아니거든. 미자처럼 보이지는 않지만 가출했다거나, 남친 대신 빚 갚아 주러 온 거라면…."

"돈이 필요해서요. 그게 전부입니다."

난 실장의 얼굴을 들여다보았다. 낮밤이 바뀐 인간들은 대개 좀비 같은 얼굴을 하고 있다. 꽤 잘 빠진 이목구비임에도, 그리고 성(性)과 가장 가까운 곳에서 일하는 족속임에도 그의 눈빛과 육체는 타인의 성욕을 자극하는 윤기 없이 말라 죽은 나무 같았다.

도처에 성이 초콜릿 퐁듀 분수처럼 넘쳐흘러 외려 무미건조해져 버린 사람들은 내가 알지 못하는 세계였기에, 끈적하고도 향기 없는 초콜릿 분수에 난 몸을 담가 보고 싶었다. 안전한 외부인이라 필연적으로 가지는 말도 안 되는 환상이 있다. 환상은 안락하지만, 그 안의 과육이 쓰더라도 매끈한 껍질을 메스로 도려내 기어이 맛보고픈 이상한 심리가 내겐 늘 있다. 난 소규모 광고대행사에 갔을 때보다 더 짙고 간절히, 통과를 원했다.

물기 묻은 손가락이 내 피부에 닿았다. 실장은 여전히 날 무감하게 보았다. 그는 테이블에 놓인 내 손바닥을 긁고 있었다. 홍보대행사를 나서던 때, 뚱땡이가 했던 짓과 똑같았다.

나는 손바닥을 긁는 실장의 검지를 내 손으로 감싸 쥐고, 그를 가만 보았다. 실장이 말했다.

"잘해 보자."

변기에 앉아, 난 두 남자를 잠시 생각했다. 홍보대행사의 뚱뚱하고 열성 있는 구선일, 역삼동 유흥업소 'C'의 나른하고 근육질인 실장. 정확히는 그 남자들이 내게 했던 짓, 손바닥 긁기를 떠올렸다.

두 남자에겐 어떤 공통점도 없었지만, 그들이 정확하게 같은 행동을 했다는 건 어떤 계시인 양 느껴졌다. 그건 앞으로도 나는 구직을 하며, 또는 직장이란 곳에서 이런 종류의 모욕을 종종 겪을 텐데, 모욕은 대상의 의지에 따라 상처도, 우스운 해프닝도 될 수 있다는 것이다.

상처받았다, 모욕당했다. 이 두 문장만큼 그것을 준 상대에게 권위를 부여하는 문장도 세상에 없을 것이다. 가치 없는 일에 굳이 상처를 받아야만 할까? 이미 할 일이 너무 많은데. 모욕은 벌레처럼 먹어 치우고, 상처는 먼지처럼 튕겨 버리는 여자가 될 것이다. 난 변기 물을 내렸다.

침대에 누워, 아무 알람 표시 없는 핸드폰을 만지작거렸다. 혼자 먼저 졸업한 후, 휴학한 탓에 아직 학교에 있는 소현, 희애의 시간과 내 시간은 다른 밀도로 흐른다. 내가 겪고 있는 일들의 성질도. 비밀을 가지는 건 외로운 일이다. 하지만 거기에는 모종의 쾌감도 있다. 왠지 가까운 사람에게 스스로를 누설해, 아슬아슬한 지경에 몰리고픈 충동이 목에 가득 차 올랐다.

때마침 소현이 전화를 걸어 왔다.

— 내일 에스피에스에스 수업 페이퍼 썼어? 큰났다 나. 지금 생각난 거 있지.

— 난 안 해도 되는데.

— 뭐? 왜?

— 졸업해도 과제 내야 되나?

— 휴, 이렇게 정신이 없다 내가. 면접은 어디 갔다 왔어? 유리 너 막학기에 흑석동 기자 아카데미 교육 받다 인턴 했었던 그 잡지사는 아니지?

— '피트' 준비는 잘돼 가지? 소현아.

거긴 절대 재도전할 일 없다고 몇 번을 선언했었는데. 소현의 무심함이 얄미워 난 일부러 단어를 강조해 되물었다. 공시생 혹은 고시생 친구에게 그 애가 일 년 넘게 준비하고 있는 시험의 명칭을 정확하게 읊는 건, 친구를 거의 공격하는 일이다.

— 늘 그렇지 뭐. 근데 오늘은 어디 다녀왔다고?

— 술집.

— 어?

— 아니, 그냥 술 마신다고.

적당히 추스르고 얼른 마시고 들어가, 면접은 또 있어. 뻔한 소리 끝에 소현은 전화를 끊었다. 캠퍼스의 어둠을 가로질러, 폐문 전 중앙도서관 지하 독서실에 짐 챙기러 총총 걸어가고 있을 소현이 내 비밀을 설핏 눈치채 주길 난 바랐다. 그러나 내 그릇된 열망을 충족시켜 주기엔 소현은 바쁜 수험생이었다. 나 역시 바빴지만.

규모로는 대기업, 대기업으로 흔히 착각되는 중견기업, 가 보니 오피스텔이나 가건물을 개조한 소기업.

직종으로는 리서치 사와 외국계 보험사, 삼대 신문사, 에너지, 기계 등의 특수 업종만 다루는 업계 신문, 인터넷 문화 웹진, 외국 라이선스 잡지사, 화장품 제조사와 소규모 홍보대행사, 중고생 교재 출판사와 해운 회사와 로펌.

장소로는 청담, 신사, 광화문, 여의도, 가산디지털단지, 구로디지털단지, 경복궁, 공덕, 역삼, 인천, 역곡, 분당과 일산.

온갖 곳에서 나를 불러댔다. 다들 나를 너무 사랑했다. 그리고 마지막엔 행주처럼 던져 버렸다. 나는 지금껏 여든 번 넘게 면접에서 떨어졌다. 프로 운동선수였다면 팀에서 진작 축출됐을 스코어다.

하지만 스스로를 떨이 판매하기엔 아직 이르다. 터널도 언젠가는 끝난다. 또 당장 돈이 필요하다. 눈물의 고별전은, 아직이다.

난 소현에게 뭔가 호소하고 싶었던 한 줌의 자기 연민을 털어 버렸다. 현실은 어떤 책의 경구보다 엄정하다. 감상과 자기 정당화와 셀프 연민은 책에도, 인생에도 필요 없는 것이다.

디지털미디어시티-1

작년 구월, 난 여의도공원을 가로질러 국회의사당 쪽
으로 종종걸음하고 있었다. 절기상으론 가을이었지만 아
직 여름의 열기가 가시지 않은 시기였다.

H 카드사의 일차 면접일이었다. 면접용 검은 펌프스
는 다리가 날씬해 보이려 발등이 깊이 파인 걸 산 탓에 자
꾸 벗겨져, 여러 번 걸음을 멈춰야 했다. 오른쪽 발가락에
선 이미 피가 나 스타킹 끄트머리에까지 갈색 얼룩이 번
져 있었다. 면접용으로 산 작은 토트백은 에이포 크기의
면접 자료집을 넣어 돌덩이 같았다.

로비는 숫제 이 회사의 높은 진입문을 알려 주겠다는
모양이었다. 멀리 떨어진 두 개의 인포메이션 데스크 안
에 선 여자들은 그림처럼 예뻤다. 예열된 몸이 차갑게 식
을 정도로 로비는 쓸데없이 넓고, 엘리베이터는 열 대나
됐다.

구 층으로 올라가니 대기장으로 지정된 대회의실 앞
에 이름표들이 사열 종대해 있었다. 내 이름을 찾아 목에
걸고, 육중한 문을 미는 순간 현기증을 느꼈다.

소강당만 한 공간엔 족히 백 명은 될 법한 애들이 들어
차 있었다. 모두 검거나 회색이거나 연회색인 정장을 입
고, 모여서나 혼자 앉아 면접 자료 따위를 들이파고 있었
다.

여자애들은 심어 놓은 듯 듬성듬성했다. 그 와중에, 모

두 쌍둥이들 같았다. 은행원이나 공항 지상직 직원 느낌으로 화장과 정장 모양, 치마 길이부터 머리 모양까지. 어떤 면으로도 튀지 않는 표준화된 이목구비에 소위 투명화장, 뒤로 단정히 묶은 머리.

나는 홍보직에 지원했었다. 커트 머리를 드라이하고 마스카라를 공들여 바르고 왔다. 세련된 편이라는 말을 듣는, 머리가 짧고 호리호리한 외양이 활동성을 강조하는 홍보직 이미지에 맞지 않을까 생각했다. 하지만 거기 모인 여자애들을 둘러보곤 순식간에 외딴섬에 떨어진 기분이었다.

그 여자애들이야말로 이 사회가 원하는 여자들의 표본이었다. 홀에 처음 들어와 한 바퀴 빙 둘러본 사람이라면 누구라도 그런 생각을 했을 것이다. 너무 키가 작거나, 반대로 너무 크거나, 살찐 여자는 한 명도 없었다. 여자들은 '이상적인 한국 여자 평균치'를 입력한 원심분리기에서 추출된 듯 보였다.

난 대학 내내 원하는 대로 꾸미고 살았다. 쇼트커트를 하거나, 보라색이나 연두색 아이섀도를 칠하거나, 새빨간 하이힐과 통굽 부츠를 신기도 했다. 물론 긴 생머리에 면 원피스를 입고 다닐 때도 있었지만, 그건 그냥 그러고 싶어서였지《대학내일》표지 모델로 나올 법한 여자애를 따라 한 건 아니었다. 나는 그 카드사 면접장에서야 난생

처음, 이 세계가 매기는 나라는 여자의 값에 대해 심각히 생각해 보았다. 물론 내가 여자로서 '개성적인' 외양이 익스큐즈 되는 좋은 집안이나 외국대, 스카이 학벌 등을 갖고 있었다면 또 얘기가 달라졌겠지만, 나는 표준형 여자에서 벗어나면 안 되는 계급이다.

예상대로, H사에는 떨어졌다. 인적성 시험은 허덕대며 겨우 풀었고, 이어진 집단토론 면접에서는 괜히 열을 올리다 스스로 자충수라 인식하면서도 상대의 말을 끊고 열변을 토하는 실수를 해 버렸다. 오전 열 시에 시작한 면접은 오후 다섯 시에 끝났다.

왔던 길을 되짚어 지하철역으로 걸어갈 때, 여의도공원에서 한 손으로는 자전거 핸들을 조종하며 다른 손으로는 핸드폰을 들고 보이지 않는 비즈니스 파트너에게 열변을 토하는 남자를 봤다. 난 잠시 멈춰서 그 남자의 퍼포먼스를 감상했다. 부러움이 내 가슴을, 녹슨 듯한 오후 햇빛이 내 등을 지글지글 태웠다.

*

눈을 뜨니, 바로 아래 한강 물 허리가 거대한 회색 생물체마냥 둔중하게 출렁대고 있었다.

지하철이 자신의 운명을 거슬러 지상으로 나올 때

는 자동적으로 창밖을 볼 수밖에 없다. 일견 태연해 보이는 저 강은 수많은 사람을 삼켜 왔다. 시체가 가라앉아 녹은 강 주변에서 사람들이 자전거를 타고 뛰어논다. That's the beauty of world, 이것이 세상의 본질.

객차 끝에서 윙윙대는 마이크 테스트 소리가 나더니, 날카로운 파열음이 공기를 찢었다.

"승객 여러분. 추억의 골든 팝송 모음집이 돌아왔습니다."

시디 판매상은 중년 여자였다. 올려 쓴 나비 선글라스에 중년들 특유의 등산복 차림. 판매상 여자는 체크무늬 캐리어 위, 시디플레이어의 버튼을 눌렀다. 촌스런 반주음이 객차 가득 울려 퍼졌다. 무명 가수가 재녹음한 〈Evergreen〉이 당당히 울려 퍼졌다.

"익히들 아실 곡들만 골라 모았습니다. 오늘만 특별히 파격 할인가, 스무 장에 단돈 만 오천 원. 백 장에 이만 오천 원 특별가로 모십니다."

사람들은 미간을 구기며 눈을 감거나 시선을 외면했다.

이천 년대 초반, 한국에 수년째 거주 중이라는 한 미국 남자가 책을 냈다. 소위 '살아 있는 한국학'을 연구 중이라는 그는, 한국에 자못 애정이 크단 투로 한국 문화 품평집을 펴냈다. 한국인은 한국을 좋아해 주는 백인에게 열광

하므로 그 책은 꽤 히트 쳤다. 뒤늦게 그 책을 읽고, 한국 인이라면 그 책을 읽고 미지근한 침을 뺨에 맞은 듯한 기분을 느껴야 옳을 거라 생각했었다.

그 미국 남자의 눈에 비친 한국은 키치가 들끓는 멜팅 팟(melting pot)이었다. 그의 머릿속에 한국인이 외국인, 특히 백인의 평가에 연연한다는 계산이 서지 않았을 리 없다. 그 백인남은 지하철 잡상인에 대해서도 썼었는데, '앉아 있기만 하면 마켓이 스스로 다가오는 경이로운 체험'이라 적었던 것 같다. 손톱깎이, 보풀 제거기, 불이 들어오는 귀이개, 만능 볼펜…. 거기엔 자신이 미처 원하는 줄도 몰랐던 모든 것이 있다고.

그는 그 '한국의 기인들', 그러니까 저 시디 판매상 같은 사람들이 단속반원에게 쫓기고, 때로 실랑이를 벌이다 모든 물건을 뺏기고 모욕을 당한다는 사실은 몰랐거나 외면했던 것이다. 회사에서 쫓겨나고, 구멍가게조차 차릴 돈이 없는 사람들이 지하철에 좌판을 펼치고, 캐리어에 넣고 파는 것을.

스쳐 지나가는 이방인이 귀여운 재미로 느꼈던 건 사실은 냉엄한 삶의 현실이었다. 지금 내가 보는 시디 판매상 아주머니에 대한 감상을, 난 트위터나 블로그에 절대 올리지 않기로 다짐했다.

"아줌씨. 어제 아저씨는 똑같은 거 이만 이천 원에 팔던데, 덤터기 아냐?" 가래처럼 눅진한 중년 남자의 목소리가 들려왔다.

다음 역은 육호선 환승역인 약수, 약수역입니다. 내리실 분은 오른쪽으로⋯.

사람들에 가려 시디 판매상은 보이지 않고, 난 그녀의 대답을 들을 수 없었다. 객차에는 여전히 싸구려 노래방 반주가 위풍당당히 울려 퍼지고 있었다.

환승하는 계단을 오르며, 비록 난 죽을 때까지 그런 음반은 듣지 않겠지만 시디 판매상이 이만 오천 원을 받고 '추억의 골든 팝'을 많이 팔길 바랐다. 지금은 정장을 입고 서울 곳곳을 오가고 있지만, 이십 년 뒤, 누가 알겠는가. 내가 시디 케이스가 가득 든 캐리어를 끌고 지하철 안을 누빌지. 그렇게 된다면 난, 할 수 있는 가장 도도한 표정을 지어 보일 거다. 물론 예쁜 나비 선글라스도 쓰고.

*

속옷 바람으로 세면대에서 면접용 블라우스부터 빨고, 샤워를 마쳤다. 화장대 의자에 한쪽 무릎을 세우고 앉아 머리를 찬 바람으로 말렸다. 온몸에 서서히 퓨즈가 들어왔다.

책상 밑 백팩에서 노란 파우치를 꺼내, 세 종류의 담뱃갑을 끄집어냈다. 학교 다닐 때 희애는 말보로만, 소현은 레종을, 난 그때그때 아무거나 사 피웠었다. 어차피 흙 씹는 듯한 뒷맛은 비슷비슷하니. 하지만 그렇게 사소한 데서도, 늘 새로운 걸 원했다. 그리고 실은 보헴 시가건, 디스건 상관없는 것이다. 필요로 한 건 니코틴이 아니라 흡연을 하고 있다는 행위 자체니.

담배를 피운다는 행위와 그 행위를 한다는 인식. 기표―담배 혹은 담배를 피우는 행위―는 기의―결핍, 상실감, 좌절감 등 수시로 피어나는 감정들을 털어내고픈 의지, 또는 실제 이렇게 하고 있다는 믿음―를 위해 존재한다. 그리고 이 모든 것은 포즈다. 담배를 피울 때마다, 니코틴을 원하는 욕구를 충족시키기보다는 흡연이라는 행위를 강하게 의식하고 있다는 느낌이 든다.

이러한 사고와 행위 구조는 나와 내가 속한 세대 전반을 지배한다. 갈등함으로써 완성되는 고전적 자아는 더이상 없다. 현대의 개인은, 특히 우리 세대는 더 이상 새로운 사상을 만들어낼 수 없기에. 포스트모던 이후 가능한 것은 기존 사상들을 취합하고 변조하여 만든 조립품일 뿐, 따라서 개인은 독립된 사상을 발현할 수 없는 시대의 산물일 뿐이다. 최고의 인간조차 시대정신의 미니어처다. 자신만의 사상을 만들어 주장한 인물들은 오래전에 다 죽었다. 따라서 현재 할 수 있는 최상의 행위 또한 선대의 업적을 사유하고, 분석하고, 취합하여 에센스를 취하는 것뿐이다. 그런데 이것조차 나를 포함한 대부분의 우리 세대는 게을리한다. 과거의 양서들에 코를 박고 있는 건 대단히 품이 드므로 무용하고 쓸모없는 행위가 되고, 이것에 집착하는 사람은 칙칙하고 음험한 인간 취급 받는다. 지표화되지 않고 가시적인 성과를 내지 못하는 노력은 의미 없는 것이 된다. 따라서 사고보다 행위, 타인에게 보여지는 행위 그 자체가 가장 중요한 이 시대의 풍조가 되었다. 보여져라, 질투를 유발해라, 타인의 찬양으로 자아를 채워라.

문제는, 자신의 의지가 개입하지 않는 움직임을 순수한 자기의 행위라 착각하는 것이다. 그런 행위를 할 때 움직이는 자신과 감상하는 자신은 나뉜다. 카페서 혼자 시간을 보낼 때도 일회용 컵과 책이 올려진 테이블을 찍어 에스엔에스에 올린다. 이어폰을 꽂고 걸을 때는 자신을 여유를 즐기는 도시인, 쿨한 젊은이로 상정한다. 내가 지금 방 창틀에 허리까지만 기대고 아찔한 긴장감을 즐기며 필터를 빨아대는 행동조차 분명 어디에선가 학습한, 보이지 않는 감상자를 의식한 거다. 사르트르는 바로 그 의미를 맞히지 못하고, 늘 조금 외곽을 경유하는 언어의 본질적 운명을 '미끄러지는 언어'란 말로 비유했다. 나와 내 세대의 삶 전반은 미끄러지는 언어다. 본질은 없고, 스타일만 있다.

　허리를 앞으로 꺾었다.

　머리에 피가 몰리고, 까마득하던 아파트 실외 주차장의 화살표 표시가 눈앞에 손바닥 크기만큼 확대됐다. 꽁초가 순식간에 수직 낙하하며 눈앞에서 사라졌다. 그냥, 장난이다. 내게는. 창틀을 쥔 두 손에 힘만 빼면, 저 담배와 운명을 같이할 것이란 스릴을 느끼는. 스스로 그러지 못할 걸 아니까. 언젠가는 죽음을 선택할 수 있다는 사실에 안심을 느낄 뿐이다. 난 자손을 남기지 않을 것이다. 결혼도 하지 않을 것이다. 병든 채 오래오래 살아남아, 투미한 머리로 세상을 저주하는 추한 노파는 되지 않을 것이다. 시간이 꽤 흐른 후가 되겠지만, 내 삶의 마지막은 맑은 정신으로 택하는 자살이 될 것이다. 이것만은 어떤 '척'도 호기로운 오만도 아닌 진심이다. 인간의 자유 의지는 무엇보다 아름답다. 나라는 책을 부모가 만들고 열어 주었는데, 그 책장을 덮는 게 나 자신이 되면 왜 안 되나?

　"안 됐어, 이 여자."

　"누구?"

　같이 학교 다닐 때, 인터넷실에서 희애가 데스크톱 모니터를 가리켰었다.

　나는 잘 모르던 여자 방송인의 자살 기사였다. 미모와

인기를 모두 가졌던 그녀는 연하의 스포츠 스타와 연애했는데, 일방적으로 이별을 통보받곤 자신의 오피스텔에서 이불을 덮어쓴 채 투신자살했다.

매일 모르는 이들의 수많은 죽음이 발밑에 밀려온다. 일면식도 없는 그녀의 죽음에 엉엉 울었다면 오버 액션이 됐을 거다. 하지만 그 전엔 이름조차 몰랐던 여자의 죽음 앞에, 난 정말 잠시 머뭇거렸다. 안타까웠다. 그 정도 훌륭한 여자가, 희애의 말대로 고작 사랑 때문에 죽은 건 아닐 터였기 때문이다. 인간의 마음에는 무얼로도 메울 수 없는 구멍이 있다. 거기에 미끄러져 들어가는 데는, 아주 작은 촉발제로도 족하다.

나도 거기에 잠시 빠져들어 갔던 거였다. 그때의 기억은, 마치 콘돔 표면에 발린 윤활제가 질 속에서 씻겨 내려가지 않고 남아 있는 느낌이랄까. 사소하게 걸리적거리는 정도. 아무튼 한번 토끼굴을 본 난 매끄럽게 빠져나왔다. 아무 일도 없던 듯, 엷은 화장을 얹고 갓 씻은 듯한 얼굴로 앞에 서면, 사람들은 아무것도 모르고 난 웃는다.

꽁초는 검은 강 같은 콘크리트 바닥에 몸을 묻었다.

여전히 창턱에 몸 기댄 채, 성산대교 너머서부터 멍이 퍼지듯 번져 오는 어둠을 멍하니 보던 난 날카로운 착신음을 들었다.

몸을 돌리려다 명치까지 창밖으로 미끄러져 나갔다. 다급히 창턱을 잡았지만, 땀 난 양손도 같이 미끄러졌다. 내 가슴팍이 창턱에 턱 얹혔다. 주차장의 'P' 글자가 눈앞에 달려들 듯 커다랗게 확대됐다. 목으로 구토 같은 두려움이 벌컥 치밀었다.

겨우 벽에 등을 대고 미끄러져, 난 침대 끄트머리에 주저앉았다. 심장이 터질 듯 두근거렸다. 핸드폰을 열어 보니, 대출 안내 스팸 문자였다.

욕을 뱉으며 노트북 놓인 책상에 앉았다. 지메일은 수신 확인이 되지 않는다. 바쁜 일정에 내 메일을 못 봐 답장 안 한 거겠지, 시카고 현재 시각은 아마 새벽 두 시 반쯤? 뭘 하고 있을까 자인은, 난 생각했다.

그 애가 날 사랑하지 않는다는 사실은 분명했다. 자인은 내게 미안하다고 두 번이나 말했었다. 미안하다는 말은 상대의 접근을 허용하지 않는 예의 바르고 단호한 말이다. 그 애는 늘 하얀 칼 같은 언어를 구사해, 그 칼에 베이는 듯한 느낌이 들면서도 행복했다. 그 애는 나를 거부함으로써 더욱 사로잡았다.

난 자인의 눈동자와 피부가 된다. 자인의 망막과 피톨이 된다. 난 인종과 나이가 다양한 애들과 함께 소극장 같은 학교 합주실에서 잼(jam)을 한다. 수업이 끝난 후엔 두 블록 떨어진 스타벅스로 달려가 초록 앞치마를 두르고,

복잡한 이름의 커피들을 정신없이 제조한다. 밤에는 먼저 잠든 룸메이트를 가끔 돌아보며 책상 앞에서 오선지를 채워 나간다. 하늘이 유난히 높은 날이면 플라타너스 아래 앉아 맛없는 샌드위치를 씹으며, 자기가 쓴 악보대로 어쿠스틱 기타를 연주하며 멜로디를 흥얼거린다. 피곤한 매일이지만, 분명한 길을 걷고 있다는 기쁨이 팔다리를 움직이는 힘이 된다.

상상할 수 있는 가장 아름다운 인생을 그 애는 산다. 나는 가장 아름다운 내가 된다… 생각하니 눈이 감겼다.

*

어둠 속에 손을 뻗어, 발광하는 핸드폰을 겨우 집어 들었다.

액정에는 시카고 현재 시각이 사라지고 1588도 070도 아닌, 서울 지역번호 02 뒤에 3으로 시작하는 일반 번호가 떠 있었다.

— 안녕하세요. 채유리 씨 되시나요?

평범한 남자의 목소리였지만, 가슴이 간질거리며 긴장됐다. 난 침대에 바로 앉으며 목소리를 가다듬었다.

— 네, 전데요.

— 사단법인 이십일세기문화창조를위한저작권수호

협회의 김진출 팀장입니다.

　—…네?

　남자의 목소리는 다른 세계에서 들려오는 양, 감이 멀어 뚜렷이 잘 들리지 않았다. 하지만 지금까지의 내 세상이 뒤엎어질 것 같은 예감이 들었다. 좋은 쪽이건, 나쁜 쪽이건.

역삼-2

역삼동 엔제리너스에서, 실장은 내게 철학적인 질문 하나를 던졌다.

"처음 본 남자 거 빨 수 있어?"

그건 가히 세계관에 대한 질문이랄까. 공교롭게 그 의문문은 내가 남자, 사랑, 섹스를 생각하는 방식을 반영하고 있었다. 아니, 생각이란 단어에는 어폐가 있다. 난 남자라는 존재에 대해 생각해 본 적이 없다. 남자는 생각하는 게 아니라, 피부에 젖어들고 숨으로 들어오는 것이다. 생각하면 생각할수록 미궁에 빠진다면, 생각하지 않는 편이 낫다. 여성이라는 성별도 마찬가지다. 이것은 고찰을 필요로 하는 종류가 아니다. 여자와 남자라는 건 아이덴티티(identity)가 아닌 상태(state)다.

화장을 하고, 향수를 뿌리고, 스타킹을 올려 신고, 힐에 발을 넣으면서 여자이기 때문에 이런 행동을 한다고 생각하진 않는다. 여자는 어떻게 행동해야 한다고 되새긴 적도 특수 상황, 예컨대 소개팅이나 면접을 제외하면 없다. 대학 때 도서관에서 읽던 섹스(sex)와 젠더(gender)에 대한 이론서들은 언제나 흥미로웠지만, 실생활에서 그 이론들을 떠올릴 일은 없었다. 여자와 남자는 그냥 자연일 뿐이다.

나는 내가 여자라는 사실을 각성시키는 상대에게서만 내 성별을 새삼 인식해 왔고, 당연히 이 사고방식은 거의 섹스와 결부됐다.

그나마 같은 여자들에게선 인간 종으로서의 개별성이 느껴진다. 하지만 남자는 내게 개별적 인간이라기보다는 지표와 기호에 가깝다. 이들은 내겐 일종의 덩어리였다. 분명 남자 각각은 자신만의 사고, 식습관, 행동 패턴, 섹스 시 사소한 성벽을 갖고 있겠지만, 지금껏 만나고 보아 온 남자들에게선 그 개별성을 거의 느낄 수 없었다.

매춘이란 걸 해 보기로 결심한 데에는 이런 성향을 스스로 잘 알고 있기 때문이기도 했다. 사랑은 아름다운 것이라지만, 반대로 여자와 남자가 약속된 기호로만 기능하고 작용하며, 원하는 것을 상호 교환하는 것 이상의 상호 작용 없는 관계는 추한가? 상대가 기호라면 나 역시 구체적 인간 아닌 상징일 텐데, 난 그렇게 해석되는 데 아무 불쾌나 이견이 없다. 어떤 여자들은 자기 인생과 별 관계 없는 남자에게마저 이 여자는 존중받아 마땅할 여자야, 식의 평가를 받고 싶어 하지만, 그런 소녀적 열망은 한 번도 내 관심사였던 적 없다. 아름다움은 이상 혹은 형이상인데, 난 현실과 실재를 원한다.

여대생의 연애라는 현실, 은 이런 것이다.
이화여대를 나와 지금은 미국에 있는, 은혜 언니라는 고등학교 선배가 있다. 은혜 언니의 전 남친은 밴드에서 콘트라베이스를 켜는 남자였다. 록 밴드와 콘트라베이스라는 조합에서 알 수 있듯이 유명 밴드는 절대 아니었고, 작은 클럽에서 공연하는 밴드였다. 그의 밴드가 공연하는 클럽은 홍대 정문에서부터 신촌 기찻길로 가는 길 중간에 있었는데, 주중 하루 평균 관객이 열 명이 못 됐다. 은혜 언니는 관객 머릿수를 채워 줘야 한다며 날 왕십리에서 홍대까지 종종 끌고 갔다. 나는 같은 밴드 멤버인 용석이라는 남자와 곧 가까워졌다.

슬프게도, 내가 첫 섹스를 한 남자의 인상은 말 같았다. 용석은 키가 백팔십오 센티미터가 넘었다. 얼굴이 길고 코도 낮고 길었다. 대개 팔이 드러나는 농구 유니폼 상의를 입고 있었고, 말총머리였다. 그건 참 싫었으나, 나름 근육질이던 몸에서 난 동물의 냄새를 맡았다.

처음 은혜 언니에게 끌려간 공연 뒤풀이에서는 아직 용석과 친하지 않았었다. 맞은편에 앉은 용석과 눈을 마주치지 않은 채, 단지 용석에게 먹이고 싶은 마음에 모든 돼지고기를 우리 테이블 불판 위에 올려놓아 버렸다. 나, 용석과는 나이 앞자리 수가 다르던 밴드 멤버들은 그런 나를 가만 쳐다보고 있었다.

그 무렵, 난 처녀 딱지를 떼고 싶어 몸이 달아 있었다. 중학생 때부터 자위를 하며 남자의 성기가 내 몸에 들어오는 느낌을 자주 상상했었다. 진짜 남자와 섹스를 할 엄

두는 못 냈다. 이십일 세기에도 대부분의 중산층 가정 한국 여자애들은 코르셋에 싸여 키워진다. 실제 섹스는, 머리만 앞섰던 내게 깊은 동굴이었다. 서울 강북의 하위권 여고에는 누가 어떤 선생과 원조 교제를 하다 교감에게 걸려 퇴학 위기라더라, 어떤 면으로도 존재감이 없던 애가 일요일 아침 신촌 모텔서 머리칼이 젖은 채 나오더라 하는 소문들이 둥둥 떠돌았다. 그때마다 말 많은 여고생들은 잔파도처럼 들썩였지만, 특출난 몇몇을 제외한 대부분의 여고생들은 그 세계를 몸소 체험하기엔 겁이 많았다.

대학에 들어가자, 이젠 남자와 자 봐야겠다는 생각이 들었다. 여고에 다니다 남자가 더 많은 대학에 왔기 때문에 그런 생각을 했던 것은 아니다. 대학 또한 어떤 여자애가 같은 과 남자애와 한 오피스텔 계단에서 같이 내려오는 걸 봤다 류의 소문이 떠도는 동물적 공기 가득한 공간이었으나, 내가 생각하는 섹스의 세계는 학교 밖에 있었다. 이상하게도 학교 남자애들이 내 성욕을 자극하는 경우는 거의 없었다, 단 한 명을 빼놓고는.

첫 섹스는 페이지 턴일 뿐이다. 내겐 또래 남자애들이 섹스에 부여하는 거의 사명감에 가까운 압박감 따윈 없었다. 난 단지 인생의 모든 경험을 자연스레, 탐욕스레 원했다. 번지 점프, 여행, 아르바이트 같은, 문자 그대로의

'경험' 말이다. 섹스도 경험의 일종일 뿐이었다. 아닐 이유가 있나?

섹스에 어떤 쪽으로든 의미를 부여하는 건, 눈물을 줄줄 흘리며 혼전 순결을 공개 서약하는 못생긴 여자애나, 합의 하에 하루 같이 잤을 뿐인 여자애의 사진을 인터넷에 올려 '정복'을 과시하는 남자애 같다. 괴상하단 거다. 스무 살의 시간은 탁 트인 평원이고, 인생은 경험의 총합 이상도 이하도 아니다. 텅 빈 방엔 가구가 필요하듯 난 내 시간을 채울 경험들이 필요했다. 즉, 나는 섹스를 원했고, 맞춤한 남자가 내 앞에 있었다. 그래서 용석과 잤다.

용석과 만난 건 여덟 번이 전부다. 그나마 단둘이 데이트한 횟수는 그보다도 적다. 둘만 만나는 첫 번째 날엔 유행하던 흔한 영화를 봤고, 둘째 날엔 고기를 먹고 한강을 걸었다. 셋째 날엔 폭우가 퍼붓는 상암 월드컵공원 분수에서 키스를 했다. 비 오는 공원은 핵전쟁 후 세상처럼 텅 비어 있었고, 검고 큰 우산 속은 완벽한 세계였다. 키스와 애무, 그 틈들에 끼어드는 밀어만으로 두 시간이 훌쩍 갔다. 여자와 남자가 노닥대는 것만큼 훌륭한 시간 죽이기는 세상에 없다.

네 번째 만남에선 내가 졸업한 여고로 용석을 이끌었다. 밤의 학교는 섹스 직전의 애무를 나누기 좋은 장소다. 외부와 차단되는 테니스 코트 옆 등나무 벤치가 있다면 더욱. 나는 엉거주춤하게 서, 앉아 있는 용석에게 가슴을 빨리며 체력장에서 죽을힘 다해 운동장을 가로지르던 단발머리 내 모습을 멍한 눈으로 보았다.

여덟 번째 만남에 드디어 난 신촌 영어학원 뒤 한 모텔에서 용석의 배 위에 알몸으로 앉아 있었다. 남자 친구와 자는 적절한 시기에 대한 패션 잡지의 조언은 염두에 두지 않았다. 내 앞에 남자가 있었고, 나는 하고 싶은 일을 했다.

처음 들어가 본 모텔 방 공기는 이질적이고 싸늘했다. 입실 직전 누가 일부러 뿌려 놓은 듯 값싼 향이 떠돌았다. 태연한 척했지만 약간은 알 수 없는 압박감에 창문을 열어젖히자, 신촌의 소음이 멀리서 흘러들어 왔다. 용석은 담배부터 피워 물었다.

나는 상의가 벗겨진 채 용석의 목에 매달려 과장된 몸짓으로 키스를 나눴다. 침대에 눕히려는 그의 팔을 뿌리치고, 가방을 통째 들고 욕실에 들어갔다. 욕실은 유리문 절반만 불투명해, 불을 끈 채 더듬거리며 샤워를 했다. 발바닥에 닿는 욕조 바닥은 물이끼를 밟는 듯 불결하게 느껴졌다.

침대에 눕혀졌을 때, 남자에게 내려다보이는 자세는 머릿속으로 내내 상상해 온 것과 달리 감미로운 무력감보다는 피하고 싶은 불편함이었다. 용석은 내 귀에 과하다 싶게 침을 잔뜩 묻혔다. 내려오면서 목줄기를 빨며 가슴을 성의 없이 몇 번 만지다, 내 몸을 가볍게 뒤집곤 브래지어를 풀었다. 그러곤 뒷목에서 엉덩이 위까지 움푹 들어간 허리선을 혀끝으로 빠르게 훑어 내렸다. 척추에서 전기가 통하는 듯했다. 그가 한 것 중 유일하게 효과적인 애무였다.

용석은 상표가 붙어 있지 않은 후줄근한 트렁크 팬티를 내렸다. 그러곤 엎드려 숨을 고르는 날 침대 앞에 안아 내리고, 자신 앞에 무릎을 꿇렸다. 나는 발기된 성기에 자석처럼 입술을 갖다 댔다.

처음으로 남자의 성기가 입안을 침범한 기분은 매우 묘했다. 그것은 그 행위 자체에 사로잡힐 정도로 강렬한 느낌을 줬다. 단단한 뼈와 뼈를 감싼 얇은 살, 맨질거리고 매끄러운 끝부분이 내 입술, 입천장, 혓바닥, 목구멍에 골고루 스치고 지문 찍듯 문질러졌다. 닿은 부위들은 아주 약한 저온 화상을 입듯, 입안 전체에 묘한 열이 오르고 머리가 몽롱해졌다. 하지만 나의 어떤 부분이 흥분한다기보다는, 한 남자를 즐겁게 해 주고 있다는 쾌감이 더 컸다. 그 수동적이며 능동적인 행위의 모순을 난 파악하고 싶었다.

"아, 죽인다."

용석이 내 머리를 양손으로 잡더니 강압적으로 움직

였다. 숨 쉬기 힘든 어려움 이상으로, 몽롱하던 머릿속 퓨즈가 컴컴한 불쾌로 가득 찼다. 난 그의 팔을 탁 쳐내고, 잠시 망설이다 그를 밀어 침대에 눕혔다. 그걸 일종의 자극적인 신호로 용석은 받아들인 듯했다. 내 몸이 종이처럼 번쩍 들리고, 팬티가 벗겨졌다. 어느새 그의 허리 위에서, 난 인형처럼 움직여지고 있었다.

"너 너무 야한 거 아니야?"

용석은 맛이 간 얼굴로 말했다.

내가 먹힌 혹은 먹고 있는 남자를 내려봤을 때, 왠지 시선을 돌리고 싶었다. 나는 태어나 첫 섹스를 하는 남자가 호나우지뉴처럼 뻐드렁니에 낮은 코를 가졌단 걸 그때 처음 알아차렸다. 그걸 잊으려는 듯, 난 어설프지만 열심히 허리를 움직였다. 여자와 남자는 자연이고, 동물이니까.

그리 길지 않아, 용석이 날 내려 팔베개를 해 주었다. 난 아직도 얼떨떨한 상태였다. 이게 전부라고? 수없이 했던 상상과는 달리, 온몸이 떨리고 소리를 지르게 되는 신세계 따위는 없었다. 쾌락도, 가장 친밀하며 강렬한 애정을 나누고 있다는 기쁨도 존재하지 않았다. 살이 쓸리고 따끔거리는 통각, 멍하면서 좀 당혹스럽다는 느낌뿐이었다.

"미안해, 내 게 좀 작지."

처음이라 잘 몰라, 말하려다 하지 않았다. 어차피 용석은 곧 코를 골았다.

사흘 후, 그는 사라졌다. 용석이 내 취향에 맞을 거라며 적극적으로 분위기를 몰아갔던 은혜 언니는, 걔가 잠수를 탔다는 내 말에 소스라치게 놀랐다. 하지만 은혜 언니를 원망할 일은 아니었다. 용석은 작은 성기를 딱 한 번내 몸에 넣었으니, 따지고 보면 난 처녀 딱지를 뗀 것도, 안 뗀 것도 아니었다. 하긴 처녀인지 아닌지가 중요한 것도 아니다. 인생에서 두 번째 섹스를 했을 때는 꽤 아팠던 것 같기도 하다. 그리고 난 두 번째 섹스, 어쩌면 엄밀한의미로의 첫 섹스에 대해서도 잘 기억하지 못한다. 그것역시 평원에 펼쳐진 열매 중 하나였기 때문에. 나는 앞으로 무수한 열매를 따 먹을 것이었다.

한 학기 후, 은혜 언니 또한 열두 살 연상의 콘트라베이스와 헤어졌다. 몇 년 후 그녀는 이 말을 남기고 임상심리학 석사 과정을 밟기 위해 미국으로 떠났다.

"아무래도 난 혼전 순결을 존중해 주는, 같은 믿음을지닌 남자분을 만나야겠어. 백인 크리스천이라도 상관없어."

언니가 녹음실 구석 여기저기 찢어진 레자 소파서 콘트라베이스와 무슨 스킨십들을 했는지 다 아는데 그런말을 하니, 라 말하진 않았다. 그게 무엇이든, 난 언제나 자기만의 신념과 의지를 가진 여자들을 좋아하니까. 사실 은혜 언니와 나는 어떤 면에서는 동류인 것이다.

　"그게 다야?"

　"여대생이 애인이란 사람이랑 하는 섹스가 그렇죠."

　난 순진한 신입에게 뭘 기대했냐는 투로, 약간 부루퉁하게 말했다.

　"처음이니 그랬겠지만 진짜 재미없네."

　"알아요."

　"근데 왜 하필 첫 경험을 말했어?"

　"모르겠어요. 왜 그랬지, 진짜."

　실장이 불쑥 에르메스 지갑을 꺼냈다. 누런색 지폐들을 잡초 뽑듯 가볍게 뽑더니, 테이블 위로 쭉 내밀었다.

　"클리닉 한번 받고 와. 출근 때마다 미장원에서 만져야 되니 많이 상하거든. 아, 일하기 전이니 선금 까는 거 아냐. 머리하기 싫음 면접비, 교통비 조로 생각하든가."

　"왜 주시는 거죠?"

　액수를 세어 본 난 의심을 곤두세웠다.

　"이 친구는 잔대가리 굴리며 거짓말 칠 사람이다, 싶진 않아서."

　"좋게 봐 주셔서 감사합니다."

　"물어보면 애들 다 지 존나 잘한대. 갓 스물 된 애들도 그래, 이제껏 잤던 남자 다 죽어 나갔다고. 스물에 해 봤음 얼마나 해 봤다고. 소위 명기건 절세 미녀건, 세상에 모든 남자 껌뻑 죽이는 여자는 없어. 그런 여자는 존재할 수 없기 때문에, 우리 사업이 있는 거지."

실장은 담배 땡기네, 싶은 표정으로 탁자를 검지 끝으로 톡톡 쳤다.

"그래도 특별한 기술, 같은 게 전혀 필요 없나요?"

"필요하면 어디서 배워 오게?"

실장이 피식 웃었다.

"괜찮아. 끼, 있어 보이는데. 기술 그런 것보다 더 결정적으로 중요한 것도 있구."

"결정적인 거?"

"그건 몸으로 이렇게, 부딪쳐 봐야 알지, 일하기 전엔 절대 몰라." 실장이 제 컵으로 내 커피잔을 살짝 쳤다.

"걱정 마. 원래 섹스란 게 뻔한 거야. 사실 돈 주고 할 만한 가치도 없지. 내가 이런 말 하는 게 웃기지만."

"잘할 거예요." 난 불쑥 뱉었다.

"저는, 그래서 이 일을 잘할 수 있을 것 같아요."

"'그래서'라니?"

"뻔하니까요. 애인이건 처음 본 남자건, 섹스는 섹스일 뿐이니까."

"부디 그 마음 잊지 마. 절대 쉽지 않아."

실장이 내게 손을 내밀었다. 난 두 번째로 남자의 손을 잡았다.

디지털미디어시티 -2

― 일전에 면접 보셨었죠? 연락이 너무 늦었습니다.

지난 몇 달간, 난 살아 있는 전단지로서 자신을 여기저기 흩뿌려 놓았다. 어떤 회사인지 갈피를 잡을 수 없었다.

― 축하드립니다, 저희 기획홍보팀에 합격하셨어요.

남자가 상암동에 위치한 회사임을 말하자, 비로소 어디였는지 희미하게 떠올랐다.

건물이 지금껏 면접 본 곳 중 가장 새것이었고, 큰 대회의실에서 면접을 봤었다. 면접관도 네 명이나 됐던 것 같은데, 가장 늙은 남자가 예상 못 하게 영어 질문을 해, 당황하다 "한국어로 하겠습니다."라 대답하고는 집에 오는 길 내내 죽고 싶었다. 못 본 면접엔 내성이 붙어 경험 하나 쌓은 것 치지 뭐, 이렇게 자기 합리화하는 데 도통하게 된다. 그런 경험 중 하나였는데.

― 좋은 분 뽑으려 시간이 좀 걸렸네요.

달력을 보니, 벌써 한 달 전이었다. 모든 면접일은 회사 이름과 면접 시간을 빨간펜으로 탁상 달력에 표시해 놓는다. 매춘을 했던 날은 파란색 삼각형만 쳐 놓았지만. 아무튼 이달, 다른 면접일은 학동사거리의 피알 대행사뿐이었다.

잘 생각해야 했다. 늦게 오는 합격 연락은 거의 희소식과 거리가 멀다. 다른 사람을 뽑았지만 악조건에 퇴사했거나, 조직장의 취향이 쓸데없이 까다롭다는 의미니.

침묵하고 있자, 남자는 필기시험으로 내셨던 보도자료, 딴 지원자들 것보다 월등하시던데요, 덧붙였다. 면접 전 테스트였는데, 짧은 기간이었지만 잡지사에서 인턴을 했던 내겐 어려운 일이 아니었다. 썩 훌륭하던 건물 외관과 번듯했던 면접 형식이 떠올랐다. 상암동이면 집과는 지하철 네 구역 거리.

— 다음 월요일이요?

— 가능하실까요?

— 저, 구비해 갈 서류는요?

다짐하기도 전, 대답이 먼저 튀어나왔다.

— 저흰 자유 복장이지만 첫날이니 일단은 면접 때랑 비슷하게 정장 입고 오시고요. 총무팀에 제출할 주민등록등본, 통장 사본도 가져오세요.

— 월요일에 뵙겠습니다.

통화 종료 버튼을 누르자 뜨는 시카고 현재 시각을 난군이 확인하지 않았다. 전화 한 통에 시카고에서 서울로 밀려왔다. 가슴 밑바닥이 낮게 두근거렸다.

구원의 밧줄을 던져 준 핸드폰을 안고 침대에 누워, 대각선 위 창밖을 올려다봤다. 하늘은 이제 완전히 먹색이었다.

여자는 화장대 앞에서 자아를 계발한다. 파운데이션

을 얇고 재바른 손길로 두드려 바른 후, 컨실러를 얼굴에 점점이 바른다. 화장을 했지만 안 한 것처럼. 손목에 힘을 빼고 눈썹연필로 눈썹을 메운다. 원래 눈썹결이 촘촘한 것처럼. 아이라인은 또렷하지만 그리지 않는 양 속눈썹 사이를 메우고, 떡지지도 너무 티 안 나지도 않게 마스카라를 바른다. 야해 보이면 안 되니 블러셔와 립스틱은 생략한다.

양손에 흰 목장갑을 끼고 조심스레 투명 스타킹을 올린다. 면접 때 입은 검은 정장까지 덧입으니 보험 외판원 같다. 하지만 '조신해 보이는' 건 여자 신입에게 실무 능력을 뛰어넘는 제일의 미덕일 수도.

출근 시간임에도 역 플랫폼은 한산했다. 육호선을 타고 통근하는 것 자체도 다행이다. 일호선이나 신도림 방면 이호선, 구호선이었다면 난 미쳐 버렸을지도 모른다.

일용직으로 보이는 중년 남자가 앉아서 자고 있었다. 이 지하철역은 이렇게 이른 시간엔 한산하고 어쩌다 인사불성 된 이십 대 초반 애들이 가끔 좀비같이 앉아 조는 게 전부인데, 신선했다. 노인으로 향해 가는 남자는 흘러내린 촛농처럼 자고 있다.

핸드폰 홈 버튼을 눌러 시카고 현재 시각을 확인했다. 오후 네 시 삼십구 분.

자인과 나 사이엔 열다섯 시간이 있다. 지금쯤 뭘 할

까. 수업을 들을까, 공연 준비나 아르바이트를 하고 있을
까. 그 애가 시카고에서 그런 일들을 할 동안 서울의 난 매
일 출근할 것이다. 기쁘고, 즐겁게.

출국 전, 연희동의 한 파스타 집에서 우리는 마지막으
로 만났다.

"미국에서 학교 졸업한 후엔 프랑스로 갈 거예요. 재
즈의 본고장이기도 하고, 배울 게 너무 많아서요."

"얼마나 걸려요?"

"한 십 년쯤?"

그 애는 엷게 웃었다. 너무 희미해, 늘 눈치를 살피게
하던 미소였다.

"가족이랑 친구들은요?"

나는요, 라고는 묻지 못했다.

"소중하죠. 근데 뭘 하기 위해서는 모든 걸 가질 수는
없는 것 같아요."

"늘 맞는 말만 하네요, 자인 씨는."

가만 내 손끝을 바라보던 자인은, 어깨에 손을 부드럽
게 얹듯 말했다.

"유리 씨는 좋은 회사 가 돈 잘 벌고, 착한 남친 만들 거
예요."

나는 자인을 보며 웃었다. 그러면서 고통이란 게 뭔지
알 것 같다고 생각했다.

왜 자인의 생각이 습관이 되었는지, 이젠 잘 모르겠다. 마치 관 속에 죽어 누운 연인을 밤중에 몰래 한번씩 보고 오는 것처럼. 화살처럼 달려가던 마음은 과녁을 잃고 비틀비틀 헤맨다. 하지만 내 옆에 없는 자인의 기억은 공기처럼 어디에나 존재해, 그것 없이는 살 수 없는 것 같다.

다른 추억은 모두 무가치하다. 학교생활은 지겨웠고, 모든 남자들은 잠깐의 즐거움만 주고 지나면 끝이었으며, 어린 시절 기억들에도 거의 기쁨을 느끼지 못한다. 자인과의 기억을 제단에 올려 두려던 건 아니다. 다만 사진을 찍지도, 글로 남겨 놓지 않아도, 체처럼 내 안에 걸러져 덩어리로 남겨진 기억은 자인뿐이기 때문이다.

나의 주기도문. 언젠가는 자인과 다시 만날 거야, 되뇌며, 이 삶의 지리멸렬함과 번다한 고통을 잊겠다.

*

육호선 디지털미디어시티역에 내려 지상에 올라선다.

저만치 몇 킬로미터쯤 떨어져 보이는 공사 부지들엔 시공사 이름이 적힌 팻말들이 박혀 있다. 아파트들이 함부로 던진 다트처럼 드문드문 꽂혀 있다. 이차선 도로를 건너 버스 정류장에 선다. 스무 명이 넘을 법한 출근자들이 둥글게 휜 줄을 만들며 서 있다. 등 뒤, 사람 키만 한 철조망 사이사이로 억새들이 튀어나와 있는데, 왼쪽 저 너머론 높은 빌딩들이 보여 어딘지 초현실적인 광경이다. 버스는 좀처럼 오지 않는다.

초조해질 즘 여유롭게 코너를 도는 차가 보인다. 승차하자마자 심호흡을 한다. 갈비뼈가 부러질 듯 온몸이 눌려 온다. 길까지 막혀, 기사는 손은 핸들에 올려 둔 채 액셀레레이터만 밟았다 떼길 반복한다. 오랜만에 갖춰 입은 정장과 힐 탓에 난 더 비틀거린다. 구역질이 일고, 눈물이 나온다. 내 무릎 앞, 편히 앉아 졸고 있는 여자에게 싫은 감정이 치밀어 오른다.

구토를 참기 위해 창밖 풍경에 시선을 집중한다. 이곳은 전체적으로 급조된 강북의 계획도시 같은 느낌이다. 완공되지 않은 공사장과 갓 지은 티가 역력한 새 빌딩들 사이, 낡은 문구점과 약국 같은 구멍가게들이 있어 매우 이질적이다.

회사란 건 주택가 골목에도 있는 거지만, 흔히 직장 생활의 무대로 꿈꾸게 되는 곳들이 있다. 여의도, 역삼, 선릉, 광화문 같은 곳. 물론 업종별 밀집 구역은 다르다. 하지만 지하철론 그리 멀지 않은 거리일 테나, 상암과 여의도의 간극은 왠지 까마득하게 느껴진다.

신물이 목구멍을 타고 입안까지 고인다. 눈물이 난다.

이젠 한계다, 싶을 때 다행스럽게 버스가 멈춘다.

떠밀리듯 버스에서 내려선다. 막 질식하려던 사람처럼 신선한 공기를 연신 들이마신다. 눈꼬리에 맺힌 눈물을 닦으며 주위를 둘러보니, 널찍한 보도 건너편 백 미터쯤 앞에 알루미늄 외관의 원통형 연결 통로가 허공을 가로지르고 있다. 그 통로로써 이어지는 장방형 건물 두 개가 비스듬히 마주 보고 서 있고, 날 부른 회사 건물은 그 두 건물 사이로 옆모습만 보이고 있다.

아직 여덟 시 삼십 분밖에 되지 않았다. 탕약 같은 커피를 들이켜고 싶다, 생각하며 걸음을 옮기는데, 숨어 있던 둔탁한 화살촉 같은 아침 빛이 내 눈을 정면으로 찌른다. 잠시 휘청거리는 동안, 검은 개미 떼 같은 사람들은 날 지나쳐 건물이 만든 그늘 속으로 빨려 들어가듯 걸어간다.

상앗빛 로비는 꽤 넓다. 매춘을 한 비즈니스호텔의 그것보다 깔끔하고, 언론 홍보사의 좁다란 로비보다 훨씬 탁 트였다. 하지만 새 건물의 증표인 페인트 내가 머리가 지끈거릴 정도로 진동한다. 잠시 눈을 감았다 떠 보니, 인포메이션 데스크에 남색 유니폼을 입은 안내원들이 홀연히 나타난 듯 앉아 있다. 쌍둥이처럼 보여 눈을 몇 번 감았다 뜨니, 아니다.

나도 인포 데스크 직에 지원한 적 있다. 정규직이 아닌 파견직이었지만, 인포 경력이 비서직 지원에 도움이 된다는 말에 일단 지원서를 넣었다. 사실 인문 사회계 여자 졸업생은 이공 계열로 한정하지 않은 모든 일을 다 할 수 있다. 특성화된 무엇이 없다고 평가되기 때문에. 아무튼 인포와 비서는 정규직이 아닌 파견직이 대부분인데, 채용 공고에 명시된 낮은 연봉에서 또 파견업체 몫인 십 퍼센트를 제한 돈을 받는다. 계약 기간은 최장 이 년. 이것도 정규직이 아닌 계약직으로의 전환이 잘 되는 경우다. 이 년이 지나면, 다른 한 쌍의 쌍둥이 인형 같은 여자들이 보이지 않는 컨베이어 벨트를 타고 와 저 자리를 차지한다. 원래의 한 쌍의 여자들이 어디로 갈지는 잘 모르겠다.

여섯 대의 엘리베이터 중, 잭슨 폴록 풍 그림이 가장 우측 엘리베이터 옆에 걸려 있다. 버튼 위쪽에 층별 안내판이 붙어 있다. 음원 유통사, 인터넷 정보업체, 애니메이션 제작사. 문화 콘텐츠 관련 회사들만 모아 놓은 신축 빌딩인 듯하다.

팔 층에 내리자 심해에 추락한 것 같은 기분이 든다.

귓속에 물이 찬 듯하다. 두툼한 카펫 위를 걸어 나갈 때마다 해초에 발목이 엉기는 듯하다. 기시감이 들었다. 매춘을 하던 날, 호텔 복도를 걸어갈 때 들던 느낌. 불유쾌한 중력이 두 발목에 실리는 기분. 그때처럼 난 또 날 세상에 팔러 왔다.

근본적인 건 다르지 않으니, 무엇도 두렵지 않다.

좀 조악해 보이는 국산 애니메이션 캐릭터가 그려진 행사 홍보 포스터들이 왼편으로 죽 붙어 있다. 어린애들을 노린 듯한 캐릭터들은 떠들썩한 모양새지만, 복도는 교교하리만치 조용하다. 저 멀리 복도 끝에 나를 호출한 '저작권수호협회'가 있다.

회사와 복도를 가르는 검은 통유리 안을 들여다보니, 생선 배 속 박테리아처럼 몇몇 사람들이 등뼈 같은 파티션 사이를 유영하고 있다. 카드키 인식기 옆 차임벨을 누른다. 안에서 검은 그림자가 다가오더니, 키 작은 여자애가 죽은 물고기 같은 눈으로 나를 빤히 올려다본다.

"안녕하세요. 기획홍보팀에 오늘 첫 출근하는 채유리라고 합니다."

"…들어오세요."

여자애는 표정 없는 얼굴로 날 아래위로 훑어본다. 등 중간까지 내려오는 길고 검은 머리, 너무 짧은 치마, 개 눈처럼 보이는 시커먼 서클 렌즈.

아르바이트 대학생이라기엔 나이 들어 보이고, 일찍 사회에 진출한 정직원의 옷차림도 아니다. 앞서 걸어가는 여자애의 허벅지와 뒤따르는 나를 양복남 몇이 흘끔

댄다.

"누구?"

"기획홍보팀 신입."

여자애는 한 파티션을 지나며, 얌생이 같은 안경을 쓴 남자와 눈빛을 교환하며 킥 웃는다. 이런 유의 묘한 예의 없음은 뭐라고 할 수 없는 것이라, 불쾌하지만 못 들은 척 계속 걸어간다.

생선 등뼈 같았던 중앙 파티션은 밖에서 본 것과 달리 세 개다. 즉 가로로 팔십 평쯤 돼 보이는 직사각형 공간을 세 개의 세로 파티션이 가로지르는 형태다. 출근자들은 별로 없다.

입구에서 대각선 끝, 가로로 나란한 문 세 개 중 맨 왼쪽 앞에 여자애가 멈춘다. 사무처.

여자애는 노크도 없이 문을 힘껏 열어젖힌다.

"아이고, 애 떨어질라. 수미야. 말만 한 처녀가 음전해야지."

"뭐래. 기획팀 신입 왔어요."

실내는 마약 굴처럼 어둡다. 눈을 찡그리는데, 순간 블라인드가 뻑뻑한 마찰음과 함께 드륵 올라가고, 노란빛이 쏟아진 듯 들어와 잠시 머리가 어질하다. 그늘 속 코앞에서 입맛을 다시는 소리가 들린다.

원탁에 앉은 노인이 웃는 듯 아닌 듯 묘한 얼굴로 날

주시해, 일단 목례한다. 늙은 거북처럼 굽은 등을 한껏 움츠린 노인은 나를 흥미로운 먹잇감마냥 쳐다본다.

사무처 맨 안쪽엔 책상 두 개가 나란히 붙어 있고, 맞은편 원탁 정면 앞엔 소형 냉장고와 캐비닛들이 작달막하니 놓여 있다. 노인의 몸에서 나는 듯한 말린 멸치 같은 냄새가 실내에 가득 차 있다. 날 안내한 여자애, 수미 외에도 벽 쪽 책상엔 삼십 대로 보이는 여자 한 명이 더 있는데, 내 쪽은 일별도 않고 모니터만 노려보고 있다.

"주스?"

수미가 소형 냉장고 앞에서 상체를 숙이며 돌아보는데, 끄덕이는 노인의 시선이 수미의 엉덩이에 박혀 있는 걸 난 목격한다. 수미는 델몬트 오렌지주스 두 병을 원탁에 탁 소리 나게 놓곤, 저는 웰치스 포도주스를 가져간다.

"오수미, 지난달 기동대 영수증 또 하나 누락."

"그럴 리 없는뎅. 찾아볼게."

사무처 경리과장 박선화, 사무처 경리과 사원 오수미. 책상 위 아크릴 팻말이 말해 주는 그들의 직책이다. 박선화는 여러모로 오수미와는 대조적이다. 시든 무가 연상되는 여자다. 기미가 올라온 누르께한 얼굴은 길쭉하고, 눈 밑과 볼이 길게 팼다. 오수미의 윤기 흘러넘치는 검은 생머리와 달리, 오래전 염색한 듯 바랜 오렌지빛인 머릿결은 빗자루 털 같다.

"그래, 이름이 뭐라고?"

"채유리입니다."

노인은 두툼한 검지에 침을 묻히곤 클리어 파일에서 서류 몇 부를 꺼낸다. 이윽고 노인들 특유의 동작으로 금테를 콧방울까지 내려 쓰고, 볼록렌즈 안경알 너머로 나와 서류를 번갈아 노려본다.

"아, 이 친구가 아니구만. 요즘 친구들은 하도 포샵들을 해서 그 얼굴이 그 얼굴 같아. 난 사무처장 장성갑이네. 이 협회의 살림을 도맡고 있지."

"안녕하십니까."

의자에서 엉덩이를 엉거주춤하게 떼고 다시 목례한다. 장성갑 사무처장은 만삭 임신부 같은 배 위에 왼손을 편히 얹는다. 자꾸 혀로 핥는 입술에서 노인들 특유의 단백질이 분해되는 듯한 냄새가 난다. 장성갑 사무처장은 묘한 눈웃음을 치며 내게서 눈을 떼지 않는다.

"본관이 어떻게 되시나? 보아하니 왠지 경남 쪽 느낌인데."

"본관이요?"

머릿속이 암전된다. 처음 자기소개서를 쓸 때 인터넷에서 다운받아 가장 먼저 채워 넣곤, 이제껏 한 번도 건드린 적 없는 항목이다. 당연히 그딴 걸 외우고 있을 정신머리도 없다.

귀에 거슬리는 코맹맹이 목소리가 울린다. "고향이 어디냐고 물으시잖아요."

"수미야, 본관은 고향 말하는 거 아니다."

사무처장은 짐짓 엄격한 표정을 짓는다.

"어, 아니야?"

혀를 날름 내미는 오수미의 자연스런 반말 조에, 조부모와 손녀뻘 돼 보이는 사무처장과 오수미의 관계가 궁금해진다. 설마. 각종 협회와 단체들의 외부인 배척주의는 알고 있다. 자판이 떨어져 나갈 듯 크게 두드리는 박선화와 머리에 나사 하나 빠진 것 같은 오수미. 이제껏 면접 보러 다닌 회사들에서 느낀 어린 경리 여자애들 특유의 이미지에서 오수미는 벗어나지 않는다. 남자 사원보다 대졸 여자 신입에게 은근히 더 보이는 듯한, 더 일찍 사회에 진출했다는 자부심과 자격지심이 반반 섞여 묘하게 기선 제압하려는 듯한 태도.

"아, 경북 쪽이구만."

사무처장은 중요 사안이라도 되듯 내 이력서 위에 크게 빨간 동그라미를 친다.

"종교는 무교…."

사무처장은 쩝, 하고 입맛을 다시며 내 이력서를 다시 파일에 집어넣는다. 오수미가 박선화에게 뭔가를 소곤거린다. 어제 내게 전화했던 '팀장'이 출근했을 것 같아 초조해진다.

사무처장을 부르려 할 때, 그는 여유롭게 일어나 뒤쪽 철제 캐비닛에서 두꺼운 클리어 파일 하나를 꺼낸다. 노인 특유의 허리선과 구분 없는 푹 퍼진 엉덩이가 맞바로 보여 눈을 내리깐다.

"자네가 알아 두어야 할 걸 지금부터 내 친절히 요약 정리 해 주겠네."

사무처장은 쯥, 소리를 내고 검지에 침을 묻힌다. 얼마나 오래된 파일인지 비닐 내지가 누렇게 변색돼 있다.

"조직 구성도야. 이 협회의 예산은 매년 문화체육관광부가 편성해. 그 돈은 우리 사무처에 직통으로 오지. 여기 우리 셋이 여기 모든 부서에 돌아가는 돈을 자알, 분배해."

"아, 네."

노인과 박선화, 오수미의 콧대가 센 이유가 있다.

"자네가 가게 될 기획팀이, 뭐 업무 특성상 그렇겠지만 씀씀이가 커 아주 죽겠어. 그게 자네 잘못은 아니지만. 막내가 딱 이렇게 여자분으로 왔으니, 필요 없는 돈 안 새게 김 팀장 좀 잘 단속해 줘. 남자는 여자, 특히 예쁘고 어린 여자에 약하기 마련이거든."

양 무릎을 두 손으로 쓸어내리며 어색하게 웃는데, 오수미가 퉁명스레 말한다.

"나정 언니 있잖아."

"그 친구가 여자냐, 곰인지 뭔지, 쯧. 아무튼 이 조직은 이사장님 아래 크게 단속팀, 기획홍보팀, 사무처 셋으로 구성돼 있어. 우리 사무처는 이사장님 직속이라 협회서도 못 건드리지. 단속팀은 문화체육관광부 관할 아래 다시 온라인팀과 오프라인팀으로 나누어지고, 이건 각 파트장들이야. 자네 팀만 직함이 팀장이고. 현재 협회 총인원은 외주까지 치면 보자⋯ 여든여덟일세. 내 나이 아니야."

"하하, 네."

난 어색하게 웃어 주었다.

"일하다 보면 자연스레 익혀지겠지만, 잘 외워 두도록 하시게."

살짝 시계를 보니 이미 아홉 시 삼십 분이 넘어 있다.

"저, 사무처장님⋯."

사무처장은 못 들은 척 페이지를 넘긴다. 종이들의 왼쪽 위엔 '샘플'이란 글자가 조악한 정자체로 적혀 있다. 사무처장이 신입 교육용으로 뽑아 놓은 협회 양식 모음인 듯하다.

"일이란 형식에서 시작해 형식에서 끝나는 법이지."

사무처장은 거북이 앞발 같은 양손을 깍지 낀다. 그 말에서, 업소의 실장 남자가 나를 산 남자에게 꼭 해 주어야 할 서비스들을 읊어 주던 게 떠오른다.

— 남자랑 자 봤으니 알지?

— 말해 주신 것들까진 해 본 적 거의 없는데요.

— 형식적인 거야. 하지만 모든 일은 형식이 다지. 형식을 잘 지키면, 그게 예술이 되고 진심이 돼. 남자들은 진심에 민감하니 주의해.

"처음엔 좀 어렵지만, 우리 채유리 양은 총명해 보이니 곧 익히게 될 거야. 또 명석하다고 너무 설렁설렁하지는 말고. 흔친 않지만 수습 기간에 쫓겨날 수도 있다고."

— 처음엔 어렵겠지. 하지만 하다 보면 곧 익히게 돼. 익혔다고 또 기계적으로 너무 무성의해서는 안 되고. 기분 잡치면 돈 안 주려 하거나, 방에서 내쫓아 버리는 손님도 있어.

문화 사단법인 사무처장과 매춘업소 포주의 말이 오버랩 된다.

"요즘 시대엔 형식보단 속도성이나 코온텐츠 자체가 중요시된다지만, 모든 일엔 차례와 형식, 전통이라는 게 있지. 갓 쪄낸 두부를 상상해 봐. 두부 틀이 없으면 그게 콩국이야, 콩비지야, 뭐야? 젊은 친구들은 이 진리를 무시해. 형식이 없인 내용도 불가능해. 아니, 형식이 있고 내용도 있는 법이지."

"맞는 말씀입니다."

"문화부 분들은 굉장히 엄격해. 공무원들이 다 그렇지만, 아무튼 괜히 우리 협회에 새 식구 오자마자 지적 들으면 나로서도 기분 좋지 않을 테니, 김 팀장한테도 많이 배우고 처음엔 하드 트레-닝으로 익혀 두는 게 좋을 걸세."

"알겠습니다."

"그래, 그럼."

드디어 사무처장이 파일을 덮는다. 입에서 풍기는 단내를 맡지 않기 위해 숨을 참는다.

"김 팀장도 오티 시키겠지만 당분간은 퇴근 전 나한테 꼭 들르도록. 자, 우리도 슬슬 아침 회의를 해야 하니, 이만 가 보시게."

사무처장은 내 어깨 너머로 세팅하라고 외치며, 날 몰아내듯 테이블을 손날로 쓴다. 오수미가 요란하게 하품하며 분홍색 슬리퍼를 찍찍 끌고 걸어가, 냉장고 위 찬장을 열고 모나카, 초코파이, 크래커 따위를 끄집어 내린다. 협회의 살림은 저 찬장을 다채롭게 채워 두는 데서 시작되는 모양이다.

"저기요."

"네?"

"김 팀장님이 소회의실 1로 오래요." 박선화가 무표정한 얼굴로 손을 들어 왼쪽을 가리킨다.

　김진출 팀장과 나는 서로를 말없이 마주 보고 있다.

　미안한 말이지만 그를 처음 봤을 때, 왠지 일본 애니메이션을 굉장히 좋아할 것 같다고 생각했다. 사람을 외모만으로 단정 짓거나 비하하는 건 질 낮은 태도지만, 머리에 자동적으로 드는 생각은 어쩔 수 없다. 로봇처럼 어색하고 뻣뻣해 보이는 남자. 백팔십오 센티미터도 넘을 법한 큰 키에 마른 몸, 필요 이상으로 흰 피부가 이질스럽다. 눈은 마치 못 볼 거나 과하게 섹시한 여자를 보듯 계속 부릅뜬 채, 당황스러울 만큼 내 눈을 빤히 본다. 난 두 경우 다 해당되지 않으므로 의식할 건 없지만 불편하다.

　"어젠 갑작스레 전화 받아 당황했죠."

　"아닙니다. 아, 사무처에서 오자마자 호출하셔서…."

　"하하, 그럴 줄 알았어요. 힘들었죠?"

　김 팀장은 입으론 하하, 하며 전혀 미소는 짓지 않는다. 검은 바둑알 같은 눈동자가 의안 같다.

　"아닙니다. 간단하게 오티 해 주셨어요."

　"사무처장님한테 배울 게 많을 거예요. 협회의 큰아버지니까. 아, 이제 뭘 하지? 잠깐만요." 김 팀장은 잠시 자리를 뜬다.

　"…그러니까 각종 저작물의 지적 재산권 보호가 우리

일의 요체예요."

적을 필요 없다고 했지만, 미리 가져온 수첩을 펼쳐 열심히 필기한다. 대학 때도 난 공부 그 자체보다는 필기가 더 재미있었다. 갑자기 글자 위로 그림자가 드리워져 고개를 드니, 김 팀장의 표정 없는 얼굴이 가까이 와 있어 반사적으로 몸을 뒤로 뺀다.

"공부 잘하는 친구들은 필기 잘 안 하던데, 성적표 위조했지?"

내 학점은 평점 4.5 만점에 4.25다. 유일하게 거리낌 없이 이력서에 써 넣었던 항목이다. 공부를 좋아했다거나 잘했다기보단 성적을 잘 받았던 거지만, 세상에 자랑해도 될 만한 것이라 생각했었다.

"……"

"농담이에요. 재미없었나? 내가 공돌이라 썰렁해. 문과 나온 유리 씨가 이해해?"

한숨을 쉬지 않으려 노력한다. 그게 말단의 처세법이니.

문득 박현영이 떠올랐다. 잡지사 인턴 때 같은 잡지 편집부에 배치됐던 사람이다. 정기자 채용 시스템은 서바이벌식으로 각 편집부, 즉 팀당 두 명의 인턴을 배치했었다. 박현영은 나보다 두 살 많았는데 한국 삼대 음악 엔터테인먼트사의 홍보팀 과장 자리를 박차고 나와, 오랜 꿈이었다는 잡지사에 인턴으로 도전한 용감한 여자였다. 그녀는 선배 기자들이 요청하기도 전, 이런저런 인맥을 동원해 콘텐츠를 물어다 줬다. 첫 사회생활이라 식사 시간엔 목소리 큰 여자 기자 선배들 사이에서 죄진 듯 눈치만 보던 나와 달리, 박현영은 늘 싹싹하게 이런저런 말을 먼저 잘 붙이고 깔깔 잘도 웃었다. 반면 나와 단둘이 있을 때 그녀는 내게 한 번도 먼저 말을 걸지 않았다.

의외로 박현영 또한 나처럼 최종 선택을 받지 못했지만, 그때는 느끼하게만 느껴졌던 그녀의 태도를 이젠 이해할 수 있다. 상사에겐 파블로프의 개가 돼라.

"온라인팀의 보호 범위는 크게 영상물, 출판물, 음원으로 나뉘어. 대외 단속을 일임하는 오프라인팀의 단속 영역도 똑같은데, 다만 영상물과 출판물이 파일 형태가 아니라 디브이디와 책이고, 음반이겠지?"

"네."

"온라인 단속팀, 오프라인 단속팀, 우리 기획홍보팀 이렇게 셋이 본부에 속해. 아무래도 양적으로 가장 많이 걸리는 건 '멜론 탑 50'. 서태지는 넷상에서 주고받는 양은 별론데, 열성 팬들이 알아서 감시해 우리한테 알려 주더라고. 내가 서태지랑 동갑인데 부러워 죽겠어."

"하하."

난 팀장처럼 눈으로는 웃지 않고, 입으로만 웃는다.

"우리는 문화체육관광부 산하에 있는 기관이고, 문화부가 매년 총 협회 예산의 삼분의 이를 직접 편성하고 출자하는 반(半) 정부 기관이야. 이 말은, 우리에겐 공무를 수행한다는 책임감이 필요하다는 거야. 우린 공무원은 아니지만 반 공무원이라고 생각하면 돼. 상당 부분 국가가 우리한테 돈을 주니까. 무슨 말인지 알겠니?"

난 인기라는 공기업 취업에는 애석하게도 관심이 없었다. 소현은 "유리는 학점이 좋으니까 시험이라도 한번 봐봐."라 추천했었지만, '현대사회론' 수업에서의 "공기업 취직 열풍은 무사안일주의와 복지부동이 지배적인 특유의 기업 문화에 찬동하고, 그 일원으로서 기꺼이 그것을 구현하고 싶어 하는 안일한 안위 추구 정신이다."란 언급에 찬성하는 편이었다. 직업은 돈을 제공하는 수단 이상의 것은 아니라 해도, 다른 시민의 세금을 먹고살며 특권인 양 허세 떨고 다니고 싶지 않았다. 나 또한 납세자의 한 명이니.

하지만 피하려던 길에 발을 걸치게 된 셈이다. 머리가 좀 복잡해지는 기분이다.

"신분과 처우도 준공무원이라 생각하면 돼."

"준공무원이요?"

"실제로 처벌받은 사례는 없지만, 우리는 공무원 행동 준칙을 따라야 해. 나중에 나정이한테 하나 프린트해 주라고 해야겠군."

팀장은 굳이 우글우글 물로 입을 헹구곤, 말을 잇는다.

"솔직히 우리 협회는 대기업이나 복지 좋은 사기업처럼 많은 걸 제공해 주진 못해. 조건만으로 보면 첫 직장으로선 성에 안 찰지도 모르겠네. 하지만 협회라는 곳의 장점은, 소위 가족 같은 분위기란 거잖아. 대형 사고만 안 친다면 우리 오래오래 볼 수 있어. 좋지?"

오수미의 오만방자함이 이해된다.

"다만 우리 팀만은 그런 면을 좀 쇄신해 나가고 싶어. 온정주의보다는 실력과 성과 우선, 그게 내가 기업 문화에서 가장 추구하는 가치야."

팀장은 자신의 위치보다 욕심이 많은 사람이라 분석된다. 전공 수업 때 배웠던, '시이오(CEO)와 자신을 동일시하는 중간 관리자'의 전형이랄까. 이사장의 혈족이 아닌 이상 그가 올라갈 수 있는 위치엔 한계가 있을 테지만, 올라갈 테면 올라가라지. 난 어느새 팀장이 협회의 장점으로 설파한, 내가 대학 땐 경멸했던 '복지부동'에 마음이 끌렸다. 경쟁에 지쳤다. 멀리 도는 길 노노, 쉽게 쉽게 가야지. 하지만 협회 자체가 루즈한 분위기라도 팀장 혼자 성과며 경쟁 운운하며 날뛴다면 어느 장단에 맞춰야 할지, 고민해 볼 지점이다.

매춘을 떠올린다. 일반 직장인의 주 오 일, 하루 아홉 시간보단 시간으론 덜 일하지만, 매춘녀는 한 달에 수십 명의 남자와 자야 한다. 첫 일이 끝난 후, 업소로 돌아가 실장에게 바로 '퇴사' 의사를 밝혔었다. 그날 손님 남자는 우려와 달리 노멀했고 섹스는 섹스일 뿐이었지만, 그걸 마치고 난 후 "못하겠어요."라 말했었다.

꼭 처음 면접 보던 날 실장처럼, 김진출 팀장은 네겐 선택의 여지가 없다는 눈빛으로 나를 쳐다본다. 난 팀장이 내민 손을 잡는다. 김 팀장의 눅눅하고 차가운 손, 내 몸을 더듬던 남자의 두툼하고 이상하게 뜨끈하던 손, 어설프게 마주 잡았던 실장 남자의 날렵한 손.

다양한 남자들의 손을 잡아야만 사회란 곳에 발 들여놓을 수 있나, 난 잠시 생각해 본다. 몇 번을 겪었으니, 마치 손바닥에 보이지 않는 섬모라도 돋아 있듯 익숙한 모욕을 예비한 내 손은 살짝 움츠러들었다. 하지만 팀장은 청담 광고대행사 구선일, 역삼 업소 실장처럼 마디 굵은 손가락으로 내 손바닥을 긁진 않았다. 낮과 밤, 최소한의 존중과 당연하게 행해지는 모욕. 이제는 후자보다는 전자를, 음지 아닌 양지를 택할 시간이야. 난 팀장을 보며, 신출내기 사회인 여자들이 그렇듯 어색하고 조심스런 미소를 띠었다.

역삼-3

내 인생 첫 섹스는 사건도 안 되는 해프닝이었다. 하지만 그건 어느 정도의 상흔을 남겼다. 물론 신체적인 것은 아니었고, 전혀 예상 못 하게 심리적인 부분이었다.

짧았지만 남자 친구라 불렀던 남자가 첫 섹스 후, 아르헨티나에 있는 가족의 가업을 이으라는 부름에 떠나게 됐다는 웃음도 안 나오는 거짓말을 하곤 일방적으로 연락을 끊었다. 예상해 본 적 없는 일이 일어날 때 난 취약했다. 다른 여자애들처럼 연애의 낭만성과 미래성을 그닥 꿈꿔 본 적이 없음에도, 부끄럽게도, 나는 상처받았다.

용석과 빨리 자려 했다고 해서 그를 단순히 잠자리 상대로 대했던 것은 아니었다. 진짜 연애를 해 보고 나서야 그런 관계도 만드는 것이 가능하다. 나는 처음이었고, 남자와의 관계에서 동물적인 걸 더 생각했대도 세상이 말하는 연애의 관념을 받아들일 수밖에 없었다.

세계가 여자와 남자에게 바라는 관계는 궁극적으론 연애고, 세상이 권장하는 연애는 역할극이다. 용석과 내가 했던 일은 연인이라는 양태의 모방이다. 사귀자는 고백을 받고 시작하고, 서로의 일상, 학창 시절, 가족에 대한 얘기를 수시로 나누고, 일말의 호감 없인 섹스보다 불가능한 입맞춤을 하고, 매일 잠자리에 들기 전 침대에 웅크린 채 통화하며, 불확실하지만 미래의 계획을 공유한다. 하지만 용석이 그랬던 것처럼 나 또한 그의 머릿속에는 진심으론 관심이 없었다. 가끔 이건 아닌데, 싶은 게 있어도 목구멍 뒤로 삼켰다. 만일 그를 정말 좋아했다면 대화를 했을 것이다. 용석과 나누는 말에는 그림자가 없었다. 누구나 다 가진 묵직한 과거가 상대의 입에서 끌려나올 때, 그걸 껴안는 과정은 사랑에 필수적이다. 우리가 연인을 흉내 내며 떠들어댄 밀어에는 그런 게 없었다. 용석과 나는 그냥 동물이었다. 동물은 복잡한 인간과는 달라 상처받지 않는다. 그러므로 내가 상처받을 이유는 없었다.

그럼에도 내가 마지막엔 핸드폰을 붙잡고 징징거릴 정도로 상처라는 걸 받은 이유는. 정답은 없다, 그 빌어먹을 '여자' 외엔. 몇천 년 동안 사랑과 섹스에 의미를 부여하게 훈육되어 온 여자란 성별.

그때 다짐한 것 같다. 내 취약성을 드러내지 않겠다. 그것을 차라리 이용할망정, 사랑에 빠지지는 않겠다. 내가 생각한 여자와 남자가 자연이라면, 그 생각 그대로 행동하면 되는 것이었다. 그러므로,

"그럼요, 빨 수 있죠."

그렇게 답했을 때, 실장은 반신반의하듯 날 봤었다.

일에는 감정이 필요 없다. 감상도 필요 없다. 나는 돈을 벌어야 했다. 내가 가장 필요로 하는 건, 진정한 사랑도, 최고의 남자도 아닌 돈이었다.

자기 힘으로 버는 돈은 인간에게 사회적 정체성을 부여한다. 그 안에서 보호받는다고 느껴 본 적도 없지만, 이젠 학교라는 느슨한 울타리에조차 기댈 수 없으므로 더더욱 수입이 필요하다.

직업은 세계에 이미 구비돼 있는 요건. 물론 세상에 없는 직업을 만들어 돈을 벌 수도 있겠지만, 그건 절대 다수에겐 해당 사항 없는 일이다. 요는, 나는 '선택받는' 존재다. 낮은 림보를 여러 개 통과하면 돈, 자존, 사회적 정체성과 자립이란 상이 주어진다. 이 과정은 매우 어렵지만, 일종의 피학적인 쾌감 또한 준다.

실장은 내 값을 얼마로 매길지 머리를 굴리고 있었다.

"바로 일할 수 있다 했지?"

"네."

"애매하네. 원석 같기도 하고 짱돌 같기도 하고."

실장이 뱉은 말은, 의도했건 그냥 던져 본 말이건 세계에서의 내 위치를 반영했다.

공인된 예쁜 여자들이 있다. 그녀들은 광고판과 티브이와 잡지 화보 속에서 어쩌면 같은 얼굴로도 보인다. 학교에도 예쁜 여자애들이 있다. 그 애들은 언제나 비누 향을 풍기고 다녔다. 머스크 향이나 로즈, 복잡한 퍼퓸 등 성숙한 여자를 연상시키는 향은 한 번도 없었던 기억이다.

그리고 그건 대개 진짜 비누가 아닌, 비누를 교묘히 흉내 낸 보디로션이나 미스트 향이다. 만들어진 순수함엔 계산이 필요하고, 한국 사회의 미녀는 이를 감쪽같이 구현하는 여자다.

아무튼 여자의 향 선택 1. 샤넬 넘버 파이브나 딥티크 2. 비누(로 착각되는) 향 은 그녀가 소구하는 남자 층을 결정하며, 이는 그 여자 삶의 많은 경로를 결정한다.

대개는 2가 1보다는 훨씬 안전한 선택이다.《GQ》를 열독할 느낌의 남자들과 그렇지 않은 남자들은 다른 공간에서 사뭇 다른 삶을 산다. 비누 향을 좋아하는 대중적 남성층을 공략하는 것은, 한국 미혼 여성에게 꽤 중요한 삶의 전략이다.

희애, '옥타곤'이나 '플렉스'에 갔다가 호텔을 찍고 다음 날 이른 오후 수업에 바로 오곤 하던 그 애는, 머리는 못 감을망정 향수는 절대 잊지 않았다. 희애는 삼 년 내내 엘리자베스 아덴 그린티만 뿌렸다. 그린티는 글로우 바이 제이로와 함께 비누 향이 나는 향수 중 저렴한 것으로 널리 알려져 있다. 희애는 인천에서 무역회사를 경영하는 부모의 외동딸이다. 원한다면 니치 향수도 얼마든지 살 수 있을 것이다. 희애 자체도 스튜어디스 지망생이니만큼 미용에 관심이 많다. 그러면서도 늘 그린티만 뿌렸다.

나는 그런 희애가 좋았다. 세계에서 자신의 좌표를 파악하고 운신하는 건 아주 중요하고, 한국의 젊은 여자는 더더욱 그렇기 때문이다. 그걸 모르고, 혹은 너무 잘 아는 척 허상에 빠져 있다면, 그녀가 레드 카펫인 줄 알고 사뿐사뿐 걷는 길은 유황불의 길일 뿐이다.

본격적으로 업무에 투입되기 전날, 실장은 보이스톡을 걸어 왔다.

"자연이던가? 모두."

"아, 네."

"근데 좀."

"평범한 편이죠? 실제 일하는 분들에 비해서는."

실장과 대화할 땐 그렇지 않은 척하려 해도, 왠지 나자신 머저리처럼 긴장을 그대로 드러내는 것처럼 느껴졌다.

"받아치는 매력은 있어. 근데 말은 씨처럼 뱉기보단 삼키는 법을 배워야 해. 아재들은 당돌한 건 상큼하다 좋아하지만, 따박따박 하는 건 또 싫어하거든."

그 두 용어의 차이를 묻기 전, 실장은 자신과 내가 부담해야 할 초기 투자비를 권태로운 어조로 읊었다. 숫자가 갑자기 쏟아져 다 기억할 순 없었다.

하기 나름이야, 다만 자기 하기에 따라 초기 몇 달은

투자가 수익을 웃돌 수도 있지, 실장이 얘기했다.

"매일 본인이 해야 할 간단한 산수도 있어. 옷 대여비, 콜떼기, 피부 관리비 등등. 똑 부러지게 챙겨야 눈 뜨고 코 안 베일 거야. 난 바빠서 마담 하는 일까진 관여 안 하거든."

얼굴 지적도 빼놓지 않았다. 굳이 실장이 짚어 주지 않아도, 난 어떤 여자들처럼 보편적으로 선호되는 얼굴은 아님을 알고 있었다. 남자가 예로 든 여자 연예인들은 모두 얼굴이 쌀알처럼 갸름하고, 팔다리가 자로 그은 듯 일자였다. 그런 여자는 비단 술집을 찾는 남자만이 아니라 모두가 사랑할 것이다.

나도 어쩌면 그런 여자가 되는 걸 간절히 욕망했었다. 하지만 내가 사랑하는 건 그것과는 가장 거리가 먼 외모의 여자, 자인이었다. 실장의 말을 들으며, 난 자인의 둥실한 몸피를 멍하니 떠올렸다. 안락한 세간의 기준이 아닌 불안정한 이상을 택한, 나의 아름다운 적란운.

그러나 난 자인이 아니라서, 시카고 아닌 서울에서 내게 주어진 조건을 받아들이는 것이다. 꿈과 이상은 아름답지만, 아름답지 않은 것조차 기어이 살아내는 것이 삶이기 때문에.

홍대 & 신림

난 재즈를 모른다. 하지만 자인이 부르는 재즈는 안다. 그것은 단순한 음악이나 노래 이상의, 사람의 내밀한 고통과 좌절, 열망에 대한 절절한 고백이다.

고통을 증언하는 방식은 한 개인의 품격을 좌우한다. 특별히 민감한 감성을 갖지 않은, 이 사회가 널리 권장하는 스트레스 해소 방식을 거부감 없이 받아들이는 사람들은 노래방에서 악을 쓰고 길바닥에 토하기도 하고, 제정신이 아닌 상태에서 낯선 이와 모텔에 가기도 한다.

품위 없는 촌극들은 타인의 피로를 가중시키며 고통 해소에도 도움이 되지 않는다. 이미 고통은 세상에 차고 넘치므로, 드러낼수록 싸구려 전단지로 남의 발에 차일 뿐이다. 그들이 그렇게 품격 없이 몸부림칠 때, 자인은 가사를 쓰고 노래를 불렀다.

자인을 알게 된 건 양진영 때문이다. 양진영은 내가 고등학교 이 학년 때 어정쩡하게 친하던 애다. 어정쩡하게 친하단 건 등하교를 같이 하고 은밀한 비밀을 말하는 완전 단짝은 아니면서, 점심은 같이 먹고 체육시간 자유 조를 만들 때 뭉치는 정도 사이라는 의미다. 양진영과 난, 남자 아이돌 멤버의 이름이 옆 반 애 이름처럼 오르내리는 여고 교실에 혼자 앉아 락 음악을 듣던 공통점으로 뭉치게 되었다. 당시 학교 정문 앞엔 중고 잡지 서점이 있었는데, 우리는 팝 음악을 다루던 《핫뮤직》 과월호를 돌아가면서 사 돌려 봤다. 잡지 표지들엔 묵은 때 같은 먼지가 끈 끈하게 앉아 있었으나, 그걸 나눠 보는 건 우리에겐 큰 기쁨이었다.

어느 쉬는 시간, 나란히 앉아 이어폰을 꽂고 《핫뮤직》을 보는데 양진영이 말했다.

"옆 반에 일 학년 때 같은 반 했던 내 친구 있거든. 걔가 나보다 더 음악 많이 알아."

"그래?"

양진영의 리스닝 폭은 나보다 훨씬 넓었다. 당시의 내 기준으로는 그런 양진영의 친구란 애는 음악 평론가쯤이나 되나 싶었다.

얼터너티브, 프로그레시브 록, 헤비메탈, 전자음악을 넘어 프렌치 팝, 국악, 클래식과 재즈까지 섭렵하고 있다는 신비의 인물은 오래지 않아 직접 만날 수 있었다. 그 애가 자인이었다.

자인의 첫인상은 온통 엷고 부드러웠다. 잡티 하나 없이 흰 피부에 어깨와 손등, 종아리는 둥글둥글했다. 하지만 눈빛은 조용하고 단단한 결기가 뭉쳐져 있었다. 속내가 여려 더 삐딱한 눈빛을 연출하는 또래 애들과 달리, 외부를 적극적으로 거부할 필요도 없이 스스로 단단한 눈빛이었다. 자인은 키가 작고 비만한 편이었다. 하지만 작

고 야무진 프랑스 인형 같은 얼굴이 그 때문에 더 도드라
졌다.

"안녕."

자인은 그렇게 내 세계에 인사했다.

교실 창틀에 기대 서 있다가, 어색하게 허리를 바로 세
우며 이어폰을 빼자 자인이 연한 눈동자로 날 쳐다보았
다. 정오를 갓 지난, 가장 뜨거운 햇빛이 그 애의 얼굴을
정면으로 비추고 있었다. 눈이 부실 텐데도 자인은 눈을
전혀 깜빡이지 않았고 순간 그 애는 거대한 발광체처럼
보였다. 나는 예감했다. 이 순간은 오래도록 기억에 남을
거라고. 어쩌면 죽는 순간 마지막으로 떠올릴 장면이 될
지도 모른다고. 그런 자인에 대한 매혹과, 알 수 없는 좌절
이 섞인 불안한 파동을 느끼면서, 난 간신히 자인을 마주
보았다.

그 후 고등학교를 졸업할 때까지 우리는 가끔 복도에
서 마주쳤지만, 어색한 눈인사 외에 말을 섞진 않았다. 내
성적인 십 대들 사이에서 있을 법한 일이다. 자인에게 요
즘은 어떤 음악을 듣는지, 어느 밴드가 잘나가는지 물어
볼 수도 있었지만, 이상하게 그 말을 하기가 힘들었다.

마지막 자인의 안부는 학교 정문에 걸린 현수막으로
확인할 수 있었다. 자인은 양진영과 함께 그해 단둘인 서

울대 합격자였다. 나도 그럭저럭 공부를 하는 편이었지만 급이 달랐다. 언사외(언어 사탐 외국어)를 제외한 다른 과목 점수는 형편없어, 재수를 고민하다 운 좋게 논술 점수로 사립 대학의 비인기학과에 간신히 합격할 수 있었다. 대입을 다시 준비할 바엔 자살을 택했을 것이므로, 일단 고등학교에서 탈출한 것만으로 다행이라 생각했다.

반년 후, 곧 잊을 남자들을 만나느라 잊고 있던 자인과 뜻밖에 인터넷에서 재회했다.

지금은 안 들어간 지 오래지만, 대학 이 학년 때까지 자주 가던 여성 전용 사이트가 있다. 갓 성인이 돼 팽만하던 자의식을 쏟아붓기 적절한 곳이었다. 그 사이트는 게시판, 사진첩, 방명록만으로 구성되는 기본형 블로그가 개인 회원의 '방'인 개념이었는데, 그것을 가입하는 모든 회원에게 제공했다. 기치는 여성주의였으나 과격한 래디컬에서부터 여성주의를 곡해해 유부남 불륜 상대에게 연서를 보내는 사람까지, 모든 생물학적 여자를 포용했다. 선명히 파가 갈린 그들은 때로 주어만 생략해 상대 진영을 비웃고, 비꼬고, 비방해 운영진이 나서는 사태까지 벌어졌는데, 뭐 어떤가. 낙태 비범죄화에 나서든 소위 불륜을 하든, 설령 여성주의는 아닐지언정 여자는 어떤 식으로든 살 수 있고 그게 제일 중요하다. 이즘(ism) 위에 사람이 있는 거니까.

아무튼 내 '방'에 쏟아부은 글들이야, 그냥 정념 덩어리였다. 블로그의 이웃 개념인 '의자매'도 별로 없었다. 그런데 어느 날 낯선 '의자매' 중 하나에게 쪽지가 왔다.

혹시 서울의 ㅎ으로 시작하는 여고를 나오셨나요?

고이 때 담임은 문씨 성의 변태였다. 당시 난 경기도에 있던 학교에 다니다 일 학년 말 전학을 왔다. 문변태는 내가 전학생이라는 걸 알고 있었다. "유리는 성적도 썩 좋고. 눈이 참 둥그러니 이뻐." 교실 뒤편에서 문변태는 내 귓불과 위 팔뚝 안쪽을, 미처 이상하다는 생각을 하기 전 빠르게 만지곤 뗐다. 내게만 그랬던 건 아니었다. 어떤 식으로건 자신의 눈에 띄는 여자애들의 귓불과 볼, 팔 안쪽과 옆 허리선을 지분대기를 그 인간은 매우 좋아했다. 가슴과 엉덩이는 만지지 않았기 때문에 그의 행동은 공론화되지 않았다. 문변태는 담당이던 문학 시간에 자기가 만져 본 여자애들의 각 신체 부위를 문학적 수사로써 논평하곤 했다.

문변태에게 같은 해 문학 수업을 들었던 H여고 동창생이자 알고 보니 내 의자매였던 자인. 이미 자인의 언어에 난 매료되고 있었다. 쪽지를 받기 전부터, 난 이미 내

방만큼이나 자인의 방에서 긴 시간을 보내고 있었다. 내가 쓰던 글이 숨찬 허우적거림이라면 자인의 글은 시어였으니. 그 애의 언어는, 학교 교실에서 본 그 애의 눈빛처럼 정갈하면서 단단했다. 젠체하지 않으면서, 과장도 위축됨도 없이 덤덤하게 학교와 아르바이트와 교외 활동, 그리고 자신이 하고 있고 앞으로 하려는 음악이라는 넓은 세계까지 품어내는.

자인은 제 삶을 윤색하지 않았다. 자인이 사는 삶은 진짜였다. 학교 문화지를 펴내는 편집위원이자 재즈 동아리 일원, 여학생회 활동을 돕는 와중에 매주 두 번 망원동의 연습실에서 합주를 하고, 매끄러운 재즈 가사 발음을 위해 프랑스문화원에서 불어를 배우면서, 독립영화제와 내한하는 재즈 싱어들의 공연도 놓치지 않는. 나는 자인이 영어와 불어로 지어 적는 시 같은 짧은 가사들을 가만 들여다보며, 행간들 사이에 고인 의미를 파악해 보려 골몰했다.

그때, 그리고 지금까지도 자인처럼 이 사회가 크게 환영하지 않는 목표를 위해 헌신하는 인물을 직접 본 적은 없다. 우리 세대는 문화의 수혜자들이다. 전시, 공짜 음악, 영화, 만화책과 웹툰은 언제든 준비돼 있고, 이것들은 쉽게 부자가, 문화인이 된 듯한 충족감과 자부심을 느끼게 한다. 실제 뭔가를 만들어내지도 않으면서 비슷비슷한 문화 상품을 소비하는 것만으로 은밀한 자만심을 갖고, 크고 중요하지만 재미없어 보이는 문제들엔 눈 감는다. 나 자신 및 내가 알아 온 모든 사람들은 그랬고, 그렇다. 하지만 자인은 달랐다.

자인에 대한 내 순정은 당연한 수순이었다.

그날의 잉크 한 방울 떨어진 짙은 코발트색 공기를 아직도 기억한다.

시간은 저녁으로 치닫고 있었다. 시폰 블라우스는 사월 저녁 공기엔 다소 얇았다. 그렇지만 동행자의 말이 날 기쁘게 했다.

"누나, 오늘 예쁜데요."

"알아."

"이럼 커피 사 줄 거죠?"

"어, 근데 그 전에 얼어 죽지 않게 해 줘."

난 안아 달라는 뜻이었는데, 눈을 데굴데굴 굴리던 현재가 재킷을 벗어 내 어깨에 걸쳐 주었다. 현재와 눈을 마주치고 시선을 내리깔았다. 아, 여자와 남자 사이에서는 이런 모먼트가 가장 좋아, 생각하며. 섹스 이전에만 가능한, 뜨거운 빵 위에 놓으면 녹아내릴 슈거코트 같은 달콤함. 더 큰 쾌락은, 나만 아는 기만을 상대 모르게 조금씩 베어 무는 희열감.

난 마음의 연인 자인을 보러 가며, 육체의 연인으로 그때 원하던 현재를 데리고 가고 있었다.

그때쯤 마지막 연습에 박차를 가하고 있을 자인을 떠올리니, 가슴 밑바닥부터 조용한 북소리 같은 진동이 울려 올라왔다. 동시에 현재에게 여자를 부리는 봄날 저녁 공기는 취할 듯이 향긋했다. 결과 색이 다른 두 개의 감정을 분해해, 난 두 배가 된 행복을 현재 몰래 만끽하고 있었다. 부드럽고 설레는 저녁이었다.

"친군데 빨간 장미? 흰색이나 분홍이 낫지 않을까?"

내 요청대로, 서울대입구역 출구에서 현재는 자인에게 줄 장미를 손수 골라 주었다.

자인의 교내 문화지 제작비 모금 행사에 초대받아 가는 길이었다. 버스 차창 밖으로 이어지는, 한국 최고의 대학 주변가치곤 초라한 상점들이 줄지어 선 길을 눈으로 가만 짚으며 그곳을 오가는 자인을 상상해 보았다. 그때까지 자인이 노래하는 모습을 직접 본 적은 없었다.

"우리 학교서 꽤 떨어진 동네라 생경하네요."

"수능 치고는 처음이네. 삼 점 모자라 떨어졌잖아."

"거짓말이죠."

"응."

현재와 난 겨우 행사 장소인 호프집에 닿았다. 발을 딛을 때마다 증폭되는 삐걱거림과 눅눅한 냄새에, 우린 서로를 보며 미간을 찌푸렸다. 나무 계단을 내려갈수록 웃음소리와 날카롭고 간헐적인 합주 소리가 가까워져 왔다. 왠지 심장이 조여드는 것 같았다.

지하 입구에 서서 두리번대며 자인을 찾았으나 보이지 않았다. 어둠침침한 벽엔 지미 헨드릭스, 더 후, 큐어, 재니스 조플린 등의 흑백 포스터가 붙어 있었다. 계단을 중심으로 왼편엔 ㄷ자 모양으로 바텐석이 있고, 간이 무대와 소파들이 놓인 자리는 오른쪽에 있었다.

넓지 않은 공간에 십여 명의 애들이 바쁘게 움직였다. 그 애들은 구김은 없었지만, 우리는 엘리트면서 문화적인 뭔가를 만들어 나간다는 숨길 수 없는 자부심과 단합심을 감추지 않는 양 보였다. 그 애들로부터 비켜 서서 계단 옆 테이블에 마련된, 자인이 펴내던 문화지를 훑어봤다. 소책자에 가까운 얇은 잡지의 이름은 《에피파니》였다.

에피파니(epiphany, 현현). 나는 그 단어를 여러 번 발음해 보았다. 입술 사이로 얇은 나비 날개를 부서지지 않게 살짝 머금었다 떼듯. 에피파니, 에피파니, 자인.

"와 줬네요."

어색하게 웃으며 다가오는 자인을 향해 불쑥 장미부터 내밀었다. 자인은 반가움보다는 의외라는 표정으로 희미하게 웃었다. 현재는 자인을 향해 어정쩡하게 목례했다.

"남자 친구 분이에요?"

"에이, 학교 후배요. 이쪽은 현재, 이쪽은 자인 씨."

"오시느라 힘드셨죠? 현재, 씨."

자인과 현재는 똑같이 내향형이었다. 나 역시 그들 틈에서 어쩔 줄 모르겠는 느낌이었다.

"이호선 타면 금방인데요. 이제 공연, 하시나 봐요."

안경 쓴 남자애가 하이 햇과 라이드 심벌을 교대로 내리치며 소리를 점검하는 통에, 서로 잘 들을 수 없었다.

"좀 이따 바로 올라갈 거예요. 학생 밴드니 큰 기댄 마세요, 유리 씨."

"그래도 기대할래요."

"재즈 좋아해요? 유리 씨도 음악 좋아하는 것 같던데."

"…안 가리고 다 좋아하죠."

여고 동창이지만, 우린 아직 어색한 존대를 하고 있었다. 실제로 만난 건 고교 졸업 후 처음이었으므로. 유감스럽게도 자인은 여고 때 양진영의 소개로 날 처음 만났던 날은 까맣게 잊어버린 것 같았다. 그 애 눈 속의 난, 온라인에서 우연히 만난 기억나지 않는 여고 동창생 정도였다.

어둠 속에서 난 자인의 온몸을 핥듯 탐색했다. 별로 바뀌지 않았다. 손끝으로 더듬고픈 복숭아 같은 볼과 이마,

둥실한 몸피, 마스카라를 칠하지 않은 촘촘한 속눈썹, 자그마한 코와 얇은 쌍꺼풀, 부드럽지만 단단한 결심이 맺혀 있는 듯한 연갈색 눈동자, 정직한 맨손톱.

자인의 모든 것은 나와 대조됐다. 내 몸은 마르고, 선명하게 화장하고 있었으며, 손톱도 매니큐어가 잘 발라져 있었다. 내겐 없는 자인의 모든 것은, 신선한 과실이었다. 개척자처럼, 자인의 아름다움은 나만이 발견하고 찬양할 수 있는 것이었다.

여전히 자인은 예쁘다는 혹은 예쁘려고 노력하는, 날 포함한 여자애들과 거리가 멀었다. 부스스한 머리칼과 몸집을 가리려 입은 듯한 풍덩한 검은 셔츠, 해진 스니커즈. 자인이 너무 사랑스러워, 나는 모든 말을 잃고 허둥거렸다. 날 가만 보는 현재의 시선이 옆얼굴로 느껴졌다.

여기저기서 자인을 찾아댔다.

"챙겨 드려야 되는데." 자인이 미안한 듯 말했다.

"아니에요, 가 보세요. 공연 잘해요."

내 말이 끝나자마자 자인은 어색한 웃음만 남기곤 어둠 속으로 사라졌다. 같은 문화지 편집부인 듯한 애들 사이에서, 자인은 내겐 보이지 않은 익살스런 표정과 큰 미소를 보였다.

열댓 개쯤 놓인 철제 의자에 나란히 앉아, 난 현재의 팔짱을 끼었다. 마른 듯 단단한 그 애의 팔꿈치에 상체를 바짝 붙이고, "벌써 피곤해." 말하며 살짝 기댔다. 어둠 속에서, 긴장한 고양이처럼 현재가 등을 빳빳이 곧추세우는 게 느껴졌다. 난 자인이 내게 던진 알 수 없는 소외감을 보상받고자, 살짝 웃으며 현재와 눈을 맞췄다.

모든 실내등이 꺼지고, 핀 조명이 켜졌다.

빛 속에 한 여자애가 등장했다. 그 애는 간단한 인사를 한 후, 행사를 준비한 몇 명의 이름을 읊었다. 이자인이라는 이름이 제일 분명히 들렸다. 자인은 보이지 않았다. 인당 하나씩 분배된 코로나 병에 입술을 대자, 불이 꺼졌다. 누군가 짧게 휘파람을 불었다.

조명 가운데 자인이 등장했다. 그 애가 스탠드 마이크를 고쳐 잡자, 공간의 웅성대던 소음들이 순간 수축됐다. 안경 쓴 남자 드러머의 카운트와 함께 노래가 시작됐다.

그때 자인이 부른 곡이 뭐였나. 엘라 피츠제럴드였는지 빌리 홀리데이였는지 냇 킹 콜인지, 기억나진 않는다. 그건 중요한 게 아니었다. 내가 주목한 건 자인의 밍크 같은 목소리였다. 가볍기만 한 건 아니었고, 때론 공기 중을 떠도는 깃털 같았다. 일순 내려앉아 끈끈한 액체처럼 심장을 진득이 감싸고, 다시 발바닥까지 흘러 내려갔다가 머리끝까지 날카롭게 치솟는 목소리. 그런 노래를 레코딩이 아닌 코앞에서 육성으로 듣는 건 처음이었다.

갓 노래를 시작한 자인의 객관적 수준이 어떤지는 중요하지 않았다. 지금도 그렇지만 그때도 재즈를 썩 즐겨 듣는 편은 아니었다. 재즈를 들으면 머릿속에 풀린 털실 뭉치가 여기저기 굴러다니는 듯한 기분이 든다. 간명하지 않고, 유동체처럼 머리 곳곳을 흘러 다니는 불분명한 언어.

자인이 구사하는 재즈는, 아직 스캣과 그로울링 같은 스킬에선 관객을 잠깐 민망하게 할 정도로 서툰 면도 있었지만, 무언가 빛나는 것이 확실히 있었다. 난 그게 용기라고 생각했다. 그 애는, 무엇인지 그때 나로서는 파악하기 힘들었지만, 분명 노래로 자기가 하고 싶은 말을 하고 있었다.

자인에게 집중하는데 핸드폰이 진동했다. 용석 이후 한 명의 남자를 거쳐, 당시 데이트하던 일곱 살 위 회사원이었다. 그와의 밤 약속을 까맣게 잊고 있었다. 자인의 공연엔 잠깐 얼굴만 비쳤다가, 그가 일하는 여의도에서 같이 저녁을 먹기로 했었던 걸 까마득히 잊고 있었다. 슬쩍 옆을 보니, 의외로 현재는 복잡한 심상이 떠도는 심각한 얼굴로 공연에 집중하고 있었다. 난 핸드폰 전원을 꺼 버렸다.

회사원 남자와의 데이트는 머릿속에서 치운 채, 그날 공연이 끝날 때까지 어둠 속에서 계속 자인을 지켜봤다.

잠시도 눈을 떼지 않았다. 눈을 뗄 수 없었다. 난 자인이 하는 사소한 몸짓, 막간에 하는 별것 아닌 농담과 그 애가 뱉는 음절 하나하나를 빨아들였다.

"어땠어, 공연?"

"솔직히 전 거의 시시엠이랑 국내 록만 들어 잘 모르겠지만, 분위기가 되게 독특했어요. 누나 친구… 분, 노래 참 잘하시더라고요."

공연이 끝나고 하나둘씩 어수선히 자리를 뜰 때, 현재는 자인에게 가 보라며 손짓했다. 오랜만에 보는 소중한 친구고 뒤풀이 때 와도 된다고 했다면서요, 우린 나중에 학교에서 봐요, 라며.

아무것도 모르는 순수한 남자란 얼마나 희소하고 소중한지. 그 밤 만나기로 했던 회사원 남자 같은 남자들은, 절대로 줄 수 없는 쾌감이었다.

"너도 나한테 소중한 후밴데? 저녁 같이 먹자."

자인네의 뒤풀이에 가는 대신, 현재와 지하 클럽을 나서는 길에 난 《에피파니》의 지난 호들을 잔뜩 챙겼다. 남자를 아는 방법은 같이 자기 전과 잠자리 할 때와 잠자리 후의 행동들을 냉정히 관찰하는 것이라면, 여자를 잘 아는 가장 좋은 방법은 하나뿐이다. 그녀가 쓴 글을 읽는 것.

현재와는 서울대입구역 근처에서 쌀국수와 맥주 두 잔씩을 먹었다. 약간 취했음에도 난 현재 대신 자인과 잤다, 지하철에서. 집으로 오는 이호선과 육호선 열차 안에서《에피파니》를 탐독했다는 뜻이다.

소규모 인쇄소에 주머니 빠듯한 학생들이 의뢰해 만든 잡지의 조악함을 뚫고, 자인의 몸은 빛났다. 영과 육 모두를 채우는 이상적인 여인처럼, 그 애의 글은 아름다운 육체성과 지성을 모두 지니고 있었다. 마치 그 애가 구사하는 재즈처럼. 자유로우나 내적 논리가 있고, 뜨거우면서도 절제되고 단단히 완결된 흠 없는 구조물이었다.

여대생과의 뜨거운 밤을 기대했다가 이유도 모르고 바람맞은 회사원에 대한 생각 따위 조금도 없이, 그 밤은 흥분으로 잠들지 못했다. 이불 속에서 몸을 만지며 검은 니트를 입은 자인의 가슴을 생각했다. 거기에 입을 맞추고, 자인의 옷 속에 손을 넣는 날 상상했다. 그러면서 내 사랑은 매우 비밀스럽고 험난할 것임을 예감했다.

결국 자인에게 마음을 고백하진 못했다.

자인은 늘, 너무 바빴다. 자인은 나이 많은 멤버들과 콰르텟을 결성하고, 졸업 후엔 서울 재즈 아카데미에 입학했다. 재즈바, 레스토랑, 예식장을 가리지 않고 아르바이트를 해 유학비를 마련했다고 그 애의 '방'에서 읽었다.

반면 내 시간은 철저히 지리멸렬하고 평이했다. 주기적으로 돌아오는 시험과 과제와 발표엔 충실했다. 좋아서라기보단 그것 말곤 할 일도, 할 수 있는 일도 별로 없었기 때문이다. 난 동네의 머리 나쁜 중학생에게 영어를 가르쳐 쉽게 용돈을 벌고, 학교 도서관에 출근 도장을 찍는 것에 자족하며 가벼운 소설책들을 빌려 보고, 그래도 시간이 남으면 헬스장에 다니고, 그 모든 게 다 지겨워지면 남자들과의 관계에 몰두했다.

특히 섹스는 마르지 않는 샘이었다. 그건 당시엔 재미있지만 나중에 생각해 보면 내용이 잘 기억도 나지 않는 책들을 연달아 읽는 것에 가까웠다. 남자들이 정액을 배출하듯, 여자인 난 똑같이 머릿속에 고여 오는 노폐물을 땀처럼 휘발시켰다.

희애는 강남의 클럽이나 나이트에서 만난 남자애들과 보내고 잊는 하룻밤에 대해 가끔 얘기해 줬지만, 난 거기까진 자유로워지지 못했다. 대신 난 섹스를 위해 남자친구를 사귀었다. 물론 다른 연인들처럼 영화도 보고 같이 걷기도 하고 매일 전화하는 데이트도 했지만, 궁극적으론 섹스를 하기 위해 그 모든 단계를 거친 것 같다. 만날때마다 거의 섹스에만 몰두하는 사이는 당연히 석 달도 넘기기 힘들었다. 그런 관계가 끝난 후, 해방감 후에 찾아오는 어딘지 모르게 상처받는 느낌이 들면, 그 생각에 빠지기 전 또 다른 남자 친구를 만들었다.

— 아뇨, 누나 그냥 늘 바빠 보여서. 저도 요즘 크리스

천 동아리에서 하는 외부 활동들로 정신이 없네요.

현재는, 자인의 공연을 같이 다녀온 이후 썰물이 밀려가듯 조금씩 멀어져 갔다. 그날 내가 뭐 잘못했니? 카톡 했지만, 읽음 표시만을 보았다. 난 그 애를 그냥 놓아두었다.

결국 자인도, 현재도, 난 온전히 가지지 못했다. 내겐 석 달 후면 사라지는 인스턴트 연인들밖에 없었다. 그러나 그건 젊음의 속성이라 자위했다. 또는 전 생애를 관통할 인간의 필연적 어리석음, 그러니까 이미 가진 것들은 인지하지 못하거나 폄하하고, 갖지 못하는 것은 미화하다 스스로 상처를 창조하는. 그러나 자유 의지에 의해 원하는 대로 했다면, 어떤 이유에건 상처받을 이유는 없는 것이다.

본인의 선언대로, 자인은 재즈 스쿨에 입학하기 위해 시카고로 떠났다.

난 뒤늦게 그 사실을 그 애의 '방'을 통해 알았다. 자인은 내게 따로 인사말을 남기지 않았다.

"우리 과 숫총각 있잖아. 현재던가? 걔 여친 생겼다더라?"

희애는 머릿결에 냄새는 덜 배고 독성은 더 높다며 바꾼 전자담배를 꺼내 들며, 사회과학관 앞에서 내게 말했다. 네가 어떻게 알아, 그늘에 잠긴 채 난 무력하게 되물었다. 먹고 싶은 것도 없었다. 내겐 더 이상 채우고 싶은 위장이 아무것도 없었다. 영도, 육도.

"버진 남은 약에도 못 써. 유리 너 소개팅이나 하나 할래?"

젊은 여자의 얼굴을 한 채, 노파처럼 희애는 아이코스 연기를 허공에 뿜었다. 카메라 옵스큐라처럼 나를 반영한 듯한 그 옆얼굴을 난 가만 지켜보았다. 아무것도 보장하지 않으면서 동시에 모든 가능성을 주는 듯하여, 너무나 허무해 쓰고 단 한 시기의 농축을.

디지털미디어시티-3

칸칸이 가로막힌 공간 여기저기서 사람들의 모습은 보이지 않고, 키보드 두드리는 소리만 허공을 메운다.

앞서 걸어가던 팀장이 갑자기 홱 돌아서 다시 얼굴을 들이민다.

"연식만 많지, 고백하자면 나도 신입이야. 난 두 달 전까지 기술지원팀 팀장이었어. 같은 처지니 서로 도우며 잘해 나가 봅시다. 난 공돌이라 평생 글 쓰는 게 싫었어. 보도자료 쓸 때마다 온몸이 꽈배기처럼 뒤틀려. 이제 유리 씨가 들어왔으니, 한시름 놨네."

내가 배치된 기획홍보팀은, 알고 보니 아까 출근할 때 들어온 출입문에서 바로 앞에 보이던 창가 쪽이다. 이미 남자 둘, 여자 하나가 팀장과 나를 보며 서 있다.

"시계 방향으로 자기소개."

수수깡 같은 팀장 오른쪽에 붙어선, 두툼한 떡 같은 남 직원이 입을 연다.

"안녕하세요, 전진우입니다."

에어로빅 수업에서 늘 앞줄을 차지하지만 살은 빠지지 않는 아주머니 느낌의 외양에, 새색시 같은 목소리와 말투라 굉장히 이질적이다. 무표정하면서 상대를 샅샅이 간파해 보려는 듯한 옅은 눈동자가 왠지 소름 끼친다.

"전진우가 아니라 성이 진, 이름이 우. 진우 씨는 호주에서 대학을 나와 대외 홍보와 기획 업무를 도맡고 있어.

배울 게 많으니 유리 씨, 깍듯이 모셔야 해."

"잘 부탁드립니다. 어떻게 불러 드려야 할지…."

"우리 협회는 민주적이라 직급 없이 선후배라 해요.
팀장님은 괜한 말씀을."

육덕진 어깨를 주무르는 팀장의 손길에, 전진우 아닌
진우 선배가 수줍은 여자처럼 몸을 꼰다. 오 마이 갓, 쏘
게이.

"배순철 연구원입니다. 환영해요."

진우 선배가 폴로 입은 백곰이라면, 배 선배는 농촌진
흥회 청년회장 느낌이다. 백칠십 센티미터 초반으로 보
이는 키에 땅딸막한 체형. 가운데 가르마를 정직하게 탄
앞머리를 계속 만지작거린다. 구김 간 셔츠와 면바지에
선 안타깝게도 세탁한 옷을 잘못 말렸을 때 나는 걸레 냄
새가 난다. 하지만 꽤 다정해 보이는 인상.

"순철 씨는 내부 업무 주관. 신 서비스 기획, 기관지 발
간, 회계 전공이라 분기별로 간단한 회계 업무도 지원하
지. 한마디로 진우 씨가 가장이라면 순철 씨는 현모양처
랄까?"

본인 입장에선 달갑지 않을 팀장의 비유에, 그는 어색
하게 웃는다. 보좌하듯 팀장에게 바짝 붙어 선 진우 선배
와 달리, 몇 걸음 떨어져 선 순철 선배의 위치로 알게 된
다. '왕의 남자'는 진우 선배군.

"참, 유리 씨. 남자 친구 있다고 했나?"

"아니오…."

회사에서 남자 친구는 있어도 없고, 없어도 없다. 잡지사에 있을 때 한 프리랜서 선배가 가르쳐 준 것이다.

— 여긴 여초 집단이라 덜하지만 나중에 일반 회사 가면 무조건 남친 없다고 해. 술자리에서 여자 신입은 외모와 남친의 직업, 잘할 것 같은 체위까지 도마에 오른단다. 기억해 두길.

삼십 대 후반이던 그녀는, 스팽글 레깅스와 딱 붙는 티셔츠로 육감적인 몸매를 즐겨 드러냈고, 남자 사진기자들, 영업사원들과 즐겨 술자리를 했다. 물론 여기자들과도 두루 친했다. 하지만 뒷담화가 넘실대던 잡지판에서도, 그녀의 처신에 대한 험담은 들은 적 없다. 난 다시 힘주어 고개를 저었다.

"그럼 친구 중에 유리 씨처럼 머리 길고 착하게 생긴 아가씨 없나? 진우 씨랑 순철 씨 다 급하거든."

"아이, 팀장님도 참."

진우 선배는 서른여덟, 순철 선배는 서른아홉이라면서. 난 입을 딱 벌린다. 열 살도 넘게 어린 여자를 성애의 대상으로 보는 한국 이성애자 남자들은 정말 연구 대상이다. 하지만 그들이 원하는 여자들은 실제로 이렇다. 예컨대 내 친구 희애는 여의도 모 회계법인의 회계사를 사

권 적 있는데, 이 남자는 열한 살 연하의 스튜어디스 지망
생 여친에게 에르메스 버킨백을 사 줬다.

　— 딴 여자보다 내가 대단히 이뻐서도 아니고, 결혼감
으로 생각해서도 아니고, 앞으로도 띠동갑 여대생 많이
데리고 다니면서 놀고 자고 싶으니까 사 준 거지. 세상의
대원칙은 기브 앤 테이크고, 실은 남자들은 이 진리를 아
주 잘 알아. 이걸 모르는 척하거나 무시한다면, 여자의 몸
은 최대한 값싸게 얻고 본인의 자원은 아끼려는 계산인
거지.

　희애의 덤덤하던 말을 이 남성분들에게 그대로 들려
주고 싶다.

　"안녕하세요."

　턱 밑을 치고 들어오는 뭉뚝한 중저음. 키 작은 여자가
날 무표정하게 빤히 보고 있어, 급히 목례한다.

　"아, 나정 씨를 깜빡했네. 내 시야에선 안 보여서."

　여자 연구원은 팀장의 말에 웃지 않는다.

　"우리 팀 홍일점, 아니 얼마 전까지 홍일점이었던 민
나정 연구원. 나정 씨가 유리 씨보다 두 살 많지?"

　"뭘 나이 얘기를."

　나정 선배가 중얼대는 목소리는 엄청나게 낮다. 나를
포함한 젊은 여자들은 사회의 기대에 맞게 일부러 가늘
게 목소리를 높여 낸다. 그래서 호감과 호기심이 간다.

"나정 씨는 일본에서 유학해 우리가 요즘 진행하는 해외 저작권 보호 실태 조사에서 일본 쪽 케이스를 전담하고 있어. 여성 동지는 이렇게 둘이니, 잘 지내도록."

"잘 부탁드립니다."

대답 없이 눈을 돌리는 옆얼굴. 본능적인 경계심이 등을 덮쳐 왔다. 나는 대학에서 다른 사람의 행동을 의식하는 타입이 아니었다. 하지만 회사와 사회라는 건 동물원 울타리에 갓 넣어진 동물처럼 스스로 느끼게 만든다. 나정 선배는 오수미처럼 남의 시선을 의식해 꾸미는 외양과, 노골적으로 우위 점하려 하는 적대감을 상대에게 확연히 보임으로써 오히려 가볍게 보이는 타입이 아니다.

털털해 보이는 스타일, 이것이 적의인지 원래 스타일인지 끊임없이 고민하게 하는 무심한 태도. 이게 고수다.

희애는 아직 서로를 모를 때, 저만치 캠퍼스를 걸어가던 소현을 보고 "저런 애가 진짜 무서운 법이지."라 했었다. 그 말을 나중에야 이해했다. 여자에게 더 예뻐지고, 계속 가꾸라는 사회의 압력은 부모 말만큼 무섭다. 왜 무서운지, 여자는 대학에 들어간 순간부터 사회에 진출하면서 점점 더 뼈아프게 깨닫게 된다.

흔히 그냥 예쁘면 우위에 선다고 하겠지만, 여자의 진정한 서열은 이렇다. 화장을 열심히 하는 여자보다 덜 하는, 덜 하는 여자보다 안 하는 여자가 최종 보스다. 학동사

거리 신생 피알 회사에 갔다 돌아오는 길에 길에서 마주쳤던 업소녀와 나정 선배를 링 안에 넣는다면, 최후의 승자는 누굴까? 난 나정 선배에 건다.

인생은 긴 라운드다. 예뻐야만 살아남을 수 있고 끊임없이 예뻐야만 하는 여자는, 지금은 잘나가듯 보이지만 인생의 끝에서는 질 수밖에 없다. 화장하는 여자들이 열심히 팩트를 두드리며 지우는 불안이 화장 안 하는 여자에겐 선천적으로 없기 때문에. 마라톤처럼, 복싱 경기처럼, 인생도 뱃심이라는 자존감의 싸움이다. 즉 화장과 성형 없이도, 나아가 화장과 성형을 하지 않아도 난 예쁘다는 의식적인 자기 주문조차 하지 않는 드문 여자들을, 그렇지 않은 대부분의 여자들은 절대로 이길 수 없다.

선크림만 바른 얼굴(여자들은 상대의 얼굴이 완전 민낯인지, 선크림만 발랐는지, 비비크림까지 발랐는지 다 안다), 펑퍼짐한 니트, 굽 낮은 스니커즈. 오수미처럼 요란하게, 나처럼 무난하게 꾸밈으로써 세상으로부터의 보호장치를 마련하는 여자들보다, 나정 선배는 강하다. 수수한 여자가 최종 보스다. 어색한 공기가 흐를 때마다 생글생글 웃어 보임으로써 자신의 무해함을 증명하는, 젊은 여자 특유의 나약함도 없다.

나는 나정 선배에게 경계심과 존경을 동시에 느낀다.

"기획홍보 카테고리에 들어가는 일들 모두를 우리 다

섯이 다 나눠 하게 될 거야. 내부 통계 취합, 월말 보고서와 연례보고서 작성, 신규 서비스 기획 등이 내부 업무고, 저작권 관련 행사 기획과 우리 단체에 대한 각종 홍보는 외부 업무야. 물론 각자 주 업무가 있지만, 모든 팀원은 팀장인 나까지 서로 도와 가며 모든 업무를 공유해야 해."

그럴 거면 업무 분장이 무슨 소용 있나, 싶었지만 일단 대답했다. 회사에서는 알지 못하는 일도 일단 수긍. 파블로프의 개니까, 멍멍.

사무실에서의 시간은 곽에 담긴 젤리다. 시간이 이렇게 느리게 흐를 수 있다니, 경이롭다. 사무직 여자의 고질병, 종아리가 묵직해 오는 느낌이 벌써 든다.

"진우 씨, 롸잇 나우, 가장 급히 할 일이 뭐지?"

"아직은 없어요. 다들 하던 일 쭉 하고 있죠."

"그래? 그럼 일단 나정 씨가 유리한테 경비 처리부터 가르쳐 주고. 순철 씨, 기관지 기획은 어느 정도까지 고 온 (go on)?"

"기획서 초안은 완료됐습니다. 이번 주까지 기관들과 연락 취해 기사 꼭지 정리하고, 광고 유치하려고 계획 중인데요."

"초안 유리 씨 보여 주고 같이 상의해. 꼭지 열 개 정해지면 금요일까지 나한테 보고하고."

일단 내가 해 본 기사 작성부터 시키려는 듯해 다행이다. 새로운 아이디어를 짜내야 하는 기획이나, 발로 뛰어야 하는 홍보부터 시켰다면 책상에 엎드려 대성통곡했을 것 같다.

"이따 저작권 행사 논의하러 주무 부처 영감들과 미팅 잡았는데, 인사도 드릴 겸 유리 씨 데리고 가야겠군."

팀장이 내 어깨에 손을 얹는데, 진우 선배가 갑자기 의자를 돌려 왜인지 뾰족해진 눈으로 이쪽을 본다.

"팀장님. 유리 씨는 천천히 데리고 가시는 게 낫지 않을까요? 신입이라 어차피 무슨 논의인지도 잘 모를 거고 본인도 지루해할 텐데요. 다음에 저랑 문화부 들어가실 때 다 같이 가죠, 오늘은 저랑만 가시고."

"후배 생각해 주는 마음이 갸륵해. 첫날인데 정신도 없을 테니, 그럼 오늘은 칙칙한 아저씨 둘끼리만 출동해 보지."

팀장이 어깨에 얹고 있는 손, 진우 선배의 나를 노려보는 눈빛과 대조되는 조곤조곤한 말투, 타자 치던 손을 멈추고 날 물끄러미 보는 옆자리 나정 선배의 시선, 이것들 모두가 잔새우처럼 내 피부 위에서 뛰논다.

"며칠간은 묶고 다니는 게 나을 것 같은데."

"네?"

"머리요. 이사장님이 여직원들 머리 풀어 헤친 걸 별

로 안 좋아하시거든요."

'풀어 헤친'이라니. 진우 선배를 빤히 보니, 그는 눈에 웃음을 담고 있다. '네가' 머리 푼 게 싫다는 말이겠지. 나보다 더 긴 머리 풀고 다니던 오수미나 옆 온라인팀 여직원들이 떠오르지만, 그의 말대로 한다.

나는 진우 선배를 똑바로 쳐다보며, 손목에 걸고 온 고무줄로 머리를 필요 이상으로 천천히 묶어 올린다. 진우 선배도 날 가만 지켜본다. 머리를 다 묶고, 이번에는 내가 진우 선배에게 빙긋 웃어 보인다. 그는 눈을 돌린다.

"순철 씨, 사무처에 말해 유리 씨 거, 그 뭐지? 이름 넣는 아크릴판 하나 만들어 줘."

"파티션용 명패요?"

"응, 그거. 책상도 세팅해 주고."

먼지가 보얗게 쌓인 사무용 책상. 걱정했던 것처럼 누가 내 포지션에 왔다 금세 나가진 않은 모양이다. '우리 팀'엔 팀장 석을 제외하고 가로 세 개씩 배치된 책상 줄이 두 개, 총 여섯 자리가 있다. 팀장 석을 중심으로 왼쪽에는 진우 선배와 순철 선배의, 오른쪽에는 나정 선배 자리와 내 자리다. 책상엔 문화체육관광부발 각종 도서와 협력기관들의 홍보물, 컴퓨터 소프트웨어 책, 시디롬 들과 볼펜 한 다스가 분별없이 놓여 있다.

"사무처 가서 사무용품 가져올게요."

순철 선배의 뒷모습을 보며 진우 선배는 "아, 협회들에 오늘까지 요청문 보내야지 참." 하며 털썩 앉는다. 나정 선배는 팀장의 눈치를 보며 틈틈이 핸드폰을 들여다본다.

물티슈로 책상을 닦으며 본 옆자리 나정 선배의 책상은, 그야말로 핑크 꽃밭이다. 키티 핸드폰 거치대. 연분홍빛 선인장 화분. 진분홍색 키티 연필꽂이에 빼곡 꽂힌, 키티 대가리가 달린 펜들. 키티 대가리 코스터. 키티 대가리 포스트잇. 키티 왕대가리 손거울. 난 속으로 고개를 절레절레 저으며, 내 돈으론 절대 문구류 구입 안 하고 회사 비품만 쓰기로 다짐한다. 곧 죽어도 모나미 펜만 써야지.

"아, 따가워."

눈동자를 화살촉이 관통하는 듯하다. 기둥이 햇빛을 교묘히 가려 주는 나정 선배 자리와 달리, 내 자리에선 빌딩들 틈으로 비치는 직사광선이 얼굴을 정면으로 찔러 온다. 창문 빼곡한 다른 빌딩 외벽을 마주하고 있으면서 블라인드도 없다니. 동네 슈퍼에서 종이 상자라도 가져와 컴퓨터 뒤에 가벽을 세워야 하나. 내가 손차양을 치며 인상을 쓰는데,

"안녕하세요. 김 팀장님이 컴퓨터 세팅해 드리래서."

괜히 놀라, 난 반사적으로 일어선다. 느긋한 목소리의 주인공은, 평범한 남자다. 금테 안경에 검은 니트, 중키에

마르지도, 살찌지도 않은 몸매.

직장인 남자들이 한눈에도 뚱뚱하거나 못생기지 않고 그저 '평범'하기만 해도, 여자 친구가 있을뿐더러 한 명 이상의 눈독 들이는 여자도 있다는 걸 난 잘 알고 있다. 컴퓨터 본체를 들어 불거진 팔목의 핏줄에 난 시선을 준다.

"준성 씨, 여자 신입 왔다니 행동 빠른데? 여긴 온라인 팀 영상 파트 윤준성 씨. 여긴 우리 신입."

"안녕하세요, 채유리입니다."

심상히 인사를 받은 윤준성이 "잠시만요." 하며 갑자기 치마 입은 내 다리 옆에 털썩 앉는다. 윤준성의 뒤통수와 목덜미가 빤히 내려다보인다. 그는 색색 전선을 책상 모서리 구멍으로 올려 뺀다.

"서 있지만 마시고 이것 좀 잡아 주시죠?"

"아, 네."

윤준성이 올려다 준 전선들을 난 얼른 손으로 누른다. 그는 여유롭게 모니터와 전선들을 연결하고, 본체와 모니터 전원 버튼을 누른다. 컴퓨터가 지체 없이 부팅된다.

"감사합니다."

"아뇨, 뭘."

윤준성은 무미건조한 눈빛으로 내 인사를 받는다. 여자 친구, 어쩌면 와이프가 있을 것도 같다. 여자에겐 눈앞의 남자가 내게 이성적인 호감이 있는지 없는지 알 수 있는 능력이 있다. 윤준성의 눈을 똑바로 보며, 여성스러운 미소를 의식적으로 천천히 지어 보인다. 윤준성의 눈동자가 안경알 속에서 약간 흔들린다. 걸어 보겠어, 속으로 속삭인다.

순철 선배가 내 책상에 펜꽂이, 볼펜, 포스트잇, 클리어 파일, 종이 파일 들을 놓는다.

"비품은 저 입구 쪽 창고1 들어가면 철제 사물함에 다 있어요. 혹시 모자란 거 있으면 거기서 갖다 쓰고, 소프트웨어처럼 돈 나갈 것 같은 건 저한테 얘기하세요."

클리어 파일은 순철 선배처럼 정직한 빨강, 파랑, 녹색 원색이다. 나정 선배의 자리엔 절대 저런 색 파일은 없다. 아무튼 자기 취향에 맞는 사무용품을 쓰는 건, 업무 수행에 소소한 힘을 주는 것 같다. 컴퓨터 모니터 옆 장식 인형이나 가족사진처럼. 하지만 이곳에서도 회사가 제공하는 비품만 쓰기로 다짐한다. 일은 철저히 일이다. 사적인 취향과 영역을 공적인 세계에 섞지 않는 게 날 보호해 줄 거다.

평범이 미덕인 남자, 윤준성이 다시 돌아와 내 데스크톱에 오피스 프로그램들과 한글을 깐다. 중간중간 좀 지루한지 발을 까딱대며 스마트폰을 들여다본다. 난 그가 사용하는 핸드폰이 아이폰이 아닌 구형 갤럭시인 데 한 번 더 반한다. 아이폰을 쓰는 남자는 갤럭시를 쓰는 남자들보다 더 까탈스럽고 유행에 민감하며, 여자를 기쁘게 하기보다는 자기 자신을 치장하는 데 더 열심인 신인류라는 편견이 있기 때문에.

윤준성에게선 트래디셔널 한 남자 냄새가 난다. 남자 냄새엔 두 가지가 있는데, 첫째는 싸한 스킨 혹은 남자 향수 팔십에 담배 냄새 이십이 섞인 냄새, 둘째는 내가 남성호르몬 냄새라 부르는, 남자의 귀와 등 따위에서 나는 피지 냄새다. 첫 번째는 성욕, 두 번째는 거부감을 자극하는데, 다행히 윤준성에게선 첫 번째 냄새가 난다. 내려다보이던 목덜미의 냄새를 맡고 싶다고 생각하며, 컴퓨터 세팅을 마친 윤준성에게 다시 한번 미소를 지어 보인다. 플러팅은 키티 문구류 따위보다 업무에 더 도움이 될 것이다. 적어도 내겐 그렇다.

오후 시간 전부를 순철 선배가 준 협회의 예전 기관지들을 훑어보며 보냈다.

솔직히 누구도 읽고 싶지 않을 인쇄물이다. 그러니까 문화 콘텐츠가 아닌 문화 단체들의 활동 현황에 관한 내용이라, 관심 없는 외부인들은 과제, 조사 같은 특수 목적이 아니면 졸음을 참을 수 없는 종류인 것이다. 그러나 그것을 분석하여 보고서를 쓰는 게 내게 주어진 과제. 신입에게 뻔하면서도 실제 쓸모는 없을 업무를 굳이 지시해야 하는 팀장의 위치도, 신입보다 훨씬 힘든 자리일 것이다.

어느새 여섯 시 이십 분. 정체돼 있던 공기가 움찔거린다.

돌아보니 오프라인팀은 한 명도 없고, 소음의 진원지는 온라인팀이다. 그러나 우리 팀은 도통 움직일 기미가 없다. 순철 선배와 진우 선배는 각각 공문서 파일과 해외 웹사이트를 켜 놓고 고정된 뒤통수를 보이고 있고, 나정 선배는 키보드를 맹렬히 두드리고 있다. 그녀는 전표 처리 업무를 인계해 줄 때 말곤 종일 단 한 마디도 걸어 오지 않았다.

모니터 하단에 네이트온 창이 파랗게 깜빡거린다. 아직 네이트온을 사내 메신저로 쓰는 곳이 있을 줄은 몰랐다.

[쫑♡] いつも楽しい心で..♡
업무일지 양식
[쫑♡] いつも楽しい心で..♡
매일 퇴근전 작성해 인트라넷 전자결제란에 올려 결제받아야 해요
[채유리]
네, 결재란에 올리겠습니다. 감사합니다 선배님

'결재'라 바로 타이핑하며 약간의 우월감과 긴장감 비슷한 감정을 느꼈지만, 나정 선배는 반응이 없다.

전송된 한글파일을 여니, 상단에 팀장, 본부장, 이사장, 문화관광부 순으로 결재 라인이 잡혀 있다. 일개 하청기관 평사원의 업무일지를 문체부 분들이 체크할지는 모르겠지만, 어쨌든 매일의 근태가 인트라넷을 통해 바로 그쪽에 전송되고 데이터베이스화되기는 하는 모양이다. 작성란은 금일 업무, 차일 계획 업무, 금주 업무, 차주 업무로 크게 나뉘어 있고, 맨 밑은 '건의 사항'. 누가 감히 그 란에 뭘 적을까?

[채유리]
선배님, 혹시 업무일지 쓰는 양식이 정해져 있나요? 아침에 사무처장님이 여기는 형식이 중요하다셔서...
[채유리]
혹시 예전에 쓰신 업무일지 아무거나 하나만 볼 수 있을까요? 참고하려구요 ^^;
[쫑♡] いつも楽しい心で..♡
음

나정 선배가 파티션 너머로 불쑥 얼굴을 드민다.
"순철 선배님한테 보내 달라고 해요. 내 것보다 참고될 거예요."

인간은 사회적 동물. 어떤 무리에 진입할 때 그 구성원들이 자신을 원하는지 그렇지 않은지 오감으로 느낄 수 있다. 다른 팀원들에게서는 느껴지지 않는 적대감을 나정 선배에게선 느낀다. 하지만 나정 선배는 팀장이나 진우 선배만큼 회사에서의 내 운명에 대한 결정권자가 아니다. 사소한 일에 신경을 소모하고 싶지 않다.

메신저로 부탁하자 순철 선배는 바로 업무일지 샘플을 보내 주며, 어떻게 쓰라는 간략한 조언까지 해 준다. 내가 비빌 언덕은 팀장과 순철 선배다.

금일 업무 내용
1. 오리엔테이션(장성갑 사무처장님, 김진출 팀장님)
2. 팀 경비 처리 업무(민나정 연구원에게 인계받음)
3. 이전 기관지 검토(추후 기관지 제작 준비 단계)

더 이상 짜낼 게 없다.

아침, 사무처장의 일갈을 생각하며 업무일지를 프린트해 사무처에 들렀지만, 아무도 없다. 오수미가 퇴근 전 뿌린 듯한 싸구려 복숭아 향수 냄새만 진동한다. 퇴근하며 온라인팀 쪽을 본다. 이제 내 퇴근 의식은, 파티션을 사이로 진우 선배와 마주 보고 있는 윤준성의 자리를 확인하는 게 될 것이다.

"메뉴? 복지리."

"와우, 럭셔리한데."

"점심 특선인데도 놀랐어. 가격이."

"그게 공기업의 메리트지."

"공기업 아니라 했잖아."

석양에 눈을 찡그리며, 수화기 속 소현에게 이 협회의 포지션을 대강 설명해 준다. 예상대로 한 번에 이해하지 못한다. 하긴 당사자인 나도 그러니.

"좀 애매하네."

"고민이야, 그래서."

소현은 잠시 말을 멈췄다 "복지리 사 주는 데라면 다 녀."라 말한다.

그 애는 뭔가 더 물어보고 싶어 하고, 재빨리 난 그 질문이 뭔지 짐작한다. 이런 심리전을 예비하고 응전하는 데는 다소 서글픈 구석이 있다.

난 소현이 날리는 잽을 피하며, 먼저 수건을 날린다.

"또 전화할게."

말하며, 아마 한동안은, 아니 앞으로도 소현에게 전화할 일은 없을 거라고 예감한다.

역으로 걸어가며 멀리 보이는, 멈춰 있는 주황색 크레인은 죽어 전시된 박물관의 육식공룡 같다. 이름은 디지털이지만 이 도시 구역은 전체적으로 아직 뭔가 미완성

느낌이다. 신생 문화 협회의 어딘지 삐걱대는 업무들, 사
람들처럼.

역삼-4

쥐색 페인트가 발린 실내 어딘가에서 점도 높은 첼로 연주가 흘러나왔다. 공간은 전체적으로 썰렁한 기운이 돌면서도 꽤 깨끗한 편이었다.

어울리는 고상함이네, 속으로 비웃었지만, 칼같은 실장 남자의 눈을 마주치곤 표정을 바로 했다. 그는 나를 가장 구석 체리색 나무 방문 앞으로 데려갔다.

이십 분 뒤, 난 거의 비슷하지만 약간은 다른 여자가 돼 문을 나왔다.

처음 입어 보는 종류의 옷이었다. 생각보다는 점잖았지만 포멀한 정장이라기엔 보는 이를 민망스럽게 하는 묘한 디자인. 그리고 정장을 간신히 흉내 낸, 가봉을 겨우 마친 옷 조각들의 이음 같아 움직임이 불편했다. 난 예뻐 보이기보다는, 아주 조금 더 나이 들어 보였다.

"어린 여자들이 조금 나이 들어 보이게 꾸미고 화장하는 거. 그 어색한 갭이 어린 여자를 더 어리고 어설프게 보이게 하거든? 남자들은 풋풋한 느낌 자체보다 사실은 저런 느낌에 더 환장하는 거지."

실장은 말했다.

숍에서 받고 온 듯, 고난도 화장을 한 여자 두셋이 복도 안으로 흡수되듯 매끄럽게 사라졌다.

이것은 개별적인 비즈니스다. 익명의 여자들은 소모

재다. 여자와 남자가 잠시 맺는 계약이고, 그 사이에 다른 남자가 잠시 끼어든다. 계약은 반나절도 안 돼 파기되고, 을인 나는 갑인 남자를 다시 만나는 일이 없을 것이다. 나는 이것이 최소 일 년은 매여 있어야 할 일반 회사 같은 지속적인 관계가 아닌 점이 마음에 든다고 생각했다. 그래 이건 단기 계약, 책임감과 소속감은 필요 없다. 일반 회사의 사무직원 같은 무게가 없다. 그래서 좋다.

전날 산 레이스 속옷 끝단과 저지 스커트 원단이 허벅지 위에서 마찰하는 이상한 감촉을 의식하며, 불편히 걸어갔다. 첫 출근 전, 미리 미장원을 들러 드라이와 메이크업을 받고 왔다. 눈에 달린 부채 같은 속눈썹이 이따 격렬히 움직일 때 떨어지지 않을지 좀 걱정됐다.

"어디서 받은 거지? 좋은 자세야."

"자비로요."

내 말에 실장 남자는 처음으로 웃음을 보였다.

"봐줄 만은 해. 일단 오늘은 그렇게 하고, 서연이한테 이따 애들 가는 숍 물어봐."

오빠 나 오늘은 왔다, 하며 자신의 팔꿈치를 꾹 쥔 여자를 실장이 턱 끝으로 가리켰다.

서연이라 불린 여자애는 백육십 센티 남짓에 골격이 아주 작은 단발머리 여자애였다. 스물두셋쯤, 그냥 어리고 예쁜 여대생의 바운더리 안에 있을 법한 애. 화장 때문인지 내 편견 때문인지, 다른 여자들과 달리 청바지에 티 차림임에도 몸을 감싼 분위기가 다소 다르기는 했다.

작은 얼굴을 다 덮은 마스크를 벗은 서연은, 홀로 들어가는 입구에 기대 서서 날 다소 도전적으로 쳐다봤다. 묘하게 동공이 붕 뜬 듯, 보고 있으나 아무것도 읽지 않는 눈이었다. 그러나 난 이곳에서 뭔가를 목격할 거야, 나는 생각했다.

"야, 금연. 벌써 치매야? 정신줄 챙겨."

서연이 입에 문 담배를 실장이 낚아채자 그녀는 "아 시발!" 외쳤다. 둘은 의좋은 오누이처럼 낄낄거렸다.

"오늘은 잠깐 서브해 줘, 처음이라."

"어디서 왔어요?" 껌을 느리게 질겅대는 듯한 말투였다.

"네?"

"가게, 어디냐고."

"아니, 진짜 처음이라고. 생 초짜. 좀 가르쳐 줘."

"왠지 민뻴이더니. 근데 할 수 있을까?"

서연은 입을 헤 벌리고 턱 빠진 인형처럼 고개를 끄덕였다. 내 뒤통수를 관통해 벽을 보는 듯, 눈이 멍하게 풀려 있었다.

"나비약 복용자 처음 봐?"

"나비약?"

서연은 실장을 보며 내 쪽을 삿대질했다.

"오빠, 이 언니 좋겠다. 모태 마름인가 봐. 아, 입 말라."

그녀는 실장의 에비앙 생수병을 빼앗아 조갈증 난 듯 들이켰다.

"디에타민인지 뭔지 작작 먹으랬지. '그알' 보니 십 대 여자애들도 그 약 땜에 죽어 나가더만."

"첨엔 오빠가 오 킬로 빼래매요. 몇 달 일했다고 과일살, 술살 살살 붙었냐고."

"그렇다고 누가 약 처먹으랬냐? 그거 마약성이라 장기 복용하면 전봇대 들이받고, 아파트에서 뛰어내리고 쌩지랄들을 하더만."

"뒈지면 뒈지는 거지. 자동으로 빚도 까고 잘됐네."

서연은 빙글빙글 웃으며, 가는 팔을 새처럼 허공에 휘휘 저었다. 성인 남자들이 힘주어 잡으면 똑 부러질 것처럼, 어린애 팔마냥 가늘어 위태로워 보였다.

"필테라도 다녀라. 석 달 치는 끊어 줄게."

녹말 이쑤시개를 입꼬리에 문 실장이 지갑에서 카드를 꺼내, 손가락 사이에 끼우고 건네는 시늉을 했다.

"그놈의 필테, 요즘은 온갖 년들이 다 필라테스 한대. 창의력도 없지. 언니도 다녀? 참 이름이?"

"유리. 필라테스는 별로."

"그러든가. 암튼 유리, 언니? 이런 거 다 나중 되면 빚이다?" 서연은 무표정하게 말했다.

"구라 안 치고 세 달간 매일 룸 들어가고 긴 밤 까도 못 메꿔. 네 배로 불거든. 알아 둬, 이 동네는 호의가 권리다. 아니, 권리가 호의? 호의?"

귀신 들린 소녀처럼, 눈을 맞추며 갑자기 이상한 열의로 떠드는 서연을 실장이 말없이 지켜봤다. 그 말 없는 위압감이 조마조마했다.

"아, 의무, 의무."

서연이 손뼉을 짝 쳤다.

"호의가 결국엔 다 갚아야 될 의무가 된다고. 여긴 절대 만만한 동네 아니야."

"약쟁이들은 숨소리도 거짓말이라는데, 그렇게 되면 안 되겠지?"

실장이 서연의 어깨에 다정한 친오빠 혹은 관대한 주인처럼 손을 얹었다. 난 그 손을 보며, 말에 얹는 안장을 떠올렸다.

"복지 쪼로 그냥 지원해 줄게. 여기 증인도 있는데." 실장이 날 흘끔거렸다.

"세상 다 귀찮아." 서연의 작은 얼굴이 노인처럼 보였다.

"난 빠 매달려 생쑈 하는 사진 인스타에 안 올려도 잘 나감."

"누구 마담이 이런 걸 보냈지?"

"'이야기' 있었던 황가."

"세숫대야 어떻더라?"

"삐쩍 마르고 키 겁나 크고."

"이 동네 그런 여자들이 한둘인가."

"한 달 전 양악 해 오빤 못 알아볼 거야. 나도 그거나 할까?"

"거기서 더 건드리면 넌 얼굴 무너져."

업계 내부 밀담을 나누는 둘을 등져, 다시 복도 안으로 들어섰다. 유일하게 형광등 빛이 새어 나오는 주방 쪽을 기웃대다, 제자리에 가만 섰다.

이상한 공백 같은 공기. 투명한 유리 비늘 같은 일 초 일 초. 소름이 약간 돋은 내 살갗 위에 그 비늘이 툭, 툭 쌓이는 느낌. 순간 내가 왜 여기 있지, 싶은 기시감이 들었다. 다시, 햇빛이 화살촉처럼 내리꽂히던 청담 거리에 홀로 선 기분이었다.

"유리."

실장의 부름에 정신을 차렸다. 그는 가명을 써도 된다고 했었지만, 난 본명을 쓰겠다 했다.

홀은 딱 절반이 오픈된 공간이었다. 등받이 낮은 진갈색 소파가 테이블을 중심으로 둥글게 배치된, 구식 카페라 해도 썩 이상하지 않을 공간이었다.

자리들 사이엔 불빛을 받아 노랑과 분홍빛으로 반짝이는 비즈 발이 길게 쳐져 구획을 짓고 있었다. 옆자리의 행동과 대화가 어스름히 비치고 들리는 수준이다. 실장의 말대로 실내에서 크게 곤란한 일이 벌어지진 않을 것 같았다.

"코로나인데 시간제한이나 투명 칸막이 없어도 되나 보죠?"

앞서 걷던 실장과 서연이 폭소했다.

"벌금 그거, 우린 하루만 대박 나도 메꿔. 코로나 이후로 우리 매출 얼마 안 떨어졌어."

실장이 내 어깨를 톡 두드렸다. 가자, 하듯 경주마의 엉덩이를 툭 치는 기수같이.

상판이 검은 유리인 테이블은 앉는 사람의 무릎 정도로 낮고, 지극히 평범했다. 소파 등받이가 닿는 벽에는 진한 자줏빛에 금색 페이즐리 문양이 장식된 실크 벽지가 발라져 있었다. 모든 게 너무, 태연하고 고색창연한 얼굴이었다. 남자도 똑같았다.

소파 한가운데, 이마가 삼자로 벗겨지고 무스탕 입은 남자가 양주를 자작하고 있었다.

"안녕하세요."

어정쩡한 자세로 남자에게 인사하자 그가 고개를 들었다.

중년 남자의 시선이 내 얼굴, 가슴, 옆이 트인 치마 새로 나오는 허벅지 살까지 순차적으로 짚어 내려갔다. 그 시선을 모른 척, 난 그를 가만 보았다. 나이는 사십 대 중후반쯤, 회사원보다는 자영업자일 듯한 남자. 십 대 아이 둘, 통통하고 파마머리를 한 전형적인 가정주부 스타일의 와이프로 이루어진 평범한 가족의 가장일 법한, 색깔도 향취도 없는 아저씨였다.

"앉지."

남자가 말했다.

디지털미디어시티-4

출근하자마자 난 용암을 목격한다. 내 책상에 거대한 유인물 더미가 쌓이다 못해, 의자 아래까지 떨어져 뒹굴고 있다.

"한꺼번에 갖다 놓느라. 좀 많죠?"

"괜찮습니다…."

"이건 우리 협회에 저작물 보호 업무를 위탁하는 기관들이 펴내는 기관지들이에요."

순철 선배는 좀 안타깝다는 말투지만, 적절한 거리감이 담긴 눈으로 나를 본다.

"예산 문제로 안 내는 곳도 있긴 한데, 대체로 업계 동향이나 업무 보고용으로 정기 혹은 비정기로 발간하죠. 각 기관이 하는 일 파악도 하고, 앞으로 우리 협회 정기간행물 편집이 유리 씨 주 업무가 될 테니 찬찬히 읽어 보세요."

순철 선배는 진우 선배와 비슷하게 후배인 내게 예의를 지켜 대하지만 더 나긋나긋하다. 김 팀장의 본심을 알수 없는 무표정함, 진우 선배의 아닌 척 찬찬히 관찰하는 눈길, 나정 선배의 의도적으로 거리를 두는 차가움은 없으니, 절박한 발걸음으로 어미를 좇는 새끼오리처럼 순철 선배를 부지런히 좇기로 한다.

— 기억해. 여긴 호의가 다 권리, 아니, 아니 의무가 돼.

왜인지 서연의 말이 떠오른다. 매춘의 날 이후 그 애를 오프라인으로 본 적은 없다. 서연의 카톡 프로필 사진은 변함없이 똑같아 근황을 알 수 없다. 인터넷에서 퍼 온 딸기 생크림케이크 사진, 그 밑에는 이름 대신 이모지 하나. 어떤 전·현직 성 산업 종사자들은 에스엔에스에서 과시적인 라이프 스타일을 전시하는 걸 알고 있는데, 서연은 인스타도 블로그도 안 한다 했었다.

— 인스타에 자랑하는 건 없어 보이고, 블로그엔 길게 쓸 말도 없고. 난 그냥 돈 벌려고 사는 거야. 그것 말곤 대갈통에 아무 생각 없음.

비록 디에타민 중독자였지만, 서연은 때로 현자 같았다. 모든 사회생활, 한 음절 뒤집으면 회사 생활에서도 호의는 다 의무가 된다. 내가 서연과 잠깐 일했던 그곳에서 통용되던 호의가 돈으로 갚는 빚의 의무였다면, 이곳에서 선임이 신입에게 보여 주는 호의는 빨리 업무를 숙지해 내 일 좀 까 달라는 무언의 압박이자, 어떤 경제 수식을 사용한다면 금액으로도 환산할 수 있을 법한 의무일 것이다.

문득 서연이 보고 싶다는 생각과 그곳에 대한 이상한 향수 같은 게 인다. 난 얼른 기관지 하나를 집어 펼쳐 든다.

조잡하구만.

속으로 읊조린다. 철저히 업계용이자 보여 주기 식으로 발간하는 모양새가 역력하다. 인쇄지 종류, 콘텐츠, 레이아웃까지, 한숨 나는.

"그래도 그나마 가장 구성 훌륭한 걸 골라 왔겠죠?"

"네, 제 생각엔 그중에서는 이게 그나마…."

순철 선배는 흘끗 보고 끄덕인다.

"음원 관리 기관 중 가장 많은 협력사, 즉 대 소형 음반 기획사들, 음원 사이트들과 두루 협약하고 있는 큰 단체거네요. 유리 씨 안목 있네."

"그 정도 되는 기관이 왜 자체적으로 음원 보호 업무를 안 하고 우리한테 위탁하는 거예요?"

"음, 문화부에서 애초에 우리 협회를 만든 건 모든 저작물의 일괄 보호를 위한 거라."

"그게 현실적으로 가능한가요? 콘텐츠들이 종류도 다르고, 권리 침해 방식도 너무 다양한데…."

문화란 단어는 거대하고 포괄적이지만, 난 언제나 문화를 좋아하는 쪽이었다. 정확히 말하면 '문화적인 모든 것'에 고양되는 편에 가깝다고 해야 할 것이다. 따라서 문화 생산물이 정당한 대가를 받지 못하거나 권리를 침해당하는 현실에 대해서도 막연한 정의감으로 분개해 왔다.

순철 선배는 피식 웃는다.

"절차적인 거죠, 실제적인 것보다. 단일한 기관이 '센터'로서 저작물 보호 업무를 통솔한다는 플랜을 그렸었던 것 같아요."

현실과는 조금 거리가 있는 아이디어군, 아이디얼하지만 이상이랄까. 이 '협회', 기관, 나아가 정부가 하는 많은 일들은, 아직 젊은 시민인 나의 막연한 선입관일 수도 있겠지만 모두 실제보다는 절차라는 느낌이 든다. 이 협회가 가장 중점적으로 하는 일은 세웠던 목표를 추진하는 일 자체보다는 그 일이 일어나는 것처럼 보이게 하는 것이 아닐까, 생각이 든다. 기관차에 석탄을 싣고 달리는 게 아닌, 레일을 정성 들여 까는 일. 그리고 나는 그 레일을 까는 인부, 아니 실은 끝없는 철도의 조임쇠 하나 정도일지도.

"자체적으로 단속 부서나 시스템을 갖추고 있는 곳은 없나요?"

"우리한테 단속 업무를 위임하는 몇 개 협회는 그래요. 이 음원 협회의 해당 부서는 우리 단속팀 인원 두 배는 될걸요."

"근데 왜 저희한테 위탁하는…."

"일부만 우리가 해요. 한 삼십 퍼센트?"

"일손이 딸려서는 아니겠죠."

순철 선배가 눈을 약간 크게 뜬다. "눈치 빠르네."

"명목과 절차, 저희 기관에선 그게 가장 중요하군요."

좀 의아해하는 시선을 외면하고, 얼마 전부터 진우 선배와 똑같이 스타벅스 테이크아웃 잔을 들고 출근하는 팀장에게 일어나 인사한다. 팀장은 긴 손가락을 고무 인형처럼 흔든다.

"순철 씨, 유리 씨한테 몇 개 줬어? 기관지."

"말씀대로 있는 건 다 줬습니다."

"그럼 유리 씨, 기관지들 각각의 장단점 분석해 우리 협회지 다음 호 만들 때 참고할 만한 점 세 개 이상 정리해서 가져와."

"언제까지요…?"

"아쌉, 애즈 쑨 애즈 파서블."

중학교 때 영어 교과서에서만 본 표현을 실제 쓰는 건 처음 봤다.

슬며시 화장실에 가, 뒤를 한번 보고 블라우스 안에 손을 넣어 브래지어 후크 하나를 푼다. 비로소 큰 숨이 쉬어진다.

"엥, 뭔가 일이 많은 것 같네."

어제 퇴근길, 소현은 다시 전화를 걸어 왔다. 나는 소현의 침묵을 읽었다. 소현은 자기의 자존감을 확인할 만한 것을 굳이 듣고 싶어 했다. 내가 그걸 굳이 입으로 말해 주길 바라는 데에는 우정도 찢어 버리는 지극한 자기 중

심주의, 네 처지가 나보다 별로여야만 안심하고 만족하 겠다는 숨길 수 없는 이기심이 있는 것이다.

난 그냥 종료 버튼을 눌러 버리고 싶었다. 적어도 서연 과 수진 언니는, 초짜는 며칠은 테이블만 봐도 되는데 일 한 첫날에 얼마를 받고 남자와 자기로 한 건지 궁금해하 지도 않았던 것이다. 정상적인 세계의 속물성이랄까, 난 디엠시 역으로 걸으며 그런 말들을 두서없이 떠올렸다.

"그래서 연봉은 얼만데?"

"몰라, 아직."

소현에게 한 말은 거짓이 아니었다.

기획과 홍보는, 채용 공고들을 보면 이 두 일을 같이 시키는 회사들도 종종 있지만 애초에 영역이 다르다. 기 획이 베이스캠프라면 홍보는 최전방 부대다. 기획이 브 레인스토밍이라면, 홍보는 실제적 결과물이란 상품을 파 는 영업에 가깝다. 그럼에도 멀티태스킹을 굳이 원한다 면, 그만한 보수를 지급해야 할 것이다. 노동의 가치는 곧 받는 돈의 액수니까.

태연한 척 영수증에 풀칠하는데, 심장이 풀었다 조였 다 하는 기분이 든다.

정말 가기 싫지만, 사무처로 향한다. 사무처장은 점심 부터 출타 중이었고, 박선화와 오수미는 원탁에서 과자를 와그작와그작 까 먹고 있다.

자리로 돌아와, 좀 망설이다 왼쪽 파티션을 작게 두 번 두드린다. 옆얼굴만 빼꼼 보인 나정 선배에게 나지막이 속삭인다.

"선배님, 죄송한데 제가 이런 걸 여쭤봐도 될지 모르겠는데요."

"뭐…."

"아… 저희 협회 초봉, 이요."

"네?"

"연봉…이요."

"아."

"대략 어느 정도쯤인지 살짝 말씀해 주실 수 있으세요?"

감정에서 우러나온 게 아니라 '웃어 보여야지' 생각하며 짓는 미소는 스스로 어색한 얼굴 근육이 느껴진다. 나정 선배는 날 물끄러미 쳐다본다.

"못 들었어요? 사무처에서."

"네, 아직."

"음, 연봉은 서로 기밀로 하게 돼 있거든요. 수미 씨나 선화 씨한테 한번 물어봐요."

"네… 알겠습니다." 얼굴이 화끈거린다.

사대 보험도 안 되는 인턴이었을 때 잡지사도, 심지어

유흥업소에서도 내가 받게 될 돈은 일하기 전 오픈해 줬었다. 그런데 이 협회는, 그렇게 엄숙한 절차를 거쳐 뽑은 정식 직원에게도 알려 주지 않는 것이다, 내 값을. 자신을 파는 건 매춘만이 아니다. 일반 노동자도 시장에 자신을 판다. 더구나 몸뿐만 아니라, 시간과 두뇌와 텅 빈 미소를 모두 팔기로 결정한 내게 그들은 마땅히 내 등에 붙은 가격표를 말해 주어야 한다. 그게 룰 아냐?

"사회에서 한 개인의 노동력에 매기는 가치는 그 인간 자체다. 그것이 매겨지는 가격, 즉 연봉은 그 인간의 사회적 가치지. 난 들인 자본에 비해 싸구려 태그가 붙은 인간이야. 자네들은 어떻게 해서든지 이 나라에서 가치 있는 인간이란 꼬리표를 붙이도록 해. 그게 한국이란 곳에서 당신들의 생존을 결정하니."

삼 학년 때 들었었던 '한국 사회계급계층론' 강사가 했던 말이다. 그는 프랑스 소르본 대학에서 박사 학위를 받았다고 했다. 정말 아는 것이 많았고, 부교수였지만 늙은 정교수들보다 알찬 수업을 했다. 강의의 주교재부터 부교재 두 권까지 충실히 다루며, 사회 현안의 실례까지 적재적소에 곁들이는 건 사 년 내내 그의 강의가 유일했다. 하지만 다음 학기부터 졸업할 때까지 그의 모습은 캠퍼스에서 볼 수 없었다.

제 일세계의 무려 소르본 대학을 졸업한 그도 그랬는

데, 하물며 서울의 인문대 비인기학과를 졸업한 여자인 나는 엄청난 싸구려여야 맞는 걸까?

다들 퇴근 준비를 하는 틈을 타, 다시 사무처로 진군한다. 심장이 이제 퍽퍽 소리를 낸다. 박선화는 손가락에 침을 묻혀 수북한 서류를 검지로 넘기고 있고, 오수미는 눈꺼풀을 까뒤집고 아이라인을 그리고 있다.

소형 냉장고 옆 산세베리아는 잎들이 누렇게 떠 방치돼 있다. 환기 안 되는 사무처에 가득 찬 공기는 권력의 냄새다. 장성갑 사무처장의 몸 내음. 이 단체의 돈줄을 주무르고, 협회가 망할 때까지 영원히 살아남을 군내와 쉰내.

"천팔백만 원이요."

박선화는 목소리를 낮췄지만, 약간 흥미로워하는 듯한 웃음을 숨기지 않는다. 두 번째 엿을 먹는다, 18.

역삼-5

40대 남성, 20대 매춘女와 동반 사망

남자의 운전은, 이 상상을 충분히 현실화시킬 수 있을 정도로 험했다.

반면 오른손은 내 허벅지가 마치 탁상인 양 얹고 있었는데, 열의 없는 손에선 일종의 권태감마저 느껴졌다. 그의 손은 무의식적으로 내 위치를 알려 줬다. 자신에겐 이건 일상일 뿐이라는, 네 이름이나 사는 곳, 학교 같은 신상 따위는 신경도 쓰지 않는다고 말하는 듯한 제스처.

그건 역설적으로 마음을 가볍게 했다. 만일 남자가 신상을 추상적으로나마 가볍게 캐물었다면, 난 달리는 차에서 뛰어내리고 싶었을지도 모른다. 모든 인간의 만남은 구체성과 진실성에 기대야만 한다는 강박은, 이젠 더이상 정언 명령 아닌 굴레고 고정관념이다.

차는 내가 미리 보아 두었던 역삼동의 비즈니스호텔 지하 주차장으로 흡수되듯 미끄러져 들어갔다.

난 로비를 낯설게 바라봤다. 신경은 썼으나, 어딘지 모르게 조악하고 칙칙해 퇴락한 느낌. 호텔리어들의 화장은 일반적인 이미지보다 조금 더 야했다. 여러모로, 맡은 일을 수행하기에 적합한 공간이란 느낌이 들었다. 해초 밑에 있듯, 내 기분은 조금 가라앉았다.

익숙하게 체크인하며, 남자는 몇 걸음 떨어져 외면하는 날 확인하듯 돌아봤다. 무심해 보이려 했지만, 다른 사람이 보면 나이 차가 많이 지는 다소곳한 신부 같아 보일지. 아니, 호텔리어들은 남자와 내가 그들의 벌집 중 한 칸을 무슨 일 때문에 빌리려는지 알면서 시침 떼고 있었다. 모든 직군은 고유의 프로페셔널리즘을 요하는 것이다.

'우리'의 신혼 방은 팔 층으로 배정됐다.

복도는 음침할 정도로 고요했고, 발이 푹푹 들어가는 카펫이 두툼한 혀처럼 방 안까지 뻗어 있었다.

문이 닫히자, 센서등이 잠시 켜졌다 꺼졌다. 남자는 권태로운 양, 하지만 무언가를 다소 두려워도 하듯 서둘러 불을 켰다.

노란 빛이, 뻔한 방을 가감 없이 비췄다. 평범한 킹 베드룸이었다. 방은 대학가 모텔들보다는 훌륭했지만, 궁극적으로 별 차이는 없었다. 섹스를 위해 장소를 빌린다는 개념은, 그 장소가 얼마나 매끈한지와는 별개로 늘 좀 이상하게 생각된다. 그 발안이 장소의 색채마저 이상하게 물들이는 기분이다. 따지고 보면 섹스를 위해 제삼자에게 돈을 지불한다는 아이디어 자체가 괴상하지만.

매춘의 정의는, 상대(주로 남성으로 정의되는 사람들)에게 돈을 받고 성 서비스를 제공하는 거라 난 생각했다.

'몸을 파는' 것이 아니다. 문자 그대로 팔다리를 잘라 팔거나 장기를 꺼내 내놓을 때만이 그 흔한 수사가 허용될 것이다. 서비스라는 건 내 몸 바깥에서 일어나는 무형의 운동이다. 그러므로 앞으로 열 명, 스무 명, 수백 명의 남자를 거친대도, 그것이 나를 손상시키거나 변화시키진 못한다. 그래서 나는 이 일을 택했다.

하지만 한편, 깊이 가라앉는 듯한 마음의 갈피를 나는 계속 추적하고 싶었다.

궁극적으로 이해할 수 없는 일에 칠십은 돈 때문에, 삼십은 호기심 때문에 진입한 거니까. 이 시대의 성, 여자와 남자, 지하경제에 주물러지는 한국 사회, 다 거대한 키치 덩어리라 생각해 왔으면서도, 그에 일조하는 블록 한 조각으로서 난 이 방에 들어온 거니까. 한편으론 고고히 깔보면서도, 그것의 실체를 난 알고 싶었다. 세상이란 게 내게 매기는 값이 대체 얼마인지도.

"먼저 씻을게."

남자는 허공에 대고, 불분명히 말했다.

커튼을 열어젖히자 대단치 않은 야경이 어른거렸다. 난 원탁 위 깨끗한 유리 재떨이를 가만 보았다. 방은 청결을 가장한 수상쩍은 침묵 속에 잠겨 있었다.

물소리는 어딘지 우주처럼 멀고 비현실적인 공간에서 들려오는 것 같았다. 왜인지 모를 답답함에 벌떡 일어섰지만, 곧 힘이 빠져 침대 모서리에 주저앉았다. 내 몸이 외피는 비닐처럼 매끈한데, 배 속은 눅눅한 솜으로 들어찬 인형 같았다. 중력의 영향을 받지 않은 양 앉아, 종전 술집에서의 '의식'을 떠올려 보았다.

고도의 의식과 의례(rituals) 들로 구성되었던 과거 사회에 대해, 현대인들은 말할 것이다. 미리 정해진 정혼자와의 식 날짜부터 잡고 시작하는(혹은 때로 아예 불가능했던) 연애보다, 무한 경쟁과 자유로운 선택 및 결정 즉 철저한 자유연애에 의거한 현대의 연애가 '단 하나'를 찾는 데 더 바람직한 모델이라고. 사회학자 에바 일루즈(Eva Illouz)는 그녀의 책 『사랑은 왜 끝나나: 사랑의 부재와 종말의 사회학』에서 다른 주장을 한다.

가문 간 약혼처럼, 정해진 의례 속 미래는 고정불변된 운명이다. 바로 그 의례가 정해 준 정해진 결말 덕에, 연인들은 불확실성이 야기하는 필연적 불안 없이 서로의 영혼과 인격에 더 몰두하고 집중할 수 있었다.

반대로 현대의 연애는, 현대사회의 다른 요소들처럼 선택의 자유와 무한 경쟁이라는 시장 논리가 반영된 산물이다. 연인들은 '자유'라는 만능 칼의 이면으로 인해 오히려 서로에게 덜 집중하게 된다(데이팅 어플들이 제공하는 무한 선택지! 스와이프만 해도, 컨베이어 벨트에 실린 완제품처럼 매력적인 사람들이 밀려오는 마법!). 우리는 관계라는 확고한 배 위에 탄 상대와 서로를 진지하게 탐색하는 긴 여정을 떠나기 전, 자신만의 불안과 고독에 시달리게 된다(내가 과연 선택받을 수 있을까? 대체 이 '손가락질'을 언제까지 계속해야 할까?). 우린 상대가 눈치채지 못하는 방식으로, 자신에게 가장 효율적이고 유리한 선택을 해야 한다. 또한 안면 익히기와 우정의 단계를 건너뛴 상대는, 모르는 사람이라는 매혹을 가졌으나 동시에 믿을 수 없다. 결국 우리는 상대 그 자체보다는, 데이팅이라는 아이디어와 우리 자신에게 더 몰입하는 결과를 낳는다.

요는, 과거의 의례란 건 확실히 개인을 속박하는 구속복이었으나, 미래와 타인이란 불확실성에 대한 불안과 공포를 제거하는 순기능도 있었다. 정해진 미래는 역설적으로 상대를 탐색할 수 있는 충분한 시간, 관계 그 자체를 만끽할 자유를 주는 아름다운 것이기도 했다.

물론 '아름답다'란 형용사는, 원저자는 사용한 바 없는 나의 자의적 해석이다. 하지만 영원과 상대의 충실을 보장하지 않는 연애의 불안정성을 누구든, 어느 정도든 고뇌해 본 적이 있다. 난 딱딱하고 고색창연한 것으로만 여겼던 의례라는 것의 일면을, 현대 데이팅의 불확실성과 휘발성에 상반되는 아름다움으로 재해석해 보고 싶었다. 그런데 이 의례의 역설적 아름다움을 소위 매춘업소에서 떠올리게 될 줄이야. 물론, 내가 이 책을 빌렸었던 학교 도서관 열람실에서는 예측조차 못 했었다.

이런 게 인생의 재미, 또 여자만이 가질 수 있는 힘 아닐까. 누군가는 비참하다고 할 상황에서조차 뭔가를 배우는 것.

그래서 이 '의례가 허하는 자유'가, 매춘업소에서는 어떻게 적용되느냐.

*

"그러니까 소위 박는 게 요점 아니냐? 자기야, 무식한 소리 좀 작작."

실장은 대학서 접했던 웬만한 교수만큼이나, 자기 전문 분야에 대한 요점 정리를 잘했다.

여기 청량리 아니야. 식, 세팅을 잘해야 해. 아니, 아이스 버킷, 술, 안주 배치도 말고. 호텔 안 가고 여기서 깨끗이 술 먹고 끝나도 돼. 진짜야. 섹스가 다 아니냐고? 에센스는 딴 데 있어. 유리는 어떤 쪽이 더 낫나? 아직 따 놓은 음료수 캔에 솜씨 있게 술 뱉을 자신은 없고, 차라리 잠만 자 주고 돈 버는 게 깔끔하겠다고? 그게 바로 초짜야, 유리 같은. 즐기지를 못하거든.

그래, 세팅은 띄엄띄엄 하고 이차만 주력으로 하는 애들도 있지. 이 동네도 불황이긴 해서 요즘 많아. 근데 의외로 술 없이 몸빵하겠다는 애들이 돈도 못 벌고, 일도 빨리 관둔다? 자는 게, 술 먹고 자주는 아니지만 욕도 먹고 주물리는 것보다 힘들 것 같애? 글쎄. 아무튼 식을 잘 끌고 가는 애들이 목표도 이루고 오래도 살아남아. 적어도 망가져 나가진 않아. 그래, '예식'할 때 그 '식'.

식이 뭐냐. 본 게임 전 탐색전이라긴 아쉽고. 어차피 결과는 정해져 있어. 물론 자기는 모르지. 체스 말 같은 거니까. 만일 식후 손님들이 그냥 집 갔다, 그럼 오늘 일 끝, 그래도 돈은 벌었으니 됐어. 이럴까? 아니야, 이거. 시기의 문제일 뿐, 여자들은 모두 언젠가는 손님들하고 자게 돼 있어. 안 자 줘야 까르띠에 팔찌 받고 집 받고 차 받고, 개소리고 결말은 바꿀 수 없는데, 그럼 거기까지 가는 식이 최대한 재밌어야겠지? 그게 자기의 몫이라고. 의외로 유흥충 빨꼼이들도 그건 잘 못하거든. 지들이 놀 줄 모르면서 아가씨들, 가게 탓만 하지.

이따 유리가 앉을 테이블은 포커판이야. 체스판이고, 고스톱장이야. 최대한 손님들 말고 자신한테 이로울, 자신이 원하는 방향으로 판을 짜 봐. 어떻게? 그건 내가 못 가르쳐 주지. 다만 지능과 대범함, 분위기를 읽는 능력이 거의 다라 할 수 있겠네. 성형을 처바르든, 발가락 하나하나 핥겠단 식의 아양을 떨든, 그 능력 없으면 여기선 마른 오징어야. 아무도 손 안 대고, 극소수 변태들만 찾는 여자라고.

게임 해 봤지? 그래, 캔디 크러시라도. 모든 게임엔 퀘스트가 있잖아. 초짜들은 어떻게 빨리 깨서 빨리 이길지에만 집착하지. 반면 능숙한 게이머들은 퀘스트 하나하나를 분석해 보고, 깨 가는 과정 자체를 파도 타듯 즐길 줄 알아. 그래, 오타쿠 같은 새끼들이지. 근데 뼛속부터 즐기다 보면 판이 읽혀. 대구리 안 굴려도 자기만의 전략이 절로 세워져. 그러다 보면 원하는 게 자기 손에 쥐어지지. 인정욕, 허영, 네일 숍 개업 비용, 과거 세탁. 이목구비만 빡세게 데코해 자의식 충만하게 앉아 있는 애들보다, 와꾸는 민삘이라도 머리 쓰고 즐기는 애들이 원하는 걸 얻어. 대개는 그래.

둘째는 게임 파티원을 파악하는 거. 이건 혼자 냅다 총 갈기는 FPS라기보다 RPG에 가까워. 그날의 테이블마다 대강 각본 같은 것도 있냐고? 너무 작위적이지. 그냥 클래식한 사례들에 아가씨들의 재기가 더해진 기출 변형 정도로 하자. 예를 들면 적절한 옵션. 우린 대개 아가씨를 손님보다 딱 하나 더 넣어. 퀄(퀄리티)보다 물량 공세, 인원보다는 양질, 어느 쪽으로도 과하게 치우치면 안 돼.

단골일수록 클래식한 구성으로 가. 삼각 대형이 기본이지. 본인이 자주 찾는 애, 에이스, 그리고 뉴페(뉴 페이스). 아가씨들 입장에서도 쪽수가 손님 쪽수보다 많은 게 조금 더 나아. 아니, 진상 때문이라기보다는 BBC 다큐 보니 동물도 경쟁자가 많을 때 머리가 맑아지고 집중도가 높아져 생존에 유리한 선택을 할 확률이 높다던데. 비슷한 원리겠지.

옆 손님만 마킹하지 말고, 순간순간 동료들하고 반응해야 해. RPG 게임처럼 분위기를 같이 만들어 봐. 니들은 경쟁하지만, 견제와 협업을 동시에 해야 하는 거야. 방 한 번 들어가 보면 알겠지.

마지막, 식의 요체는 뭐니 뭐니 해도 사람한테 집중하는 거야. 정해져 있다고, 뻔하다고. 그래서 더 사람 자체에 집중할 수 있지. 난 이 일을 소위 보지 팔이라 단순화하는 애들 멍청이라 생각해. 물론 모르겠지, 대부분의 여자들은 해 본 적도 없고, 적잖은 남자들도 솔까 여자 주무르는 맛, 자는 맛으로 오겠지. 근데 인간끼리라 자기야, 인간은 어떤 관계로 만난대도 정이 오갈 수밖에 없다? 그게 인간의 한계고, 멋이야.

환멸 나지. 왜 안 나겠어. 그래서 그게 눈과 말에 배는 애들이 있어. 이 인간은 사람 아니야, 이 새끼는 지갑이고 고추야. 오래갈 수 있을까? 오래가기도 해. 근데 본인이 병드는 거지. 손님을 무슨 남친처럼 사랑하라고 말 안 해. 손님은 목적이지. 유리, 여기 왜 왔어? 그래, 돈 벌러 왔지. 하지만 동시에 사랑을 해야 해. 어, 사랑.

사랑이 순수해서 사랑인가? 얘랑만 잔다, 키스한다, 그게 사랑? 그거, 사랑 아니야. 속 얘기 들어 주고, 웃어 주고, 달래 주고, 이해를 하려고 노력을 하는 게 사랑이야. 돈, 노려. 한번 털어먹어 보자 다짐해도 돼. 근데 동시에 손님을 진짜로 좋아해야 해. 그게 사랑이니까, 순수하고 단일한 게 아니라 모든 먼지가 섞인 복합적인 것. 사랑은 계산이고 거래고 타협이고 세속인데, 그럼에도 상대를 인간으로 대하려고 노력하는 거야. 난 네 남편이고 마누라고 여친이고 남친이라고 주저앉아 버리는 게 아니라, 돈으로 벌린 판이고 딴 남녀들이랑 자는 거 뻔히 알아도, 여전히 상대를 알고 싶고 데이트도 하고 싶어 하는 것. 어찌 보면 이게 진짜 아름다운 거 아닌가? 어려우니까.

그래, 이 모든 게 다 식이야. 정해져 있기 때문에, 최대한 천천히 탐색하며 즐겨 봐. 여기가 천국이라고는 말 못해. 근데 진짜 강한, 또 현명한 여자는 쓰레기 떠다니는 바다에서도 서핑을 할 수 있는 거니까.

이런 장소에서, 그 고아한 사랑이라는 단어가 치환되는 가히 혁명적인 방식이 나는 꽤 마음에 들었다.

"글렌피딕 삼십 년산인데."

"글램? 글래머요?"

술이 너무 독했다. 뇌를 놓은 내 대답에, 테이블 곳곳에서 바람 빠지는 듯한 웃음이 나왔다. 이 사전 '식'에 대해 실장이 특훈시켜 준 많은 것을 되뇌어 보다, 나만의 전략을 세웠다. 계산 없이 파도타기.

서연이 일러 준 대로, 유리잔을 채운 수정체 같은 빅볼 얼음을 위스키가 실크 천처럼 감싸듯 부드럽게 흘러내리도록 하는 데 집중했다. 술병이 묵직해 놓을 때 손목이 다 떨렸다.

"조심해. 요즘 프리미엄 붙어 비싸졌다고."

서연의 허벅지를 박자감 있게 두드리던 아저씨가 두툼한 입술을 놀렸다. 그의 입은 서연처럼 덩치 작은 여자는 한입에 삼킬 수 있을 정도로 컸다.

"괜찮아, 면세가론 오십도 안 돼."

오른쪽에 앉은, 내게 아까 앉으라고 손짓했던 남자가 비로소 말을 걸어 왔다. 먼저 도착해 입 큰 두꺼비를 후에 부른 오늘의 '호스트'임에도, 줄곧 그는 과묵한 편이었다. 별 표정 없이, 작정하고 술만 퍼마시러 온 양 남자는 기계처럼 들이켰다. 붙어 있는 그의 허벅지는 뜨뜻미지근했다. 나쁘지 않았다.

"이거 하나 사러 제주도 왔다 갔다 할 바엔 여기 오는 게 낫지."

"제주도 티켓 값 얼마나 한다고요. 그래도 간만에 뉴 페이스도 있고, 겸사겸사네."

두꺼비가 날 보았다. 소파 등받이에 길게 뻗은 그의 손 아래 감싸인 듯 앉은 서연은 무표정했다. 그녀는 에이아이처럼 말했다.

"복숭아가 제철이죠."

난 서연이 '복숭아'가 젊고 쥬시(juicy)한 여자를 일컫는 속칭으로 사용되는 용례를 아는지 잠깐 궁금했다. 조명에, 복숭아 조각은 더욱 창백하고 맛없어 보였다.

복숭아는 관통될 듯, 되지 않을 듯 서연이 든 뾰족한

포크 끝을 아슬아슬 달아났다. 여자들과 남자들, 술기운과 무언의 목표로 일시적인 화합체를 이룬 우리는 이상한 긴장과 기대로 집중했다. 아 시발, 하는 서연의 입 모양을 읽고, 난 웃음을 참으려 고개를 숙였다.

"과일 하나 먹는 데 날밤 까겠다."

두꺼비가 테이블에 내동댕이쳐진 복숭아를 손가락으로 집어 먹었다.

"브아이피들이 오랜만에 행차하셔서 서연이 긴장했나 봐요." 에이스가 처음으로 입을 열었다.

그녀의 목소리는 갓 잠 깬 여왕마냥 나른하면서 데시벨이 작아, 상대를 집중하게 만들고 피부에 묘하게 달라붙는 점성이 있었다. 한눈에도 천만 원 이상의 돈을 들였을 법한 외모보다, 그 목소리가 더 매력적이라 난 생각했다.

"우리 이름도 까먹었지? 다낭 갔었나?"

"아뇨, 부산."

"요즘 요트서 노는 건 얼마나 하나? 둘씩 둘씩 짝짓는 거."

불황기에 허세 부리지 마, 하듯 내 옆 남자가 두꺼비에게 눈짓했다. 난 두꺼비의 말이 뭔지 알고 있었다. 부산은 위치상 최근 몇 년간 아시아 마약 유통의 허브이다. 남자 연예인, 재벌 몇 세 따위들이 개인 소유나 빌린 요트에서 업소 여자들과 파티를 벌이는 것이다.

"시세 한번 맞춰 봐요. 글렌피딕 삼십 년산 쏘기."

"오, 구미 도는데."

에이스와 눈이 잠시 마주쳤다. 모딜리아니 그림에 등장하는 여자 같기도, 이음매 없이 세공된 목 긴 금속 화병 같기도 했다. 태생부터 이 일을 소명처럼 제공받은 양 여자를 이루는 모든 면은 매끄러웠으나, 한편으론 어딘지 모를 권태감이 느껴졌다. 혹은 그녀의 의식은 진공을 떠도는 것 같았다. 적당한 무관심과 적절한 열의. 이에 반해 이십 대 초반인 서연은 생기 있었으나, 다소 서툴렀다. 술이 센진 몰라도 그 애는 너무 급히 술을 들이켜는 성향이 있었다.

서연이 글렌피딕인지 탄 보리차인지로 목을 축일 때, 에이스는 플라스틱 인형 같은 눈으로 날 잠시 맞받아 봤다. 누가 술집 여자는 웃음을 판다고 했나? 남자라면 에이스 같은 여자가 일생에 한 번은 자기 앞에서 깔깔 웃는 모습을 보고 싶을 거라고, 난 생각하며 샤인머스캣 작은 알을 입에 넣었다. 에이스의 깡마르고 뼈가 도드라진 손목에서 스네이크 체인 팔찌가 흔들렸다.

사슴 로고가 붙은 날씬한 갈색 병과 새 아이스 버킷이 날라져 왔다.

"맞추지도 못했는데."

"나중에 톡으로 넣어 줘요."

"하여튼 얘 장사 잘해. 복덩이야."

두꺼비는 에이스의 머리께를 손가락질했다. 경박하고 존중이라곤 없는 제스처였으나, 에이스는 남의 일처럼 덤덤했다.

"사슴 사냥 안 가도 되겠네. 여기 복숭아는 서연이. 뉴페이스는 유리, 맞지?"

"기억해 주셔서 감사합니다."

난 무거운 머리를 꾸벅 숙였다.

"여군이야 뭐야. 이 언니 말투 좀 이상하죠."

"유리야, 우리 뭔 일 하는 사람들 같애?"

브래킷 조명에 두꺼비의 넓적하고 각진 얼굴은 더욱 그로테스크하게 보였다.

"잠복 경찰이나 국정원은 아니시죠?" 난 답했다.

"국정원?" 처음으로 남자가 웃었다.

"무스탕들을 입으셨길래…."

"누가 이 비상시국에 열 시 너머까지 영업하래. 현행범으로 체포해."

두꺼비가 허리춤을 뒤적대는 시늉을 하다, 투명 수갑을 꺼냈다. 그는 팔을 쭉 뻗어 내 손목을 잡고 똑딱, 입으로 소리 냈다. 그에게 팔목을 잡힌 난 두꺼비와 같이 웃었다. '식'을 제대로 해 나가고 있는지, 도통 알 수 없었다.

"우리 닮았나?" 두꺼비가 남자와 자신을 번갈아 손가락질했다.

"혹시 형제세요?"

"매형, 처남."

나는 물을 한 모금 마셨다.

"올 누나를 매개로 이어졌지만 이렇게 좋은 동업자가 없지. 남양주에 물류 창고 임대해주고 노나 먹고, 마제스티 골프채 대리점도 같이 하고."

"아세요?"

머리가 솜으로 둘러싸인 것 같았다. 온더록스로 말아 먹어도 위스키는 위스키였다.

"뭘?"

"누님이오." 피스타치오 껍데기를 잇새로 뱉듯, 난 말해 버렸다. 테이블 밑에서 에이스가 스텔레토 힐로 내 발등을 꾹 밟았다. 건널목 차단기를 내리듯.

"처음이라 기술 없이 족족 받아먹어 취했나 봐요."

"콘셉트 아니고 이 언니 소주 반병이래요, 주량이."

그런 말을 한 기억은 없는 듯하지만, 서연도 재빨리 지원 사격 해 줬다. 하지만 이미 내 혀는, 풀린 리본처럼 나풀거렸다.

"그럴 수 있는 일이긴 한데, 솔직히 미풍양속은 아니니까…. 한국 문화란 게 원래 그렇죠."

하하. 일부러 강하게 발음하는, 두꺼비의 지어낸 웃음이 살얼음 낀 실내 공기를 가로질렀다. 상대적 우위를 강조하고 위압감을 주기 위해, 남자들이 웃는 척 웃지 않는 소리.

망하면 망하는 거지, 전문 서퍼들도 파도 타다 자빠지니까. 생각하며 얼음물을 들이켰다. 머리가 아팠다. 술자리엔 끈적한 침묵이 흘렀다.

"딴 테이블로 안 가지?"

남자가 얼음을 깼다.

서연과 에이스의 시선이 공중에서 빠르게 얽혔다. 투명 칸막이 안에 앉아 각각 일하는 듯하던 에이스와 서연은 신속한 합동 전선을 구축한 듯했다.

난 그녀들의 말 없는 눈빛을 읽었다. 새 물건에 대한 호기심이겠지. 위탁받은 물건들을 남양주 물류 창고에 적재할 때도, 평소와 다른 새 종류의 저장품들이 입수되면 태그를 흘끗대며 확인할 테니. 여기서 난 등짝에 새로운 태그가 붙은 적재품일 뿐이다. 잠시 그들의 창고에 머물렀다 알 수 없는 곳으로 사라질.

"사장님 위해서는 괜찮죠."

화끈해, 두꺼비가 손뼉을 짝짝 쳤다. "이렇게 앗쌀해야 오래가지."

에이스가 재빨리 서연에게, 서연이 두꺼비에게 뭘 속

삭였다.

"기분이다, 아르망디 한 병."

"아, 알망이 너무 좋아."

간증하는 소녀 하이디처럼 손을 모아 보인 두꺼비의 팔짱을 꼈다. 그 애는 테이블 밑으로 내 발등을 툭 쳤다. 서연은 화장실에 다녀온다며 내 앞을 지나치다가 내게 속삭였다. 좀 하는데? 입김이 뜨겁고 달콤했다.

난 남자에게 튀긴 타이거 새우 대가리를 먹여 주었다. 남자는 얼음 양동이 쪽으로 뻗던 내 위팔을 손끝으로 슬쩍 쓸었다. 이 권태와 안심. 맥 빠진, 미지근한 양주가 심장에 가득 차오르는 느낌이었다. 그런 느낌을, 백 년 동안은 알고 있었던 듯했다. 난 흐흐 웃고 싶었다. 그냥, 이런 장소, 이 관계, 이 모든 수작 들, 다 웃기니까.

허나 모든 것엔 필요와 미덕이 있다. 현실은 이상이 아니다. 현실은 거의 늘 아름답지 않으나, 책보다 진실하고 강하다. 물론 바람직한 세상에서는 여자와 남자는 거래하지 않는다. 남자는 늘 여자를 사랑하고, 여자는 늘 행복하며 충실할 테니. 하지만 어떤 종류의 여자와 남자 들은, 지금 이 방의 사람들과 같은 방식으로 소통할 수 없다. 이것이 현실이다. 현실은 아름답지 않아도 사람들을 생존케 한다. 일단 생존해야 아름다운 세상으로 갈 수도 있다. 난 생존을 위해, 실장이 거리의 철학가처럼 설파한 '식'의

정체와 아름다움에 투신하고 싶었다.

남자는 나의 신랑, 난 남자의 새신부. 남자가 날 고를
걸 난 어느 정도 짐작하고 있었다. 그 자리의 호스트는 월
천만 원을 손에 쥐고 유엔빌리지에 산다는 에이스도, 수
백만 원을 긁은 두꺼비도 아니었다. 남자는 나의 당돌함
이나 신선함에 감명받아 날 택한 척했으나, 나와 남자를
포함한 그 자리 모두가 결말을 알고 있었다. 에이스는 그
녀 월급의 세 배 이상 현찰을 매달 주지 않는 남자라면 독
점할 수 없는 여자니. 두꺼비는 어차피 제 수준으로는 들
어앉힐 수 없는 에이스, 검증되지 않은 나를 고를 실험정
신이 있는 남자가 아니라, 은밀한 눈짓과 짧은 농담이 잘
통하는 서연을 택할 법한 남자니. 그러나.

'식'의 요체는 여기에 있다. 우리는 절대 서로를 성기
로 대하지 않았다. 많은 이들, 또 나 자신이 가졌던 편견과
는 달리 도구로, 수단으로, 목적으로만 대하지도 않았다.
우리는 진실하며, 노력했다. 그 밤을 비유하라 한다면, 난
감히 옛 프랑스 귀족들의 야회를 들겠다. 뻔한 시나리오
의 결말을 알면서 모르는 척, 우린 신실히 최선을 다했다.
나름 낭만적이지 않나? 예정된 서로의 짝이 아니라, 다른
이의 짝이 될 수 있을 남자와 여자에게도 진실하며 인간
적인 관심이 있는 척, 좋아하는 양 행동하는 것.

의식은 행위를 결정하지만, 때로 행동도 의식을 조정

한다. 그 밤, 난 정말로 남자와 내가 서로에게 끌리고 있다고 순간순간 믿었다. 와이프의 남자 형제와 유흥업소에 오는 남자는 역겨웠지만, 또한 난 일면 남자가 좋았다. 그게 내 진심이다. 애정이란 순결하고 단일한 감정이 아니라, 부유물과 불순물을 보며 위태로이 흔들리면서도 선택하는 선언이자 입장이자 결심 아닐까.

찰나에는 진실이 없나? 진심은 결벽해야 하나? 서로의 체취와 숨결이 느껴질 정도로 가까이 앉아, 불쾌하지 않은 긴장과 친밀감, 플러팅과 다방면에 이르는 진지한 화제까지 나눈 그 밤이, 내가 남자 대학생들이나 직장인들과 나눴던 저녁 공기와는 본질적으로 다른가? 이 술자리는 돈이 오가기 때문에 비윤리적이며 지저분하고, 그 데이트들은 단지 직접적 거래를 매개로 하지 않았기 때문에 순수하며 아름답고 진심이었다고, 난 믿지 않았기 때문에, 남자와 난 서로에게 감응했다. 에바 일루즈의 논지처럼, 결론이 내려졌다는 안도감이 거꾸로 처음 만난 남자를 찬찬히 들여다보고 이해하고 싶게 했다.

남자가 내 입에 넣어 준 블랙 올리브를, 그의 눈을 보며 난 천천히 씹었다.

파텍 필립 손목시계가 열두 시를 가리킬 때, 남자는 내 허리를 끌어안고 더운 김으로 귓불에 속삭였다.

—너 나 좋니?

─사랑하죠.

아르망디 샴페인의 맛은 꽤 좋았다. 남자의 눈은 붉고 가늘었다. 순간 가슴이 서늘해졌다. 닫힌 문처럼, 거기엔 어떤 기대도 흥분도, 열망도 열정도 없었다. 내 남편은 권태로울 만큼 모든 걸 너무나 잘 아는 늙은 남자였다. 그러나 난 내 서약을 지키고 싶었다.

"유쾌한 밤이네."

창자를 쏟아붓듯 떠들어대던 두꺼비가 말했다. 에이스는 어느샌가 사라져 있었다. 서연은 디에타민 약발이 떨어졌는지 브리 치즈 카나페 쪽으로 황망히 손을 뻗다, 두꺼비의 손에 이끌려 소파를 떠났다. 다행히 서연이 값을 받을 수 있게, 룸과 연결된 작은 화장실에서 둘이 섹스하진 않는 모양이었다. 착한 학생을 칭찬하는 선생님처럼, 모두 떠난 소파에서 남자는 내 머리를 쓰다듬었다.

*

물소리가 멎었다.

목이 졸리는 듯한 기분을 떨치려, 난 침대에서 일어났다.

힐을 꿰어 신고 화장대 앞으로 걸어갔다. 어른대는 야경을 비추는 거울 속 내 얼굴을 보았다. 그 얼굴은 여전히 예쁘고, 동시에 데드 마스크처럼 창백해 보였다. 유쾌한 밤이야. 두꺼비를 흉내 내, 난 일부러 소리 내 되뇌었다.

등 뒤에서 욕실 문이 열리는 소리가 났다. 나는 남자의 벗은 상체를 화장대 거울을 통해 보았다. 허벅지 안쪽을 날카로운 다리를 가진 투명한 거미가 긁으며 기어오르는 듯한 느낌이 들었다. 아직은 남자를 향해 돌아서지 않은 채, 난 다짐했다. 많은 기억들은 몸에 부딪혀 배수구로 빨려 가는 물방울처럼 깨지고 알 수 없는 곳으로 빨려 들어가지지만, 지금 이 느낌만은 죽을 때까지 기억하기로.

자인, 난 속으로 읊조렸다. 네가 존재하지 않는, 불순해서 안심되는 세계로 나는 건너가는 거야, 하고. 첫날밤이 끝나면, 집에 돌아가 오랜만에 자인에게 메일을 써도 좋을 것 같았다.

남자가 어깨에 손을 얹었다.

디지털미디어시티-5

김진출 팀장이 입을 열자, 담배 내와 믹스커피가 섞인 사무의 냄새가 난다.

그가 무언가를 배를 찌르듯 불쑥 내밀어, 한 걸음 뒤로 물러선다. 금박 제목이 박힌 단행물이다.

두 시간 후, 난 취조실로 들어간다.

오늘의 검사, 팀장은 내 입에서 나오는 내용을 이사장에게 다이렉트로 보고할 거라 한다. 팀장은 만년필을 날카롭게 세우고, 이 기관이 펴낸 '연례보고서'에 대한 모든 감상을 숨김없이 털어놓을 것을 요구한다.

"모든 사후 평가는 자기변명이지. 하지만 우리 같은 기관은 더더욱 외부인의 쓴소리가 필요해. 매년 관례적으로 진행되는 부분이 많으니. 근데 협력 기관들은 이해 관계 때문에 장단점을 제대로 짚어 주지 않지. 때 묻지 않은 젊은 피인 유리 씨만이, 외부인 시각으로 봤을 때의 소견을 솔직담백하게 말해 줄 수 있을 것 같아."

팀장의 와이프는 방송국 외주 제작사 피디라 한다. 모니터에 붙여 놓은 가족사진 속 여자는, 팀장과 다르게 지극히 평범하고 자그마한 여자다. 팀장은 말을 할 때 늘 부담스럽게 내 얼굴을 뚫어지게 본다. 문득 이 남자가 섹스를 해 번식한 게 신기하다는 생각이 든다.

비하가 아니라, 가끔 모든 인간들이 부지런히 짝을 찾

아 생식하여 기어이 자손을 남기거나 그러길 원하는 것처럼 보이는 건 참 신비스럽다. 세계를 주무르는 당위의 논리. 그러나 한 방향을 좇아, 그래야만 한다고 생각되는 일을 이루고 나서도 어떤 붕 뜨는 기분, 세상에 찰싹 붙지 않은 듯한 여백을 느낀다면 그때는 어떻게 해야 하나. 어떤 당위라도 내 안에서 완전히 납득되지 않는다면, 그것을 골라 안주해 버릴 수는 없는 것이다.

"일단 외적으론 레이아웃이 별로인 것 같습니다."

팀장의 인형 눈에 빛이 돈다.

"편집 부분에서도, 글자체의 통일성이 지켜지지 않아 좀 격이 떨어져 보이고요. 예컨대 여기 소제목에서는 돋움체를 썼는데, 여기는 바탕체라 정돈되지 않아 보여요. 가독성도 떨어뜨리는 것 같습니다."

"좋은 지적이야."

팀장은 나 못잖은 악필이다.

"콘텐츠 면에서도 보완이 필요할 것 같습니다. 특수 분야이니만큼 딱딱한 내용을 잘 읽히도록 쉽게 풀어내도 괜찮을 것 같고요. 안 그래도 높은 수치가 계속 나오는데 실적—해석, 실태—분석 식의 구조가 반복되니, 업계 외부 일반인은 솔직히 별로 읽고 싶지 않아 할 것 같아요."

팀장은 기관지 분석 과제를 내주기 전 말했었다. 앞으로 협회지는 문화부 및 협력 기관들을 넘어 일반 기관들에도 비치하는 등, 외부에서 우리가 하는 일을 알 수 있도록 배포 범위를 늘려 갈 계획이라고.

"그래프도 막대만 쓰기보다는 다른 형식, 특히 원그래프를 활용하면 좋겠어요. 흑백으로 갈 거면 음영을 줘 입체적으로 표현하는 것이 좋을 것 같고."

"킵 고잉."

팀장은 유학파인 진우 선배보다 더 영어를 즐겨 쓴다.

"또 최소 단위가 십만이라 각 막대그래프 간 길이 차이가 거의 안 나잖아요. 한 만 단위 정도로 잡아, 그래프에 입체감을 부여해도 괜찮을 것 같은데요."

나오는 대로 한 말인데, 팀장은 성실한 학생마냥 원 번호까지 붙여 옮겨 적는다. 필기도 아니고, 뭐 하는 거야. 난 속으로 실소한다.

"그래프와 본문 내용이 일치하지 않는 부분들도 있고…. 여기 보시면 '작년도 피투피를 통하여 불법 다운로드 된 음원 수치' 그래프와 본문 숫자가 이렇게 다르잖아요. 이러한 오류는 협력사들에게는 혼란을 야기하고, 장기적으론 우리 협회의 신뢰도를 떨어뜨릴 수 있을 것 같습니다."

"사람 잘 봤네, 내가."

김진출 팀장은 손마디를 깍지 껴 우득 소리를 낸다. 남자들이 하는 것 중 톱 쓰리로 싫은 행동이다.

"저땐 처음 하는 일이라 아주 좌충우돌이었어. 각 기관엔 연례보고서 외에 매월, 매 분기별로 해당 기간 동안 이루어진 단속 건수를 취합해 따로 보내 주고 있거든? 근데 문제가 생긴 적이 한 번도 없었던 거지."

"왜…?"

"기관들이 일일이 대조해 보지 않거든. 분기별로 우리가 취합한 자료를 보내 주면, 걔넨 그걸 그냥 받아. 받았다는 확인 공문 보내고. 그리고 끝."

어쩌면 창의성을 불어넣을 수도 있었겠다 싶은 이 기관지 제작 일 또한, 역시 요식 행위의 일환이었던 것이다.

연례보고서를 내려다본다. 딱 봐도 시판 월간지의 그것보다 훨씬 단가 비싼, 고급 코팅지 표지. 얼핏 훑어보기엔 전문적으로 보이는 국가 수주 기관지지만, 조금만 읽어 내려가 보면 흠결들이 눈에 들어온다. 시민으로서 내가 내는 세금이 이런 일에 들어간다고 생각하면, 짜증이 확 날 정도다. 그리고 내게 맡겨진 건 '이런 일'을, '반 공무원'으로서, 뻔뻔하게 수행하는 것이다. 국민의 혈세를 낭비하는 자위행위!

"소중한 의견 고마워. 괜찮은 건 수렴해 올해 연례보고서엔 반영하는 방향으로 하지. 문화부에서 할당한 단가 안에서 말이야."

팀장은 수첩을 덮고, 갑자기 협회의 대변인처럼 이 협

회의 비전에 대해 연설하기 시작한다. 순간 장성갑 사무
처장이 빙의된 것처럼.

요는, 이 협회의 안정성 및 이 필드에서 협회가 차지하
고 있는 지분은 대단하단 것.

하나, 일반 사기업이나 대기업만큼 보수가 높지 않은
만큼—사실 높지 않은 정도가 아니라 시급을 약간 웃도는
저임금이나—이를 상쇄하는 안정성이 있음.

둘, 기하급수적으로 늘어나고 있는 문화 콘텐츠 개수
만큼 보호를 원하는 수요 또한 급증하고 있는데, 문화체
육관광부가 직접 수주를 맡긴 이 '절반은 공기업' 협회에
일반 사기업보다 단속 업무를 맡기는 제작사들이 늘고
있어, 우리의 미래는 밝음.

그러나 팀장의 일장 연설이 귀에 흘러들어 오는 순간,
동시에 내 뇌는 그가 주창하는 논리의 허점을 떠올린다.

일단 협회는 생긴 지 오 년도 안 됐다. 협력사들과 맺
는 연 단위 계약은 일반 회사들의 입찰처럼 협회가 단독
으로 추진하고 맺는 게 아니라, 문체부의 기획과 감찰 아
래 있다. 즉 윗분들끼리 알아서 '딜'하면 매년 계약이 갱신
되는 구조다.

이 '딜'은 내가 첫 점심을 먹었던 복요리점, 문화체육
관광부 근처 한정식집, 그 옆옆 일식집에서 이루어진다.

이는 큰 확률은 아니지만, 어떤 이유에서건 영감님들의 마음이 틀어지는 날, 이 협회의 일도 하루아침에 끊길 수 있음을 의미한다. 또한 협회가 진행하는 '단속'이란 대부분 눈 가리고 아웅하기 식이다. '뉴 블러드'인 난 이걸 들어온 지 며칠 만에 파악해낼 수 있었다. 온, 오프를 막론하고 단속반원들은, 전월 단속 수치에서 크게 떨어지지 않거나 조금 웃돌 정도만 일하고 있다. 당연하지 않은가? 적발량이 크게 늘어도 왜 전달에는 그렇게 못했느냐는 추궁을 듣고, 평균을 상회하는 실적을 내도 어떤 보상도 주어지지 않으니까.

요컨대 이 협회의 일은, 진짜 낚시가 아닌 실내 낚시인 것이다. 그리고 인공 낚시터의 물은 언제든 누가 빼 버릴 수 있다.

"성과급제 도입도 고려하고는 있어."

"단속 건수대로 보너스를 주신다는 말씀이세요?"

"그런 식이 되겠지."

"저희 팀은 해당 사항이 없겠네요."

"우리는 직접 단속하는 게 아니라 그걸 서포트하는 입장이라 도입이 좀 어렵겠지. 외부 행사나 홍보에서도 가시화할 수 있는 성과를 내는 건 힘들잖아. 그래도 우리 애들만 손해 보는 건 나도 싫으니, 야근이나 주말 외근 때 시간외 근무수당을 부여하는 것도 제안해 봤어. 근데 악용될 가능성이 있다나 뭐래나. 노인네들이란."

당신이 이 협회에서 끗발이 없으니 그렇겠지. 난 말하지 않고, 팀장이 목 뒤로 양팔을 들어 뒤통수를 받치는 탓에 보이는 수북한 겨드랑이에서 시선을 돌린다. 오전인데 벌써 피로하다.

일은 노동자의 의식에 침투해 자아 전반을 지배한다. 반복적인 일은 노동자를 부품화하고 소진시킨다.

난 엄지와 검지 끝에 달라붙어 있는, 잉크가 녹아 시커먼 딱풀 찌꺼기를 내려다본다. 처리해야 할 전표가 아직도 십 센티미터는 된다.

— 야 이년아 작작 해라. 눈깔을 좆같은 키티 대가리로 확 쑤셔 버리기 전에, 라 해 줘. ㅋㅋ

퇴근길인지, 답톡이 반나절을 훌쩍 지나 새벽 네 시에 와 있다.

민나정 선배가 제 책상과 서랍 곳곳에서 생각날 때마다 구깃구깃한 영수증을 꺼내 불쑥 내미는 게 너무 짜증난다고, 어제 퇴근길 난 서연에게 톡을 보냈다. 역삼동 이후 서로 연락한 일이 없는데, 하소연이란 걸 할 사람이 서연밖에 없었다.

— 회사에서 그게 되겠니.

— 빡치게 하면 걍 관둬. 회사가 세상에 거기뿐인가?

— 이 세상이란 데에 날 위한 선택지가 많지가 않네.

— 시발 헤메 받으러 왔는데 사람 기다리게 해 놓고 엿같이 늦음.

서연은 여전히 자기 얘기만 했다. 그 상쾌한 이기주의가 난 좋았다.

— 계속 그때 거기 다니나? 다들 똑같고?

— 업소는 여전, 실장은 짜증, 에이스는 실종.

— 실종이라니?

피시 카톡 타이핑 소리가 빨라져 그런지 나정 선배가 흘끗 봐, 난 고개를 움츠리며 채팅 창 투명도를 낮춘다.

— 수진 언니가 삼사 년 전에 스폰도 마다하고, 신인 배우랑 동거하며 서포트했단 소문이 있었는데.

채유리가 업소에서도 유리였던 것처럼, 에이스도 진짜 수진이었나. 난 날짜와 시간별로 분류한 영수증을 책상 구석에 조심스레 쌓아 놓고, 호치키스를 문진처럼 올려놓는다.

— 좆뱀한테 낚여 개고생하네 싶었지. 십 년 가까이 무명이었거든. 오디션 보러 갈 때마다 수진 언니가 택시비 찔러주고, 숍 델구 다니며 헤메까지 받게 했음. 근데 요즘에야 드라마 하나 땜에 뜬 거야. 드라마 역할이랑 실제랑 똑같다고 아줌마들이 국민 순정남 이 지랄인데 알아?

— 몰라. 잘생겼나? 근데 실제랑 똑같다니?

— 존나 썰을 푼 거지. 그녀가 사시 칠 때까지 힘든 형편에도 너무나 사랑해서 온갖 알바에 극단 허드렛일로 뒷바라지했는데, 이제야 빛을 봐 당당하게 프러포즈하고 싶다고. 이제 막 얼굴 알렸는데 얼마나 순정파냐고 아줌마들이 난리지 이런 남자 없다고 드라마랑 똑같다고. 대박은 그 여자 수진 언니도 아는 여자란 거

— 나쁜 새끼네. 그 여자도 아가씨였나 봐?

— 아가씨는 아가씨지. 수진 언니랑 고추 아가씨 동기.

— 아.

— 암튼 수진 언니 보기랑 달리 넘 순진했지? 들여앉히고 싶어 하는 늙탱이들도 있었는데 젊고 잘생긴 거에 혹해선. 호빠건 배우건 아이돌이건, 가게서 만나면 남자가 거기서 거기인 걸 쯧.

수백만 원짜리 술 시킨 남자들도 입 한번 못 맞춰 보던 에이스, 나를 포함한 이 협회의 모든 여자들을 다 합쳐도 더 파워풀해 보이는 여자마저 비극을 피하지 못하다니. 사랑이라는, 여자에게만 할당된 비극을. 어쩜 이쪽이 나을지도 모르겠다고 생각하며, 난 풀과 잉크로 엉망이 된 손을 다시 내려다본다.

— 근데 왜 갑자기?

— 그냥, 생각나서.

— 혹시 다시 오려고?

―복귀라 해야 되나, 그런 언니들도 많아?

―난 거의 못 봄. 글구 썩 좋은 아이디어는 아닌 듯.

―왜?

나와 서연을 가르는 가는 금, 그곳에서 살아남은 서연과 끝내 '밝은 세상'으로 온 나 사이의 보이지 않는 구분이 궁금해진다. 세상의 여자들을 본질적으로 가르며, 자신들도 스스로 거기에 속한다고 믿어 의심치 않게 만드는, 종교만큼 심오하고 가치를 부여하는 듯 강제하는 분리대.

―그때 그 아재 폰번 필요해?

―누구?

―남양주 창고, 언니 첫 손님.

―어떻게 기억을 해?

―요즘도 오거든. 언니 몇 번 찾았다ㅋ

―의외네.

―유난히 그 아재가 민쁠 좋아하는 건 알았는데 무슨 기술 쓴 거야? 딴 가게로 간 건 아니지?

―상암동, 회사 다닌다니까.

―그 동네에도 퍼블릭이 있었나? 노도, 보도는 아닐 테고.

난 가볍게 한숨을 쉰다.

―진짜 회사라고. 문화 쪽 법인이야.

— 회사 다닌다 하고 밖에서 만나는 게 낫긴 해. 나도 어떤 손님한텐 지금은 손 뗐다 딴 일 한다 하고 밖에서만 만나. 정직원이면 술 매상 올려야지, 실장이 생리 주기까지 물어보지. 밖에서야 데이트만 해도 돈 주기도 하고, 계약해도 섹 안 뜨고 잠수 타도 더 안전하고.

— 그 아저씨, 정말 날 찾았어?

왜인지 모르게, 가슴이 가볍게 뛴다.

— 010 42○○ ○○○○

잘되면 나 이거, 란 톡과 함께 서연은 사진 하나를 보낸다. 버클에 뱀 대가리 장식이 붙은 녹색 핸드백.

— 불가리 세르펜티. 삼백쯤? 명품치곤 싸. 뱀 모티프가 맘에 들어서, 다섯 개 모으는 게 목표임.

— 넌 마담 해도 잘하겠다.

— 여자 포주라 해도 돼. ㅋㅋㅋㅋㅋㅋㅋㅋㅋ

디에타민 부작용으로 나사 빠진 태엽 인형처럼 보였지만, 역시 세르펜티 백에 붙은 뱀처럼 차갑고 매끄럽고 유연하다. 서연은 이제 머리해야 한다며 마지막으로 톡한다.

— 회사 다니면서도 남는 시간에 인디펜던트로 일할 수도 있지, 쉽진 않다 들었지만.

서연이 보내 준 남자의 연락처를 폰에 저장하니 카톡에도 친구 등록이 된다. 두근대는 가슴으로, 난 그 프로필 사진을 들여다본다.

　협회에 들어온 후로, 핸드폰 배터리가 방전되듯 내 안의 뭔가가 지속적으로 닳아 가고 있다.

　물론 내게는 대처 기전(coping mechanism)이 있다. 퇴근길엔 지하철 대신 한 시간 넘게 음악 들으며 집에 걸어가고, 집에 가서는 요가 매트 위에서 케틀벨을 흔들고 스쿼트를 한다. 땀을 씻어내고, 데워진 몸으로 방바닥에 눕는다. 정화되었다, 말하며 생각한다, 외부의 일들은 내가 원치 않는 한 날 지배할 수 없다고. 난 매일의 의무를 다하며, 곤죽이 돼도 아침엔 산뜻하게 살아나 하루를 이겨낼 거라고. 이 도시 틈새에 내 방 하나를 마련할 때까지 이런 날들은 계속될 것이며, 난 좀비가 되더라도 살아남을 거라고.

　시계를 보니 다섯 시 이십오 분. 전표 처리는 매일 다섯 시 반 전까지 마감해야 한다. 사무처가 그렇게 명했다.

　"거기는 금액에 민감해 백 원 단위라도 틀리면 잔소리가 많으니 주의해요."

　일러 주는 나정 선배의 돌부처 같은 얼굴 아래서 숨길 수 없는 미소가 스며 나왔다. 나정 선배는 내겐 절대 그러지 않지만, 오수미에겐 종종 먼저 인사한다. 누구에게나 그러듯 반말을 반은 섞는 오수미의 말투에도 본인은 존댓말을 쓰며 즐겁게 말을 섞는다. 그녀 나름의 처세일 것. 아는데, 그냥 난 그러기 싫다.

지출비: 2번 계산!

뒷장까지 네임펜으로 잉크가 배도록 업무 수첩에 크게 적어 놓은 글자를 보며, 난 전표를 솎아내고 또 합치며 손을 바지런히 놀린다.

다섯 시 이십구 분. 난 손아귀에 힘을 주고 사무처로 달려간다.

사무처엔 이제 익숙해질 만도 한데, 좀처럼 그리 되지 않는 소주 냄새 같은 단내가 가득하다.

장성갑 사무처장이 파고다 공원의 노인이었다면 난 노화에 따른 냄새를 풍기는 인간의 비애를 동정했을 것이다. 하지만 회사라는 데서 만났기 때문에, 우리는 서로를 은밀히 증오할 수밖에 없다.

기안서, 신규 사업 제안서, 출장 허가서, 대휴 신청서, 지출 품의서. 문화부 전송 철, 관계기관 전송 철, 외부 문서철, 업무일지 철.

서식, 서식, 서식의 행렬. 절차와 서식의 수호자인 그는 짧은 팔 안에 여러 개의 클리어 파일을 아이처럼 감싸 안고, 뒤뚱대며 걸어온다.

"자네 같은 젊은 친구들은 구태의연하네, 형식보단

내용이 중요하네 외쳐대지. 하지만 자, 생각해 보게. 옛날 세도가 가문들이 밥 먹을 때 개밥그릇을 썼다면 고려청자와 조선백자가 오늘날까지 이어져 내려올 수 있었을까?"

개밥그릇에 밥을 담아도, 밥은 밥 아닌가? 하지만 난 미소 짓는다.

잡지사에서 인턴을 할 때, 몇 배의 노력을 들여 조사하고 발로 뛰어 만들어 레이아웃은 수수하지만 내용은 알찬 기사보다, 연예기획사나 홍보대행사에 전화 한 통 넣어 섭외한 유명 인사나 접시 따위의 화보가 더 반응이 큰 것에 허무해 했던 게 나다. 그는 나를 오해하고 있다. 노인은 '젊은것들'에 적의를 품을 필요가 별로 없다. 무의미한 적의는 무용하고 비생산적이며, 무엇보다 건강에 좋지 못한데.

"아, 술 땡겨."

무려 삼십 분 후 사무처 문을 등 뒤로 닫자마자, 내 입에서 말이 튀어나온다. 나를 뺀 우리 부서 모두는 퇴근해 있다. 금요일엔 누군가와 술을 꼭 마셔야겠다. 그 누군가는 회사라는 데 다니는 사람이어야만 하고.

신도림

"하루 한 번. 오후 서너 시쯤. 그때쯤이면 사무실 분위기가 제일 루즈하거든. 조는 사람들도 있고."

"그것만으로 돼? 난 하루 세 번은 간다."

"어디?"

"흡연실."

"남자들이랑 같이 핀다고?"

"그럼 어디서 펴? '일종의 공기업'이니 흡연실도 없나?"

"없고, 있어도 남자들이랑 맞담배를?"

"하여튼 이 나라는. 이십일 세기 맞나?"

"화장 고치러 화장실 가는 척 파우치 들고 나가지."

"화장품 넣는 데 담배를 넣고 간단 말이야? 파우치가 욕본다."

홍명제는 몇 개비째인지 모를 담배에 또 불을 붙인다. 어디서 받았는지, 라이터엔 'I LOVE 천사나라-성인용품몰. 24시간 주문 가능'이라 적혀 있다. 좀 전엔 "아씨, 벌써 다 썼네." 하며 룸살롱 홍보 라이터를 휴지통에 버렸다.

"바이브레이터라도 샀냐?"

"니가 그런 말도 하냐? 채유리, 성모 마리아님인 줄 알았더니 발전했네. 내가 대학 때 나이트에서 원나잇 얘기할 땐 성병 운운, 살인마나 변태성욕자면 어쩌냐 혐오 발언하더니만."

"요즘은 혐오가 매직 워드(magic word)야. 그 세태도 어느 면에선 진부해."

이곳은 신도림역과 크게 떨어지지 않은 어둠침침한 아파트 상가, 그중에서도 가장 구석 이 층 바다.

사실 발을 딛었을 때 좀 당황했다. 병맥주나 생맥주와 마른안주를 세트로 묶은 저렴한 메뉴가 있는 소위 모던 바인 줄 알았는데, 들어서는 우릴 마담 및 상시 근무하는 삼십 대 후반쯤 되는 여종업원 두엇쯤이 경계하는 미어캣처럼 홱 봤다. 여기 아가씨들 오는 데 아녜요, 할 줄 알았는데, 마담은 크게 달갑진 않지만 내쫓지도 않는 태도로 메뉴판을 갖다줬다.

홍명제는 초등학교 친구다. 매니큐어와 마스카라 따윈 이 애의 사전에 없다. 어김없이 꼴 보기 싫은 뿔테 안경을 쓰고, 헐렁한 일자 청바지에 영문 레터링이 된 카키색 티셔츠 차림. 티 밑으로 드러나는 불룩한 가슴만이 여자임을 드러낸다. 나를 포함한 또래 여자애들의 꾸밈과는 거리가 멀다.

이 애라면, 내가 그간 겪었던 일들을 가치 판단 없이 덤덤히 받아들여 줄 수도 있을 것 같았다. 숱한 좌절과 잠시 토끼굴에 빠져 들어갔던 경험까지. 명제는 서울대입구역 근처 게임 회사에서 삼 년 차 대리로 일하고 있다.

"줄리라 불러."

"니 이미지랑 진짜 안 어울린다. 왜 외국계 회사들은 꼭 어울리지도 않는 영어 이름 쓰게 하니?"

"야, 내 이미지가 어디가 어때서. 이래 봬도 회사 남자들한테 비공식 인기 투표하면 늘 삼등이다."

"니가 안 빼고 담배 같이 피우러 나가 주고, 술자리에서 남자들 택시 태워 보내 주니 그렇겠지."

"채유리, 너처럼 너무 새침해선 남자가 안 붙어. 여자도 인간미가 있어야 해."

난 아까부터 홍명제의 어깨 뒤, 바텐석의 중년 남녀에게 눈을 뗄 수 없다. 명제가 땅콩을 내게 던진다.

"훈남이야? 회사 남자들은 상태가 멸망 직전이라. 아 뭐야, 줌마저씨잖아."

"불륜 커플 같아서."

난 군침이 돈다. 여자는 서 있고, 등받이 낮은 원형 의자에 앉은 남자는 앞에 선 여자를 여신처럼 올려다보고 있다. 그들에게선 바의 다른 손님들과는 구분되는 기류가 흐른다. 왠지 탐구 정신이 든다.

아저씨는 출퇴근 지하철에 흔한, 어떤 쪽으로도 눈에 안 띌 법한 흔한 사십 대 가장 같다. 때깔은 내가 역삼동에서 손님으로 맞았던 중년 남자보다 훨씬 추레하지만, 같은 재질이다. 야생과 윤기를 잃고, 주로 돈이 연관된 여러 방식으로 암컷을 꾀는 늙은 수컷. 여자도 비슷하게, 진한 화장이며 미장원에 다녀온 듯 공들인 올림머리까지 노회한 마담으로 보인다.

모든 애정엔 권력관계가 있다. 당장이라도 무릎 꿇을 듯 절박하고 열띠게 말하는 남자와 달리, 여자는 와인 글라스를 닦으며 듣는 둥 마는 둥 한다. 이 게임에서 '고렙'은 여자다.

"사람들 사는 거. 가만 보면 참 재밌어."

"뭐래냐. 아, 싱거워. 소맥부터가 진짜 술이지 맥주만 어떻게 먹냐. 사장님, 참이슬 하나요." 홍명제가 여자에게 손을 짤짤 흔든다.

여자가 우리 쪽으로 소주를 들고 걸어온다. 무표정한 로봇 같은 느릿한 태도와 달리, 의외로 친절하게 병뚜껑을 따 명제에게 한 잔 따라 준다. "혜, 감사합니다." 명제는 여기 장사 잘하네, 하는 눈빛을 내게 보낸다. 내게도 따라 주려는 여자의 손을 막는 시늉을 하고, 난 병맥주를 시킨다.

"아줌마 쎅시하다. 친절한데 이게 빠졌네."

홍명제는 소주 뚜껑을 닫고, 양옆으로 흔들고는 병목을 손날로 탁 친다.

"이건 인간이야 고래야. 취하면 알아서 집에 가."

"남친이 데리러 오기로 했어. 지금 차에서 졸면서 대기 타는 중."

"넌 늘 그렇게 충성하는 놈을 만나더라?"

얼핏 젊은 여자인지 산발한 선머슴인지 구별이 안 되는 외양이지만, 명제는 늘 착한 남자들만 만나 왔다. 착한 남자의 뜻이 충성스럽고, 연애에서 남자가 해야 할 역할을 다하는 남자라면.

"그런 놈 아니면 왜 연애를 해야 하는데. 아, 나온 김에 너 소개팅 하나 해라."

액정이 금 가 구질구질한 핸드폰 사진첩 속 남자를 난 골똘히 들여다본다. 안경을 쓰고 피부가 흰, 웃는 얼굴이 순해 보이고 마른 체형의 남자다.

"인맥 다 털어도 이 정도는 드물다. 언제까지 기다리게 할 거냐?"

"뭘 기다려?"

"내가 한 달 전에 얘기했잖아."

그제야 제안을 떠올린다. 명제 일하는 해외 시에스 팀 옆 부서, 두 살 많은 남자랬지, 참.

"착한 애 그만 기다리게 해. 어제도 나보고 그 친구 분은 연락 없냐고 재촉하더라."

"급하신가 봐? 절박한 건 적신혼데."

"여친 없는 지 일 년 넘거든. 이 년 안에 결혼할 생각이래. 바람직하지?"

난 명제의 어깨를 치고 바의 발코니로 나간다.

좁은 아파트의 정리 안 된 다용도실 같은 공간에 서서, 우린 나란히 말보로 레드를 피운다.

"내가 임신해서 애 낳을 확률보다, 저 뜨거운 불륜 중년들이 나라에 이바지할 확률이 높아." 난 담배의 불 붙은 쪽으로 실내를 가리킨다.

"요즘 청년은 중년보다 못한 연애를 해. 우린 번식하기보다 캐주얼 섹스로 자아를 충족하고 시간을 죽일 뿐이지. 반면 저 중년들은 유의미한 뭔가를 만들어내잖아."

"야, 중년의 성욕을 무시하지 마. 저 사람들이 영혼의 교류까지 할지, 떡만 칠지 니가 아냐?"

"터부에도 불구하고 더 밀착적이고 끈적한 감정 교환, 어찌 보면 그게 중요한 거지." 난 담배를 깊이 빤다. "잠은 아무나와 잘 수 있어도, 감정 놀이는 더 힘들거든."

"글쎄. 오히려 남자들이 이모셔널한 걸 원한다고 난 생각하는데. 특히 나이 들수록."

"심지어 임신돼도 요즘 애들보다 저 사람들이 낳을 확률이 높을걸?"

"불륜인데?"

"이공삼공은 집 사고 식 올릴 돈이 없잖아."

"심오하네. 어휴, 미래는 나중에 생각하고 일단 오늘을 재밌게 살자."

차락, 경쾌한 소리를 내며, 홍명제는 새 담뱃갑의 포장을 뜬다.

"남친이 담배, 뭐라 안 해?"

"환영하진 않지. 쟤는 철저한 비흡연자거든. 근데 지가 어쩔 거야. 남자는 정말 좋아하는 여자면, 지가 세상에서 제일 싫어하는 행동을 해도 뭐라 못 해. 그게 진짜 여자를 좋아하는 거야."

홍명제에겐 마음에 들거나 들려 하는 남자를 만날 땐 치마를 입고 화장을 더 공들여 하는, 나와 많은 여자들보다 더 큰 자신감이 있다. 얼핏 사단법인의 민나정과 같기도 하지만, 그녀가 얼핏얼핏 비추는 어릴 때부터 외모 때문에 쌓아 온 듯한 위축되고도 방어적인 태도가 없다(같은 여자만이 이 냄새를 하이에나처럼 맡을 수 있다). 아마 명제는, 오수미나 장성갑 같은 협회 인간들과도 잘 어울릴 것이다. 내 대학 동기들 소현의 위장된 발랄함도, 희애의 나른한 듯하면서 끊임없이 남자의 가치를 재고 따지느라 온 생활이 남자의 위성처럼 돌아가는 자충수도 없다. 실장은 남자라 그렇게 생각하고 싶은 거지, 반대로 남자는 고추 아님 지갑이라 생각하는 여자들이 오히려 지명 잘돼, 하던 서연의 갑옷 같은 냉소도 없다.

"명제야, 옛날부터 생각한 건데 넌 남자란 존재를 진심으로 좋아하는 것 같아."

"왜 싫어? 고추 있지, 밥 사 주지, 차 태워 주지, 선물 사 주지."

"그리고 지루하지. 이기적이고."

"그게 또 장점이야. 여자는 지랄맞게 복잡하잖아. 암 튼 이번 주말로 잡는다."

"뭘?"

"니가 철학적으로 가는 걸 보니, 양기가 심히 부족해. 소개팅 날짜 잡아야지."

손가락을 놀리는 명제의 손을 난 황급히 붙잡는다.

"마담 뚜야? 왜 이리 급해."

"그냥 해치워 좀. 뭘 그리 심각하게 생각해? 그냥 밥 한 끼를."

홍명제는 손가락을 빠르게 움직인다.

"다음 토요일 저녁. 장소는 홍대 쪽."

"알아서 해라."

다 귀찮아진 난 남의 일처럼 뱉고, 신도림의 야경이라고 할 것도 없는 야경을 바라본다. 살풍경한 아파트 불빛들과 서늘한 공기.

"회사 얘기나 해 봐. 남자 얘기보다 그쪽을 더 듣고 싶다."

전 세계 이십칠 개국에 서비스를 제공하는 게임 회사의 시에스 팀은 대륙별로 팀을 나눠 놓았는데, 이 중 홍명제는 북미 대륙을 맡고 있다 한다. 자리에서 짜장면을 먹어도 되고, 여직원이건 뭐건 담배 냄새 풀풀 풍기고 다녀도 되는 건 좋지만, 시차에 따라 근무해야 하므로 새벽 네 시에 회삿돈으로 택시를 불러 부천까지 가는 게 좀 빡세, 명제는 말한다.

"어제는 고 삼 때도 안 흘리던 쌍코피 터졌잖아. 근데 받는 돈 생각하면 할 만하지."

"얼마 받는데?"

"사천팔백쯤? 초과수당, 휴가비, 성과급 다 빼고."

"오." 난 입을 떡 벌린다.

"넌?"

난 입을 다문다. 분명 말하면 "뻥 치지 마, 채유리." 할 거니까.

홍명제의 머릿속 난, 같은 학교를 다니던 시절 모범생, 자기보다 좋은 대학을 들어간 애일 테다. 하지만 그 채유리가 졸업 후 실패만 거듭해 왔음을 안다면, 지금 자기 연봉이 나보다 두 배도 넘게 높다는 사실을 안다면 어떤 표정을 지을까.

모든 어른은 십 대 시절 날 좋아했다. 유리 좀 봐라, 얼마나 야무지니? 유리 엄마는 좋겠어요. 애가 이렇게 똑똑하고 어른스러워서. 이십 년 뒤 난, 시궁창에서 헤엄치고 있다. 지금 자신감과 열등감은 내 안에서 곤죽 된 아이스크림처럼 뭉개져 있어, 이젠 진짜로 날 구성하는 게 어떤

성분인지 알 수도 없다.

"내 일은 채팅질이지. 스트레스 많이 받아."

쓸쓸한 내 표정을 눈치챘는지 명제는 말을 돌린다.

"유저들이랑 실시간 채팅해 버그 접수하고, 간단한 해결 사항은 알려 주고, 내 선에서 모르는 건 기술팀에 연결해 주고, 한 달 컴플레인 통계 내고. 어려울 건 없는데, 시차 땜에 수명이 깎여 나가는 것 같애."

"게임을 싫어하면 일하기 힘들겠네. 유저들이 말하는 게 뭔지 다 알아야 할 거 아냐."

"아, 나 한때 그 게임 폐인이었어서 무리 없어." 명제는 큭큭 웃다 배를 잡는다. "변비약 타임. 들어가자."

어깨를 부르르 떨며 팔짱을 끼어 오는 통에, 우린 다시 바 안으로 들어온다. 마담한테 푹 빠진 아저씨는 이미 사라져 있다.

"채팅이란 게 실시간으로 걸어 오는 거니 길게 자리 비우기 힘들잖아? 또 화장실에선 담배 못 피게 하니까. 난 한 대 빨아 줘야 스무드하게 나오는데 참."

"어휴, 닥쳐 좀."

물티슈를 쥔 명제의 뒷모습을 보며, 내 배설 장소를 떠올린다. 협회 옥상. 가끔 발소리 없이 컴퓨터 모니터들을 둘러보며 다녀온 협회 공기를 얼어붙게 만드는 이사장, 알고 보니 본인의 회화 실력에 대한 자부심이 커 면접 때도 갑자기 영어 질문을 던졌던 노친네의 낮잠 타임을 노린다. '배설'을 위해 파우치와 출입 카드를 챙긴다. 꼭대기 층에서 다시 열 계단 오르면 옥상. 에어컨 실외기와 환풍기들이 열풍을 뿜어내지만, 정수리엔 신선한 바람이 분다.

블라우스에 구멍이 나지 않도록, 난간 밖으로 길게 팔을 뻗어 담뱃재를 턴다. 옥상에서 바라보는 무미건조한 광경은 참 좋다. 봉분 같은 흙더미들. 미입주 건물들. 몇 층 낮은 다른 회사들. 밀폐된 통조림 안에서 미생물들이 바삐 움직인다. 난 마치 그 미생물 중 하나가 아닌 양, 남의 일처럼 담배를 피우며 관망한다. 담배는 늘 너무 빨리 꽁초가 된다. 꽁초를 옥상 난간 밖으로 훅 퉁길 때, 그게 독특한 중력으로 비틀대며 낙하하는 건 언제나 보기 즐겁다. 천연덕스럽게 투명하고 영원한 오후 햇살을 받으며, 난 춤을 추며 까마득한 지상에 떨어진다. 내 머리통이 붉은 수박 과육처럼 으깨져 나뒹군다.

"정치를 해."

물 묻은 손을 바지춤에 닦는 명제의 말에 정신이 든다.

"왜 남자들이 담배 피러 원숭이 떼처럼 몰려가겠냐? 울 회사도 딴 여자애들은 담배 안 피우는 척하거나, 피워도 지들끼리만 모여. 바보짓이지. 난 담배는 남자들이랑만 피거든. 이게 정치야."

"여자애들이 욕 안 해? 여자들 뒷담 살벌한데."

지나갈 때마다 안 보는 척 흘긋대며 수군거리는 오수미와 박선화를 난 떠올린다.

"하라 해. 여직원 중 제일 먼저 과장 다는 건 날걸."

홍명제에게 그간의 고충을 띄엄띄엄 읊는다. 불투명한 신생 협회의 비전, 썩 미덥지 않은 팀장, 날 백안시하는 사람들.

"존버, 버티는 게 이기는 거야. 조직, 회사는."

"가족 회사이기까지 하다니까."

난 푸념을 늘어놓는다. 실무자와 첫 미팅을 하기도 전날 불러들여 설교를 늘어놓던 사무처장은 이사장의 처남. 오수미는 이사장의 조카 손주라고. 오프라인 모니터링 팀은 팔십 퍼센트 이상이 이사장의 친인척이나 지인의 자식들이라고. 온라인 단속 팀 또한, 이사장이 애초에 문화부에서 데리고 나온 계약 만료된 공무원 또는 그들의 친인척들이라고.

"원시 부족이 따로 없지 않니? 개별 양식 지원서는 또 얼마나 다문항이었는지. 개별 양식 지원서 쓰고 면접 거쳐 들어올 가치가 있었나, 생각해."

"우리 팀장은 또땡이인 걸 뭐. 또라이 플러스 뚱땡이. 뚱뚱한 건 죄가 아니지만, 팀원을 정신적으로 괴롭히는 건 죄지."

명제가 읊는 팀장의 만행은 내 귀에 잘 들어오지 않는다. 그 정도는 약과지, 생각하며 난 김진출 팀장의 나약함을 회상한다. 한 팀을 진두지휘하기엔 너무 약한, 우리 팀의 수장이 팀장인지, 진우 선배인지 모르겠는. 간혹 팀장은 갈피를 못 잡는 기색을 숨기지 않으며, 진우 선배에게 각종 조언을 구한다. 모르는 척하지만, 그럴 때마다 의욕이 뚝 떨어진다. 팀장이 가이드로 삼으라며 건네준, 자기가 쓴 보도자료는 그야말로 엉망진창이었다.

코로나로 항공사들의 신규 크루 모집 인원이 대폭 줄어들었음에도 스튜어디스의 꿈을 놓지 않고 면접 준비 중인 희애. 학점과 공인 영어 점수를 차근차근 채우며 매일 밤 도서관 폐관 시간까지 남아 약대 시험에 매진하는 소현. 부족한 대학 레벨을 만회하기 위해 호주로 교환 학생을 다녀와, 영어를 쓰는 직장에 들어간 명제. 늘 야무지게 베이스를 밟아 나가는 친구들과 달리, 아직도 난 어떤 선상에 서 있기만 한 것이다. 미래는 가늠도 안 되고, 지금 서 있는 점 하나조차 임시방편인.

속으로 속삭인다. 명제야, 난 영리하지도, 현명하지도 않아. 인생을 방기하고 부나방처럼 살아 버리기엔 두려움이 많고, 소현처럼 지금이라도 여자가 오래 할 수 있는 직업에 투신할 정도의 인내도 없고, 주부로 살 온순성도 없어. 나 같은 여자는 도무지 어떻게 살아야 하니?

바텐석의 중년 쌍은 함께 밤을 보내러 나갔는지 보이지 않는다. 그들은 아마 경제적으론 안정돼 있겠지? 사랑에 빠지는 것도 힘든 일인데, 그들은 행운아다. 내게도 사랑이 있다면, 아마 시카고에 있는 자인일 것이다. 이젠 어떤 절절함도 없이, 마치 주중에 잊고 온 업무나 서류의 한 문장을 떠올리듯 그녀를 생각한다. 그것은 어떤 달콤한 고통도 더 이상 야기하지 않는다.

"안 된다."

"난 너처럼 크리스천이 아니야."

"종교를 떠나, 왜 가시밭길을 굳이 가려는 거냐. 한때의 지나가는 감정 아니야?"

"그 때라는 건 이미 지났지. 우린 대학생도 아니잖아."

"옳고 그름의 차원이 아니야." 명제는 땅 꺼지듯 한숨을 쉰다.

"그래서 뭐 같이 도피라도 할 작정이냐? 동성결혼 되는 국가들로?"

"그 정도까지 거창하지도 않아. 솔직히 지금으로선 내 앞가림도 버거우니 계획은 없지만… 아니 근데 왜 안된다는 건지도 모르겠고, 언젠가는 이룰 것이야."

양손으로 이마를 받친 채 힘겹게 눈을 뜨며, 난 최대한 또박또박 말한다. 부드러운 물살에 휘감겨 깊이 빠져드는 기분이다. 지금 이곳이 자인의 팔 안이라면.

"이거 취했네. 암튼 안 돼, 잊어. 순리에 어긋나. 아, 전 연애 얘기 괜히 물어봤네."

"퍽 지저스. 퍼킹 바이블!"

"이 불경한 것. 암튼 안 그래도 인생이 복잡한데, 더 복잡할 일은 갖다 버리자 채유리 응?"

"진정한 사랑은, 어쩔 수 없는 사건이야. 내 마음은 이미 못이 딱, 박혀 버렸어."

난 킬킬 웃는다. 눈물이 주르륵 흐른다.

"아씨, 그럼 소개팅은 어떻게 할 건데!"

"그분은 그분대로 만나고, 자인은 자인대로 좋아하고. 글구 나, 사실은…."

"사실은 뭐? 또 폭탄 발언이 있냐? 그만해, 포화 상태야 오늘은."

명제는 찡그리며 배를 문지른다. 실은 난 역삼동에서의 일을 고해성사라도 하듯 털어놓고 싶었다. 그때 손님으로 맞은 남자와 한 번 더 볼 계획이라고도. 비밀은 비윤리적이지 않지만, 무거운 일이라 공감은 아니더라도 수긍은 해 줄 누군가를 필요로 하는 것 같아서.

"근데 채유리, 너의 그 이성애자들의 연애보다 훨씬 진실하고 덜 이기적인 사랑이, 지금쯤 미국서 딴 놈인지 년인지랑 뒹굴고 있음 어떡할래?"

"괜찮아. 나한테도 그동안 많은 일이 있었거든."

"아니지. 그건 불공평하지. 자는 건 자는 거고, 헌신은 또 다른 문제거든."

"내가 그간 어떤 일을 했대도?"

"음, 내 생각에 진짜 사랑은 중간에 누구랑 어떤 일이 있었고 그건 문제가 아닌 것 같아. 충실하면 좋겠지만, 결심이 중요한 거지. 암튼 그냥 남자 사귀어. 골 아파."

원샷 한 소주잔을 명제는 테이블에 돌린다. 팽이처럼 돌아가는 유리잔을 보며, 엎드린 채 무거운 눈을 힘겹게 부릅떠 본다.

갑자기 허벅지 두 개가 눈앞에 다가와, 난 엉거주춤 머리를 든다.

"여자분들끼리 조용히 얘기하시는 게 보기 좋아서요. 합석 어떠세요?"

남자의 말투는 드러나게 어눌하다. 저만치 앉은 무리는 젊은 육체노동자들처럼 보인다. 명제가 빙글대며 말한다.

"우리 이 가게서 제일 오래된 양주 깔 건데, 사 주실 거예요? 딱 봐도 이 친구 입맛이 좀 고급지게 보이잖아요?"

난 명제의 손등을 때리고, 남자의 얼굴도 안 보고 꾸벅 목례한다.

"죄송한데 저희 남자 친구 있어서요."

우물쭈물하다 대답도 없이 자리로 돌아간 남자 쪽을

홀끔대며, 홍명제는 언짢게 내뱉는다.

"술값 굴 수도 있었는데, 왜 제 발로 걸어 들어온 지갑을 내쫓냐?"

"흉흉한 세상이야. 조심 좀 해."

"장담하는데, 내가 저 남자들 다 합친 것보다 술 셀걸? 십 년 뒤엔 저렇게 접근하는 남자도 없다."

"그날이 얼른 왔으면 하는 바람이다. 그리고 저 남자들이 너한테 돈 줘?"

"뭐?"

"돈 받냐고, 쟤네랑 놀게."

"뭔 소리야. 우리가 창녀냐."

"사랑을 주지 않을 거면 돈을 줘야지. 돈에 상당하는 무엇이나."

"같이 즐기잖아. 그걸로 된 거 아냐?"

"난 안 즐겁거든."

그래, 난 정말이지 하나도 안 즐겁다. 밤거리에 넘실대는 가볍디가벼운 수작들이. 하룻밤 잠자리를 위해서도 첫눈에 반했다, 좋아한다, 사랑에 빠진 것 같다는 말들을 쓰는 인간들이. 내가 자인에게 갖는 감정을 지칭하는 단어와 똑같은 말로, 그들이 흔하디흔한 제 감정을 지칭하는 것이. 물론 나도 가벼운 섹스들을 해 왔지만, 그 상대들에게 좋아한다고 말하거나 내가 하는 게 사랑이라고 포장한 적은 한 번도 없다.

좋아해, 사랑해, 결혼하자. 소개팅을 하고, 얼마 후엔 손을 잡고, 입을 맞추고, 유행하는 맛집에 가고, 음식 앞에 얼굴 붙인 셀카를 찍어 에스엔에스에 올리고, 기념일엔 연인들의 코스가 준비된 레스토랑에 가고, 이삼 년쯤 사귀면 양쪽 부모의 허락부터 얻은 후 어차피 거절 못 할 프러포즈를 주고받고, 모텔과 외국 성(城)을 반반씩 섞은 듯 조악하기 이를 데 없는 예식장에서 후다닥 식을 올리고, 죽을 때까지 대출을 갚아야 하는 엄밀히 말하면 남의 집에 조악한 장식들을 채워 넣고, 다른 문화생활 대신 돈이 안 드는 번식 행위에 몰두하고, 자신들보다 하나 나을 것 없는 아이들을 낳고.

그 일련의 과정, 난 사랑이라고 생각 안 한다. 그것은 사랑보다 위대한 생활일지는 몰라도, 사랑은 아니다. 그 동안 남자는 배와 턱에 뒤룩뒤룩 살이 찔 테고, 여자의 얼굴엔 골이 패고 가슴과 입꼬리는 흉하게 처질 테고, 아이들은 부모의 기력과 돈을 흡혈하며 자라나다 똑같은 삶을 반복할 것인데, 그건 정말이지 사랑은 아니다.

"필요 없어. 난 삶의 에센스만을 원해."

이 말을 끝으로, 난 불쾌하게 끈적한 검은 탁자 위에 쓰러진다.

멋진 신도림, 디큐브시티와 신축 아파트들이 있어도

어딘지 황량한 구역의 밤. 당연히 그날 우린 몸을 팔지도, 자의로 남자들과 잠을 자는 등의 약간의 이벤트도 꾸미지 않았다. 이 밤은 평범한 많은 밤 중 하나일 뿐. 우리의 삶, 즉 회사 생활을 어떻게 버틸지란 근본적 고뇌가 괴물처럼 우리 앞에 입을 쩍 벌리고 있는 와중에, 작은 쉼표에 불과한.

역삼-6

〈마돈나〉 바이 에드바르트 뭉크(Edvard Munch).

남자의 물소리를 들으며, 난 맨발로 벽에 걸린 그림 쪽으로 걸어갔다.

물론 모사품이지만, 제일 좋아하는 그림이 몸을 팔러 온 호텔에 걸려 있다니. 난 그림을 집의 거울처럼 들여다보았다.

생뚱맞았다. 호텔의 썰렁하고 무감한 공간 속에, 머리에 붉은 광배를 두르고 자신만의 황홀경에 빠져 있는 여인은. 아마 이 호텔의 인테리어 담당자는, 주인공이 오직 눈을 감은 반나체이기 때문에 골랐을 거란 생각이 들었다. 그림의 표면적 에로티시즘만을 봤겠지.

이 그림엔 몇 가지 버전이 있음을 난 떠올렸다. 역사적 화가들이 흔히 그렇듯, 뭉크도 새 그림을 그릴 시간에 이미 완성된 그림을 몇 번 고쳐 그렸는데, 호텔에 있는 건 클린 버전이다. 그러니까 오르가슴을 맞은 듯한 여인만 컬러풀하게 그려져 있고, 난삽한 뒷배경은 여인의 황홀을 강조하기 위해 삭제된.

그러나 내가 더 좋아하는 건 두 가지가 포함된 버전이다. 왼쪽 구석에는 위축된 태아가 그려져 있고, 여인의 외곽엔 붉은색 액자 테두리가 있는. 위축된 태아는 육체적 나약과 성적 좌절을 그림으로 해소했던 뭉크 자신의 과장된 자화상, 붉은 테두리 위 꼬리가 긴 흰 물방울 같은 문양들은 정충이라는 해석이 있다.

내가 좋아하는 이 버전에서는, 여인의 모습도 양가적이었다. 퀭한 눈두덩과 창백함이 강조돼 얼핏 죽은 시체 같기도 했다. 한편 가슴을 드러내고 자신만의 환희를 만끽하는 듯한 포즈(특히 구석에 숨듯이 자리 잡은 '태아'를 깡그리 무시하는 듯한)는 성스러움, 잉태, 모성을 모두 눈 감는, 한 개별적 여자로서 철저히 이기적인 성적 환희와 나르시시즘만 존재하는, 생생히 산 여자 같았다. 이런 맥락에서, 난 이 그림을 언제나 좋아했다.

그렇지만 '마돈나'가 본인을 어떻게 생각하든, 또는 뭉크가 마돈나를 어떤 여자라 생각했든, 그건 중요치 않다. 여자는 소비되는 존재인 것이다. '니 주제를 알라'는 함의를 갖고 누가 하필 이 그림을 이 호텔에 건 것은 물론 아닐 테나.

컬러 프린트지에 반사된 빛을 보며, 난 화장대 의자에 올라가 마돈나의 얼굴에 내 얼굴을 맞춰 보았다.

어떤 누구도 아닌, 개별적 기호가 아닌 상징으로서의 젊은 여자인 나. '소비자'가 안심하고 욕망을 투여할 수도 있을. 뛰어난 미인은 절대 아니지만, 그럭저럭 봐줄 만은 한. 오히려 흔히 볼 수 있는 여자이므로, 남자로 하여금 개별적 인간으로서의 개성과 자의식을 읽어내야 할 피로를 주지 않는. '같이 자고 싶은 정도로 생긴 젊은 여자'라는 하나의 기호로만 대할 수 있는 존재.

마돈나가 뭉크에게 성녀이자 음탕한 여자일 수밖에 없는 건, 대부분의 여자가 그런 태생적 모순이라기보다는, 많은 남자는 그런 모순된 환상을 덧씌워야만 여자를 기호로서 소비할 수 있기 때문일 것이다. 매춘이라서가 아니다. 특정 여자의 성적 매력을 마력처럼 과대평가하는 인간은 여자건 남자건 쪼다지, 난 중얼댔다. 얼마나 많은 남대생이나 남자 회사원이, 다른 여자 말고 바로 '나'를 원해서 나와 자기를 원했을까?

여자는 겸허해야 한다. 남자가 자신을 원할 때, 그건 그녀의 찬란한 개별성이 아닌 여자라는 기호에 반응하는 것에 가깝다는 사실을 지혜로운 여자는 알아야 할 것이다. 소녀가 아닌 성인 여자라면, 또 그것이 오히려 정상적이고 안전한 남자라는 사실까지. 연애든 매춘이든, 남자와의 많은 관계에서 여자는 개별이 아닌 기호로 해석될 수밖에 없고, 그건 완벽히 바람직한 일은 아니겠지만 나쁜 일도 아님을. 이상론으로써 자연과 본능을 부정하고파 하는 고지식한 여자는, 필연적으로 우울에 시달리며 시간과 감정 낭비를 한다.

난 〈마돈나〉 앞에서 깨달았다. 나는 남자들에게 구체적으로 해석되고 싶은 욕망이 한 번도 없었다는 사실을. 오직 내가 그들에게 원하는 걸 얻고픈 욕망만 있었을 뿐.

신호처럼, 물소리가 그쳤다.

여성용 면도기는 귀엽지만 날이 대개 무디다. 휴지통에 던져 넣고, 욕조 배수구에 걸린 미세한 체모를 집어 올렸다. 이 호텔 메이드들은 욕실을 청소하며 어떤 생각을 할까.

메이드님, 이 일을 노동이라 생각하며 하시나요?
그럼 뭐 다른 의미를 부여해야 하나요?
제 말은, 삼십 년 전엔 이 호텔에 어떤 남자가 젊은 당신을 데려왔잖아요. 기억나요?
그랬었죠 참. 지나간 일은 생각하지 않고, 중간에 너무 많은 노동을 해 왔으니 잊고 있었네요. 그런 때도 있었죠.
그때의 당신 같은 젊은 여자들의 체모를 지금은 나이 든 당신이 치우잖아요. 어떤 생각이 드시나요?
생각을 해야만 하나요? 일은 그냥 일일 뿐인데. 이 사회는 여자에게 철저히 연령대에 따라 분리된 노동을 허락해요. 학생이 창녀가 되고, 창녀가 나이 든 청소부가 되는 건 어쩔 수 없는 일이니, 감상이나 비애를 느낄 필요도 없죠. 그런 데 쓸 시간도 없답니다. 비켜 주세요, 변기 청소를 해야 하니.

지금껏 사회의 비생산적 인간, 즉 학생으로서 쓰잘머리 없는 책이나 읽고 자의식만 가득 쌓아 왔다. 학교를 졸업하고, 면접 보러 다니며 절실히 느꼈다. 자의식과 자아는 없으면 없을수록 편해. 난 아무것도 아닌 것이 됨으로써 자유로워지고, 힘 있어져. 하지만 이런 생각조차 의미 부여가 아닌지?

답 없는 생각을 끊기 위해, 난 파우치에서 손거울을 꺼내 다리 사이를 비춰 보았다. 보디로션은 나를 만지는 상대의 손이 끈적해지고 미끄러지게 한다. 복숭아향 미스트를 뿌리고, 매끄러운 슬립을 입고 나갔다. 브라는 하지 않았다.

중년 남자는 내 어깨를 붙들고 선 채 입을 맞춰 왔다. 의외였다.

남자는 눈을 가늘게 뜨고, 뱀처럼 내 반응을 살폈다. 난 제삼자처럼 내 몸을 빠져나가, 자신의 감각을 관찰했다. 전혀 흥분되지 않았다. 그러나 맨살이 드러난 부위들은 빠르게 식고, 허벅지엔 소름이 돋아났다.

투박한 손짓들을 견디며, 난 의식을 딴 데 두었다. 여자는 기호, 또는 마돈나. 여자를 포위한 듯 주위에서 헤엄치는 길쭉한 정충들. 번식의 사명에서 벗어난, 쾌락과 거래로서의 자유로운 섹스. 아무것도 상관없다는 듯, 정충과 태아 다 외면한 채 혼자만의 세상을 만끽하는, 나는 여자. 이윽고 내 혈관 속에도 붉은 흥분의 피톨이 퍼져 나갔다.

디지털미디어시티-6

"공문 형식도 익힐 겸, 유리 씨가 기획팀 발 모든 공문을 모아, 맞춤법이나 서식에 틀린 데 없는지 최종 확인한 후, 팩스로 문화부에 전송해 줘. 팀장 령이다."

"원 전송문과 답신은 날짜 인 찍어 편철해 두는 거 알지?"

공문에 적힌 게 업무가 아니라, 공문을 쓰는 게 일이다. 처음 쓴 공문은 초안만 한 시간이 걸렸다.

"팀장님은 전송하라 하셨는데요."

"그래도 한번 가져와 보지?"

사무처장은 세 장짜리 공문을 다이아몬드 감정사나된 양 들여다본다.

"격식 있는 한자어 표현을 적절히 섞는 게 좋아." 사무처장은 예의 쩝쩝대는 소리를 내며 말한다.

"'합의된 점에 대하여 최대한 빠른 연락 부탁드립니다'? 건방져 보이잖아. '단시일 내에 확정안 통고를 요청하는 바입니다'. 어때, 한결 낫지? 요즘 친구들은 한자에약해 큰일이야. 학교에서 뭘 가르치는지, 쯧."

분명 정부 부처 한 곳에서 과도한 한자어 사용을 자제하자는 캠페인을 펼쳤던 것 같은데.

자리로 돌아와 사무처장이 언급한 고상한 표현들로고치고, 팀장에게 재 컨펌을 받고 난 후에야 문체부에 공문을 보낼 수 있었다. 결론적으로, 공문 하나 보내는 데 오전이 다 갔다.

　점심 메뉴는 샤부샤부. 인당 만 삼천 원꼴이다. 첫 달은 신입 환영 기간인가 보다. "그냥 즐겨." 명제는 모니터 앞에서 컵라면에 삼각김밥으로 때우고 있다며 답톡을 보냈다.

　미국산이겠지만 싱싱해 뵈는 소고기를 버섯과 쑥갓이 든 맑은 국물에 데친다. 고깃물이 스며든 채소는 정말 맛있다. 칼국수와 죽까지 다 해치우자 팀장과 진우, 순철 선배가 놀란다.

　"유리 씨는 지나치게 내숭이 없네. 그래도 보기 좋아."

　"잘 먹으면 좋죠. 앞으로 할 일도 많은데."

　"날씬한 사람들이 더 잘 먹는다니까요."

　순철 선배가 동그란 배를 문지른다. 박자 맞춰 웃어 주다가, 나정 선배의 반도 못 비운 밥공기를 본다.

　"선배님, 속이 안 좋으세요?"

　"아… 입맛이 없어서."

　나정 선배는 여전히 눈을 마주치지 않고, 소리 나게 젓가락을 내려놓는다.

　"간만에 커피?"

　우리는 건너편 길가 스타벅스로 향한다. 잡지사 다닐 때 스타벅스는 지겹도록 드나들었다. 마감 기간, 붉어진

눈으로 열중하던 기자 선배들은 인턴들에게 법인카드를
쥐여 주며 각종 주전부리에 꼭 스타벅스 커피를 사 오게
시켰다. 그때는 커피 종류들이 암호처럼 느껴졌다. 각 선
배마다 몇 샷을 넣는지, 톨인지 그란데인지 벤티인지 사
이즈도 모두 달랐기 때문에 반드시 잘 받아 적어야 했고,
"알아서 사 오라"는 주전부리 배합은 인턴의 '센스'를 측
정하는 바로미터였다.

"아메리카노 두 잔이랑요."

난 팀장과 같은 걸 시킨다. 명제의 조언을 기억하며.

— 알지? 시즌 음료 안 된다. '시럽은 한 펌프만요', '시
나몬 가루는 빼 주세요', 이딴 개별주문 다 안 된다. 그건
니가 법인카드 들고 혼자 나갔을 때나 해. 신입은, 외쳐.
무조건 아메리카노. 라지, 그란데 다 안 된다. 무조건, 어
느 카페에서건 제일 베이직한 거. 레귤러 아메리카노. 또
팀에 선배도 몇 안 된다며. 웬만하면 취향도 다 외워 둬.
쪼잔해 보이지만, 이런 일 하나하나가 빠른 승진의 포석
이 될 수도 있다구.

난 메뉴판 앞에 선 선배들의 주문을 속으로 읊어 본다.

"바닐라라테요."

딩동댕. 순철 선배, 전형적으로 달달한 모든 것, 그러
니까 살찔 것만 좋아함.

"모카프라푸치노요."

딩동댕. 민나정, 밥은 늘 남기고 알약형 다이어트 보조제를 먹지만, 책상 구석에는 늘 액상 과당이 잔뜩 든 찬 음료가 놓여 있음.

'저는 에스프레소 한 잔 주세요.' 진우 선배겠지. 그래도 남자라고, 민나정 선배처럼 대놓고 단걸 좋아하지는 않으니.

"전 더블샷 라테요."

땡. 진우 선배가 새침하게 덧붙인다.

난 황급히 메뉴판을 눈으로 뒤져 본다. 진우 선배가 내 뒤통수에 대고 조용히 읊조린다.

"주문하면 만들어 주는 거예요."

"처음 알았어요. 선배님은 정말 커피 애호가이신가 봐요."

"스벅은 잘 안 오나 봐요? 요즘 여자분들 다들 알던데."

진우 선배는 여유롭게 날 내려다보고 있다. 순철 선배와 대화할 때는 그런 기분이 안 드는데, 진우 선배에겐 늘 감찰당하는 듯한 느낌이 든다. 톱날을 걸게 하는 듯한 저 눈빛. 내 입에서 낱말들이 튀어나온다.

"스타벅스가 시오니스트에 자금 지원을 했다 들어 개인적으론 불매하고 있어요, 그래서."

아차.

진우 선배는 대답이 없다. 하지만 흥미로운 어린 짐승을 내려다보듯 눈빛이 변하고, 입 끝이 기묘하게 올라가는 걸 난 포착한다.

"잘 마시겠습니다."

"법인카드든데요 뭘."

유리문을 나선다. 우리를 스쳐, 젊은 여자와 남자들 대여섯 명이 목에 직원 카드를 걸고 안으로 들어간다. 똑 떨어지는 정장, 외모들도 다 준수해 보인다. 이쪽은 그에 비하면 너무나 프리한 무리. 준거 집단과 내적 집단의 불일치는 내면을 병들게 한다. 이쪽이 아닌 저쪽에 소속되고 싶다는 생각을 누르며, 좀 우울해진다.

순철 선배는 혼자 빌딩 앞뜰과 보도 사이로 조성해 놓은 화단에 붙어, 빨대를 쪽쪽 빨며 걷는다. 팀장과 진우 선배는 뭘 토론하는지 어깨를 붙이고 저만치 앞서 걷는다. 일부러 발 맞춰 걷지만, 나정 선배는 핸드폰 액정만 열심히 두드린다.

"선배님, 남자 친구 있으신가 봐요."

나정 선배는 미간을 약간 찡그린다.

"왜요?"

"아, 저 카톡 열심히 하시는 것 같아서요, 하하."

"그런가."

더 이상 건넬 말이 없다. 회의 전후 복도를 이동하면

서, 점심시간이 끝난 후, 또 팀장이 자리를 비울 때, 유일한 다른 여자 팀원인 나정 선배와 친해지려 늘 먼저 말을 건다. 하지만 일적인 것 외에 나정 선배는 한 번도 말 걸어온 적 없다. 발랄한 편은 아닌 듯 하나, 온라인팀 임산부 사원이나 사무처 여직원들과는 농담도 곧잘 하면서.

난 대학교 가기 전까지 열한 개의 학교를 다녔다. 원했던 건 아니고, 아버지의 일 때문이었다. 하지만 그 덕에 뉴페이스의 비애 따위는 대수롭잖게 여기는 편이라 자부해왔다. 그럼에도 나정 선배가 다른 직원들과 깔깔대는 모습을 볼 때마다, 가슴이 차가운 빗자루에 쓸리는 듯한 기분이 든다.

달리기는 가장 단순한 메커니즘의 육체 활동. 팔다리를 교차해 나가며 앞으로 몸을 밀어내기만 하면 될 뿐, 특별한 기술이 필요하지 않은 본능에 가까운 동작. 발이 땅에 잠시 붙을 때 온 체중을 느끼고, 발을 떼면 순간 공중에 뜬다. 이것이 무한히 반복되며 몸은 자동화되고, 모든 생각은 한 점으로 모여들다 휘발된다. 진득한 우물물처럼 고이는 잡생각 없이, 세계에 오롯이 몸만으로 존재한다는 건 정말 근사한 일이다.

심장이 프레스기로 눌리는 듯한 기분을 느끼며, 난 멈춘다.

목이 타고, 흉곽이 뻐근하다. 중얼댄다. 아직은 아니야, 조금 더 갈 수 있어. 통증이 한계에 달하면 천천히 두 발을 늦춘다.

난 상암 월드컵경기장 초입이 보이는 곳까지 온다. 요트 선박장 위쪽, 둔치 입구에 설치된 블록 중 하나에 걸터 앉아, 숨을 고른다. 금빛 가득 찼던 하늘은 벌써 검푸르게 변하기 시작한다. 일요일 늦은 오후 한강가엔 사람이 별로 없다.

인턴 일이 끝나고, 구직 다니던 공백기엔 이틀에 한 번은 이곳에 왔다. 한강 변을 뛰고 걷다 보면, 생각들도 한강 바람에 휘발되었다. 그때와 지금은 몸을 둘러싼 공기의 밀도, 그 공기를 받아들이는 피부 안쪽의 움직임이 좀 다르다. 그때, 뛸 때는 머리의 모든 필름이 끊긴 듯이 자유로웠다.

그러나 지금은 잠시의 백지 같은 즐거움 뒤, 사방이 좁아져 오는 사각 방에 갇힌 듯한 기분이 든다. 또, 월요일이군.

수면 위에 금박 종이 같은 햇살들이 잘게 떨리는 걸 멍하니 본다. 매주 일요일 저녁 한강에서 치르는, 월요일을 맞이하는 노동자의 의식.

월요일 아침. 탕비실에서 기계적으로 아메리카노를

탄다.

젠장, 난 입술을 깨문다. 병 입구에 커피 찌꺼기가 눌어붙은 인스턴트커피를 무심코 머그잔에 쏟아부어 버렸다. 목덜미가 싸늘해져 돌아보니, 키티 머그잔을 든 민나정이 예의 뚱한 표정으로 입구에서 날 지켜보고 있다. 목례하고 자리로 돌아와, 탕약인지 커피인지 모를 액체를 들이켠다.

— 안녕하세요? ^^ 명제 씨한테 소개받은 OOO입니다! 월요일 아침 힘내세요!

카톡을 확인하고, 난 명제의 회사 동기에게 속으로 혀를 찬다. 센스 봐라. 회의 준비에 한창 바쁠 월요일 아침부터. 이런 톡은 보통 점심때나 퇴근 무렵 보내지 않나? 화요일에 보내도 좋고. 카톡 프로필 사진은 농구 유니폼으로 허연 양팔이 드러난, 안경 쓰고 날씬한 편인 남자다.

— 늦게 연락드려 죄송해요! ㅠㅠ 그간 저희가 하반기에 출시할 새 프로젝트 준비에 여념이 없었거든요 하하.

팀장이 외친다. "다 왔지? 회의실, 고."

늦게 연락했다고 뭐라고 한 것 같진 않은데요. 저도 월요일 아침이라 회의 준비 중이고, 저 역시 회사라는 델 다니고 있답니다. 속으로 중얼대며, 난《이코노미스트》와 스타벅스 테이크아웃 컵을 들고 걷는 팀장을 뒤따른다.

주간 회의를 하는 회의실은 매주 월요일 아침, 팀장이

기분 내키는 대로 정한다. 플렉서블, 팀장의 표현대로다.

협회 안의 소, 대회의실뿐 아니라, 아직 타 회사가 입주하지 않아 비어 있는 위아래 이삼 층 이내의 사무실 어디건. 그날의 임시 회의실은, 팀장 기분 따라 정한다. "한 곳에만 머무르면 상상력이 제한되잖아." 팀장의 말이었다.

좁고 썰렁한 계단에 발소리들이 쿵덩쿵덩 울리고, 아직도 복도에 고여 있는 페인트 냄새에 난 코를 막는다.

"굿. 분위기 좋아."

아직 팻말도 안 달린, 육인용 테이블 하나로 꽉 찬 좁은 공간. 그러나 엘리제궁에 들어온 듯한 표정을 팀장은 짓는다.

"죄송합니다. 저 땜에 많이들 기다리신 건 아니죠?"

"변비엔 함초 환이 좋다니까. 벌게진 것 봐. 얼굴 혈관 터져, 조심해."

팀장의 말에 순철 선배의 얼굴이 토마토만큼 붉어지고, 진우 선배는 굳이 웃음을 참지 않는다. 민나정이 종이를 보며 화이트보드에 두 개의 안건을 적는다.

　　1. 연례보고서 중간 점검
　　2. 제7회 저작권 알리미 행사 기획

"연례보고서부터 시작하지."

팀장이 손뼉을 탁 친다.

"이른 감이 있지. 지금부터 서두르는 이유는, 알다시피 협회가 올해 맡은 사업이 늘었고 이사장님이 원하는 게 많으셔. 또 우리 유망주 채유리 씨도 들어왔고. 작년엔 상당한 시행착오를 겪었었지? 올해는 그런 일 없게 시간 여유 갖고 일찍 착수하자고."

"예." "네, 알겠습니다."

월요일 아침답게 다들 목소리가 푹 잠겨 있다.

"유리 씨가 또 젊은 피답게 연례보고서에 일침들을 잘 놔 줬어."

옆얼굴에 와닿는 시선들을 의식하며, 난 눈을 내리깔고 어색하게 웃는다.

"조사 방식은 작년과 동일하게 가기로 했고, 지금 진우 씨가 영미권, 순철 씨가 중국 및 동남아, 나정 씨가 일본 맡고 있지?"

"맞습니다."

"유리 씨는 아직 한 나라를 도맡아 하기 힘들 테니까, 진우 씨, 우리가 공조하는 나라별 협회, 기관들 목록 뽑아서 컨택하고 보고 자료들까지 받아서 유리 씨한테 정리시키는 방향으로 하지."

"근데 그렇게 되면 저한테 좀 너무 많이 일이 몰리는

데요. 이따 따로 말씀드릴게요."

진우 선배는 눈은 나를 보며 팀장에게 말한다. 잘못도 없이 괜히 위축되는 느낌이다.

"알고 있어, 같이 얘기하자고. 아무튼 난 전에 얘기했 듯이 프랑스 쪽 조사하고 있는데 대사관에 보낸 협조 요 청이 아직 답이 없네. 모두 어느 정도까지 진행됐지?"

"음저협과 영상문화원 쪽 실무자들이 미국과 호주 쪽 루트가 있대요. 캐내서 국가 공식 기관이 아닌 민간 유관 기관도 참고 될 만하면 추가하려고요. 다만 도서 쪽은 웹 서칭이 더 필요할 것 같습니다."

"전 지난주까지 사무처 요청으로 분기별 대외 지출비 정리하느라 아직 진척된 사항이 없어요." 순철 선배가 눈 치 보는 말투로 말한다.

"그래? 순철 씨가 맨날 인력 차출의 희생자가 되네. 할 수 없지만 우리 팀 일을 우선시하자고. 순철 씬 누가 뭐래 도 기획팀이니까."

"사무처장님한테 좀 얘기해야 되는 거 아녜요? 엄밀 히 말하면 회계는 사무처 소관인데."

진우 선배는 공적인 자리에선 순철 선배를 위해 주는 척하지만, 일반 회사라면 부장급이면서 과장급 정도인 순철 선배를 위해 실질적으로 발 벗고 나서 주는 건 없다. 사람이 물러 사무처에서도 만만히 보고 이런저런 일을 떠맡기는 걸 뻔히 알면서도. 이 둘은 점심 먹는 파(派)도 다르다. 아침 열 시 전엔 앙증맞은 더블샷 라테 테이크아웃 잔을 옆에 놓고 해외 연예 사이트만 보는 진우 선배가, 순철 선배가 인사해도 절반은 대답하지 않는 걸 난 안다.

"늘 수면 아래서 우아하게 발 젓는 우리 나정 씨는?"

나정 선배가 예의 곰 같은 얼굴로, 각자의 앞에 얇은 페이퍼를 나눠 준다.

"나정 씨가 이렇게 준비해 오면 내가 뭐가 돼요. 멋있다."

진우 선배가 웃음 띤 얼굴로 말한다. 하지만 그 표정에서 난 후배를 대견스러워하는 마음보단 엿 먹었네, 하는 낭패감을 본다. 업무 수첩에 선배들의 눈에 띄지 않을 정도의 크기로 작게 적는다. '프로젝트 시, 중간 보고서 가끔 작성!'

다들 감탄한 얼굴로 나정 선배가 나눠 준 유인물의 첫 장을 펼치고는, 곧바로 인상을 쓴다.

"글자체가…."

도수 높은 안경을 쓰는 팀장은 아예 종이를 코앞에 붙인다. 나정 선배가 보고서에 사용한 글자체는 복숭아체. 난 속으로 외친다. 키티 여신 한 건 하셨네, 대박. 굵은 색색 매직으로 써 할인 마트 매대 앞에 붙여 놓는 류의 글자체를 쓰다니. 일관적인 캐릭터긴 하다.

"아아…. 수고했어, 나정 씨."

문자 해독을 마친 팀장이 입을 연다.

"다들 중간 보고 사항을 이렇게 정리해서 주는 태도를 본받자고. 다만 다음부터는 글자체는 한 포인트만 크게, 또 바탕체나 명조체로 부탁할게. 눈 침침한 중년 좀 배려해 주라."

"아, 죄송합니다."

나정 선배의 굳어지는 얼굴을 보며, 올라가는 입꼬리를 숨기려 고개를 숙인다. 난 결국 나정 선배 무리에 껴 점심 먹는 데 성공했다. 무슨 에베레스트산 오르는 줄 알았다. 스물여덟 살인 온라인팀 남직원과 임산부 여직원, 나정 선배까지 구성원은 셋이었다. 그런데 다른 둘은 팀이 다른데도 신입 멤버인 내게 이것저것 물어 오지만, 정작 같은 팀인 민나정은 여전히 날 투명 인간 취급했다. 마치 내가 널 안 껴 주면 야박한 년, 생각 짧은 선배라 소문이 퍼지겠지? 이것 이상으로 더 기대하지 마, 못 박듯이. 난 흐뭇한 미소를 감출 수 없어, 코를 훌쩍이는 척 고개를 숙인다.

"분석 분기도 일본만 좀 다르네. 모든 국가가 기간이 같아야 유의미한 거잖아."

"근데 일본 자료 자체가 이 팀으로만 취합돼 있어서요." 나정 선배는 기어 들어가는 말투로 답한다.

"그래? 어떻게 할지 같이 생각해 보자. 진우 씨, 왜?"

진우 선배가 예의 입술을 나팔꽃처럼 오므리는 웃음을 보인다.

"제가 맡은 나라들이 딴 분들보다 좀 많잖아요. 그래서 보시기 편하라고 파워포인트를 준비했는데, 시간이 없을 것 같아 가만있었어요. 회의실에 장비되면 한번 보시겠어요?"

진우 선배의 손에, 승리의 황금빛 유에스비가 달랑거린다.

"와, 진짜 대단하세요."

난 훌륭한 오페라를 본 관객처럼, 당장 기립이라도 할 듯 경탄하며 손뼉을 친다. 역시 사회생활 더 한 남자 여우는 여자 곰이 못 당한다. 나정 선배의 표정은 굳이 확인할 필요도 없다.

패거리, 무리, 줄타기. 학교 다닐 땐 소름 끼쳐라 하던 것들. 개강 총회와 엠티 대신, 난 야놀자와 호텔닷컴에서 남자가 예약하는 비즈니스호텔들을 택했었다. 당연하지 않나? 아무튼 그랬던 내가, 지금은 날 달갑잖아 하는 티를 숨기지 않는 선배에게 첫눈에 반한 듯한 표정을 지어 보인다.

내 안의 뭔가가 조금씩 닳고 있다. 깡통에 든 산패한 기름처럼, 나 자신이 느끼하고 역하다. 그래서, 난 그냥 계속 웃는다.

"그럼 다음 안건으로. 문체부 쪽에서 저작권 행사에
올해 예산을 좀 더 투입할 계획이래. 이 말은 뭐겠어? 더
근사한 결과물을 기대하신다는 거지."

팀장이 테이블 가운데 놓은 공문은 한 장뿐이라, 모두
고개를 기기묘묘하게 꺾어서 본다.

제7회 저작권 알리미 행사(가칭) 개최 건. 대중 인식
고취를 목적으로 단시간에 다수의 시민을 효과적으로 집
결시킬 수 있는… 기존 행사는 비용 대비 성과를 산출하
지 못한 것으로 분석된 관계로… 행사의 골자는 문화부
쪽이 수립하며, 기획 및 진행은 협회에 일임한다.

"일단은 이번 주 내로 착수해야 할 온라인 홍보 기획
안부터 얘기해 보자고."

따로 말을 들은 게 없어 좌중을 둘러보는데, 핸드폰 진
동이 울린다. 또 그 명제의 동기, 소개팅 예정 남이다. 님,
작작 좀. 난 황급히 사이드 버튼을 눌러 핸드폰을 아예 꺼
버린다.

"온라인 홍보는 생각해 봤는데 네이버 블로그밖에 없
을 것 같아요. 문체부 홈페이지는 사실 일반인들한테 접

근성이 좀 떨어지고."

진우 선배는 나긋나긋한 목소리로 매끄럽게 설명한다. 전의를 상실한 순철 선배와 나정 선배는 자동차에 장식용으로 놓는 흔들머리 인형처럼, 고개를 열의 없이 끄덕인다.

"네이버 블로그 말고 딴 채널도 활용하면 좋을 듯한데요."

말부터 튀어나와, 스스로 당황한다. 느슨한 시선들이 일제히 내게로 집중된다. 이미 엎어진 물이다.

"아… 유명 블로그들을 보면 업데이트된 포스트의 흥미도에 따라 방문자 수가 날별로 많이 차이가 나고, 화장품이나 생활용품 같은 걸 상품으로 걸고 이벤트 하지 않는 단순 홍보성 블로그는 지속적으로 방문자 수가 유지되기 힘든 것 같아서요."

진우 선배는 어항 속 물고기를 들여다보듯 가만 날 주시한다. 일전에 스타벅스를 개인적으로 불매한다고 얘기할 때 신기한 동물을 보듯 내려다보던, 바로 그 눈빛.

나는 진우 선배를 맞받아 본다. 최고가 될 생각은 없다. 하지만 저 눈동자, 아주 얌전히 사람을 쳐다보는 듯 하나, 늘 판사처럼 날 내려다보는 저 눈빛 안에 있는 걸 긁어내고 싶다.

"역시 우리 팀 앙팡 테리블답네. 며칠 전부터 계속 감동시켜."

팀장이 호들갑을 떤다. 머쓱해 하며 고개를 들자 순철 선배가 빙긋 웃어 준다.

"어때 진우 씨, 유리 씨 말이 맞나?"

"생각해 볼 만한 부분이 있긴 하네요."

진우 선배는 나를 계속 쳐다보며 답한다. 나도 눈을 피하지는 않는다.

"그래, 사실 국가 기관들이 하는 행사 홍보는 뻔하고 한정적인 루트로 진행하는 경우가 대다수잖아. 우리가 선구자 돼 보는 건 어때? 한번 협회 역사상 최대 인원, 최다 협력사 유치해 보자고. 안 될 거 없잖아?"

"그럼 젊은 피, 유리 씨 생각엔 블로그 말고 어떤 매체가 우리의 목적을 가장 효과적으로 달성할 수 있을 것 같아요? 난 속칭 틀딱이라 모르겠네."

다들 수첩을 덮고 일어서는데, 진우 선배가 앉은 채 날 올려다보며 말한다.

난 전사(前史)가 없는 인간이다. 십 대 시절의 모든 일을 잊기로 했고, 기억하지 않는 건 없는 것과 마찬가지므로 실제 많이 잊었다. 하지만 몸으로 체득한 논리는 그대로 신체에 배는 것이라, 절대 잊히지 않는다. 내가 자라온 환경은, 자주 변했으므로 눈치가 빨라야 했다. 나는 야생 동물처럼 온몸으로 공기의 흐름과 온도와 사람들의 눈동자를 가늠해 왔다. 몸을 숨겨야 할 때가 있고, 목덜미를 물어뜯김을 감수하고 치고 나가야 하는 순간도 있다. 지금은 후자다.

진우 선배를 외면하고 팀장에게만 미소 지어 보인다. 속으로 이건 약간 교태 부리는 것에 가깝지 않나, 생각 들 정도로.

"트위터를 생각해 봤어요."

"트위터?"

"아, 저도 생각해 봤는데요." 진우 선배가 급히 끼어든다.

"트위터는 한 번에 콘텐츠를 올릴 수 있는 양이 제한돼 있어요. 인구 대비 사용자 수도 블로그나 페이스북에 비해 현저히 적습니다. 또 실명제가 아니기 때문에 참가자에게 사은품을 전달할 때 오류가 발생할 수도 있고."

"그건 블로그나 인스타도 마찬가지지 않나? 반드시 실명이 아닌 건."

"그래도 트위터보다는 좀 더 실명으로 하거나 기타 개인정보를 확연히 밝히고 있는 사람들이 많아요."

"난 트위터 안 해서 잘 모르겠네. 나정 씨, 정말 그런가?"

"저도 트위터는 안 해서⋯. 요즘 다들 인스타 하지 않나."

난 또박또박 말한다.

"나정 선배님 말씀대로 인스타가 젊은 층 다 하는 제일 파워 있는 매체이긴 하죠. 근데 이런 종류의, 관이 주최하는 문화 이벤트를 효과적으로 홍보했던 사례들은 아직까지는 찾아보기 힘들더라고요. 적어도 우리나라에서는요. 그리고 일반인들을 대상으로 인스타로 홍보할 때는 아무래도 인플루언서들을 중심으로 이루어지는데…."

"일반 회사에서는 그런 팔로워 많은 사람들한테 물건 주고 사진 올려 홍보하게 하잖아요. 근데 이런 선지급 대가성은 우리 같은 공공 기관에선 불가능한 방식으로 보입니다. 참, 여동생이 이번에 비싼 해외 오리지널 뮤지컬을 공짜로 보고 왔는데, 공연 기획사 트위터에서 퀴즈 당첨된 거더라고요."

난 순철 선배에게 고개를 끄덕이고, 다시 말을 잇는다.

"그런 식으로 기업들이 공식 계정을 만들어 공연, 행사 홍보를 많이 해요. 인스타와 트위터 쌍두마차로 하는데, 홍보체랄까 전달하는 스타일을 조금 달리 하는 게 좋을 것 같고요. 아무튼 트위터엔 특정 문화, 특히 케이팝 마니아들이 많아 전달 효과가 괜찮다고 생각합니다. 이번 행사에도 아이돌, 유명 가수들 부를 거잖아요."

"괜찮네. 아무튼 홍보는 다채널로 진행할수록 좋지. 트위터는 진우 씨 말대로 메인은 될 수 없겠지만, 충분히 서브로 고려해 볼 만한 매체 같아."

가볍게 끄덕이면서, 내게서 눈을 떼지 않는 진우 선배. 예의 흰 종이 같은 얼굴이 아닌, 내가 처음 본, 확연히 찡그려진 미간. 드디어 그의 진짜 얼굴을 본 데에 난 비밀스런 쾌감을 느낀다.

사람들의 웃는 얼굴을 믿지 않는다. 눈동자 뒤에 있는 것만이 언제나 궁금하다. 자인이 얼마나 적극적으로 찡그렸던지. 싸구려 카페에서 꿈을 이야기했을 때, 지하 바에서 몇 안 되는 학생 관객들 앞에서 노래했을 때. 다채롭게 찡그리고, 웃고, 놀라고, 울상 짓는 얼굴. 난 그렇게 살아 있는 얼굴만을 믿고, 살아 있는 사람만을 사랑한다.

진우 선배는 여전히 인상 쓰며 날 보고 있지만, 그의 날 얼굴이 난 좀 기쁘다. 동시에 이렇게 한 사람에게 처음으로 인간적 친밀감을 느끼고 있는데, 왜 그 사람은 날 저런 눈으로 볼 수밖에 없는 건지 조금 회의감이 든다.

그렇지만 그런 것이 회사니까. 서로를 미워함으로써 자기 존재를 부각시켜, 그렇게 살아남는 곳이니까. 현재로서는 딱, 이 정도의 답을 내릴 수밖에 없다.

"이따 오후 미팅 가는데 오늘은 문체부 쪽이랑 논의하기 좋겠네. 아젠다 많이 가져왔다고 좋아들 하시겠어. 이번 주 특별히 처리해야 할 일이나 건의 사항 있나?"

모두들 얼른 파하고픈 마음에 고개를 젓는다. 회의실을 나서며 진우 선배와 눈이 마주친다. 서로 자연스럽게 엷은 미소를 지으며, 부드럽게 외면한다. 이 관계는 아마 내가 협회를 나갈 때까지 변하지 않을 수도 있다. 어제의 적이 오늘의 동료라지만, 난 아직 그 타이밍을 알 수 없다.

오후, 선배들이 시키는 일을 차례차례 해 나간다. 동시에 처리 중인 서로 다른 일들을 업무일지에 각각 퍼센테이지로 정리했더니 팀장과 사무처장은 칭찬한다. 속옷이 땀에 젖는 만큼, 회사에서의 하루는 잘 맞물린 톱니처럼 돌아간다. 기계가 되는 기쁨을 느끼기 시작한다.

혼자 한 시간여 걸어가는 퇴근길에는 머릿속으로 자문자답을 한다.

우리가 죽는다면 무엇이 남을까요?

거대한 물음표뿐.

물음표?

네, 전 세상 모든 것이 알고 싶거든요. 처음 접하는 것이면 그게 뭐건, 온 피부와 뼈를 문질러 느끼고, 안에 스며들게 하고 싶어. 그게 여자건, 남자건, 모든 진리와 사물과 철학과 지혜와 통찰이건.

몸부터 움직이는 호기심은 독이 될 수도 있을 텐데.

그럴 수도 있겠죠. 하지만 인간을 물리적으로 움직이

는 게 심장이라면, 호기심은 화학적 동력. 저는 많은 사람이 예쁘다, 바람직하다 평하는 일엔 큰 관심이 없어요. 아스팔트 바닥에 혓바닥을 대듯, 더럽고 음습한 것들도 다 느끼면서 살고 싶어요. 인생은 한 번이고, 우리의 시간은 짧아요.

그게 파산이나 파멸로 이어지더라도?

안락 추구형 세상에서 만용은 언젠가 대가를 받겠죠.

흠.

많은 사람이 일탈하기엔 지능이 모자라 한 길만 바라보는 건 아니죠. 무리에서 벗어난 들짐승은 결과도 예상하고 움직여요. 하고 싶은 걸 하고, 결과를 받아들이겠습니다. 그걸 위해, 세금을 내듯 열심히 회사 다니는 거죠. 오직 그것만을 위해서.

대학 문화는, 환멸이었다.

대학생은 섹스할 때만 성인인 양 굴면서 부모 주머니에서 등록금과 용돈을 충당하고, 성인, 지성인이라는 고전적 레테르의 최소 조건조차 만족시키려 노력하지 않는 유흥적 동물일 뿐이다. 더 이상 청년 문화는 존재하지 않는다. 엄연한 미성년자인 십 대와 성인인 이십 대의 문화적 관심사가 이 나라에서는 크게 다를 바 없다는 것에 대해, 난 좀 반성해야 한다고 생각한다.

물론 이전 세대 모든 대학생이 군부 독재정권 타도를 위해 거리에 나서진 않았다. 하지만 그들은 최소한 일말의 시대 의식, 죄책감은 공유하고 있었을 테다. 한 사회의 고평가되는 지위에 머무르면서 의무는 수행하지 않는다면, 그건 유해한 특권의식이자 자기기만이다.

차라리 서양 하류층처럼 쓰레기나 바퀴벌레란 말도 순순히 받아들이는, 혹은 대놓고 파티 애니멀이나 드럭정키인 게 낫지 않나? 겉으로는 다들 유교 문화권의 순결한 미혼녀와 착하고 효성 깊은 아들내미인 척에만 열심이니. 캠퍼스엔 베이비파우더 향과 모텔에서 흘러나온 노린내가 공존했다. 대학 신입생 여자애들이 아직 소꿉장난 같은 연애를 꿈꿀 때, 남자애들은 안마방에서 동정을 뗐다. 교수가 줄줄 읽는 어떤 박제된 학문과 사론(死論), 탁상공론도 대학 문화보다는 감동적이었다. 철저한 속물이 순수한 척하는 속물보다는 낫다. 페브리즈 뿌린 구정물, 그게 대학과 대학가였다.

차라리 철저하게 머티어리얼(material)해진 지금, 대기업과 번듯한 공기업만 회사로 취급하는 대학생들은 비웃을 저임금 노동자, 흔한 도시 사무직원이 된 지금이 훨씬 행복하다. 어떤 일을 하더라도 나 자신을 벌어먹여 살리는 건, 적어도 아이와 성인의 장점만 취하면서 지적인 척하는 일보다는 홀리(holy)한 일이다.

역삼-7

중년 남자의 옆 볼과 목덜미에선 산뜻한 샤워 코롱 냄새가 났다. 그 냄새를 맡으며, 어떤 영원한 시간이 스쳐 지나가는 듯한 이상한 기분이 들었다.

그 코롱 향은 여자보다 밋밋하고 판판한 가슴팍이나 등, 투박한 손톱 같은 남자만의 특성이었다. 남자에게서만 나는 향은, 성욕이란 걸 다소 돋웠다. 내려다보는 남자의 날카롭고 누런 눈은 불편해, 천장 몰딩에 시선을 고정했다. 난 유혹하는 성숙한 여자라기보다는 차라리 벌거 벗겨진 소년 같은 기분이었다.

내 기분과 아랑곳없이, 남자는 자신의 권리를 행사했다. 내 귓불, 곤두선 젖꼭지, 옆구리에 남자는 형식적으로 입술을 짧게 부딪치면서 내려갔다. 그러고는 다시 올라와, 차라리 입술을 비비는 것에 가까운 억센 키스를 했다.

기호로서의 여자. 기호로서의 남자. 기호로서의 섹스. 여기서 이 남자는 과연 쾌락을 얻을 수 있을까? 수백 번은 반복된 행동에서. 그러니까 애무의 요소, 실제보다는, 이 행위를 하고 있다는 자의식만이 그를 흥분시키는 것이다. 남자라는 동물은 참 여자와 다른 메커니즘으로 작용하는구나, 다소 한심스런 느낌을 받던 난 문득 비명을 질렀다.

"아픈가?"

남자가 내 허벅지 사이에서 고개를 들었다. 무감한 눈

빛이었다.

"아니에요. 좋아요."

—라기보다는, 남자는 날 기분에 젖기보다 더 날카롭고, 메마르게 했다. 남자는 내 골반뼈를 양손으로 붙잡고, 움직이지 못하게 했다. 남자의 두툼한 혀는, 지금껏 느껴본 어떤 것보다 집요하고 동물적이었다. 이걸 잘하는 남자들은 별로 없다. 남자 역시, 자신의 만족만을 위해 여자를 괴로울 정도로 밀어붙이는 종류의 남자였다. 반사적으로 허리를 움직일 때마다, 남자는 단단히 날 붙잡았다.

쾌감과 비슷하면서도 미묘하게 분기점에서 갈라지는 고통. 커닐링구스는 특유의 무력감과 달콤한 굴복감을 위한 것일진대, 남자의 혀는 내게 불쾌감과 약간의 통증만을 일으켰다. 종종 여자의 뇌 회로 안에서 피학적 쾌락으로 변이하는 수치심조차 없었다. 이 아저씨는 철저하게 자신만을 위해 움직였다. 차라리 핸드백에 미리 넣어 온 아스트로글라이드 젤을 퍼 바르고 바로 넣어 줘요. 하지만 난 말할 수 없었다.

지루해 죽겠을 때, 그제야 남자는 내 안에 들어왔다.

그 후는, 그냥 진자운동이었다. 둔탁한 마찰감 속 온몸이 나른해지는 특유의 감각. 사실 섹스란 건 너무 과대평가된 소비문화의 산물 아닐까? 밥 먹고 등 따신 시대라, 우리 모두가 속고 있을 수도.

아니야, 사랑을 하자. 이해하려는 노력. 그래, 사랑.

실장의 말을 떠올리며, 난 리듬을 타려 노력해 보았다. 적절한 신음을 뱉고, 남자의 움직임에 박자를 맞춰 골반을 들어 올렸다. 남자는 다시 입술을 비비고, 숫제 내 혀뿌리를 뽑으려는 듯 강하게 혀를 감았다. 난 남자의 둔탁한 상체를 침대에 밀며, 위로 올라탔다. 더 이해해 보려고.

비밀스럽게 탐독했었던 여대생의 매춘 경험담 류의 책들에선 언제나 죄의식, 고통, 허무, 수치심 등의 단어들이 나왔던 기억이다.

혹은 정반대로 그런 단어들을 전혀 쓰지 않고, 반대로 자신이 남자를 유혹한다는 통제감이나 쾌감만을 느꼈음을 강조하거나(주로 일본 남자 작가들이 이렇게 썼었다. 그들 자신도 한참 어린 여자들을 돈으로 샀을 법한, 한물 간).

실제는 책들과 전혀 달랐다. 내 소감을 누가 물어본다면, 그건 그냥 섹스였다고 난 답할 것이다. 일반적인 섹스, 그러니까 사랑이건, 애정이건, 매력에서건, 순간적 공감이나 소위 케미스트리가 이끄는 캐주얼 섹스들과 별다를 바 없는.

그러니까 섹스는 섹스인 것이다. 돈을 받았다고 특별히 괴롭거나 우울해지지도 않는. 반대로 남자가 내게 적지만은 않은 돈을 지불했기 때문에, 내가 다른 여자들보다 치명적인 매력과 비교 우위적 상품 가치를 지녔다는 자부심도 없는. 폭력이나 노골적인 것부터 은근한 것까지 어떤 강제도 없는 한, 섹스는 섹스일 뿐이다. 처음 옷 벗고 맨살을 보이는 어색함부터 점차 불씨가 붙는 수순, 다 똑같았다. 폭력적이거나 강압적이지 않았냐고? 오히려 남자는 나를 꽤 배려해 준 편이었다.

그리고 확연한 장점이 있었다. 이제껏 친밀한 관계들 혹은 그럴 가능성이 있는 남자들과 해 온 섹스에서 거추장스런 베일처럼 둘렀던 자기 연출(여자는 수동적이면 안 되지만, '창녀'처럼 지나치게 적극적이지는 않아야 한다!)이 전혀 없이, 처음으로 난 동물처럼 행위 자체에만 백 프로 몰입하고 몰두할 수 있었다. 섹스를 하는 흔한 이유들인 소위 애정의 확인, 소통, 타인이 자신을 원하는 걸 목도하며 자신이 매력적인 남녀임을 믿는 나약한 자기애, 타인의 몸을 거울삼아 사실은 자신을 숭앙하며 상대를 스코어로 환산하는 유치한 나르시시즘이 조금도 없이, 오직 섹스만을 위한 섹스를 하는 건 아주 좋은 경험이었다.

온몸의 세포 하나하나가 한 방향으로 달려가고, 선사시대부터 디엔에이에 새겨진 행위 자체에 푹 젖어 동물적으로 몰입하는 건 좋았다. 섹스는 영혼의 합일이 아닌,

물성의 지극한 감각이 부르는 쾌락이다. 남자는 열심이었고 나보다 훨씬 노련했지만, 난 점점 중추나 질 안에 나사 하나가 빠진 듯한 느낌이 들었다.

난 사랑, 즉 최대의 만족을 위해 열심히 움직였다. 여러 곳에 입 맞추고, 뱀처럼 미끄러져 내려가 물고, 빨아 올리고, 돌아눕고, 올라타고, 거꾸로 누워 벌리고, 더 깊이 마찰시켰다. 소리를 내고, 땀을 닦아 주고, 허리를 움직였다. 얼굴이 벌게진 남자는 만족스러워 보였다.

— 이것까진 필요 없으려나? 그 손님은 노멀하다곤 하던데.

— 뭐예요?

— 넣기 전에 클리에 발라 달라고 주문하는 경우도 있거든. 일단 하나 줘 볼게. 처음이라 자기가 좀 힘들 수도 있으니.

"혹시 필요하세요?"

남자의 몸 아래에서, 난 손을 뻗어 협탁에 놓인 핸드백을 헤집었다. 실장이 준 것을 손가락으로 집어 보여 주니 남자는 미간을 모았다.

"뭐더라?"

"여자들의 흥분을 도와준다는⋯."

내 위에서 땀 흘리던 남자는 픽 웃었다.

"원하면 써."

"괜찮아요." 내겐 다른 최음제가 있었다.

차현재는 한 살, 한 학년 아래였다.

같은 학과였으나 수업 외엔 마주치는 일이 잘 없었다. 전공 수업을 듣는 것 외에는 거의 대학 크리스천 동아리나 교회 관련 활동으로 학교 밖에서 시간을 보내는 종류의 애 같았다. 학과에서도 초식동물과의 몇 남자애들과만 안면 트고 지내는 것 같았다. 어떤 방법에선지 늘 우리과, 타과 남자애들의 정보에 빠싹한 희애에게 물어봤더니 이렇게 답했다.

"걔, 먼지 낀 거대한 양 같잖아."

"무슨 말이야?"

"무해하지만 섹시하지는 않다고."

현재와 난 여성학 수업을 듣다 서로의 존재를 알았다.

여성학은 전공 선택 과목 중 학점이 후한 편이라 남학생들도 많이 들었다. 당연히 수업 분위기는 개판이었다. 남자애들은 시작할 때부터 반쯤 드러누운 자세로 팔짱을 끼고 앉아 여자 교수를 깔아 보거나, 노골적으로 큰 소리로 하품을 하거나, 수업의 흐름을 방해하기도 했다.

"요즘은 역차별당하는 이대남도 많은데요."

"한국만큼 치안 좋고, 여자가 살기 좋은 사회가 없다고들 합니다."

그들의 단골 멘트였다. 존재 자체가 공해인 인종들에게도 평정을 잃지 않고 대답하는 여교수가, 좀 안쓰러웠다. 교수라는 직함을 가졌다는 이유로 늘 차분했지만, 난 맘속으론 그녀도 나처럼 외쳤을 거라 생각했다. 위악 떠는 십 대처럼 굴면 햄버거라도 하나 떨어지나? 학점 잘 주는 전선 수업 많은데, 굳이 여긴 왜 꾸역꾸역 기어들어 와 트롤질이야? 이제는 남자들이 과거 마초 같은 가오조차 없는 시대가 됐나?

현재는, 달랐다.

그 애는 남자로서 역차별을 받은 경험을 묻는 여자 교수의 질문에 조심스레 답했었다.

"저는 대구에서 자라 어릴 때부터 성차별적인 가풍을 자연스럽게 체득하며 살아왔습니다. 누나 둘이 있고, 밑에는 사실 여동생이 하나 있었는데요. 아기가 들어선 걸 안 순간 부모님과 할아버지, 할머니가 모두 지우자는 것에 합심해서… 이미 아들이라는 목적은 달성했으니까요. 제가 중학교 이 학년 때 이 사실을 알았는데 정말 큰 충격을 받았어요. 왜냐면 저라는 존재가 마치 원죄처럼 느껴져서… 우리 세대에서도 이렇게 단지 여아이기 때문에 배 속에서부터 살 권리를 박탈당하는 경우도 많기 때문에, 같은 남학우분들이 어떻게 생각할지 모르지만 저는 사실 역차별이란 말을 논하는 것 자체가 시기상조가 아닐까 생각이 듭니다."

신선할 정도로, 그 나이대 남자애들과 거리 있는 말투였다. 남자애들은 노골적으로 숙덕거리며 현재를 흘끗거리고 비웃었다. 난 고개 돌려 그 애를 보았다.

발목이 드러나는 빛바랜 헐렁한 청바지, 시장에서 산 듯한 체크무늬 셔츠에 덥수룩한 머리. 도드라진 손목뼈와 양 볼의 붉은 여드름 자국. 늘 웃을 듯 말 듯한, 수줍어하는 듯한 표정이었다.

그 애를 둘러싼 모든 것이 화려함과는 거리가 멀었다. 그러나 거죽만 남은 숫사슴 같은, 길고 단단한 골격은 흔한 것은 아니었다. 직각의 살 없는 어깨, 남자다운 긴 팔다리는 아름다웠다. 오후의 햇살은 시적(詩的)이었고, 내 시간은 현재에게 고여들었다.

수업이 끝난 후, 현재에게 난 먼저 말을 걸었고 같이 강의실을 떠났다. 우린 목적 없이 캠퍼스를 걸었다. 그 애의 얼굴에 나뭇잎 그림자들이 표징처럼 드리워졌다 사라지곤 했다.

"내가 그래도 선밴데 밥 한번 못 사 줬네. 배 안 고파?"

"전 학관 밥이나 편의점 햄버거 좋아해요. 오늘 오므라이스 나온다던데, 누나 괜찮으세요?"

"어휴, 밖으로 좀 나가자."

그 후로도 우린 가끔 학생 식당이나 학교 앞 맥도날드

에서 같이 점심을 먹었다. "누나, 그냥 더치 해요." 현재는 카드를 내미는 내 손을 종종 말렸다. 그러다 우린 어떨 땐 현재가, 어떨 땐 내가 사는 식으로 더 이상 더치조차 하지 않게 되었다.

"걔랑 사귀려고?"

"정확히는." 난 단어들을 골랐다. "그 애한테 한번 안겨 보고 싶어."

소현은 삼각김밥을 문 채 눈이 동그래지고, 희애는 아이코스 연기를 내뿜으며 쓴웃음 지었다. 망설이던 소현이 예의 오물거리는 말투로 말했다. "근데 현실적인 걸림돌들이 존재하는 것 같애. 걔 아직 군대도 안 갔다 왔고, 진성 크리스천이라던데 유리 넌 무교잖아."

"유리 말은 그냥 한번 자 보고 싶다는 거야. 사귀고 싶다는 게 아니라."

희애가 소현을 톡 쳤다.

"안 돼, 유리야."

"왜?"

"넌 여자잖아. 우리 과 사람 많고 다 따로 노는 분위기긴 하지만." 소현이 여린 손으로 내 팔목을 꾹 잡았다.

"나도 반대인데, 소현이랑 이유가 달라." 희애가 말했다.

"걘 전형적으로 한번 자면 사귀는 걸로 알 타입이거

든. 그런 샘님은 유리 감당 못 해."

"그럼 잤는데 안 사귀는 게 정상이니?"

"난 한번 잤다고 들러붙는 남자들, 감언이설로 먹튀하는 남자들만큼이나 별로라고 생각하는데."

소현과 희애는 각자 정반대의 논리로 날 뜯어말렸었다.

— 청순하면서 가치관이 맞는 크리스천 여친을 만들고 싶어요. 근데 같은 종교 아니라도, 진짜 좋은 사람이라면 괜찮을 것도 같아요.

현재는 이런 이상형을 말했었다. 내가 보기에 그 소박한 바람은 잘 이루어지지 않는 것 같았다.

마지막 학기, 중앙도서관 앞 화단에서 계통 없이 마구 빌린 책들을 난 백팩에 욱여넣고 있었다. 돌처럼 무거운 가방을 짊어지고 일어나는데, 저만치 중도 입구로 들어서는 차현재가 보였다. 소리 지르면 들릴 거리였지만, 난 그 애를 부르지 않았다.

늦가을 오후 네 시의 녹슨 햇살이, 이제는 헐렁한 셔츠와 청바지 대신 남색 제복을 입은 현재의 몸을 감쌌다. 구부정한 현재의 모습이 도서관 안으로 사라지는 걸 가만 보았다. 왠지 내 한 세계가 닫히는 듯한 기분이 들었다. 난 예감했다. 졸업 후에 우리가 다시 만나는 일은 없을 거라고.

현재의 카톡을 되새겼다.

— 알오티시 마치면 아프가니스탄에 선교 갈 것 같아
요. 미친 소리로 들린다는 건 알아요. 그래도 그건 내 신념
이에요. 유리 누나는 이해할 수 있죠?

한번은 자 보고 싶었는데 그렇게 못 된 남자는, 강력한
최음제다.

난 남자의 어깨 너머 천장을 보며, 더 짧고 강해진 움
직임을 참으며 현재를 떠올리려 노력했다. 남자의 두껍
고 살이 붙은 몸피는 차현재와 너무나 달랐지만. 이제는
희미한, 향수를 쓰지 않고 늘 먼지와 알싸한 바람 냄새가
묻어있던 것 같은 체취까지. 잘되지 않았지만, 노력했다.

이 남자가 현재였다면 어땠을까. 많은 여자를 사 늘 자
기가 해 온 단순한 동작밖에 구사할 줄 모르는 남자보다,
지금 내 위에 있는 게 현재였다면. 더욱 신선하게 움직였
을 것이다. 그때 현재는, 내가 알기론 숫총각이었다. 그 애
의 예상치 못한 움직임이 나를 깔깔대게, 진심으로 소리
지르게 하고, 내 몸 또한 그 애에게 착실하고 촉촉하게 얽
혀 들어가 서로에게 지극한 기쁨을 줬을 것이다.

학생회관은 사회과학관에서 꺾어져 왼편 계단을 내
려오면 바로였다. 다 쓰러져 가는 건물인가 싶을 정도로
낡고 그늘진 곳이 많았다. 어느 날 학관 계단을 같이 내려

오다 앞서 내려가던 현재가 불쑥 말했었다.

"누나, 실은 우리 어머니 새어머니야."

냉기가 올라오는 학관 계단엔 우리뿐이었다. 현재는 얼굴을 보이지 않았다.

"대학 들어오고 얼마 후에 아버지 재혼하셨어. 새어머니께 늘 감사드려. 자기가 낳은 것도 아니면서 정말 잘해 주시거든."

그 애의 가정환경에 대해 아무것도 먼저 궁금해서 한 적도, 물어본 적도 없다. 그건 대학생들의 화젯거리는 아니다. 그때 왜 걔가 말을 튼 지 얼마 되지도 않는 내게 그런 말을 했는지, 난 정말 몰랐다. 당시 난 아마 지금은 이름도 기억할 수 없는 다른 남자 친구를 만나고 있었을 것이다. 현재는 중도 일 층 컴퓨터실에서 레포트를 쓰다, 삼 층 휴게실로 올라와 소파 등받이에 뻗은 날 내려다보며 가만 말하기도 했다.

— 미인들은 왜 도도한 걸까?

"헛소리 말고 공연 하나 보러 갈래?"

내가 그 애의 위팔을 잡자, 선한 소 같은 눈동자가 흔들렸다. 우리는 입술이 닿을 거리에서 낮게 숨 쉬며, 서늘한 복도에서 잠시 서로를 마주 보았다.

"좋아요."

현재가 눈을 피하며 말했다.

"나 시시엠 말고 윤도현도 자주 들어. 어떤 공연인데요?"

"윤도현보다 더 유명해지게 될 사람. 훗날 넌 나한테 감사하게 될 거야."

그랬다, 난 자인의 공연에 현재를 데려갔었다. 가끔 생각한다. 왜 난 이런 짓을 하며 살까? 매끈한 포장도로로 흘러갈 일을 항상 울퉁불퉁하게 만드니. 하지만 그냥, 언제나처럼 별생각이 없었을 뿐이다. 자인은 그때 공연이며 문화지 발간이며 여러 일로 늘 바빴고, 더욱이 내게 큰 관심이 없었다. 현재의 사상-크리스처니즘은 자인에게 품은 내 연정을 상상하기엔 좁고 오만했다. 그래서 난, 그런 짓을 했다.

"신자라고 다 순진하거나 바보인 건 아니야."

과 사무실의 먼지 낀 창은 붉게 녹아내리고 있었다. 난 캠퍼스의 마지막 노을을, 현재의 셔츠 안에서 안락하게 감상하고 있었다. 알몸이었다면 더 좋았겠지만, 난 옷을 입고 있었다. 그래도 맨몸에 다른 남자들의 후드티나 셔츠를 입고 있던 것보다 더 좋았다. 작은 집에 안겨 있듯이.

졸업 직전, 난 진짜 여자가 된 것 같았다. 진짜 여자란 바람 같은 쾌락만 추구하는 시기를 거쳐, 끝내 쾌락을 허하지 않으면서 욕망을 끝없이 자극해 통에 든 캔디처럼 가끔 꺼내 녹여 먹을 수 있는 애감의 맛을 아는 여자라, 난 생각했다. 현재와 캠퍼스에서 보내는 모든 시간은, 내가 여자라는 사실을 행복하게 되새기도록 했다.

"네 냄새가 좋아."

난 현재를 돌아보며 말했다.

"나한테 무슨 냄새가 나는데?"

"여자 좋아하는 애들의 어설픈 향수 냄새도, 담배 냄새도 아닌 냄새. 너 이 옷 나 줄래?"

"그분, 한테도 이런 말로 유혹을 했어?"

난 어이없다는 듯 웃었다.

"야, 그분은 뭐고 유혹은 또 뭐야."

제 목으로 뻗는 내 손들을, 현재는 부드럽게 걷어내고 뒤로 물러났다.

"내 몸에 손대지 마."

"왜 그래, 무섭게."

"사실 느끼고 있었어. 그래서 혼란스러웠고, 누나한테 더 접근 안 한 거야. 크리스천이 아니라서기도 했지만…."

"알게 말을 해."

"봤어, 나."

현재의 여드름 난 야윈 뺨이 발개졌다.

"누나도 알지, 나 동정이지만 누가 누굴 많이 좋아할 때 어떤 얼굴인지는 잘 알아. 그때 서울대 앞 호프집 지하,

그 공연에서 누나가 그분 쳐다보던 눈빛. 무대 끝났을 때, 그분한테 조금이라도 말 걸고 싶어 안달하던 태도. 그리고 빨간 장미."

머리가 멍해졌지만, 동시에 이상한 안도감에 오히려 가슴은 가라앉았던 기억이다.

"왜 날 그 자리 데리고 갔어? 차라리 그냥, 끝까지 모르게 하지."

"내가 교만했어."

"거짓말이라도 해. 내 착각이라고… 아니야, 그냥 진실을 다 말해."

고개 숙인 현재의 목소리가 가늘게 떨렸다.

"정말 미안하다. 하지만 들어 줘. 난 그냥, 사랑이 많아. 그게 나야. 남자랑 자는 게 좋고, 여자도 사랑할 수 있어. 한 사람을 사랑하는 순간에, 동시에 다른 사람들도 좋아하곤 해. 좋다 나쁘다 그런 문제가 아니야. 네가 믿는 신처럼, 나도 그냥 자연이야. 천이 물을 빨아들이듯, 진짜 나를 좋아한다면 넌 이해할 수 있어."

"이런 상황에서조차 누난 변명을 늘어놓지 않네. 비난을 먹더라도 자신에겐 당당한 여자, 그런 여자는 흔치 않아."

"알면 우리 그냥 잘해 보자."

현재는 내가 팔짱 낀 제 팔을 부드럽게 풀었다.

"그래서 좋아했고, 솔직히 많이 미워."

"여성학 수업 땐 뭐였어? 너도 그냥 남자네. 뭐 크게 상관은 없지만."

난 가볍게 웃고, 애플워치를 한번 봤다.

"계속 싫어해 그럼. 난 수업 있어서."

"괴로워, 누나 때문에."

현재가 우는 것 같아, 문손잡이를 잡다가 돌아보았다.

"솔직히 누나 혼자만 원인은 아니지만, 난 곧 칠레로 떠나."

"왜, 아프가니스탄 가면 목 날아갈까 봐?"

난 차갑게 비웃었다.

"아프간이든 칠레든, 알아서 해. 넌 어차피 도망자야. 봐, 자인 씨는 순전히 자기 꿈 땜에 미국에 갔어. 하지만 넌 나를 포함한 추한 진실을 보지 않으려 그곳에 가는 거야. 거기엔 차이가 있지."

난 어깨에 걸쳐져 있던 현재의 셔츠를 공처럼 말아 던졌다. 현재가 그걸 놓치는 바람에, 내 체온과 현재의 냄새가 배어 있던 낡은 셔츠는 끈끈한 때가 엉겨 붙은 테라조 바닥에 휴지처럼 뒹굴었다.

"알지, 나 캠퍼스 안 좋아한 거. 오직 네가 있을 때만 모든 걸 소박하고 따뜻하게 느꼈어. 근데 또 다 쓰레기가 됐어."

"누나, 마지막으로 돕고 싶어."

다가온 현재가 날 꽉 껴안았다.

"우리 교회 목사님이 인격적으로도 진짜 훌륭하신 분이야. 누난 무리에서 이탈한 어린양이야. 누군가를 매혹시키지만, 스스로는 방향 잃고 괴로운 거야."

누나를 좋아하기 때문에, 앞으로의 누나 인생이 힘들어질 걸 생각하면 내 가슴이 아파. 현재의 메마른 입술이 열기를 갖고 떠드는 걸, 난 가만 지켜봤다. 무수히 많은 밤, 베갯머리에서 은밀히 탐했던 그 입술이 내 가슴에 단도들을 꽂았다.

— 죽은 단어들보다는 살아 있는 이것이 더 좋지 않아?

난 내 입술로 현재의 입술을 덮었다. 상상 속에서. 그 유혹을 떨치긴 너무 힘들었다. 순수한 열정, 단순한 본능을 표현했다는 이유로 세상의 멸시와 비난을 당한 여자가 지금껏 얼마나 많았나. 간신히 참은 채, 난 현재를 낯선 이처럼 가만 봤다. 세계의 변하지 않는 맨틀을 대변하는 저 입. 난 세상 따위 신경 쓰지 않았다. 그러나 누구도 아닌 현재가 내가 힘껏 비웃으려 노력해 온 추상적인 세계의 깔때기가 되다니. 처음 안 그 비참함은, 실로 가슴 쓰렸다.

"나도 마지막으로 말할게."

"화났다면 미안해. 하지만 누나를 진심으로 생각해

서."

"난 사상 있는 사람들이 좋아. 타협하지 않으니까. 거기엔 고지식한 아름다움이 있지. 하지만 세상에서 가장 완벽하고 아름다운 사상이라도, 그걸 믿지 않는 사람들의 시체 위에 선 것이라면 그건 결국 신봉자조차 벨 검이야. 언젠간 너도 알게 될 거야."

난 말을 골랐다.

"사람은 사상보다 강해. 난 오늘 이후에도 너를 원하겠지만, 좋아하지는 않을 거야. 받아들이지도 않을 거야. 난 추할지 모르지만, 약하진 않거든. 있는 사람을 부정해 제 피와 살을 덧붙이는 사람들, 역사적으로 많은 사람들이 살아온 방식이니 어쩜 그 종이 끝내 승리를 거두겠지만, 그 세계에서 나는 행복한 패배자로라도 살아남겠어. 칠레에서 잘 지내길 바라."

이게 현재와의 마지막 대화였다.

현재는 칠레에서 선교 활동을 잘 펼치고 있을까? 인터넷으로 충분히 찾아볼 수 있겠지만, 난 그렇게 하지 않았다. 또한 그렇게 내 근본을 결정적으로 모욕당했음에도, 놀랍게도 그 애를 가지는 환상에서 완전히 벗어나지 못했다. 유치한 오기와 정복욕, 쓸데없는 상상력의 산물이겠지.

그러나 지금 이렇게, 침대에서 다른 남자에게 잠식되어 있는 순간에도, 그 애가 내 뇌에 카드처럼 결결이 꽂혀 있는 건 부정할 수 없는 것이다. 몸이란 마음보다 늘 정직하고, 연약한 자존심의 문제를 뛰어넘을 정도로 순수해 궁극적으로 강하므로.

난 내 뇌에 최음제를 바른다. 도서관 휴게실에서 현재가 내 얼굴을 들여다보던 순간, 우리 둘만 수정 볼에 들어 있던 듯하던 순간을. 환상 속에서, 난 손을 뻗어 현재를 만진다. 낙타 같은 기름한 속눈썹과 진한 눈썹, 숱 많은 머리, 늘 이상한 열기처럼 붉은 기가 돌던 뺨, 가늘지만 단단한 목, 말랐지만 팽팽한 허벅지까지. 그 메마른 몸과 사상을, 유연한 나의 모든 것으로 적신다. 그랬다면 그 아이 같은 이분법, 절반의 세계를 쓰레기통에 밀어 넣고 자존감과 안온함을 얻는 태도를, 현재는 아마 그 후에 바꿨을 수도 있을 것이다.

하지만 궁극적으로 사람은 사람을 구원할 수 없다. 다른 사람을 감화시키거나, 반대로 타락시킨다는 아이디어는 고전 속에만 있는 일이다. 오만하고 유치하며, 과대망상에 가깝다. 이렇게, 끝내 순수하게 남은 사랑만이 최음제가 될 수 있다. 나는 신음을 더 크게 냈다. 남자와 나의 초야는 한창이었다.

역삼-끝

남자는 점점 내 몸을 섹스 돌처럼 다뤘다.

허벅지가 찢어질 듯 공격했다가, 허리에 손을 넣고 홱 뒤집고, 다시 번쩍 들어 제 몸 위로 올리고, 옆구리를 눌러 침대에 모로 눕히기도 했다.

"넌 가벼워서 좋네."

남자가 웅얼대듯 말했다.

손에 의해 다리를 접히고, 양팔이 붙잡혀 올려지고, 고개가 이리저리 꺾였다. 난 내가 지극한 물건이자 대상 (object)이 되는 기분이 무엇인지, 감각의 진피까지 추적해 보기로 했다. 예상과 달리 모욕적이지도, 썩 괴롭지도 않았다. 속살대는 밀어, 정감과 부드러움이 전혀 없는 섹스를 향유하는 주체가 여자일 때 허탈감이나 비참함을 느낀다는 건, 사실이라기보다 이데올로기에 가깝다. 심지어 남자의 무감한 강압성은 어느 순간엔 흥분의 기폭제로 작용하기도 했다. 남자가 어색하게 멈추는 순간순간 맨 피부에 수치심이 언뜻언뜻 내려앉긴 했지만, 소위 사귀는 관계들에서 해 본 섹스에서도 그 느낌을 받은 적 있다.

나는 그냥 노동을 했다. 재화를 받고 서비스를 제공하는 정직한 거래 말이다.

상상의 최음제는 곧 휘발되었다. 현재에 대한 추억이 동났을 때, 난 자인에 대해서도 생각해 보려 했다. 그러나 안에서 어떤 거부 기제가 철도 건널목 차단기처럼 그것을 강하게 막았다.

자인과 현재, 이 남자가 나와 맺고 있는 관계는 공통점이 있으면서도 다 다른 것이다. 난 생각했다, 남자가 내 정수리를 양손으로 움켜쥐고 마지막 스퍼트를 낼 때, 이런 관계들이 무엇인지 깊이 생각해 집착하고, 의미나 결말을 미리 생각하는 건 아이의 일이라고. 어른은, 사람과 관계란 페이스트리 빵처럼 다층적이고, 타인들에게 내가 유일한 무엇이 아닌 대체될 수 있는 대상이자 파편적 이미지임을 아무 허무함 없이 받아들이는 것이라고.

머릿속에서 난 자인을 보송보송하고 하얀 땅 위에 놓았다. 나만의 환상 속에서, 그녀를 갓 태어난 듯한 팔과 마음으로 난 안았다. 현재와 자인과 남자가 내 뇌 속에 번갈아 들어왔고, 난 층층이 갈라지며 무(無)가 되는 기쁨에 사로잡혔다.

점막 안쪽이 쓰려 왔다.

"조금만."

남자는, 예상보다 정력적이었지만 중년이었다. 그는 내 귓불에 대고 힘겨운 한숨을 내쉬었다. 난 손을 뻗어 남자의 등에 맺힌 땀을 훔쳐, 슬쩍 시트에 닦았다.

"조금 쉬셔도 되실 것 같아요."

"그게 낫겠다."

코 고는 소리를 들으며, 난 좀 큰 사이즈라 핸드백에 억지로 끼워 넣어 온 책을 읽었다. 첫 출근엔 소위 마가 떠 대기실 죽순이가 될 수도 있다는 말을 실장이 흘렸기 때문인데, 만일 진짜 이 책을 대기실에서 펼쳐 들었다면 저 재수는 뭐냐는 눈총을 받았을 것 같았다. 제목도 피에르 루이스의 『욕망의 모호한 대상』이라.

이 책은 학교 다닐 때 시네마테크에서 루이스 부뉴엘의 영화로 봤었다. 내용은 잘 기억나지 않았지만 몇 개의 이미지와 제목의 인상만이 매혹적으로 남아 있었다. 최근에야 한국어로 번역된 것 같은 얇은 원작을, 난 침대 헤드에 등을 기대고 혼자 숲길을 걷듯 남자의 숨소리를 들으며 읽어 내려갔다.

"욕실로."

깜짝 놀라 옆을 봤다. 남자가 베개에 모로 누워, 가는 눈으로 날 보고 있었다.

"책을 읽어?"

"그냥, 읽는 걸 좋아해요."

"정말 좋아하나 보군."

차가워진 공기 속에서, 우린 서로를 처음 본 듯 가만 보았다. 살을 부닥칠 때 흥분은 증발된 듯 온데간데없었다. 난 몇 시간 전 룸에서 느꼈던 감각을 되새기려 해 보았다. 정말 사랑에 빠진 듯한, 첫날밤처럼 아름다운 의례를 완성할 법하던 유대와 기대감은 어디로 갔을까?

남자가 말했다.

"네가 해 줄 일이 아직 남았거든."

"알겠어요."

난 『욕망의 모호한 대상』을 덮고 일어났다.

남자는 물을 채우지 않은 욕조 안에 앉아 있었다. 슬립을 허물처럼 무릎 밑으로 미끄러뜨려 내리고, 스펀지에 비누 거품을 냈다. 너무나 신선한 향만 남기고 곧 사그라질, 한없이 허무하고 부드러운 거품. 그것을 손에 쥔 채 욕조에 들어갔다. 거품을 몸에 펴 바르고, 내 팔다리와 가슴을 일어선 남자의 맨몸에 문질렀다. 어딘지 어색한데, 생각하는데 남자가 픽 웃었다.

"영업인 줄 알았는데, 석 실장 말대로 진짜 처음이구나."

"실은 이렇게 같이 목욕하는 것 자체도 처음 해 봐요."

남자는 붉고 지쳐 보이는 눈으로 날 보았다. 그는 자신과 나의 몸에 샤워 물을 뿌려 거품을 헹궈냈다. 날 벽에 몰아붙이고, 뒤에 붙어서 내 성기에 손가락을 집어넣었다. 미끈거리는 거대한 체적의 덩어리와 수증기가 날 숨 막히게 했다. 하지만 의식은 뚜렷한 레일 위를 달려갔다.

"대학생?"

지하 주차장은 공룡이 잠든 듯 고요했다. 남자는 피로한 듯 눈을 감고, 에쎄를 입에 물었다. 축축한 비누 냄새가 담배 냄새에 훅 섞여 왔다. 남자가 열린 담뱃갑을 내밀었고, 망설이다 난 남자가 붙여 주는 불을 받았다.

"졸업했죠."

목소리가 착 가라앉아 나왔다. 난 연기를 마시며, 입안과 다리 사이의 얼얼함과 이물감을 느꼈다. 몸과 머리가 미지근한 물속에 반쯤 잠겨 있는 것 같았다. 난 복잡하게 생긴 카 오디오를 물끄러미 봤다.

우린 계약되지 않은 시간을 각자의 생각에 잠겨 공유했다. 나쁘지 않았다.

"투잡? 요즘 그런 아가씨들도 많다던데."

"백수예요."

"돈이 필요하다."

"그뿐이죠."

남자는 예의 바르고 다소 어색해하는 소개팅 남처럼, 호텔과 십여 분 거리인 지하철역에 날 내려 주었다. 난 애프터가 온다면 한 번은 더 만나 보겠지만 썩 꽂히지는 않은 남자에게 하듯, 반쯤 열린 창문을 향해 예의 바르게 목례하고 내렸다.

검은 선팅된 세단과 함께, 내 작은 비밀이 떠났다.

지하철역 플랫폼에서 핸드백을 열어 지폐를 확인했

다. 처음 겪은 분야의, 첫 노동의 가격을. 대학생 때 중학생에게 한 달 동안 영어를 가르치고 번 돈보다 많고, 잡지사에서 인턴으로 일했을 때 받은 월급의 이주일 분엔 못 미쳤다. 머릿속으로 대차대조표를 그려 보려 했지만, 어떤 명목을 X, Y축으로 세워야 할지 잘 짚이지 않았다.

— 수고했어. 내일도 나오지? 위드코로나 때문에 예약 몰려 비상이라고.

난 실장의 톡에 어찌 답할지 몰라 손가락을 허공에 멈추고 있었다. 난 내일도 이 일을 할 것인가?

왜인지 모르겠지만, 남자와 체크인할 때 목례하던 벨보이가 떠올랐다. 얼굴이 조그맣고 날씬한 남자애는 딱딱해 보이는 제복을 입고 시선은 허공에 두고 있었다.

그때 난 순간적으로 그 남자애를 의식할 수밖에 없었는데, 그쪽에서는 일상이겠지만 난 유대감 같은 것도 느꼈다. 젊은 남자와 늙은 남자의 권력 차나 격차에 대한 감각이 아니라, 오히려 그 애와 내가 세상의 기준에 순응해 살아남기 위해 자신이 어떤 면에서 착취당하고 있음을, 각각 제복과 차려입은 원피스라는 허식의 힘을 빌어 애써 부정하는 젊은 노동자라는 진실을.

결론적으로, 그건 그 분야에서의 내 처음이자 마지막 출근이었다. 윤리 때문은 아니었다. 순전히 실리를 따지는 경제적 이유였다.

남자에게 받은 돈은 온전히 내 몫이 아니었다. 포주 몫, 미장원비 등 이런저런 비용을 제하니 수중에 떨어지는 돈은 이십만 원이 못 됐다. 임신, 성병 리스크에 비하면 너무 적은 돈이다.

"첫날이라 일부러 이차로 뺀 건데. 오히려 초보들은 방에서 노는 걸 힘들어하거든. 짧게 일하고 두 배 벌 수도 있는 데도 있는데. 할래?"

당연히 실장이 관리하는 업소는 여기뿐만 아니었다.

"아프리카 벗방 같은 거야."

나는 실장이 말한 '일'을 서연에게 물어봤다.

— 들어가자마자 가슴부터 까고 신고식 하고. 팬티 입지 말고 들어오란 손님도 있고. 그 안에서 다 같이 하니까.

서연은 뭘 그리 뻔한 걸 물어보냐는 투로 답톡 했다.

— 세상에 쉬운 일 어딨냐고. 다 일한 만큼 받는 거지.

처음 매춘을 한 다음 날. 난 아침 일찍 깼다. 세수도 안한 얼굴에 풍덩한 후드티만 껴입고, 은행부터 갔다. 어제 받은 현금을 에이티엠기에 넣어 내 계좌로 송금했다. 명세표에 찍혀 나온 숫자, 내 비밀의 노동은 더 이상 무미건조할 수 없는 숫자로 치환되었다. 세상은 숫자, 모든 노동은 오직 숫자일 뿐이다. 숫자엔 감성도, 감상도, 감정도 끼어들 여지가 없다. 명세표를 찢어 휴지통에 던져 넣고 죄송합니다, 난 실장에게 톡 했다. 예상했다는 듯 답톡은 없었다.

돈을 번다는 건, 내가 가진 숫자를 바꾸는 일일 뿐이다. 그 정도의 숫자를 올리기 위해 처음 본 남자들의 눈앞에서 가슴을 보여 주거나 맨 손가락이 팬티 안을 헤집게 하는 일보다, 더 안전하고 덜 불쾌한 일들이 날 위해 이 세상에 최소한 하나는 구비돼 있을 것 같았다. 그 이유인 것이다. 여자가 신경 써야 할 건, 윤리 아닌 실리다.

뭉크의 마돈나는 착오적인가, 현재에도 유효한가. 현대의 여자란 존재를 굳이 정의해야 한다면, 남성의 이해 범주 안에 머무르기 위해 성녀 혹은 요부로 이분법 지어지거나, 뭉크의 시각대로 성녀이자 요부인 필연적 모순 둘 다 아니다. 나라는 여자는 이제 성녀, 창녀, 성과 철저히 무관한 회색 노동자가 한 몸에 다 섞인 이상한 혼합체 같았는데, 뒤섞였다는 건 동시에 아무것도 아니라는 것이다. 이 생각을 하자 이상한 힘이 위장 밑바닥부터 피어올랐다.

디지털미디어시티-끝

사람은 생의 마지막 순간에 태양광처럼 가장 강렬한 빛을 본다고 한다.

처음 겪는 일이면서도, 지금이 끝임을 직감적으로 안다. 일순 온 시야가 아득해지고, 늘 생각으로 들끓던 머릿속은 거대한 흰 장막이 된다. 지금이구나, 생각하기도 전 발뒤꿈치가 순식간에 미끄러지고 정수리엔 묵직한 통증이 인다. 뒷목, 어깻죽지, 척추까지 둔중한 고통이 매끄럽게 흘러 내려간다. 체중이 등 뒤에 있던 물체에 온전히 실릴 때, 불길한 덜컥, 소리가 난다.

가느다란 빗금들이 몸 뒤편에서부터 철틀 네 모서리까지 순식간에 거미줄 모양으로 퍼져 나간다. 퍽, 소리와 함께 흩어지는 유리들이 찬란한 프리즘을 빚어낸다. 뜨거운 통증 속에서도, 살면서 본 광경 중 제일 아름답다, 난 말한다. 사람들의 비명과 고함이 팡파르처럼 울려 퍼진다.

난 진정한 고통이 무엇인지 늘 궁금했다. 고통은 내 몸은 안전히 두고 책으로 비겁하게 대리만족하는 종류가 아니다. 고통은 날 순종시키는 절대적인 신이다. 고왔던 피부 표면은 흉하게 긁히고 빈틈없이 찢기며, 젊은 근육과 근육 틈새에는 굵은 유리 조각들이 깊이깊이 파고든다. 척추는 두 동강 나 숨을 쉴 수 없다. 작은 자극에도 젖던 눈동자가 피에 젖는다. 최후의 고통은, 개인의 오만과 유치한 환상 추종과 알량한 자존심을 합친 것과 비교할 수도 없이 위대하다. 세상 무엇보다, 그것은 진짜다. 절대적인 고통을 겪은 후에야, 겁 많고도 오만하던 난 비로소 겸허하고 평온해질 것이다.

꿈에서 나는 디지털미디어시티역 정류장에 멍하니 서 있다가, 선로를 이탈한 출근 버스에 들이받혀 즉사했다.

구토를 삼키며 눈을 뜨니, 내가 탄 버스는 협회 앞에 서 있다.

협회 전체 회의는 연례 행사라고 한다. 온 사무실은 아침부터 비상사태다. 산업 연수차 출국했던 이사장은 이 주 만에 귀국해, 전 부서, 전 직원의 업무 보고를 친히 듣고 싶어 한다.

"에이포 용지 한 장씩 제출하래, 전 직원 다."

"새삼스레 뭔 업무 보고."

"열 몇 시간 비행기 타고 왔음 그냥 집에서 쉬시지, 노인네 참 부지런하셔."

평소 각자 이어폰과 헤드폰을 끼며 일해 쥐 죽은 듯한 옆 파티션, 온라인팀은 입사 이래 최고로 분주하다. 강력계 형사들마냥 얼굴 보기 힘든 오프라인팀 단속반원 아저씨들도 독수리 타법으로 열심히 키보드를 두드린다.

나도 일단 한글을 켠다. 보도자료 작성 말고는 발표할 주 업무가 없다. 전표 처리를 넣을 수는 없고. 막막해하는데, 팀장의 허연 목이 파티션 옆으로 쭉 삐져나온다.

"전에 이사장님이 유리 씨한테 기대가 크시다 했었지?"

팀장은 소년 만화 주인공이라도 된 듯 한쪽 눈을 찡긋해 보인다.

"걱정이 많이 되네요. 혹시 이 보고서도 정해진 양식이 있나요?"

"아니, 그런 건 없어. 유리 씨 글 잘 쓰니 대강 부풀려서 써." 팀장의 말에 난 어색하게 웃었다.

보고안을 작성하고 프린터기 앞에 가서 기다린다. 어슬렁대는 윤준성과 눈이 마주친다. 가슴 밑바닥에 모래주머니가 철썩 떨어지는 것 같다. 황급히 난 시선을 돌린다.

"우리 신입분이 고지능적으로 살살 홀리는 거야, 윤준성이가 간 보는 거야? 다들 궁금해해."

"무슨 말씀이세요?"

일주일 전, 퇴근하는데 온라인팀 공정식 연구원이 처음으로 말을 걸어 왔다. 그는 딴청을 피우는 윤준성의 어깨를 껴안고 있었다. 공은 조사관처럼 입은 싱글대면서,

눈은 날 꿰뚫으려는 듯 날카롭게 보고 있었다. 그는 이사장이 문체부에서 데리고 나온 성골이다. 따라서 유관 단체에서 스카우트돼 온 김진출 팀장에게는 인사를 하는 둥 마는 둥 했고, 면접으로 들어온 나 같은 직원과는 말도 잘 섞지 않았다.

"죄송하지만 말씀 삼가 주시죠." 당차게 돌아나와 퇴근했지만, 사람들은 날 가만 놔두지 않았다.

"온라인팀 준성 씨랑 뭔 일 있어요?"

그다음 날, 민나정은 키티 도시락에 눈을 박고 무심하게, 실은 궁금해 죽겠는데 태연을 가장한다는 투로 물어보았다. 점심 멤버인 온라인팀 황경필 연구원, 온라인팀 임산부 정수연 연구원이 날 힐끔거렸다.

"저 처음 온 날 컴퓨터 설치해 주신 온라인팀 분요?"

"여기가 좀 고인 물이라 소문이 많아요."

황경필이 젓가락을 허공에 휘둘렀다. 그와 민나정의 시선이 잠시 엇갈리는 걸 난 포착했다.

"아무래도 신입이니 자기가 눈에 띄나 봐. 그러려니 해요."

정수연이 배를 한 번 쓰다듬었다. 그녀의 배는 사십 킬로그램이나 나갈까 싶게 작은 몸에 비해 거의 위태로워 보일 정도로 너무 커져 있었다. 세쌍둥이라고 했다.

"그치만 처신을 좀, 아니다."

손을 내젓고 콩자반을 깔작대는 정수연에게 난 되물었다.

"아니… 전 뭘 한 게 없는데요?"

"근데 아니 땐 굴뚝에서 소문 안 난다고." 민나정이 예의 무심하지만 내용엔 칼날을 담은 투로 말했다.

"준성 씨 결혼할 여친 있대요."

"왜 그걸 저한테 말씀하세요? 혹시 선배님이 사내 썸 혹은 연애 중이신데 연막 치시는 건 아니죠?"

난 민나정에게 울먹이는 키티 같은 얼굴을 해 보였다. 그녀는 젓가락을 테이블에 놓고, 돌부처 같은 얼굴로 날 가만 보았다. 난 삼각김밥 반절을 입에 꿀꺽 넣고, "먼저 일어나겠습니다." 하고 탕비실을 나왔다.

까짓 점심, 까짓 밥, 까짓 끼니, 여유롭게 혼자 때우지 뭐. 입에 쓴맛이 돌고, 동시에 환멸이 일었다. 소문의 진상 따위, 알아볼 의욕조차 나지 않았다. 그냥, 이 협회에서 일어나는 모든 일이 정말 너무나, 너무나 피로했다.

대회의실에 온 건 면접 이후 처음이다.

프레젠터 맞은편 통유리로, 야트막한 산 아래 철도 공사 현장이 한눈에 내려다보인다. 몇 년이 지나면 저 황무지가 메워질까, 디지털한 시티답게. 순철 선배와 비슷한 연배 온라인팀 남자 셋이 종이컵을 들고 유리 앞에서 한

담을 나누고 있어, 난 자리로 돌아온다.

　진우 선배는 얇은 입술을 앙다문 깐깐한 얼굴로 혼자 앉아 있다. 오늘의 단독 발표자인 양, 프린트 해 온 종이를 꼼꼼히 훑고 있다. 오수미와 박선화는 저들끼리 낄낄거리며 좌석 하나하나에 쿠키와 크래커 한 봉, 종이컵 한 개씩을 던지듯 내려놓는다. 온라인팀 남자들은 어디선가 보조 의자를 가져와 이사장의 눈길이 닿지 않는 자리들을 선점한다. 뒤늦게 도착한 오프라인팀 아저씨들은 그걸 보고, 거친 공사장 인부들처럼 "에이 씨." 하며 반원형 책상 앞에 털썩털썩들 앉는다.

　우리 팀은 팀장님, 진우 선배, 순철 선배, 나정 선배, 나순이다. 민나정은 무릎에 핸드폰을 놓고 예의 카톡 삼매경 중. 난 밉살스런 그 옆얼굴을 힐끗 보다, 벌떡 일어나 그녀의 따귀를 갈겼다.

　"온라인팀 경필 선배님이랑 얼마나 되셨어요? 같이 밥 먹다 눈 맞으신 거예요? 연하에, 소위 핸드폰 폰팔이 하다 딱 한 번 있었던 고졸 특채로 들어온 남자 사원이랑 연애한다 악소문 날까 봐, 미리 제 소문을 온 협회에 퍼뜨린 거 선배죠? 그래 놓곤 아예 구덩이에 빠뜨려 버리려고 딴 사람들 앞에서 모른 척 확인 사살한 거예요? 와, 뭘 먹고 자랐음 사람이 그리 음침해요? 내가 댁한테 뭘 그리 잘못했는데? 니가 백만 년간 꿍쳐 놓은 전표 처리 같은 개잡일까지 이제 내가 다 하잖아, 썅. 회사니까 자매애까진 바라지도 않아. 근데 본인 살겠다고, 같은 여자 그런 쪽으로 궁지에 몰아넣는 건 진짜 아니잖아. 이 생긴 건 질투라곤 없는 생불, 미련곰탱이같이 생겨선 뒤로는 뛰어나지도 못한 여우짓 하는 너는, 오수미 같은 하수보다 더 경멸스럽게 못돼 처먹은 썅년이야."

─라 말하려는 순간, 사람들이 일제히 일어나 목례한다. 나도 치마를 펴며 일어난다.

출산 임박한 느낌의 배를 우중충한 니트로 감싼 사무처장, 처음 보는 호리호리한 사십 대 남자, 이어 이사장이 들어선다. 오종종한 이목구비, 팽팽한 이마, 마르고 작은 체구가 소식을 생활화하는 일본 노인네 같은 인상이다. 더 늙어 보이는 사무처장이 이사장의 의자를 뒤로 빼 준다.

"다들 한 자리에서 얼굴 보는 건 참 오랜만이네."

"잘 다녀오셨습니까, 이사장님.""안녕하십니까."

이사장은 자라처럼 조그만 머리를 빼 좌중을 죽 둘러본다.

"들었겠지만, 유럽 선진국들의 저작권 보호 상황을 직접 파악하고자 길게 자리를 비웠네. 우리 한국이 아이티 강국이니만큼 앞서가는 부분도 많지만, 차후 협회가 사업을 펼쳐 나가는 데 도움이 될 만한 점을 직접 눈으로 경험하고 배우고 왔지. 내 소견은 회의 마무리 즈음 다시 말할 거고, 오랜만에 각자 업무 보고 좀 듣기로 하지."

"각 부서장 요약으로 하죠. 이 인원을 언제 하나하나 다 발표해, 이사장님도 피곤하시고."

이사장 오른쪽에 앉은 곱상한 중년 남자가 말한다. 사십 대 중반쯤 되려나. 신상은 모르겠지만 일반 회사 같음 사장의 수행비서일 법하다. 저렇게 친근한 말투라면 역시 이사장의 친인척쯤 될 듯. 이사장이 고개를 끄덕임과 동시에, 억누른 안도의 한숨들이 여기저기서 터져 나온다.

"자, 어느 팀부터 할까?"

이사장이 뒤로 편히 기대는데 나와 눈이 마주친다. 이런, 하는데 사무처장이 말한다.

"이사장님. 기획팀 신입 인사부터 받으셔야죠."

난 엉거주춤 일어나 이사장을 바라보며 목례한다. 이사장은 며느리 고르는 까탈스런 시아버지 같은 표정이다.

"기억이 왜 안 나지? 면접 때 이후론 처음 보나? 어떻게 김 팀장, 괜찮아 보이나, 이 친구?"

팀장이 나와 이사장을 번갈아 보며, 왁스 같은 눈에 부조화스런 눈웃음을 싣는다.

"이사장님께서 친히 길게 면접 보셨던 보람이 있습니

다. 업무 습득 속도와 창의성이 남달라요. 가끔씩 저도 깜짝깜짝 놀라게 좋은 의견을 내요."

"이름이?"

"채유리, 입니다."

"협회에 도움 되는 인재가 되게."

"분발하겠습니다."

나도 자라처럼 고개를 조아린다. 이사장은 표정 없이 말한다.

"다들 박수 안 치고 뭐 하나?"

맥 빠진 듯한 손뼉 소리가 대회의실을 울린다. 어떤 인물들이 손도 들어 올리지 않는지 내 눈으로 확인하면 기분이 안 좋을 것 같아, 시선을 테이블에 둔다.

이사장은 오프라인팀, 온라인팀, 기획팀 순으로 팀별 업무 보고를 진행하라 한다. 오프라인팀 팀장이 자리에서 일어난다. 산전수전 다 겪은, 잔뼈 굵은 베테랑 형사 느낌의 그는 외모와 안 어울리게 한풀이하는 말투로 단속시 고충을 보고한다.

"작년부터 쭉 건의해 온 사항인데, 기동성 때문에 이거 봉고 한 대 더 없인 안 되겠습니다. 이사장님, 꼭 예산을 배정해 주셨음 합니다."

"당신들은 그깟 차 한 대라 하지만, 문화부 금고가 개구리 입마냥 쩍쩍 열리는 게 아냐. 고려는 해 보지."

이사장은 차갑게 일축하며, 싹을 자르듯 휘휘 손짓한다. 면접 날에도 느꼈던 것 같지만 절대 연령에 맞게 유한 노인네는 아니다.

"온라인팀 팀장은 아직 공석인가? 채용 상황은 어떻게 진행되고 있지?"

"아시다시피 홈페이지와 취업 포털 사이트들에 이 주 전 공고 올렸고, 각 협회에도 외부 인사 추천 공문을 보내 놓긴 했지만, 우리 협회가 좀 특수 분야니 이력서가 많이는 들어오지 않았습니다."

김 팀장이 대답한다.

"시간이 얼마나 걸리든 적임자를 뽑아야지. 아무나 들어와 대충대충 몇 달 하다 나갈 바에얀, 차라리 지금 있는 인원 중 팀장을 선출하거나, 최정예 인원으로 최대 효율을 뽑을 역량들 충분히 되잖아?"

맞은편 온라인팀 팀원들이 몰래 눈짓을 주고받으며 숙덕거린다. 요즘 들어, 온라인팀도 우리 팀 못잖게 점점 야근하는 인원이 늘어나는 추세였다. 충원도 안 해 주면서 얼마만큼 골수를 뽑아 먹겠단 거야. 굴러들어 온 돌이 박힌 돌 밀어내는 것보단 낫지 않나? 인셴 주면. 잘 들리진 않지만 내용이 대략 파악된다.

"온라인팀에서 제일 오래 일한 게 누구지?"

"윤준성 연구원입니다."

공정식이 장난기 어린 투로 우렁차게 외친다. 윤준성이 그를 흘긋대며 팔꿈치로 옆구리를 쿡 찌른다. 이사장이 손짓을 한다.

"제일 최고참이 온라인팀 업무 보고 하지. 준비했지?"

"제가요? 아…."

"준성 오빠, 대박." 모든 직원 중 혼자 크래커를 바스락대며 집어 먹던 오수미가 박선화에게 속닥인다.

윤준성은 몽유병 환자처럼 부스스 일어난다. 뭐가 또 웃긴지, 오수미와 박선화가 그를 보며 또 수군거리며 킥킥댄다. 표정과 행동이 또렷또렷하지 않은, 뭐든 느릿느릿하게 처리하는 무색무취의 남자.

남자들에겐 만만하게 보일지 몰라도, 저런 면이 여자들에게는 모성애적 안타까움을 자극해 매력 요소로 작용하는 걸까. 협회 첫날, 그가 컴퓨터를 설치해 주던 때와 달리, 난 윤준성이 왠지 흐릿하고 음흉해 보인다 생각한다. 어쩌면 그가 나에 대한 이상한 말을 흘린 진원지라 소문이 와전된 걸 수도 있는데, 지금의 나로서는 캐물을 수도 없는 것이다.

김진출 팀장은, 윤준성보다는 야무지게 보고를 마친다. 모든 팀장들의 보고가 끝나고, 곧이어 이사장이 연설을 시작한다. 독일, 프랑스, 이탈리아로 이어진, 실태 조사인지 여행담인지 모를.

"이 엄중한 시기에, 자가격리까지 감수하시며 협회 위해 몸소 고생하신 이사장님께 다들 박수!"

사무처장이 말한다. 감명받은 척 열심히 고개를 끄덕이며 이사장을 보고, 업무 수첩에 메모를 빙자한 낙서를 하던 난 웃으며 손뼉을 친다. 무려 세 시간 끝에 가식의 대장정이 막을 내린다.

온라인팀 대다수 남직원은 담배를 피운다고 들어오지 않았다. "팀에 한 명은 남아 있어야지. 유리 씨, 전화 잘 받아 줘." 팀장은 나를 뺀 모든 팀원을 데리고 음악저작권협회에 내년도 위탁 계약 건을 논의하러 외근 나갔다.

주위를 한번 돌아보고, 구글 창을 작게 연다. 검색창에 윤준성의 이름, 인트라넷에서 알아낸 생년월일, 핸드폰 번호를 빠르게 쳐 넣는다.

네이버 블로그 하나가 나온다. 블로그의 헤더는 순정만화를 좋아할 법한 유치한 여자 풍이지만, 프로필 사진은 틀림없는 윤준성이다.

준성과 미라의 둥지, 2011년부터 ING~♡

십 년 연애라니. 그럼 사실상 사실혼이군. 벌써 애가 있는 건 아니겠지.

비지엠 리스트를 본 난 한숨을 푹 쉰다. 감정 과잉의 소위 한국형 '소몰이' 알앤비, 휴가철 고속터미널 휴게소에서 팔 법한 구십 년대 유행 댄스곡들. 게시판에 전체 공개 된 글 목록을 본다. 사랑에 울어 본 적 있나요. A형 남자의 사랑. 그 사람의 마음을 알고 싶다면….

참 스스로를 괴롭히는 악취미다, 생각하며 기어이 사진 포스트들도 본다.

포스팅은 가장 최근 사진이 사 년 전 여름이다. 강원도 계곡. 은색 돗자리와 무지개색 파라솔. 파란 아이스박스와 노부모가 있는 가족. 흔하디흔한 풍경.

윤준성이 사진상 경도비만의, 얼굴과 사지가 골고루 살쪄 있고 주렁주렁한 금귀걸이와 목걸이, 팔찌를 한 여자와 뺨을 맞대고 웃고 있다. 의외로 연상녀 취향인가? 최소한 사십 대 초반으로 보이는데. 난 볼륨감 그득한 팔을 흰색 니트 볼레로로 가린 사진 속 여자를 노려본다. 그 여자 옆에서는, 실물로는 배우 감우성의 젊은 시절을 닮은 윤준성도 별것 아닌 아저씨로 보인다.

무려 볼레로를 입은 미라라는 여자의 패션 감각보다 댓글들이 더 놀랍다. 둔중한 외모와는 매우 대조적으로, 오수미의 말투와 비슷하다. '쭌이랑 마딛는 고 먹고 싶어용 헤에 >_< ♡♡' 식으로, 문법을 자유자재로 파괴하는.

딱 이 정도 남자구나, 윤준성. 모든 일에 무심하고 초연한 척, 도도하게 굴더니 겨우 이런 여자랑 사귀는. 그리고 무슨 말들을 뒤에서 떠들었는진 모르지만, 나를 겨우 이 정도의 남자와 엮는다고.

속으로 짜증을 내다, 문득 자신이 더 추하다는 생각이 든다. 남의 신상 정보로 구글링을 하고, 그렇게 관계되기도 싫은 남자의 여자 친구 외모를 비하하는. 시골 아낙네 같이 생긴 여자가 언행은 여자 아이돌처럼 한다고 나한테 올 피해가 뭐란 말인가? 난 인터넷 창을 끄고, 검색 기록 전체를 삭제한다.

"아!"

순철 선배가 준 상반기 단속 현황을 엑셀로 정리하던 난 탄식한다.

— 그래서 저희, 이번 토요일은 만날 수 있는 건가요??

다, 귀찮다. 명제한테 그냥 소개팅 쨌다 할까.

착한 공대생 비주얼, 명제의 동기는 한번은 가족이 급작스럽게 아파 병원에 가게 됐다, 한번은 독감에 걸렸다, 이렇게 이 주나 약속을 미뤘음에도, 본인이 알아서 약속을 취소하는 지혜를 발휘하기엔 해맑고 아둔한 모양이다. 밥솥 증기처럼 푹푹 나오는 한숨을 잇새로 깨물며, 난 어떤 답톡을 할지 고민한다.

— 회사에 코로나 밀접 접촉자로 분류돼 자가격리하게 됐어요… 운명이 우리를 방해하나 봐요!

결국 답톡을 보내고, 핸드폰을 책상 위에 뒤집어 저만치 밀어 놓는다. 아직도 내 자리엔 직사광선이 태워 죽일 듯 정면으로 내리쪼인다. 앞 건물의 옥수수 알처럼 빼곡한 유리창들이 얼마나 견디나 보자, 비웃듯 일제히 빛난다. 밝은 세상이 나를 토 나오게 한다. 난 십여 년 전, 강렬한 햇빛 속에 눈 하나 깜빡이지 않고 서 있던 자인이 아니다.

　그 여자, 주로 언제 생각하세요?
　주로 출근길, 지하철 안에서 멍하니 앞사람의 등판을 볼 때나, 만원 버스에서 바람에 말려지는 굴비마냥 손잡이 잡고 버틸 때, 늘 그 사람의 생각이 얇은 면도날처럼 뇌의 표면을 언뜻언뜻 긁고 지나가요.
　스스로도 뭐 그리 대단한 여자라고, 늘 중얼거리잖아요?
　꿈을 향해 달린다, 꿈을 위해 자신을 내던진다는 건 흘러간 시대의 신화예요. 세상은 우리 세대에게 돈을 전제하는 꿈만을 허용하죠. 사 년간의 대학 등록금에도 미치지 못할 임금을 받고, 게다가 여자들은 같은 일을 해도 남자의 칠십 퍼센트도 못 되는 연봉에 만족해야 하고 사십 대 이후의 커리어를 그리기도 힘든데, 차라리 쓰레기처럼 살다 사십 대엔 자살해 버리는 게 세계라는 유기체의 효용 면에서 나을 것 같기도 해요.
　그러지 마세요. 어차피 결국엔 모두 죽을 걸, 괜한 수고.
　자인은 이 불모의 땅을 잔 다르크처럼 분연히 떨쳐 나

왔어요. 어떤 보장도 없고 불안감만 가중되는 건, 이 나라에서의 미래뿐 아니라 자인이 가진 그 거창한 꿈이란 것 자체도 그럴 텐데. 자인의 모든 걸 흠모해 어떨 때는 모방도 했지만, 그 꿈을 향해 투신하는 태도만큼은 따라 할 수 없었어요.

사랑은커녕 좋아한다고 말한 적도 없다면서요.

너무 여러 번 그 말을 했어요, 자인을 제외한 모든 사람에게. 사랑이란 단어는 조화에 향기를 감돌게 하는 주문일 뿐. 자인에겐 흔해 빠진 그 단어 대신, 그 단어가 포괄하는 세상 모든 행위를 생화 다발처럼 부려 놓았을 거예요.

그리고, 이제 알겠어요. 진짜 사랑은 욕망 너머에 있어요. 자인이 무대에서 노래를 부를 때, 내 앞에서 이상을 거리낌 없이 펼쳐 놓을 때, 아침 해가 뜰 때까지 수정한 글을 별로 유명치 않은 여성 전용 홈페이지에 올릴 때, 내 속에서 보이지 않는 손이 나와 자인의 어깨를 수백 번 안았어요. 그 애의 몸속에 손가락을 집어넣는 건 중요하지 않아요. 결벽적이고 미성숙한 이분법일지 몰라도, 내게 사랑은 섹스가 아니에요. 그것과 접점을 이룰 수도 있지만, 전혀 다른 차원에서 무한히 확장되며 선(善)으로 향하는 동심원을 그려요. 또한 사랑의 대상은 순수한 상대 자체가 아닌, 상대를 투과해 자신을 바라보는 시선이 육화된 것. 자인을 생각하면 내 시선은 일단 자인을 향하지만, 거기서 튕겨 나갔다가 다시 내 눈동자로 돌아와 내 안을 바라봐요. 사랑은 충동을 넘어서고, 결국 날 보게 하는 거울이에요.

단 한 번 거리에서 마주친 아가씨를 잊지 못해, 늦은 밤 부둣가 거리를 취해서 거니는 선원의 비틀거리는 걸음 같아요, 당신의 그 여자에 대한 마음은.

일 년간 방치해 뒀던 블로그에, 다시 자인에 대한 글을 쓰기 시작했어요. 처음 계획했던 건 자인이 페이스북에 간단히 올리는 미국 생활을 바탕으로 논픽션에 가까운 픽션을 쓰는 것이었어요. 한국에서의 그 애의 삶을 프롤로그로 해. 그건 내 기억 속에서 이미 해체되고 용해돼 흘러 내려가기 시작한 그 애를 살려 두는 길이라 생각했어요.

그런데 몇 문단을 타이핑했을 때, 난 갑자기 손을 멈췄어요.

자인을 생각하며 써 내려갈수록, 그 애는 내게서 더욱 멀어요. 내가 쓰는 글 속 자인은 실제의 그 애를 힘겹게 모사한 전혀 다른 존재일 뿐이에요. 충실한 기록자가 될수록, 사랑했던 사람은 박제가 돼 버려요. 어떻게 하죠? 대상을 괴상하게 닮은 조악한 밀랍 인형을 껴안고 자위할까요, 아님 서서히 무너지는 기억을 아무렇지 않다는 듯 바라보며 일상을 이겨낼까요, 이 더럽게 긴, 남은 인생을 살아가는 방법이요.

*

— 어땠어.

— 뭐가.

—아직?

—?

—내 동기.

—이 주 뒤에 보려고.

—어지간히도 튕겨라.

—그냥 요즘 좀 그래.

— 니 사진 많이 보냈거든. 걔 혼자 손운동 하다 죽음 니
가 책임져.

—홍명제 이 저질.

운전하던 진우 선배가 흘긋 쳐다봐, 카톡 창을 슬며시
끈다.

"요즘 우리 팀 여자분들 다들 목하 연애 중인 것 같애.
유리 씨, 남자 친구인가 봐요."

미소 띤 얼굴이지만, 눈빛에는 파헤치고 싶어 하는 송
곳 같은 물음이 있다. 고개를 저으며 생긋 웃어 보인다. 팀
장의 제네시스가 우회전하여 세 방향 교차로로 진입한
다.

"진우 씨, 유리 씨 재랑 많이 닮지 않았어? 볼 때마다
그 생각 하는데."

팀장이 진우 선배의 턱 앞으로 손을 뻗어 창밖을 가리
킨다. 중화권에서 화장품 모델로 잘나가는 한류 여배우

다. 저런 말은 안 하는 게 좋을 텐데. 잘못도 없이 괜히 진우 선배의 눈치를 보게 되니까.

"그런가요? 처음 안 사실이네."

진우 선배와 백미러를 통해 눈이 마주친다. 무감하고 싸늘한 눈.

지난 월요일 아침 회의 이후, 일하면서 그때 괜히 나섰나도 싶었다. 진우 선배는 여전히 선선히 인사를 받아 주지만, 키보드를 두드리거나 다 같이 점심 식사를 할 때 가끔 내 뺨에 와닿는 싸늘한 시선이 느껴진다. 진우 선배는 명실공히 팀장의 오른팔이다. 팀장은 앞에서만 칭찬하고, 뒤에선 당돌한 것일세, 진우 선배와 함께 날 욕했을 수도 있다. 자업자득일 수도.

하지만 엎질러진 물, 기획팀의 본분은 아무튼 진취성 아닌가. 뱃심 돋우자! 생각하며, 난 태연히 창밖만 본다.

상암동에서 문화체육관광부까지는 세 시간이 좀 덜 걸렸다.

우리 셋은 침묵 속에 광명, 시흥, 안산, 화성, 평택, 천안을 통과했다. 마침내 세종시 초입에 들어섰을 땐 거의 감격스러울 지경이었다.

프런트에서 신분증을 보이고, 세 명분의 출입 등록을 마친다. 난 자연스레 진우 선배와 팀장의 뒤쪽으로 물러나 서며, 조신한 여자 신입의 자리를 지킨다.

"이벤트 업체, 설마 또 작년 거기예요?"

"뻔하지."

"명색이 공개 입찰이라면서."

"성과로 평가했으면 거기가 됐겠어? 대표가 이사장님 K고 후배니까."

"이사장님과 서제필이 올해는 피티도 더 유심히 봤다던데."

"열심히는 봤지, 절차상."

서제필은 이사장이 해외 순방에서 돌아오던 아침, 전체 회의에서 이사장 옆에 앉았던 인물이다. 직함은 협회장, 역시나 이사장의 조카였다. 진우 선배는 별다른 전직이 없었던 그의 경력을 인정할 수 없다며, 다른 팀원들이 없는 데선 그의 이름만 부른다.

"암튼 전 정말 거기 맘에 안 들어요. 통밥 굴려 대행비 뼁튀기할 궁리나 하고."

"저작권 행사 맡길 이벤트 업체가 별로인가 봐요."

조심스레 끼어들어 본다.

"이 바닥이 원체 연줄로 일이 진행되는 일이 좀 많아야지."

팀장은 심상히 답한다.

"진우 씨 말처럼 기존 대행업체 일 진행하는 게 맘에

안 들어서 이사장님께 말씀드렸었는데, 본인은 괜찮다시니 어쩔 수 없지."

이것이 협회가 진행하는 사업의 근간을 이루는 정신인 것이다. 외관은 합리적 절차를 따르는 듯하지만 안으로는 온갖 '연'이 얽혀 있고, 전제정치나 다름없이 한 명의 결정 하에 모든 프로젝트가 진행되는 것.

"이러니저러니 해도 우리가 갑이니 최대한 요구 사항 관철시켜 보자고. 그러려고 오늘 우리가 파견된 거니까."

팀장이 어깨를 툭 친다. 갑과 을, 을과 갑.

잡지사에 있을 때 일에 치여, 하지만 갑이라는 위치를 분명 자각하고 은연중에 거만한 태도를 보여도, 지치지도 않고 간드러지는 말투로 자기들이 홍보하는 회사의 화장품이나 생활용품을 다뤄 달라고 부지런히도 전화하고 이메일을 보내던 '홍보녀'들이 떠오른다. 기자 선배 한 명은 홍보 회사의 여자들을 늘 '그녀' '그녀들'이라 칭했다. 왜냐고 나중에 물어보니 "'그년'을 순화한 거야."라 무심한 말투로 답했었다.

세상의 모든, 갑과 을이라는 씨줄과 날줄로 얽혀 있는 관계. 그때도 그랬지만, 난 아직 그것을 뻔뻔하고 유연하게 다룰 준비가 되어 있지 않은 것 같다. 애초에 세상에 왜 갑과 을이 존재해야만 하는지 납득하지 못하는 나이브한 마인드조차 아직 버리지 못했으니.

엘리베이터에서 내려 복도 가운데쯤 '저작권보호과'
란 팻말이 걸린 사무실로 들어선다. 팀장은 들어서자마
자 허리 부러진 수숫대마냥 목례한다.

"사무관님, 안녕하십니까."

"오 김 팀장님. 서울서 먼 길 오시느라 고생했네."

나도 팀장과 진우 선배를 따라 도미노처럼 고개를 숙
인다. 우리를 맞는 공무원 남자는 백육십대 후반의 키에
피부가 거무죽죽한 전형적인 사십 대 아저씨다. 유행에
뒤떨어진 각진 금테 안경이 그의 공적 직위를 상징한다.
책상 위 미색 명패는 박송광이라는 이름을 알려 준다.

"업체 측은 도착 안 했나요?"

"저쪽 원탁에 와 있어요. 팀장님은 이따 저희랑 식사
하러 가시죠."

"아이고, 저희야 좋죠. 오늘 대강 견적 내고 협의 사항
조율하러 왔습니다."

"통상대로 하지, 뭐. 어차피 이사장님 마음이시잖아."

협회 사정에 빤하단 말투로 박송광 사무관이 능치자,
팀장은 어색하게 웃어 보인다. 갑과 을. 난 속으로 읊조린
다. 사무관이 진우 선배의 어깨를 툭 친다.

"진우 씨는 어떻게 몸이 더 갈수록 좋아지네? 그래도
백 킬로는 넘으면 안 돼, 요즘 청년 당뇨도 많다잖아."

박 사무관의 말에 진우 선배의 얼굴이 미미하게 붉어

진 걸 보고, 속으로 슬며시 웃는다. 둥글게 선 세 명은 비슷한 어미, 존칭, 말투를 쓰고 있다. 하지만 어느 쪽이 갑과 을인지, 작은 키임에도 곧게 편 사무관의 등과 긴 몸을 구부정하게 굽힌 팀장의 상체가 말해 준다.

"이쪽은 뉴 페이스시네."

사무관의 눈이 내 얼굴부터 다리까지 빠르게 훑는다.

"저희 팀 신입입니다. 인사드려, 유리 씨. 박송광 사무관님."

"안녕하십니까."

일부러 '세요' 대신 '십니까' 어미를 쓴다. 박 사무관은 일상적이고 접대적인 호의를 내비치는 눈길로 인사를 받곤, 부하 직원에게 전달 사항이 있다며 걸음을 옮긴다.

우리 일행은 구석 원탁으로 향한다.

우리의 걸음걸이는 일견 의기양양한 듯하나, 이방인 및 방문자로서의 겸손함은 잊지 않고 있다. 정부 공무원들의 소위 하청을 받아 일하는 사단법인의 직원이라는 주제 파악이 배어 있는 것이다. 팀장과 진우 선배, 나의 조심스러운 발걸음과 그림자에는.

하청의 하청, 그들이 우리를 보고 일어선다. 중년 남자와 이십 대 여자다.

박 사무관은 우리에게 정식 회의실을 배정해 주지 않

았다. 원탁 표면에는 보얗게 엷은 먼지가 앉아 있고, 옆에는 때 낀 정수기. 허리 높이 선반 세 개가 파티션 대신 안쪽 사무 공간과 이곳을 구획 짓고 있다. 회의를 진행하기보다, 자판기 커피 종이 잔을 앞에 두고 잠시 눈 붙이기 좋은 구석 자리다. 을들의 자리.

동질성의 열패감을 떨쳐 버리려는 듯, 팀장이 계절을 앞선 두툼한 무스탕을 걸친 남자와 악수한다. 자동 인형처럼 목례하는 젊은 여자의 윤 나는 갈색 머리가 찰랑거린다. 보나 마나 나처럼 팀에서 막내. 구색 맞추기용으로 짐짝처럼 실려 왔는지, 여자의 그리 비싸 보이지 않는 광택 나는 연회색 정장은 구김이 가 있다. 역시 내 것처럼.

진우 선배의 덩치에 가려, 처음엔 난 무스탕 중년을 제대로 볼 수 없었다. 살짝 앞으로 몸을 틀어 목례하던 난, 고개를 들자마자 몸이 굳는다.

"어유, 미인 분과 일하게 돼 영광입니다."

무스탕이 이죽대듯 싱글거린다.

온몸의 피가 졸아드는 것 같다. 영혼이란 게 있다면, 굴뚝서 빠져나가는 연기처럼 정수리 가운데 숨구멍으로 쑥 빠져나가는 기분이 든다.

현실감을 찾기 위해, 난 침을 한 번 삼킨다. 괜찮아, 괜찮아. 중얼거린다, 속으로. 무스탕은 독 안에 든 쥐를 관찰하듯, 흰자가 유독 붉던 예의 그 눈으로 날 샅샅이 관찰하고 있다.

"연구원님, 여기 카페 아이스라테가 문체부 직원분들한테 유명하대요."

여직원이 진우 선배에게 눈웃음을 짓는다. 황급히 눈을 피하는 그의 볼이 발개진 것 같다. 저기, 님보다 열다섯 살은 어리겠습니다. 난 구겨지는 입꼬리를 애써 펴다가, 진우 선배의 말에 입을 떡 벌린다.

"전 스벅 더블샷만 먹는데…."

당혹스럽게 웃는 여직원의 손가락이 갓 돋아난 새싹 같다. 벌레 한 마리도 못 죽일 것 같은 작고 여린 손. 난 그 손에 들린 테이크아웃 잔을 뺏어, 그걸 거의 진우 선배의 오동통한 손아귀에 밀어 넣듯 잡아 준다.

"사람 무안하게 왜 그러세요, 선배님. 이참에 새로운 맛도 한번 시도해 보세요."

활달하게 희극을 연출하며, 난 여전히 레이저처럼 뒤통수를 꿰뚫는 무스탕의 시선을 느낀다.

삶을 뒤집을 만한 위기가 닥쳐 올 때, 난 이상하게 양가감정을 느낀다. 첫째는 안전 가옥으로 대피하고픈 겁 많은 순응자의 본능. 둘째는 정반대로 자신을 뒤덮을 파도를 손짓 하나로 부르는 마녀처럼, 파멸을 스스로 이끌어 기어이 파국을 목격하고픈 강렬한 유혹을.

"소규모 대행사들이 요즘 많이 힘드시다던데, 손 부

장님은 좀 어뗘세요."

난 비로소 전 고객의 성씨를 안다. 역삼동 룸 카페가 보장했던 익명성, 나에 대한 선택권을 갖고 있다는 상대적 권력에 약간의 위압감과 함께 일면 신비롭게까지 느껴졌던 무스탕. 밝은 세상에서, 난 그를 이제 정시할 수 있다. 옆으로 두 배는 더 될 덩치인 그의 어깨에, 팀장이 손위 형처럼 손을 얹고 도닥거리는 걸 지켜본다. 밝은 세상이건 어두운 세계건, 상대의 육체를 사소한 부위들의 차이일 뿐 만질 수 있음은 권력을 뜻한다.

무스탕은 뒤집어진 역학관계를 지켜보는 날 흘끔 본다. 불편해해라, 난 그에게 속으로 말한다.

"에이, 그래도 저흰 문체부 분들, 또 우리 저작권수호협회라는 든든한 동아줄이 있죠."

역시 입만 산, 구력(口力) 있는 인물. 내용은 기억나지 않지만, 역삼동 업소에서 그의 장광설이 얼마나 술보다 맛난 안주였었는지 난 어렴풋이 떠올린다. 무스탕은 내게 시선을 핀처럼 고정한 채 빙긋 웃는다.

"아직은 딴 사업해 번 돈 다 이 대행사 키우는 데 꼬라박는 수준이지만요. 골프 대리점, 남양주 창고 대여업…."

이제 미약하게 두근대던 내 가슴은 오히려 창백하게 가라앉는다. 난 죽은 시체보다 차분하다.

"전 연구원님은 커피를 들고 계셔서. 잘 부탁드립니

다. 근데 우리 구면 같아요."

넉살 좋은 무스탕은 끈질김까지 보통 이상이다.

"안 그래도 고속도로 타고 오며 광고판 모델 우리 신입 친구 닮았다고 했는데. 곱상하면 원래 여기저기 닮은 사람 많잖아요."

무스탕은 능치는 팀장을 가볍게 실소한다.

"아뇨, 진짜 여기 신입 분 어디서 봤어요."

"정말이세요?"

되물으며, 난 무스탕이 내민 손을 잡는다. 그의 굳은살 박인 손은 의외로 따뜻하다. 난 다시, 그의 눈을 똑바로 보며 손에 지그시 힘을 준다.

자기 파멸을 원하는 심리의 역사에 대해. 난 아직 스스로에게 정답을 제시하지 못한다. 그러나 배가 뒤집힐 만한 풍랑이 닥치면, 난 찢어지는 닻을 보면서도 무식하게 키를 돌리거나 차라리 물에 몸을 던질 것이다.

생즉사 사즉생. 죽고자 하면 살겠지만, 살고자 하면 죽기, 까지는 않겠지만, 겨우 죽지 않았다는 열패감만이 내게 남는 것이므로. 난 상대에게 애원해 모욕적으로 살아남기보다, 장렬하게 한 번 죽어 다른 곳에서 다시 태어나겠다.

난 무스탕에게 다시 묻는다.

"절 어디서 보셨는데요?"

역삼 일대의 유흥업소를 자주 찾는 중년 남성이자, 사업체 세 개를 이끄는 건실한 가장인 손 부장. 여전히 비꼬는 듯한 웃음으로 우위를 점하려 하나, 그의 혀는 이미 묶였다. 을의 을로서 수주 따러 온 이 비즈니스 상황에서, 자신이 밤에 뭘 하며 노는지의 부적절한 화제를 꺼내야만 이 그는 나를 폭로할 수 있는 것이다.

역삼동에선 주물러지고 잊히며 대체되는 인형이었지만, 오늘은 그날과 달라. 난 내 일을 하고 있으니, 당신도 낮의 일을 하길 바라, 머리가 돌아간다면. 무스탕에게 눈으로 말한다.

"회의 시작합시다. 세종시까지 왔는데 문화부가 쏴주시는 점심 먹어야지. 우리 빨리 끝내고 손 부장님, 여직원분도 같이 가셔야죠."

대치 상태에 있는 우리의 원을, 팀장이 손을 휘휘 저어 깨뜨린다.

공교롭게 무스탕과 난 마주 보고 앉는다. 같은 비밀을 지닌 우린, 둘 다 회사원의 본분을 다하기로 한다. 무스탕은 자신이 밤과 낮의 세계를 자유롭게 넘나드는, 노련하며 능숙한 사회인의 얼굴을 갖고 있다 자부할 것이다.

난 우리 사단법인 로고가 찍힌 업무 수첩을 펴고, 볼펜을 똑딱거리며 생각한다. 낮과 밤을 매끄럽게 넘나드는 기술을 보유하고, 이것이 너무 당연해 종종 권태마저 묻어나는 무결한 얼굴을 가질 수 있는 건 당신만이 아니라고.

"손 부장, 특유의 냄새가 있지 않아요?"

"겐조? 아니, 포마드인가? 연세가 있으시니."

팀장의 시선은 진우 선배에게 가 있지만, 난 팀장 쪽으로 고개를 꺾고 웃음을 지어 보인다. 팀장이라는 존재는 기본적으로 머리가 여러 개 달린 히드라 같다고 생각하면 된다. 신입은 여기까지 닿을까? 싶은 팀장의 시야까지 고려해서 웃고, 반응해야 한다.

"머리를 한 올 남김없이 올려붙였어. 누가 피알 쪽 아니랄까 봐."

"저쪽 업계인들은 특유의 번지르르한 냄새가 있죠."

오늘의 과제는 '을'인 팀장이 우리보다 더 '을'인, 그것도 겉보기에는 두부처럼 담백하고 검소한 준공무원 집단인 우리가 자유롭고 화려한 광고업계 직원들을 어떻게 다루는지(그러고 보니 손 부장에게 딸려 온 청순한 여직원의 가방은 구찌 디오니소스였는데, 난 잔스포츠 백팩을 메고 왔다) 체험 학습 하는 것으로 스스로 정했다. 아까의 미팅을 떠올려 보았다.

무스탕, 아니 손 부장은 우리 앞에 견적서를 다소 과장된 몸짓으로 펼쳤다. 홍보 물품 제조비, 무대 설치비, 천막, 의자, 현수막 등의 부대시설비, 아르바이트생과 행사

진행 요원 인건비 등등. 죽 읽어 내려가던 진우 선배는 용지 위에 통통한 손가락을 짚곤, 예의 조곤조곤한 말투로 지적했다.

"작년엔 물품당 단가가 팔십 원이었던 걸로 기억하는데요."

"어휴, 요즘 몇 번 쓰면 나오지도 않는 중국산 볼펜 주면 공짜라도 욕 먹어요. 단가를 백이십 원으로 상향 조정시킨 건 국산 업체에 의뢰해 그렇습니다. 여기 샘플, 보세요."

우리 셋은 하늘색 볼펜을 받아 들고 살펴봤다. 길거리에서도 나눠 주는 평범하고 무난한 대량 생산 펜 같다.

"좀 밋밋한데요."

"이래야 글자가 많이 들어가죠. 문체부 분들 문구 짧게 가는 건 또 싫어하시잖습니까. 근데 캐릭터는 작년이랑 동일하게 가나요?"

"그럴 것 같습니다. 사람들한테 각인되려면 연속성이 중요하니."

"여기 포장비는 딜리트 해 주세요. 저희 측 직원 동원하면 충당할 수 있습니다."

아무튼 진우 선배에게는 바늘 같은 꼼꼼함은 배워야 한다. 잘 따라왔다, 생각했다. 아침에 팀장이 나와 민나정 중 데려갈 하나를 고를 때, 나정 선배는 회사에 남아 있고 싶어 했다. 당연히 나도 남고 싶었다. 솔직히 누가 서울과 세종시를 왕복하고 싶겠나? 텅 빈 파티션 안에서 혼자 음악 들으며 마음껏 웹서핑 하는 자유, 나도 좋다. 하지만 커리어를 이어 가려면 외부와 접촉하는 큰일에 자꾸 얼굴을 들이밀어야 한다는 건 민나정도 알고 있을 터. 같은 팀 여직원 민나정의 목표는 채유리와는 다른 것이다. 그게 과연 무엇인지도 알아내야 한다.

"알바생 인건비는 저희 예상보다 너무 높게 책정됐는데요."

"올해는 광대를 몇 명 더 배치하려고요. 작년에 보니 홍보 물품 나눠 주고 사진도 같이 찍게 하려니 손이 달리더라고요. 행사장인 공원이 넓다 보니 캐릭터 탈들이 인파에 섞여 버린다는 것 같기도 하고요."

"자원봉사 대학생들론 커버 안 될까요?"

"아이고 팀장님! 알바면 모를까 누가 자원을 해요. 그 큰 탈 쓰고 종일 서서 일하는 걸."

자리는 지키고 있으나 내가 끼어들 기회는 없었다. 조신히 모아 앉은 다리가 고장 난 컴퍼스처럼 자꾸 느슨히 벌어졌다.

그때 난, 진우 선배의 표현대로라면 '손 부장의 떨거지', 대각선에 앉은 여직원과 눈이 마주쳤다. 비둘기색 정장이 타이트해 보였다. 나보다 높은 힐을 신은 발등은 동

그렇게 부어 올라와 있었다. 그 착장 속에 낀 그녀의 열외감과 피로, 난 한숨에 느꼈다. 그녀와 난 먹이사슬의 최하단에 놓인 신입 여성 노동자라는 공유의식에 엷은 미소를 교환했다.

"오늘 저희가 지적한 부분들은 그대로 반영해 주세요. 추후 수정 없습니다. 금액과 행사 디테일에 대해선 윗분들과 논의해 보고 이번 주 내로 연락 드리겠습니다."

팀장은 진우 선배라는 지원군이 있기 때문인지, 꽤 단호했다. 남자들은 일어나 악수를 나누고, 여자 둘은 목례했다. 물론 돌아오는 목례는 이쪽이 보낸 것보다 각도가 훨씬 컸다.

우린 문화부에게는 을, 이벤트 업체에겐 갑. 수시로 변동되는, 서퍼가 파도타기 하듯 매끄럽고 균형 있게 타야 할 세상의 역학. 시일이 걸리더라도, 최소한 손 부장만큼은 난 그 파도를 잘 타겠다고 다짐했다.

점심 먹으러 문체부를 나설 때까지 무스탕, 손 부장은 형식적 미소 뒤 위협하는 살쾡이의 눈빛을 쏘고 있었다.

"이제부터 할 일이 많아, 저횐 먼저 들어가 보겠습니다."

손 부장은 같이 식사 가시자는 팀장의 요청을 거절하고 떠났다. 그는 내가 자신과 어디서 만났었는지 입도 뻥긋 안 했다. 저작권 행사가 열릴 공원에서 만난대도 마찬가지일 것이다.

　우린 문체부 뒤 한식당으로 들어선다. 박 사무관이 내실 가장 안쪽, 병풍 앞에 먼저 양반다리를 하고 앉아 있다. "오랜만에 뵙는 분들이니 근사하게 대접하지요."라고 그는 호기롭게 말한다.

　칠천 원을 안 넘기는 점심을 먹다 인당 오만 원의 게장 정식을 마주하니 황송하다. 학부 때 전공 수업에서 한국 사회가 미개한 원인 중 하나로 관(官)의 특혜를 당당히 꼽았던 기억은, 부드러운 게살 덩어리와 함께 혀 위에서 사특하게 녹아내린다.

*

　"기획팀 채유리 연구원입니다."

　"사무천데요."

　오수미의 헬륨가스 마신 듯한 목소리는 들을 때마다 미간이 찡그려진다.

　"왜 졸업증명서 여태껏 제출 안 하셨어요?"

　그동안 내란 말이 없었으니까. 그나저나 이 재수 없는 말투는 뭔가.

　"오늘까지 내주세요. 사무처장님 명령이에요."

'명령'이라니, 난 고개를 저으며 쓴웃음 짓는다. 액운을 내몰듯 수화기를 내려놓는다.

어느덧 삼 개월의 수습 기간이 끝났다.

근로계약서를 쓰며 초대졸 기준으로 책정된 연봉 인상에 대해 어필해 보았지만, 경력이 없다는 이유로 받아들여지지 않았다. 민나정은 뭘 믿는 건지 대개 정시 퇴근한다. 반면 난 저녁을 거르고 일해도 거의 매일 여덟 시 넘어서까지 일한다. 일요일에 나올 때도 있고, 자정 가까이 돼 택시를 불러 퇴근한 적도 있었다. 대체 뭘 위해? 유리는 작게 가해지는 충격들을 보이지 않게 흡수하다가 어느 날 깨져 버린다. 퇴근하면 방문을 닫고 털썩 주저앉으며, 종종 그 이미지를 떠올린다.

처음엔 보모처럼 유하던 팀장은, 이사장에게 자기 입지를 다지려는 욕심에 월 두 차례 협회 전체 회의를 제안해 모든 협회 구성원들의 직간접적인 원성을 샀다.

그 화풀이가 우리 팀원들에게 고스란히 돌아온다. 예전 같으면 무난히 통과됐을 기획안, 실태 보고서, 보도자료, 모두 최소 두 번은 되돌아온다.

"이걸 누구 보라고 적어 온 거야? 진우 씨 언제 초등학생 애가 있었나?"

"가끔 엉덩이 좀 들어도 될 것 같은데, 순철 씨. 욕창 생겨."

"나정 씨는 가만 보면 될 대로 되겠지, 시간만 때우고 앉은 것 같아."

팀장에게 신경질 한마디씩 들으면 순철 선배는 온라인팀원들과 어울려 담배를 피우러 가고, 진우 선배는 호주 유학파답게 코카콜라를 뽑아 와 벌컥벌컥 마시며, 나정 선배의 타이핑 소리는 엄청나게 크고 빨라진다.

신입에게도 예외는 없다.

"이 새끼가 예쁘다, 예쁘다 봐줬더니. 회사가 니 놀이터인 줄 알아?"

김 팀장이 그런 험악한 눈으로 날 노려본 건 처음이다. 아니, 사실은 딱 두 번째다.

사회에서 받는 한 번의 타격에는 완충재가 있는 것 같다. '남들도 다 그렇게 산다'라는 강력한 자기 주문 및 정당화. 그러나 두 번째로 얻어맞는다면 이 묘약이 잘 듣지 않을 것이다. 딱 한 발만 조준하면, 학습된 무기력은 제어장치 없는 분노로 바뀐다. 윤준성과의 있지도 않던 '썸'에 대한 소문 따위는, 그 정도 충격도 못 됐다.

내 트리거(trigger)는, 대망의 저작권 알리미 행사 날이었다.

전에 세종시에서 팀장이 손 부장에게 공언했던 대로, 그날 인형 탈을 쓰는 알바생들은 고용되지 않았다.

다 우리 단체처럼 절약을 빙자한 빈한을 기조로 삼지는 않겠지만, 정부 출연으로 세워진 사단법인들은 대체로 자금 운용에 극도로 민감하다고는 들었다. 하나 당일, 난 아군의 잘린 모가지들을 내려다보는 장수처럼 침통했다. 나무토막이 얼기설기 받치고 있는 가설무대 뒤, 일렬로 늘어선 인형 대가리들은 행사장으로 오면서 상상했던 것보다 훨씬 육중하고 거대했다.

"키티다."

민나정은 키티 마니아로서의 소임을 다했다. 왼쪽 귀에 빨간 리본이 달린 키티 머리통은 그녀의 작달막하고 통통한 몸에 썩 잘 어울렸다. 신체 비율이 딱 만화에서 갓 튀어나온 모양새였다.

"목 떨어질 것 같아. 개무거워."

오수미가 할리퀸 탈을 뒤집어쓰는 순간, 난 실소했다. 왜 배우 마고 로비와 조금도 닮지 않은 수많은 여자들은 할리퀸, 정확히는 할리퀸의 이미지를 동경할까. 하지만 조커 분장을 하고 설쳐대는 남자처럼 세상에 실질적인 위협을 가하는 일은 없겠지. 그럼에도 오수미의 광대한 자의식과 공주병이 짜증을 더 돋웠다. 이미 내 목줄기는 인형 대가리를 쓰기 전부터 푹 젖어 있었다.

"남들은 돈 받고도 하는 일이다. 특별수당 나오잖아."

"헐, 어르신인 줄. 완전 인간 복사기야, 우리 선화 언니."

박선화가 사무처장의 억양을 똑같이 옮기자, 할리퀸과 구미호와 키티, 즉 오수미, 박선화, 민나정이 삼각 대형으로 서서 깔깔거렸다. 쿠션만큼 두꺼운 탈들에 막혀 그들의 목소리가 웅웅거리는 건 그나마 나았다.

난 조용히 배트맨 탈을 썼다.

현장 통솔자로서 무전기까지 들고 공원 반대편 끝 농구대로 날 호출한 팀장에게 다녀오니, 진우 선배가 배트맨 탈을 들고 기다리고 있었다. 잠시 당황했지만, 일단 묵묵히 그의 지시를 따랐다. 배트맨이건 배추도사건, 큰 상관은 없었다. 어차피 등엔 땀띠가 나고, 목은 파스를 붙여야 할 텐데 뭔 상관인가. 난 거의 자포자기한 상태였다.

단, 배트맨의 뒤통수에는 거의 발목까지 오는 긴 망토가 붙어 있었다. 인형 탈도 쓰는 사람의 성별을 고려해 제작되는지, 이건 진짜 배트맨처럼 백팔십 센티미터는 넘는 남자가 쓰면 맞을 사이즈였다. 망토는 불투명 비닐 재질로, 탈을 쓰는 순간 목이 뒤로 턱 꺾일 만큼 무거웠다. 쓸데없이 무거운데 쓸데없이 충실하기까지 해, 진짜 영화에서의 배트맨이 그렇듯이 다른 인형 탈들과는 달리 하관을 훤히 드러냈다.

차라리 조커 탈을 주지 왜, 이왕 입이 보일 거면 그 광기 어린 웃음 한번 지어 보이게. 여기 계단은 없나? 그 인

상적이던 계단에서의 춤도 출 수 있을 것 같은데. 그러고
는 온 행사장에 총을 난사하는 거지. 애들 말고, 이 협회
인간들만 다 쏴 버려야지. 난 배트맨 탈을 쓰고 서서 상상
했다.

"준비들 되셨어요? 다들 너무 귀엽다."

스크립트를 말아 쥔 진우 선배가 빙글거렸다. 그에게
빌어먹을 배트맨 탈을 씌워 버리고 싶었다.

서울과 달리 제한적으로 야외 행사가 가능하대서 급
하게 여의도공원에서 장소를 옮긴 A시 시민공원은, 녹아
내릴 듯 더웠다. 접은 긴팔 와이셔츠 소맷부리가 터질 것
같은 진우 선배의 양 겨드랑이엔 동그란 반원이 잡혀 있
었다.

배트맨 가면 아래 드러난 내 인중에 땀이 죽죽 흘렀다.
입술이 바싹바싹 마르고, 네 시간 동안 승합차에 실려 온
속은 일렁거렸다.

"여직원들만 차출하다니, 참 우리 단체란."

작게 중얼거렸는데도, 진우 선배는 둔중한 등짝을 홱
돌렸다.

"팀장님은 행사 총지휘하셔야 하고, 순철 선배는 일
있어 서울에 남아 있기로 했고. 시커먼 기동대 어르신들
한테 이런 거 시키기엔 좀 그렇잖아요."

"아, 네에."

난 배트맨의 두꺼운 코 아래로 코웃음을 쳤다.

"노파심에 선배 입장에서 하는 말인데요."

진우 선배는 지렁이를 문 듯한 미소를 지었다.

"유리 씨는 똑똑하고 성실하지만, 어떨 때는 필요 이상으로 고지식하고 유연성이 좀 떨어진다는 인상이 있어요. 혹 오늘의 행사 양상을 그런 쪽으로 간주한다면 제가 곤란할 것 같아요. 시민에게 지근거리에서 뭘 알리는 이런 다이렉트 한 피알 일은, 젊은 여성분들이 할 때 더욱 친근함을 느낀다고 외신들에서도 말해요. 이건 성차별 같은 게 아니에요."

난 그의 말이 끝나기 전, 돌아섰다. 원형 분수가 있는 광장에 가족 단위의 사람들이 모여들고 있었다. 전투적으로 볼펜 분배해 버리고, 사람 없는 데 잠깐이라도 좀 앉아야지. 머리가 어질했다. 촛농처럼 흐물흐물 녹아 버릴 것 같았다.

얼른 진우 선배에게서 벗어나고자 발길을 빨리하자, 육중한 배트맨 탈이 앞뒤로 끄떡거렸다. 머리털이 다 뽑힐 것 같았다.

"악."

양손으로 탈을 부여잡았다.

내 손목에 매달려 있던 납작한 바구니가 바닥에 뒹굴었다. 저작권 행사 로고가 찍혀 있는 볼펜 두 자루씩이 든,

피브이시 파우치들이 붉은 흙투성이가 되었다. A시는 새벽까지 비가 와, 바닥이 질퍽거렸다.

사단법인 창고에 쭈그려 앉아 오늘 새벽까지 포장한 물품들. 엉망진창이 된 그것들을 난 가만 내려다보았다. 심장이 우글거렸다.

"지금 뭐 하시는 거예요?"

목소리가 절로 크게 나왔다.

"아, 미안해요. 접이식 부채도 같이 나눠 주라고요. 말보다 행동이 빨랐네."

진우 선배가 내 망토를 밟고 있던 한쪽 발을 천천히 뗐다. 그는 들고 있던 거대한 흰 비닐봉지를 떠안겼다. 난 순간 휘청거렸다.

"배 때문에 허리가 안 접히네. 유리 씨가 이것 좀 수습해 주세요. 행사 곧 시작이니."

"적당히 좀 하시죠, 선배님."

고장 난 라이터 돌처럼, 입 밖으로 말이 툭 튀어나왔다.

〈유리 넌 착한 것 같은데, 간혹 뇌의 선별 작용 없이 단어를 가래처럼 내뱉더라.〉 대학 때 한 선배가 말했었다. 이 점을 스스로도 느껴, 입사 이래 '여기서 오래가려면 벙어리 삼 년, 귀머거리 삼 년 하는 옛 며느리들의 지혜를 염두에 두라'는 장성갑 사무처장의 말을 자주 되뇌었는데,

근데, 픽이나.

"다 지랄이지 뭐."

난 딱 희애처럼 말했다. 코로나 때문에 국내 항공사와 외항사 모두 신입 승무원 채용을 취소하거나 대폭 축소해, 그 애는 좀 의기소침해져 있었다. 그래도 그 말은 맞았다. 승무원이든, 문화 사단법인이든, 진짜 다 지랄이다.

진우 선배는 독을 품었지만 얼굴은 순진한 복어처럼, 동그랗게 입 벌리고 날 쳐다봤다.

"유리 씨, 설마 지금 저한테 한 말이에요?"

"그럼 공기한테 했겠어요? 여기 선배랑 저뿐인데."

난 빌어먹을 배트맨 가면을 휙 벗었다. 그걸 자른 적군의 대가리처럼 옆구리에 꼈다. 아, 개운한 바람이 콧구멍에 들어오니 흡족의 탄식이 다 나왔다.

"선배, 팀장님, 그냥 하세요. 저는 진짜 관심 없어요. 애도 있는 유부남이잖아요."

"무슨 말⋯."

"아뇨. 선배님 사회 경력도 기시고, 그 정도 분별력은 있으시다고 생각하지만요." 내 입에서, 가래처럼 단어들이 튀어나왔다.

"신입이라 옆구리에 끼고 세세히 알려 주는 것뿐인데, 뭐 중요한 업무를 일임할 거라고 팀장님이 저한테 무슨 말 할 때마다 무수리 의식하는 후궁마냥 옆에서 사사

건건 참견하시고, 비하하시고, 견제를 하세요? 여기 회사 잖아요. 사적인 장소가 아니잖아요."

진우 선배가 붕어 똥구멍 같은 입술을 파들파들 떠는 걸 난 지켜봤다.

"유리 씨 재밌네. 본인이 뭐라고 내가? 예의 지켜요."

"오늘 제 업무는 따로 있잖아요, 인형 탈 쓰는 거 말고. 제가 체크 안 했는 줄 아세요? 이것도 찾아보니 업무 배제 고 괴롭힘이에요. 딴 여직원들도 하니까, 또 문화부 직원 들 많이 파견되는 행사니 큰소리 안 내려 참았는데요, 진 짜 적당히 좀 하세요. 더욱이 팀장님을 유독 특별히 생각 하신다면요."

난 핸드폰 초기화면을 켜, 복어이자 돼지이자 진우 선 배 앞으로 쭉 내밀었다. 그는 말이 없었다. 그가 내게 무거 운 비닐봉지를 안겼던 것과 똑같이, 배트맨 탈을 그의 푹 신한 배에 떠안기고 난 공원을 걸어 나왔다. 우글대던 심 장이 편안해졌다.

*

"문화부 행사 날 이후 계속 진우 선배한테 컨펌도 안 받는다매?"

"처음에 보도자료는 팀장님한테 다이렉트로 가져오

라고 하셔서….”

“임마, 지시가 바뀌었잖아. 내가 요즘 세종시 밥 먹듯
이 가 진우 씨한테 일임한 거 몰라?”

난 입을 다문다.

“유치하게 일에 개인감정 섞을래? 넌 직속 상사고, 보
고 체계고 다 없어?”

보도자료는 일주일에 두어 번꼴로 작성해, 전자신문
등 특수 분야 신문사들에 이메일로 보낸다. 처음에는 송
고 직전 팀장의 컨펌 한 번만 거치면 바로 통과되는 일이
었다. 사단법인에서 내게 맡긴 업무 중 가장 재미있고, 소
위 보람 있던 일이었다. 문화부 행사 날이 모든 걸 바꿔 버
렸지만.

사내 고충 상담 핫라인.

김진출 팀장이 ‘사기업의 합리성과 수평적 체계를 도
입하기 위해’ 발의했던 제도. 난 이걸 고지식하게 활용했
다.

— 임마, 쓰라고 만든 시스템이긴 한데, 내가 만든 제
도를 딴 팀도 아니고 우리 팀 막내가 일빠따로 써 버리면
어떡하니.

팀장은 내 목을 조르고 싶다는 얼굴로 한숨을 푹 쉬었
다.

— 사람들이 날 가식적인 쓰레기, 등잔 밑이 어두운 명청이라 보지 않겠냐?

이제껏 팀장님이 제게 배당하신 일들을 진우 선배가 마음대로 바꾸거나, 아예 전달하지 않은 적도 왕왕 있다 호소하니, 그가 한 대답이었다.

— 악의가 있었단 건 자의적 판단일 수도 있겠지. 진우 씨가 워낙 바쁘잖아. 원래 위에서는 아래가 잘 안 보여. 깜빡했을 거란 생각은 안 들어?

대강 짐작했던 팀장의 레퍼토리에 입을 꾹 닫았는데, 한마디만은 날 경악하게 했다.

— 이게 이론과 달리 우리 가까이에서 접하면 좀 불편하긴 해? 나야 꼰대라 그렇다 쳐도, 유리 씨는 아직 젊고 또 진보 성향인 줄 알았는데. 그래도 타고난 생리적인 텐던시가 사람을 멸시? 냉대? 그렇게 하는 이유가 되면 안 되는 거야. 그 정도 상식인은 되잖아, 우리.

— …네?

— 말투는 사근사근, 행동은 나긋나긋. 좀 불편하지? 나도 가끔 그래. 근데 어쩌겠어. 한번은 사무처 친구들이 순철 씨 붙잡고 그랬다잖아. 진우 선배, 설마 게이 맞아요? 그 애들이야 원체 철이 없지만, 유리 씨는 학교도 좋은 데 나오고 지성인이잖아.

졸지에 동성애자라는 약점을 잡고 그걸 빌미로 모함

하는 헤테로 권력이 돼 버린 난, 어안이 벙벙했다. 태어나 여자를 가장 가슴 깊이 사랑한 나, 채유리가.

— 우린 식구잖아. 가끔 껄끄러워도 좀 너그럽게 봐주자. 만일, 정말 만일 맞다면, 본인은 얼마나 힘들겠니.

전의를 상실하고, 팀장의 입만 가만 보았다.

— 아니라면 그냥 외로운 거야, 그 친구. 나도 늦게 결혼한 편이라 알지. 남자는 여자와 달라. 노총각은 안 그런 척해도 진짜 외롭다? 진우 씨가 유리 씨 스타일 전혀 아닌 건 잘 알아. 회사에서 그럼 안 되는 것도 맞는데, 남자들은 늙어도 그런 심리가 있어. 관심 있는 여자가 관심 없으면 생짜 부리는 거.

난 이마를 짚었다.

— 글쎄요, 진우 선배 사생활은 감히 관여할 사항이 아닌 것 같고요. 단지 제가 원하는 건 업무 지시만 좀 명확히 내려 주십사 하는 겁니다.

— 그래, 유리 씨 말대로 회사니 일만 하면 좋겠지. 하지만 일 뒤에 사람 있고, 세상사란 다 맥락이 있잖아.

지금은 내가 꼰대라 생각하겠지. 유리 씨도 나이 먹어 보면 다, 알게 될 거야. 그 상담 날, 회의실에 날 남겨 두고 팀장이 먼저 나서며 한 말이었다.

나이 먹어 보면 알 정도의 무어가 이젠 별로 없다고 생각하지만, 그런 종류의 일들을 별로 또 속속들이 알고 싶지도 않았다. 정말이지, 지친다, 너무 지친다. 회의실을 나서며 생각했다.

"수식어가 부정확해. 문단이 쓸데없이 길고. 여기, 주어 술어 호응도 안 되잖아."

팀장은 정확히 세 번, 출력한 원고를 돌려줬다.

마지막 순간 나도 울컥해, 팀장이 내민 걸 받는 손이 부드럽진 못했다. 어차피 돈도 귀엽게 주니, 일도 좀 애교 있게 해 봤습니다. 안 되나요? 속으로 외치고 있었으니까.

자리에 돌아와 심호흡한다. 학교 홈페이지에 접속하지만, 메뉴에 들어가 놓고도 졸업증명서를 뽑지는 않는다. 모니터를 가만 보던 난 핸드백에서 담뱃갑 든 화장품 파우치를 꺼내 든다. 이사장이 돌아다니건 뭐건 상관없다. 지금 이 순간, 담배가 절실해 죽겠으니.

힘차게 일어서는 통에, 순철 선배의 등을 치기 직전까지 뒤로 쭉 밀려간 의자를 붙잡다가 난 엉덩방아를 찧는다. 지퍼가 열려 있던 파우치에서 라이터와 말보로, 레종이 튀어나와 카펫에 뒹군다. 팀장, 진우 선배, 순철 선배, 민나정이 바닥에 주저앉은 날 빤히 쳐다본다. 아무 말도 않고.

그래, 나만 탕아지. 난 태연한 척 일어나 에이치라인 스커트 엉덩이를 툭툭 편다. 모두 감시 카메라처럼 날 지켜보고 있다.

그동안 화장품과 담배를 같이 담느라 고생한 화장품 파우치를 얌전히 책상에 올려 두고, 난 맨손에 그냥 담뱃갑과 라이터를 쥔 채 사무실을 나선다. 옥상으로 올라간다. 마지막 담배는 다디달다. 난 기지개를 크게 켠다.

"이렇게 맛있는 담배는 처음이다!" 외친다.

옥상 바람은 늘 강해, 담배가 너무 빨리 탄다. 난 허공에 꽁초를 힘껏 던진다. 그것이 비틀비틀 우스꽝스럽고도 우아한 리듬으로 바닥에 착지해 완전한 휴식을 취하는 걸, 끝내 지켜본다. 나도 저 꽁초처럼 회사 앞 바닥에 고요히 눕고 싶다.

홍대-1

자인은 한 레즈비언 클럽에서 나를 유혹한다.

'R'보다는 좁고 'L'보다는 어둠침침한, 처음 본 동굴 같은 장소다. 남자라면 분명 여성 성기에 비교할 것이다. 걸어 내려가며 더듬어 보는 꿀렁대는 벽은 질 내벽 같고, 자궁처럼 입구는 좁지만 안으로 들어갈수록 둥글고 넓게 퍼지는 주머니 형태니. 아무튼 강북이 아닌 강남 한복판에도 레즈비언 클럽이 있었네, 난 그저 신기하다.

내 손가락 사이사이엔 따뜻하고 말랑한 손가락들이 빈틈없이 파고들어 있다. 이 결속은, 절대 무너지지 않을 것이다. 알코올에 젖은 분홍 스펀지처럼, 난 그저 행복했다.

음악은 낮게 울리고, 많은 여자들이 느린 춤을 추고 있다.

동굴이 갑자기 꺾어지는 우측 구석으로 난 순종적으로 인도된다. 묵직한 나무 문을 닫으니, 작은 흰 타일만 깔린 청결한 화장실이다. 바닥은 깨끗하게 말라 있고, 세제 향이 난다. 위에 누워 자도 될 정도다. 역시 여자는 깨끗해서 좋다. 왼편엔 녹색 문 두 개가 들어오라는 듯 열려 있다.

안으로 손을 잡아 이끈 자인이 문을 잠근다. 그녀는 내 블라우스 단추를 하나하나 열어 내려간다. 드러난 살갗에 소름이 돋는다. 자인은 스스로 홀터넥을 벗고, 그녀의 큰 가슴을 감쌌던 브래지어 끈을 푼다.

난 어쩔 줄 모르게 부드러운 그 가슴골에 얼굴을 묻는다. 옅은 땀 냄새와 바닐라 같은 체취를 깊숙이 맡는다. 이무너질 듯한 부드러움을 난 얼마나 원해 왔는지. 한없이포용하는 듯한 이 낯선 언덕을. 몸을 위로 끌어올려, 자인의 목선으로 입술을 옮긴다. 그녀의 숨소리. 따뜻한 체온을, 체념한 듯한 한숨을 난 모두 마시려는 듯 입술로 깨어뭉갠다. 견디던 자인이 나의 미니스커트 아래에 손을 넣는다.

먼 곳에서 트립합(trip hop)이 울려 온다. 자인은 춤을추듯 천천히 움직인다. 내 뇌는 둥둥 떠다니고, 세포 하나하나는 차갑게 양각된다.

타일 바닥에 무릎을 꿇는다. 다리가 차갑지만 상관없다. 자인의 드러난 발목부터 천천히 쓸어 올라간다. 이 시간은 영원하다. 자인의 허벅지 살은 질 좋은 푸딩 같다. 허벅지 위로 올라갈수록 여자 냄새가 난다. 난 인생 내내 새로운 과실을 탐하고 싶었다. 모르는 기쁨을 알고 싶다. 소박한 면 팬티를 내리고 주저 없이, 자인의 안에 난 들어간다.

눈뜨니 아직 창밖은 푸르다. 기묘할 정도로.

난 손을 파자마 안쪽으로 미끄러뜨려 본다. 문득 자인

과 닿기 전 다른 여자와 한번은 자 봐야 하지 않을까, 엉뚱한 생각이 든다.

　토요일은 하루 종일 깼다 잠들었다를 반복하며, 방 밖에 한 발자국도 나가지 않고 늘어져 있고만 싶다. '사람이 기를 멈추고 쉬는 시간', 황인숙의 「낮잠」에 나오는 시구처럼. 일요일은 다시 인간—사람 사이의 사람—으로 돌아가는 월요일을 준비하는 날이니까. 다음 월요일만은 여느 주말이나 같겠지만, 이 달콤한 게으름은 인이 박였다.

　자, 이제 뭘 하지.

　노트북을 켜고, 음원 스트리밍 사이트에 로그인한다. 팝 카테고리 중 앨범 커버가 근사한 신보를 플레이한다. 고전, 이를테면 퀸이니 이글스 같은 것을 의식적으로 찾아 들어야 한다고 생각하지만, 결국 선택하는 건 최신 음악. 복잡한 용어와 장황한 수사로 음반들을 격찬하는 음악 웹진들도 간혹 뒤져 보긴 한다. 그 과정을 통해 찾아 듣는 음악은 거의 참을성을 필요로 하는 게 난 좀 서글프다. 내 뇌세포가 줄어들고, 쪼그라든 것 같아서. 모든 새로운 건 오랜 것의 변용(variations)일 뿐이라 생각하면서도 최신은 더 익숙하고, 즐겁다. 이럴 때 자신이 당위만 거창할 뿐, 실은 늘 얄팍함을 택하는 가벼운 인간이라고 느낀다.

　자인이 불렀던 노래들을 생각해 본다. 그 애만의 음색

과 발음, 호흡과 손짓을 떠올려 보려 애쓴다. 그 애는 어떤 생각들을 하며, 무엇을 표현하려 그 노래들을 불렀을지. 하지만 잘 기억나지 않는다. 그 당시엔 그토록 가슴 한편을 떨리게 했던 감각은, 이젠 덩어리진 먼지나 다를 바 없다. 그간 너무 많은 일이 있었기 때문일까. 추억은 현실보다 약하고, 약하다는 건 쉽게 사라진다는 것이다. 추억이 시체가 되지 않기 위해서는 같이 보내는 현재의 시간이라는 활성제나 아교가 끊임없이 필요한 것이다. 하지만 그것이 공급되지 않으니, 난 죽은 왕비의 미라를 보는 고대의 왕 같은 기분이 된다.

일어나 창을 연다. 구질구질한 기분과는 달리, 훈풍이 뭉클 밀려 들어온다. 초보 사회인의 피로가 낡은 커튼처럼 몸에 늘어져 있지만, 바람 냄새를 맡자 피로와 귀찮음을 누르고 나가 걷고 싶어진다. 취업 전, 시간 날 때마다 발바닥으로 길을 느끼는 일을 얼마나 좋아했었나. 늙어 죽기 전, 새로운 길을 많이 핥자.

홍대 후문 쪽 길을 내려다보니 사람들이 슬슬 모여들고 있다. 멀리, 한 번도 가 본 적 없고, 갈 일도 없으며, 집에서는 최대한 먼 아무 지하철역에나 내려, 그저 걷고 싶다. 가 보지 못한 곳에 가고, 느끼지 않아 본 걸 최대한 느껴봐야겠다는 것만이 변하지 않는 가치관이다. 인생은 경험의 축적 이하도 이상도 아니다.

헤어 롤을 말고, 별 느낌 없는 음원을 끈다. 가족이 틀어 놓은 듯한 라디오 소리가 거실에서 밀려온다. 외모와 목소리가 품위 있다는 이유로 가족이 좋아하는, 오랫동안 에프엠 안방마님을 맡고 있는 중년 여배우다.

난 라디오는 전혀 듣지 않는다. "여러분은 사랑이 뭐라고 생각하시나요? 사랑이란…. 옛 성인들은 이렇게 얘기했죠", 이딴 식으로 유치하니까. 사람들이 진짜 저런 이야기들에 위로를 받는 건가? 어떤 정보값도 없이, 하나 마나 한 이야기들을 발화하는 건 그저 우주 쓰레기(space junk)를 흩뿌려 놓는 거 아닌가? 힘들지, 나도 힘들어 식의 한풀이 말고, 이즘 말고, 이데올로기 말고, 울퉁불퉁하더라도 자기 생각을 말할 수 있는 사람은 어디 없나?

선블록을 바르며:

흔히 세상에서 통용되는 사랑은 현학이죠. 눈뜬 시간 동안 상대만을 생각하고, 죽을 때까지 욕망하며 바칠 수 있는 모든 걸 바치는 게 사랑이라면 그건 압화고 조화예요. 방에, 머릿속에 가득 채워 놓을수록 숨이 막혀요.

블러셔를 칠하며:

저는 사랑을, 굳이 정의 내릴 필요도 못 느끼긴 하지만, 물질적이고 실재적인 것이라고 생각해요. 만지고 싶고, 해 주고 싶고. 현대의 사랑은 돈과 섹스를 필연적으로 포괄하는데, 돈과 섹스 모두 물질적인 것이니까요. 혼자 광야에서 외치는 절절한 감정은 사랑이 아니죠. 그 자기 혼자 절절 끓는 감정을 지표로써 보여 줘 상대의 신뢰를 얻을 수 없다면 그건 자위지, 사랑은 아니죠.

머리를 말리며:

라디오, 드라마에선 소울메이트니 영혼의 교류 같은 수식어들을 많이 쓰던데요, 전 동의하지 않습니다. 영혼이 란 게 있나요? 만일 영혼이 있다면 육체란 그릇에 담긴 내용물이 아니라, 육체의 속껍질 혹은 가장 안쪽 면일 거예요. 아니, 영혼은 종교인의 기도를 위한 환상이에요. 인간이 무언가를 느끼는 건 신경계의 전기 자극 때문인데 그 감각을 감정이라 일컫고, 감정을 정신이라 확대 해석하고, 거기에 최대의 의미를 부여해 영혼이라 부르겠죠. 제겐 영혼 같은 건 없어요. 저는 육체와 감각으로만 이루어진 인간이에요.

영혼이 더러워지는 일 같은 건 세상에 없어요. 그냥 불쾌감이 상대적으로 뇌세포 속에서 오래 공명할 뿐이니, 웃죠. 현학은 집어치우고, 춤을 추며 끝까지 살아남읍시다.

입술에 틴트를 바르고, 아래위로 문지르며:

아무튼 영혼에 대한 환상이 육체의 비속성을 강조하며 너무 부풀려져 있는 게, 전 늘 맘에 안 들어요. 예전에 어떤 여자애를 좋아했는데요, 네 동성이죠. 그게 뭐 중요한가요. 전 제가 동성애자나 양성애자면 어떻고 아니면 어떠냐, 다른 사람들과 하등 상관없는데, 라 생각하지만, 제가 어쩌다 보니 좋아한 사람이 동성이었을 뿐이라는 비겁한 서사로 도망치지는 않을 거예요. 아무튼 그 애를 제가 오랫동안 환상의 제단 위에 올려놨거든요. 다른 남자애들이랑 즐겁게 계속 연애하면서. 실은 제가 사랑하는 사람은 모든 이런 허무한 육체적 교통과 다른 차원에 있었다, 무의식적으론 이런 자기 합리화를 했던 것 같아요. 근데 비속과 고상, 쾌락과 정신, 이성과 동성, 이런 이분법도 사실은 다 모순이고 쓸모없는 굴레인 거예요.

제가 나갈 길은 두 개예요. 하나, 다른 여자랑 자 보거나, 둘, 남자의 몸에만 철저히 반응하면서 살아 나가거나. 그러기 위해서는 그 제단을 파괴해야 하는 것 같아요.

사랑의 개념을 골몰하기보다는, 일단 다른 사람이랑 자 볼 거예요. 이상, 무명 게스트였습니다.

스키니진 위에 무지 면 티셔츠를 받쳐 입고, 가벼운 마음으로 걷는다. 아이스크림 집, 올리브영, 이 층 주택 구조인 케이크 가게를 지나 건널목 하나를 건넌다. 재즈바가 보인다. 자인이 떠오르는 건 어쩔 수 없다. 자인의 공연을 보러, 여기에 처음이자 마지막으로 왔었다. 재즈바는 아직 문을 열려면 한참 남았지만, 올라가는 입구 옆에서 괜히 어두운 목재 계단 위를 기웃거리며 올려다본다.

그날, 스무 명 남짓한 관객들은 자인네의 연주를 보기

위해서라기보다는 금요일 밤 문화적 요소를 양념으로 친 유흥을 만끽하러 온 사람들이 대부분이었다. 나처럼 빨아들일 듯 구석 어둠 속에서 그 애를 지켜보기보다는, 자기들끼리 농담하고 안주를 집어 먹는 사람들이 훨씬 많았다. 자인은 그 무대에 서기 위해서만 두 번의 오디션을 봤다고 했었다.

공연 끝난 후 그 애는 잠깐 시간을 내주었다. 재즈바 옆 좁은 골목, 가로등 아래 자인은 기대 서 담배를 피웠다. 가벼운 흥분과 피로에 젖어, 약간 취한 것처럼 보였으나 여전히 반짝거렸다. 큰소리로 욕지거리를 하거나 위악적으로 낄낄대는 남자애들의 목소리가 배음으로 들리는 길에서, 우린 짧게 얘기를 나눴다. 자인은 망원 합주실에 또 연습하러 간다며 먼저 자리를 떴다.

그때나 지금이나, 이 길은 지겹도록 변하지 않았다. 흥청대는 밤의 냄새를 하이에나처럼 맡고 기어드는 어린애들이 거리를 예열시키듯 어슬렁댄다. 저 때는 발밑에 시간이 종잇조각들처럼 휘날리는 줄 알지. 나 역시 그 텅 빈 듯하던 시간을 채워 보려는 맹목적인 열기에 휩싸여 내달리곤 했다. 하지만 그러나저러나, 결국 회사원이 되는 건 똑같다. 모든 것이 다 평평한 회색이 될 거다. 금요일 밤의 술자리나, 가끔 들어오는 소개팅 따위로나 위안받게 될 거다.

극동방송국 앞에서 대학생으로 보이는 여자애, 남자애 둘이 가슴에 흰 띠를 메고 뭔가를 홍보하고 있다.

대학에는 각 단과대 건물 앞마다 신입생을 유치하려는 동아리들이 진을 쳤다. 판촉사원 같은 그들 사이를, 난 이어폰을 밀랍처럼 낀 채 최대한 빠른 걸음으로 뚫고 지나가곤 했다. 지금도 그렇지만, 그때는 목소리 큰 모든 것이 혐오스러웠다.

그런데 그런 곳들 중 하나를 제 발로 찾아간 적 있다. 어느 날, 강의실에 들어가니 책상 위마다 흑백 유인물이 놓여 있었다. 애들은 그걸 손으로 밀어내고 앉았다. 그것도 활자였으니, 난 천천히 읽어 보았다.

바꾸고 싶은 자, 누구든 오라

교지 편집부에서 신입 편집부원을 모집합니다. 뜨거운 가슴, 빠른 발을 가진 신입생이면 누구나 환영합니다. 테스트 조건은 간단한 작문과 면접입니다. 자신이 누구인지 말해 주는 글 한 편(양식, 분량 자유)을 작성하여 4월 21일까지 학생회관 2층 교지 편집부 문 틈새로 밀어 넣어 주세요.

시끄러운 말과 강박적인 웃음이 아닌 침묵, 글로써 자신을 말하는 사람들이라면. 그런 집단이라면, 난 일원이 될 수도 있을 것 같았다.

석양 질 때쯤 학생회관을 찾아갔다. 다른 건물들과 달리 리모델링이 안 된 학관은 옛날 그대로 낡고 습한 건물이었다. 교지 편집부는 이 층 구석에 있었다. 문이 열려 있었고, 안에는 아무도 없었다. 난 본체가 뚱뚱한 낡은 컴퓨터, 오래된 책과 최신 인문서 들이 섞여 있는 퀴퀴한 내가 나는 공간을 가벼운 흥분에 싸여 훔쳐봤다. 다음 날 아침, A4 용지 한 장을 교지 편집부 문 밑에 밀어 넣을 때 가슴이 가볍게 뛰었다. 그전에는 캠퍼스 안에 있는 동안, 어떤 일도 내 심장을 그리 크게 진동시키지 않았다.

얻은 건 없어도, 결정적으로 잃은 것도 없는 시간이었다. 면접 보러 다닐 때 일부 회사 면접자들이 "교지 편집부? 거기 데모하고 그러는 데 아니야?"라 농담하곤 했는데, 그때까지 교지 편집부란 동아리가 좌파 성향으로 간주된다는 사실도 몰랐다. 면접자들이 그렇게 생각한대도 상관없었다. 교편 부원들은 사십은 전통, 육십은 취향대로 행동했다. 통과됐던 내 글도 카프카니 오컬트 호러니 프로그레시브 록이니 하는 잡다한 문화 취향에 대한 잡문이었다. 매호 테마는 정치적이기도, 아니기도 했다. 아무튼 자료를 조사하고, 인터뷰이를 물색하고, 전화를 돌려 섭외를 하고, 원고를 쓰고 고쳐 결국 한 권의 책을 손에 잡기까지의 그 모든 과정은 즐거웠다. 학내 반응은 참 겸

손했지만.

　　나와 같이 들어왔다 의대에 가기 위해 반수를 해 말없이 탈퇴한 애를 제하니, 활동하는 편집부원은 총 네 명이 됐다. 스물아홉 '왕고' 법대 사 학년 편집부장, 화학과 삼 학년 여자 선배, 법대 이 학년 재영 선배, 그리고 나. 액면가로도 과장님 느낌이던 편집부장은 신입 환영회 날 "유리야, 편하게 오빠라 불러."라 했지만 난 그를 꼬박꼬박 '선배'라 불러 주었다.

　　재영 선배, 그는 늘 로고 없는 야구모자를 썼다. 주로 쿠션 한끝이 다 해진 소파에 모자로 얼굴을 가리고 널브러져 있던 모습으로 기억된다. 제작 주간 외엔 편집부는 별로 바쁘지 않았다. 정문 근처 호프집에서 술을 마셨고, 편집부실에 모일 때는 독서 토론회를 하거나 성향이 양극단인 시사 잡지 두 권의 기획 기사 한 꼭지를 뽑아 스터디를 했다. 발제는 대개 편집부장과 삼 학년 선배가 맡았고, 재영 선배는 절반은 테이블에 앉지조차 않고 소파에 누워 시끄럽게 코를 골았다. 다들 열심인데 왜 누구도 지적하지 않아? 난 좀 반감을 가졌다.

　　내가 처음 참여한 교지의 타이틀은 '대학 생활 속 진보의 의미'였다. 각 부원에게 세 개부터 다섯 개의 꼭지가 할당됐다. 재영 선배는 여느 때처럼 회의에 참여하는 둥 마는 둥 하고 "현장에서 건져 오겠습니다."라 말하며 먼저 자리를 떴다. 한편 신입인 난 난생처음 인터뷰어가 되어 공덕의 영화 잡지사를 찾아가 편집장과 인터뷰를 한후, 증권사를 퇴사하고 시민단체에서 일하는 까마득한 교지 편집부 선배를 섭외하느라 진이 빠졌다. 재영 선배와 같이 하기로 정해진 것이었으나, 그는 며칠간 메시지를 읽지조차 않았다.

우여곡절 끝에 첫 교지를 펴냈다. 삼 킬로그램은 빠진 느낌이었다. 난 두고 온 책을 가지러 편집부실에 들렀다. 재영 선배는 웬일로 소파에 눕지 않고 앉아서 갓 나온 교지를 홀홀 넘겨 보고 있었다.

"고생했네, 채유리."

그의 몸은 새큰한 땀내를 풍겼다. 학교 정문 쪽 자취방보다 편집부실에서 밤을 새우는 일이 더 많다고 했다.

"학교가 더 안전할 것 같아서. 너한텐 미안했다."

알고 보니 그는 이십일 세기에도 명맥을 유지하는 줄 몰랐던 소위 강경파 운동권이었다. 교편 안에서 그가 침묵을 지켰던 건, 자신이 하는 주장에 신입인 내가 교편 전체에 편견을 가질까 봐 편집부장이 미리 입단속 시킨 거라 띄엄띄엄 설명했다. 그는 목에 감은 갈색 손수건을 풀어 흔들어 보였다.

"채증이라고 알아? 난 이미 얼굴 찍혀서 큰 회사는 취직 불가일걸."

"안 무서워요?"

재영 선배는 날 물끄러미 보았다. 창문 밖에서 타들어 가는 듯한 늦은 오후의 햇빛이 쏟아졌다.

"시간 되면 한잔할래? 그래도 선밴데 술 한번 못 사 줬네."

우린 학교 정문 쪽 시장통의 한 국밥집에 앉았다. 난 오이고추에 막장을 찍어 아득아득 씹어 먹었다. 깍두기가 유난히 맛이 없는 식당이었다. 재영 선배는 계속 자작했다. 말렸지만, 두꺼비가 쌓여 갔다.

"때로 밤에 학교 주변 길을 지날 때…."

재영 선배는 이르게 혀가 꼬인 말투로 말했다. "좀 억울할 때가 있어. 마구 소리 지르고 싶고. 뭐, 내가 선택한 거긴 한데."

난 고개 들어 반문했다. "자기 선택에 떳떳하다면, 억울해할 필요도 없지 않나요?"

"어, 네 말이 맞지. 억울할 필요도 없지."

재영 선배는 히죽 웃었지만, 날 치올려 보는 눈빛은 곧았다.

"학교로 돌아오면 늘 너무 평온해. 방금 전까지 물대포가 난무하는 현장에 있다 온 게 믿기지 않지."

"이십일 세기에도 그런 게 있는 줄은 몰랐어요. 근데 왜 굳이 십자가를 져요?"

마리아나 된 양, 그가 좀 안쓰러웠다. 구시대의 유물, 낡은 위계 안에서 소외된 공조를 다지지만, 시간이 지나면 일부는 자신들이 그토록 혐오하던 기성 권력의 일원이 될 것이다. 그걸 알면서도 어쨌든 지금은 반대 방향으로 걸음을 옮길 수밖에 없는 것이다. 취약한 이상주의, 필연적인 자기모순이 젊음이므로. 바꿀 수 있다는 믿음조차 이젠 신화일 텐데.

"나중에 진보 정당에라도 입당하려고요?"

재영 선배는 나와 같이 낄낄거렸다.

"유리 너는 나보다 잘 살 수 있을 거야. 평범하게, 좋은 회사 들어가 결혼하고 애도 낳고. 그렇게 바람직한 민주 시민으로. 아, 다 재수 똥이야. 그래, 일차적으론 우리 자신을 위한 거지. 하지만 이 멍청한 인간들이 우리가 누굴 위해 피땀 흘리며 소리치는지도 몰라. 늘 희생양 따로, 안전한 사람 따로지."

어느새 뜨겁고 두툼한 손이 내 손등을 감싸고 있었다. 다 식은 국밥과 테이블 위에 흘러 고여 있는 소주를, 어찌할 바 몰라 난 말없이 내려다보았다. 갑자기 옆으로 온 재영 선배가 내 어깨에 팔을 둘렀다. 그의 입에서는 순댓국과 깍두기 냄새가 풍겼다. 그는 원시인이나 다름없는 존재로 취급받는 설움을, 취직 걱정과 집안 형편을, 같은 이십 대 놈들이 스포츠카를 끌고 하루 따먹어 보고픈 예쁜 여자들을 옆구리에 끼고 다니는 이 더러운 세상을, 여자 후배인 날 끌어안은 채 욕했다.

난 그의 팔을 떼고 자리에서 일어났다.

"모두들 딴엔 죽도록 싸우면서 살아요. 내 싸움만 고귀하다 하는 건 파쇼예요."

내 몫의 밥값을 테이블에 올려놓고 국밥집을 나갔다. 마지막으로 돌아본 재영 선배는 등을 구부리고 가만 앉아 있었다. 난 편집부장에게 죄송하다는 문자만 남기고, 졸업할 때까지 다시는 편집부실을 찾지 않았다.

미술이 돈이 된다는 걸 보여 주겠다!
고요한 세상에 짱돌을 던져라

체 게바라 티셔츠가 걸려 있는 쇼윈도를 물끄러미 들여다본다. 옷집 바로 옆 벽, 저 그래피티가 스프레이로 거칠게 쓰여 있다. 데미안 허스트처럼 탁월한 수완가가 아닌 이상, 미술은 돈이 될 수 없다. 작은 돌을 던진 밤바다는 잠시 일렁일 뿐 곧 잠잠해진다. 저항이 액세서리로 전락한 시대. 밤새 먹고, 마시고, 헌팅하고, 하룻밤 섹스를 하기 위해 부나방처럼 몰려드는 애들에겐, 저 그래피티와 체 게바라 티셔츠는 그냥 자위용 패션이다.

재즈바가 있는 곳으로 다시 돌아와 일 층 편의점에서

생수를 사 들고 나오던 난, 여자애와 눈이 마주친다.

파마기가 풀린 검은 긴 머리를 흔치 않게 양쪽으로 땋았다. 인도의 사리 같은 치마를 두르고, 위에는 록 밴드 이름인 'PAVEMENT'가 붉은색으로 쓰여진 진회색 티셔츠. 가죽, 실, 금속, 재질도 다양한 팔찌를 양팔에 몇 겹씩 감았다. 볼드한 반지들을 손가락 가득 꼈고, 팔꿈치 안쪽에는 레터링 문신도 있다. 이런 히피 걸은 내가 이 동네 여고에 다니던 시절 이후 멸종한 줄 알았는데.

"혹시 여기 몇 시에 여는지 아시나요?"

독특하게 끝이 내려가는 억양. 내 가족 같은 경상도 사람이다.

"한 일곱 시 넘어?"

"네, 감사해요."

여자애는 할 말이 있는 듯 뭔가 머뭇거린다. 생수 한 모금을 마시며 이제 어디로 가 무엇을 할지 고민한다. 이 동네에 충만한 예쁘장한 카페들은 지겹고, 뭘 먹고 싶은 생각도 없다.

여자애는 포차 삼거리가 있는 반대편 건널목으로 걸어간다. 맨발엔 벌써 요란한 인조 보석 장식이 달린 샌들을 신었다. 앨범 표지가 예쁜 기준으로 시디 한 장을 살까, 레코드포럼을 가려고 마음 먹는다.

여자애와 다시 마주친다. 여자애는 레코드포럼 통유

리에 코가 닿을 듯, 안쪽을 들여다보고 있다. 눈이 마주치자 서로 어색하게 웃음 짓는다.

"음악 애호가신가 봐요. 여기가 좀 희귀 앨범이 많다고는 하던데." 페이브먼트 티셔츠를 가리키며 말하자, 여자애는 콧등을 찡그리며 웃는다.

"잡지 보니 홍대서 꼭 와 볼 곳 중 하나라고 하더라고요. 음악은 많이는 몰라요."

음악은 많이는 몰라요, 할 때의 노래하듯 한 사투리 억양, 잘 모르면서 인디 록 밴드 티셔츠를 입은 순진함이 다소 호감을 일으킨다. 낯선 이에게 헬로, 스트레인저 하는 건 내 성격은 아니다. 그러나 동행 없는 번화가에서 왠지 나른하고도 길 잃은 기분이고, 낯선 상대가 남자가 아닌 또래 여자라면 위험하지는 않지 않나 싶다. 그리고 여자애에게서는 자몽 향기가 난다.

"들어가죠."

"아, 네."

십여 분 뒤 여자애는 노란 봉지 하나를 들고, 난 맨손으로 나온다. 여자애는 '그냥 커버가 예뻐 골랐어요.' 하며 다시 웃는다. 내가 하려던 짓이다. 음반을 메시지나 음악사에서의 중요도로 고르는 것이 고급 리스너겠지만, 팬시 상품처럼 패키지를 보고 선택하면 또 어떤가.

놀이터 방향 그늘로 같이 쭉 걷는다.

"혼자 놀러 왔나 봐요."

"친구랑 만나기로 했는데 약속이 파토 나서요. 완전 짜증나." 여자애는 말투로 보아 나보다 세 살쯤 어린 것 같다.

"전 우미코라고 해요."

"일본인? 재일교포?"

"아니요, 바다는 일본어로 '우미'. 닉네임이에요, 인터넷에서 쓰는. 실은 오늘 만나기로 한 애가 같은 커뮤니티 친구거든요." 홍대는 각종 오타쿠들도 많이 몰려드는 곳이니 충분히 수긍된다.

"난 채유리예요. 본명이에요."

"이름 예쁘다. 전 은선이요, 황은선. 비교해 보니 평범하네." 우미코, 은선은 정말 시무룩한 표정을 짓는다.

"은선이 뭐 어때서요. 마산? 아님 부산 출신?"

"비슷한데요, 통영에서 왔어요. 통영 알아요?"

"예전에 혼자 한 번 여행 갔었어요. 나는 빵도 팥도 별로 안 좋아하는데 거기 꿀빵은 맛있더라고요."

"그거 동네 사람들은 아무도 안 사 먹는데 꼭 관광객들만 한 봉지씩 사 가요." 여자애는 깨득깨득 웃는다.

우미코라 불리기 원하는, 나보다 정말 세 살 어리다는 은선은 삼 년제 대학에서 물리치료를 전공하고 있다고 말해 준다. 우미코는 놀이터로 올라가는 계단 양옆 펼쳐진 매대에서 조잡한 액세서리들을 의료기기마냥 골똘히 들여다본다.

"훌륭한 일 하네."

"재미없어요. 할아버지 할머니 들, 아픈 사람들 매일 보는 거 별로. 나도 서울에서, 멋있고 젊은 또래 남자들 있잖아요. 그런 남자들이랑 크고 근사한 회사서 일하고 싶어요."

난 협회 아저씨들을 생각하며 픽 웃는다.

"지방 도시에 혼자 취업해 살고 싶기도 했어요, 난. 검색해 보니 연봉도 짜고 자리도 너무 적어 포기했지만."

"왜요? 아무것도 볼 거 없어요, 지방은. 서울 사람들은 몰라."

"너무 조용해서, 자기로만 충만해서 미쳐 버리고 싶어서요, 가끔은."

"이상한 언니다."

이를테면, 출근길 만원 버스를 탈 때 무거운 차체가 급커브를 돌다 옆으로 미끄러져 전봇대를 들이받는다면(다 같이 사이좋게 출근이란 책무를 영원히 벗을 수 있겠지), 퇴근길 배차 간격이 긴 광역 버스를 서서 기다리는 여자들이 저대로 땅바닥에 못 박혀 굳어버린다면(스타킹 판매상이 마네킹의 하반신 대신, 저 더 싱싱한 다리들에 스타킹을 신겨 트럭에 거꾸로 박아 놓는 것도 근사하겠지),

이런 끔찍한 생각들을 전혀 하지 않고 걸어서 출퇴근할 수 있는 아주 작은 도시 말이다.

우미코가 반지를 고르는 동안 지루함이 밀려온다. 나는 액세서리 자체가 몇 개 없다. 물건이건, 감정이건 장식적인 모든 게 다 이젠 귀찮다. 뭔가가 내 팔을 건드린다. 우미코가 붉은 실팔찌 고리를 내 손목에 걸고 있다.

"오늘 가이드해 주시는 값."

"그런 말한 적 없는데."

목소리가 좀 크게 나온다. 진심이다. 낯선, 몇 살 어린 여자애와 하루 종일 번화가를 돌아다니며 인파에 시달릴 이유도, 자신도 없다.

"말만 해요, 언니. 나 어제 월급날이라 맛있는 것 사 드릴게요. 탕후루, 즉떡, 찜닭…."

우미코의 표정은 진지하고, 난 이 애를 낯선 책처럼 가만 들여다본다. 아직 날은 밝고, 살인마 같지는 않다. 난 달리기도 자신 있다. 아무튼 인생에서 한두 번은, 누군가 불쑥 침범해 자의식을 깨 주는 반나절도 나쁘지는 않을 것이다. 우미코의 팔에 내게 걸어 준 것과 똑같은 팔찌가 달랑거리고 있다.

우리는 홍대 앞에 서 있다.

"캠퍼스 크게 안 넓어 썩 볼 건 없는데."

"그래도 들어가 보면 안 돼요, 네? 안 돼요?"

우미코는 아이 보채듯 내 팔을 잡고 흔든다. 나도 이 신분이지만, 같은 이십 대 여자들 특유의 귀여워 보이려는 행동을 누가 해 올 때면 피로가 몰려온다.

"되니까 봐 줄래요?"

건널목을 건너, 정문을 거쳐 위로 걸어 올라간다. 오른쪽에 내려다보이는 운동장 한구석에 남자애들이 점처럼 움직인다. 홍대 안 이십 대들은 홍대생인지 우리 같은 방문객인지 구별하기 힘들지만, 물감 묻은 앞치마를 입고 이 학교의 주인이라는 분위기를 온몸으로 풍기는 애들이 간혹 보인다. 대학 캠퍼스는, 내가 대학이란 곳에 다닐 때도 그랬지만 구석구석 걷기 좋다는 것 말고는 별 감상이 들지 않는다. 더 이상 대학생이란 계급이나 대학생의 자유 따위에선 시대정신 같은 사상이 없으니. 하지만 우미코는 이 안에는 다른 공기가 흐른다는 듯, 캠퍼스 구석구석을 둘러본다.

스탠드 박스 그늘에 우미코와 나란히 앉는다.

"예전엔 여중, 여고가 이 안에 있었는데, 여중고생들은 여기로 못 다니게 했대요. 자동차 지나다니는 데 방해된다는 이유였지만, 사실은."

손가락을 들어 아래쪽 운동장을 가리킨다. 굳이 그러지 않아도 될 날씨에 웃통을 벗고 꽥꽥 소리 지르며 농구

하는 남자애들.

"여고생들과 남자 대학생들 사이에 불미스러운 일이 일어날 수 있을 거란 이유로. 선생 중 하나가 건의했대요."

"이성 교제는 십 대의 자연스런 욕구인데." 우미코가 킬킬 웃는다.

"저 광경이 살짝 흉물스럽긴 하지, 동물들 같잖아."

깍지 낀 손을 목 뒤에 짚고, 스탠드 기둥에 깊이 기댄다. 정말 저런 남자애들은 동물 같다. 잠시 내 기억에 차현재가 떠오른다. 현재, 아름다운 몸을 갖고선 바보처럼 내게 결계를 쳤던 식물성 남자애. 젊은 여자의 즐거움 중 하나는 결코 큰 부분을 차지하진 않지만 남자만이 지닌 동물성에 감응하고, 기쁘게 무너지는 순간일 것이다. 마지막 그랬을 때를 돌이켜보니, 우습게도 매춘이다. 철저히 성기란 기호로만 다가온 그 중년 남자와의 시간이 아주 나쁘진 않았다. 인생에, 누구에게도 말할 수 없는 비밀이 있는 것도 괜찮다.

"언닌 주말인데 데이트 안 해요?"

"은선은?"

"헤어질까 해요. 칠 년 시간이 아깝지만."

우미코는 남자 친구의 신상을 늘어놓는다. 경남의 국립대학에 다니는 군필, 경영학 전공. 우미코는 그 애가 지방에서는 유명한 사 년제 대학에, 전도유망한 전공이라는 데 끌렸다. "솔직히 졸업하고 결혼하고 싶기도 해요, 아직도. 지방 쪽은 여자들 이십 대 중후반이면 거의 결혼하거든요. 물론 오빠가 취직해야겠지만." 그들의 첫 데이트 장소는 꿀빵처럼 통영 토박이들은 잘 찾지 않는, 통영 외곽에 있는 케이블카였다. 우미코와 안경 쓴 남자애가 조그만 큐브 속에 꼭 붙어 앉아 고도(高度)에서 오는 공포인지, 첫 데이트의 두근거림인지 모를 짜릿함을 나누는 장면을 떠올리니 귀여워서 난 빙긋 웃었다. 우미코는 그날 남자애와 첫 밤을 보냈다고 한다.

"그때는 오빠가 섹시했어요."

"지금은 안 섹시해요?"

"정이죠, 정. 장기 연애에는 다 정해진 스토리가 있는 것 같애요."

한숨을 쉬는 우미코에게 난 물었다.

"그렇게 오래 사귀는 건 무슨 느낌일까?"

마치 풀로 붙여 엉겨 붙은 두 장의 종이처럼. 사람들이 추구하는 진득하고, 끈끈한 관계. 그런 건 대체 어떤 느낌일까. 부럽지는 않지만 난 늘 궁금했다.

"오래 만나면 더 잘 헤어질 수 있는 것 같아요. 서로를 너무 속속들이 알아 버려서. 그래도 결혼은 해야겠죠."

알아 버려서, 와 해야겠죠, 란 말에 밴 체념과 순응을 난 가만 짚어 본다. 인생에 다른 선택지가 있다고 생각하지 않아요, 라 물으려다, 우미코가 나보다 어림에도 성인 여자의 옆얼굴을 하고 있어 입을 다문다.

이 애는 남자 친구와 헤어지지 않을 것이다. 사람들에겐 비밀이 필요하다. 다시 돌아가 일상을 지탱하고, 충실한 관계를 유지하기 위해서는, 비밀이 반드시 필요하다. 난 우미코가 원하는 게 뭔지 어렴풋이 알 것 같았다. 관계로 돌아가는 선택을 정당화하기 위한 일탈. 오늘 무슨 일이 벌어진다 해도, 결국 우미코는 남자 친구와 헤어지지 않을 것이고, 함께 단단히 엮인 채 같이 닳아 갈 것이다. 순응하는 것도 적극적 선택이고, 어떻게든 관계를 지켜 내려는 여자들의 순종성이 난 애틋하게 사랑스럽다고 생각했다.

부드러운 바람에 졸음이 밀려온다. 내가 알지 못하는, 사람들 간의 관계. 어쩌면 모든 이들이 누리는 걸, 남은 인생 동안 난 피하는 게 아니라 못 누리는 것 아닐까, 란 생각이 든다. 뭐, 할 수 없지. 난 가만 피부를 열어 불어오는 바람만 느낀다. 텅 비워지고 싶다.

"페이브먼트, 들어 볼까요?"

난 은선의 티셔츠를 가리키며 핸드폰 홈 버튼을 누른다. 카톡 아이콘이 떠 있다. 액정을 스크롤 하니, 발신자는 두 명이다.

— 유리 씨, 어떻게 지내요?

— 누나… 잘 지냈어요?

난 가만 액정 화면을 본다. 머릿속이 엉클어져 아무것도 떠오르지 않는다. 핸드폰 전원을 끄고, 가방에 집어 넣어 버린다.

대신 타인, 우미코에게 가만 손을 뻗어 본다. 아직, 만질 수는 없다. 그녀는 왠지 절망한 것 같다. 무릎을 감싸 안고 고개를 떨구고 있다. 아주 작아 보인다. 철저히 모르는 사람. 바다의 딸답게 소금기가 붙어 있는 듯한 거친 머릿결, 가무스름한 피부, 온통 가는 얼굴선과 군데군데 벗겨진 매니큐어.

우미코는 아름답지 않다. 몇 년을 날 떠나 놓고 아무렇지 않다는 듯 묻고 있는, 내가 사랑했던 자인, 내가 좋아했던 현재와는 달리. 허나 내가 알고 있는 아름다움이 어떤 사람에게 없다는 건, 그가 추하다는 의미가 아니라 이제부터 발견해야 할 아름다움을 그는 가지고 있다는 의미이다.

바람이 다시 불고, 난 우미코에게 작게 말한다.

"나랑 밤까지 같이 있을래?"

홍대-2

"여기 어떤 것 같아요?"

"솔직히 그냥 그래."

미간을 찡그리며 예쁜 연푸른 기둥을 본다. 무거운 눈 꺼풀을 떠 자세히 보니 연기다. 넓게 울리는 비트와 에코가 먼지와 함께 뒤섞여, 뱀처럼 천정으로 천천히 올라가고 있다. 높이는 사 미터쯤 될까. 그리 크지 않은 공간이지만, 우리가 있는 이 층이 디귿자 식이라 아래 홀 전체가 내려다보이는 건 좋다.

아무튼 클럽이라기엔 좀 열없다. 시간이 이른 탓도 있지만, 생각했던 것보다 너무나 썰렁하다. 피케티를 입은 어깨가 뾰족한, 마른 이십 대 여자애가 트레이를 들고 우리 쪽으로 걸어온다. 그녀는 우미코 앞에는 체리코크를, 내 앞에는 진토닉을 놓고 돌아선다.

"감사합니다. 언니, 어때요?"

묘하게 들떠 보이는 우미코를 보고, 난 계단을 내려가는 여자의 뒷모습을 다시 확인한다. 앙상한 나뭇가지 같은 뒤 팔에 북두칠성 모양으로 타투가 새겨져 있다. 타투가 체제 반항성이라거나 개성적이라는 수식과 분류는 이제 예스럽다. 늘 되새겨야 할 인생의 선호가 있다거나 남다름, 혹은 터프함을 표현하기 위해 어떤 아이템을 선택한다면, 의도와 정반대로 어떤 무리에 또 속하는 것이다. 난 타투나 피어싱이 있는 사람들이 없는 사람들보다 여린 데가 있다고 생각한다.

"귀여운데 노 식. 일단 타투 없는 쪽을 난 선호하고, 저 친구는 레즈비언 바보단 아트박스 알바가 어울릴 법할 듯해서."

"나도 타투 있는데. 괜찮아요?"

"본인 몸인데 내가 괜찮고 말고 할 게 있나. 간호사들은 보이는 데엔 못 하는 걸로 알고 있는데. 등 같은 데야?"

"나중에 확인해 봐요."

눈을 찡긋해 보이는데, 왠지 김진출 팀장이 떠올라 난 시선을 돌린다. 딱 한 모금 마셨는데 벌써 피곤해지는 느낌이다. 아이코스를 꺼내 무는데, 비상구 표식이 불을 밝힌 문 아래서 남자 하나가 나와 다급히 말한다.

"손님, 여기 금연이에요."

"무슨 클럽이 담배도 못 피우게 해. 레즈비언 바에 남자는 웬 말이고." 난 짜증을 낸다.

"실소유주나 사장은 여자라도 운영자나 지배인은 남자로 둔대요. 여기뿐만 아니고 거의 다."

"그래야 안전하다?"

"'여자들이랑 같이 왔고 남자는 저 하난데 못 들어가요?' 이러는 사람들도 있다니 아무래도 남자 하나 있는 게 안전하겠죠."

우미코는 깨를 튀기듯 깨득깨득 웃는다. 생쥐 같은 웃

음소리가 약간 거슬린다. 돌출된 앞니에 붙은 금속 브래킷이 번쩍거린다.

"칠 년 연애한 이성애자라면서 나보다 잘 아네."

"그냥 내가 남과 다르다면, 나를 발견하고 싶거든요."

"자아도 환상이야. 만일 있다면, 물 흐르듯 흘러가거나 끊임없이 형성됐다 흩어지는 거겠지."

"무슨 말이에요?"

우미코는 아까 홍대 길거리에서부터 마치 자기가 나보다 많이 어리다는 듯 눈을 동그랗게 뜨고 귀엽게 보이려고 한다. 이건 날 조금 피곤하게 한다. 자인은 절대 이런 작위적인 행동을 하지 않았다. 너는 너무나 이성애자 여자고 레즈비언 바 정도를 신문물로 생각하기에 '새로운 자아'를 발견하는 데 필연적으로 실패할 거야, 오늘 이 밤은 그리 재미없을 거야, 라 생각하지만, 굳이 말하지 않는다.

난 목을 빼 아래층을 내려다본다. 위층엔 우미코와 나뿐이고, 아래층엔 네 무리가 따로따로 앉아 있다. 대강 보이는 부치와 펨의 비율은 반반. 이성애 커플과 다를 바 없어 보인다. 머리가 짧고 셔츠에 조끼를 받쳐 입은 부치가, 깜찍하게 차려입은 앙칼지게 생긴 펨의 어깨에 팔을 두르고 앉은 식이다. 그냥 평범한 여자들로 보이는 쌍도 있다. 이쪽은 우미코와 나처럼 번개라도 했는지 왠지 서먹 서먹 어색해 보인다.

비욘세의 노래가 나온다. 한 시 방향에 교실 단상 비슷한 플로어가 내려다보인다. 이십 대 초반으로 보이는 여자애 두 명이 환호를 받으며 올라간다. 가슴골을 드러내고 열심히 추지만, 섹시함과는 거리가 멀고 귀엽기만 하다.

"저것도 안 매력적이라 할 거예요?"

"안 꼴려, 오늘이 지구 마지막 날이라도."

"그럼 언니는 왜 레즈 바에 온 거예요? 최소 바이라고 생각했는데."

"다시 말하지만 내가 무엇이다, 하는 자기 정체는 십 대가 지났다면 안 하는 게 좋아. 난 늘 왜 동성혼을 승인하지 않나 궁금해. 진짜 절실한 사람들이 입양하거나 정자 기증받아 낳아 잘 키우면 모두가 행복이잖아. 정치적 대의엔 당연히 힘을 모아야지. 하지만 평소 내가 레즈다, 바이다, 이런 생각을 굳이 계속 할 필요는 없는 것 같애. 내가 여자랑 데이트하고 싶으면 하는 거고, 자고 싶으면 자는 거…."

괜히 말했다, 싶다. 조명을 받은 우미코의 눈이 그녀의 브래킷처럼 반짝거려 난 눈을 피한다. 진토닉만 홀짝인다. 익히 들어는 봤지만 레즈 바의 음료는 조금 더 맛있어야 할, 음악은 좀 더 세련돼야 할 필요가 있다.

"맞는 말이에요." 우미코는 의외로 산뜻하게 찬성한다.

"그래도 좋아하는 여자 있긴 있었죠?"

"사랑했지."

"왜 과거형이에요."

"지금 내 옆에 없으면 의미가 있나. 시체 파먹기지."

"끔찍하게. 어떤 여자였는데요?"

"그 여자는, 그냥 그 여자였어. 너무나 온전히 자신인."

난 자인이 찡그리며 노래하던 모습을 떠올린다.

"의외로 그런 사람들은 많지 않거든. 주의를 주창하지 않아도 너무나 자연스럽게 자신인. 하고 싶은 일이 뚜렷하고, 그걸 위해 묵묵히 많은 걸 감수했어."

"많은 사람이 그렇게 사는데요. 나도 그렇고." 우미코는 좀 불퉁해져 말한다. "미화하는 것일 수도 있어요. 그녀가 특별하다고, 사랑해야 할 이유를 언니가 만드는 거죠."

"그럴 수도 있지. 육육에서 칠칠 사이즈에 팔뚝과 가슴엔 살집이 풍만하고, 화장기가 없는 여자라 하면 좀 천박하잖아."

우리는 짧게 웃는다.

"근데 나이대 있는 레즈는 여기 안 오나 보네. 다 이십대 같아."

"삼십 대 되면 결혼해서 애 낳고 사는 게, 레즈 바에서 짝을 찾는 것보다 현명한 선택일 수도 있겠지."

"그게 억압 아니고 바람직한 일이라 생각해요?"

"동성애자 포함 모든 인간에게는 반항뿐만 아니라 순응하고픈 욕망도 있잖아. 그건 부끄러운 일이 아니야. 투사는 아름답지만, 모든 인간이 투쟁하며 살 수는 없어. 비밀이 있어야만 하는 삶도 나쁘지는 않은 것 같애."

비밀, 이란 단어에 역삼동에서의 은밀한 하룻밤이 떠오른다. 문득 그 일을 다시 해 보면 어떨까, 생각이 든다. 역삼동에서의 내 손님, 남자는 예상외로 내 카톡을 무시했다.

— 한 아가씨만 찾는 척해도, 머리 올려 주기 전엔 여럿 돌려 가며 노는 거야. 나 지금 일하는 가게 술은 쫌 먹어야 해도 일하기 괜찮은데. 올래?

서연의 톡에 난 노 땡큐, 짧게 답톡 했었다. 귀엽게 생겼지만 자극적이지 않은 여자들이 비욘세의 메들리에 춤을 추고, 내 식과는 거리가 먼 여자애가 은근하게 내 관심을 바라며 눈앞에 얼쩡대는 이 순진한 세계 쪽에 약간은 더 머물러 있고 싶다.

"술 더 시켜도 돼요?"

"얼마나 먹으려고."

"고래처럼 많이." 우미코는 기지개 켜듯 양팔을 허공

에 크게 그려 보인다.

"맘대로. 취하면 책임 못 져."

난 화장실에 가 전화를 건다. 상대는 몇 번의 신호 끝에 겨우 받는다.

—아우, 왜 언니 주무시는데 단잠을 깨우냐.

"몇 신데 퍼 자고 있냐. 게다가 주말인데."

—주말이고 뭐고, 니가 만날 밤낮 바뀌어 일해 봐라.

홍명제는 수화기 너머에서 요란하게 하품한다.

"홍대로 튀어 와. 술 사 줄게."

—술은 언제나 콜이지. 근데 지금 나가도 한 시간 반 걸리는데?

"샤워는 와서 하고, 지금 출발해."

—모텔로 오라고?

"호텔이야. 비즈니스지만."

—오, 채유리 통 큰데. 좋아쓰, 방 잡고 브라자 풀고 편히 마시자.

"주소 찍어 줄게. 참, 처음 보는 애 하나 있는데 괜찮지?"

—스리섬 하자고? 너랑은 오랜 친구라 좀 어색한데.

킥킥대는 홍명제에게 난 소리를 꽥 지른다. 파란 화장실 문을 밀고 들어오던 여자애가 흠칫 놀라, 그쪽을 보며 꾸벅 목례한다.

"여자야, 여자."

— 좋다 말았네. 알았다, 술이나 진탕 먹자. 파자마 갖고 가야지.

우미코는 테이블에 뻗어 있다. 플라스틱 물잔을 발치에 떨구고, 이마를 테이블에 대고 엎드린 그 애를 아트박스 알바처럼 생긴 레즈 바 알바가 내려다보고 있다.

"뭘 시켰길래 이리 된 거예요?"

"앱솔이 스트레이트 드셨어요."

"앱솔이?"

"앱솔루트 보드카요. 괜찮으시려나?"

걱정하는 듯 우미코를 내려다보는 알바의 북두칠성 타투를 난 물끄러미 본다. 우미코의 티셔츠가 치마허리에서 딸려 올라가 등허리가 보인다. 그녀의 튀어나온 척추뼈에 혹등고래가 새겨져 있다.

"식인가요?" 난 우미코를 가리킨다.

"같이 오신 거 아니세요?"

"같이는 왔죠."

"넹, 솔직히 타투 있고 철도 깐 사람이 취향이에요. 교정기." 알바의 눈이 마스크 위에서 반달처럼 휘어진다.

"혹시 낄래요? 이 친구랑 내 친구랑, 셋이 호텔서 술 마실 건데."

난 회사를 관뒀다! 그래서 평소 같았담 절대 하지 않았을 말이 잘 나왔다.

"진짜 아쉽다, 다섯 시까진 있어야 돼서." 알바가 시무룩한 표정을 짓는다. "하지만 진짜로, 이분이랑은 친해지고 싶어요. 애인 아닌 거 맞죠?"

"근데 이 친구는 남친이 있어서."

"나, 전 여친들 싹 다 빠짐없이 헤테로였어요."

"치명적인가 봐요. 폰이나 줘 봐요."

난 요란한 키 링이 달린 알바의 핸드폰에 우미코의 번호를 꼭꼭 입력해 준다. 환해진 얼굴로 돌아간 알바가 잠시 뒤 다시 나타나, 내 손에 병 하나를 들려 준다. 숙취해소제. 꼭 먹이셔야 해요, 당부하며.

"정신 차려 봐."

난 우미코의 뺨을 가볍게 두드린다. 카일리 미노그의 노래가 울려 퍼지기 시작한다. 캔트 겟 츄 아랍 마 헤드. 우미코, 은선은 내 어깨에 온몸을 기댄 채 알 수 없는 말을 웅얼거린다. 야윈 뺨, 가느다란 입술. 비뚤게 그린 아이라인이 살짝 번져 있다. 난 은선의 광대뼈에 흘러내린 머리칼을 넘겨 준다.

생각해 보면, 한 번도 낯선 것에 투신하는 삶을 살지 않은 것 같다. 재영 선배까지는 안 가도, 가장 안전한 길을 택한 것으로 보이던 희애나 소현마저도, 따지고 보면 나보다 늘 용감했던 것 같다. 말로만 똘레랑스니 호기심이니 주절댔을 뿐. 말뿐이기에, 늘 용감했던 것이다. 세상 모든 개념들을 창조한 것도, 그 개념의 총체도 사람인데. 개념들의 총체이자 그것을 초월하는 '사람'을 아무 거부감 없이 안은 적은 한 번도 없었다. 앞에선 포용적인 척 웃으면서, 동시에 이들이 내 세계를 절대 침입해 들어오게 하지 않겠다고 쓸모없는 다짐을 했다. 틈입하고 틈입 당하는 거, 어차피 젊음은 짧고 우리 모두 죽는데, 뭐 그리 대단한 거라고?

난 손가락을 뻗어 우미코의 흐름을 따라간다.

오늘 처음 본 여자의 이마, 콧대, 입술.

모르는 사람의 표면을 넘어, 안에 들어가고 싶다. 난 새삼 낯선 이를 훑어본다. 노루처럼 가늘지만 단단한 목. 어릴 때부터 바닷가에서 뛰어놀며 단련된 것 같은, 전체적으로 호리호리하면서도 근육이 느껴지는 몸. 까무잡잡한 피부. 공들였지만 허술한 화장. 허물어질 듯 부드럽고, 하얗고, 화장기 없는 자인과는 딱 세로축을 뒤집어 놓은 듯 정반대다.

너도 아름답구나, 생각해 본다.

자연스럽게 떠오른 감상이 아니니, 우울이 날 와락 덮친다. 욕망은 당위가 아니다. 욕구는 설명할 수 없는 것이다. 상대의 아름다움에 감응하는 것은 자동 반사다. 난 우미코를 아름답다고 '생각한' 후, 나만의 목적을 위해 행동해 보려 한다. 우미코는 여전히 내 어깨에 기대 졸고 있고, 난 문득 외로워진다.

"미안해요. 기차 안에서 잠을 설쳤더니."

우미코가 일상적인 말들을 더 늘어놓기 전, 난 상체를 기울여 그 애의 손목을 잡고 입술을 덮친다.

시끄러운 음악, 알 수 없는 울림이 두 개의 몸을 돌비 사운드처럼 감싼다.

홍대-3

"나중에 후기 보내, 장문 톡으로."

"분위기 깬 장본인한테? 조용히 가라."

문을 잡고 싱글대며 서 있는 홍명제를 난 쏘아본다. 방음 약한 비즈니스호텔이라, 붉은 부분조명이 가득 찬 복도를 한번 둘러보며 목소리를 낮춘다.

"신념은 신념이고, 궁금한 건 궁금한 거지. 난 그 방면으론 처녀잖아."

"아침에 케이티엑스 타게 데려다줄 거야." 명제가 뱉은 처녀란 단어에 웃음이 난다.

"새벽에 일어나야 하니까, 네 덕에 두 명의 수녀들처럼 손잡고 곱게 잠만 자야지."

"왜 내 탓을 하냐?"

"바에서 일차로 뻗은 애 또 퍼마시게 놔두고, 쓸데없는 말 해서 분위기 잡치고. 그래도 네가 한 일이 없어?"

난 홍명제를 문밖으로 떠민다. 주춤주춤 밀려나면서, 끝까지 명제는 목을 빼 침대에 엎드려 곯아떨어진 우미코를 흘끗 본다.

"원나잇은 지방 가면 볼 일 없는 애들이랑이 더 애틋하긴 하지. 그렇게 전국 팔도에 애인 하나씩 만들어 두는 게 또 맛이야."

"조심히 가라."

나중에 전화하라는 손 모양을 하는 홍명제의 어깨를

떠밀고, 문을 닫는다. 난 한숨을 푹 쉬고, 화장대 의자에 걸터앉는다.

우미코는 거의 죽은 사람처럼 보인다. 성욕은 아까 머물렀던 레즈 클럽의 연무처럼 어디론가 사라졌고, 막막한 권태만이 파도처럼 날 덮친다.

"아무리 좋았어도 옆에 없는 건 죽은 사람이죠."

"날 아는 것처럼 얘기하네."

우미코는 동감하지 않으면 금세 주눅 들어 보였다. 싫은 티를 내지 않으려고, 목을 빼 그래도 열기가 조금은 더해진 듯한 플로어를 구경했다.

시든 풀처럼 비리비리하던 여자들에게, 이디엠이 스프링클러처럼 뿌려졌다. 보이지 않는 비트들이 단도처럼 쏟아지자, 파랗게 질려 보이던 젊은 여자들이 좀비처럼 되살아났다. 한결 나았지만, 어떤 면에선 모든 게 하나의 촌극처럼 보였다. 머리가 무겁고, 졸음이 이마를 흘러내렸다. 자인도 피부색 다른 애들과 저렇게 가끔 춤추려나, 난 생각했다. 원나잇도 하고. 상상하기 힘든 조합에 난 천정을 올려다보았다. 그 애와 내가 얼마나 멀리 있는지 실감되는 것 같았다.

우미코는 호텔에 부축 받아 와서도 함부로 떠들어댔다.

"자꾸 생각하면 좀비처럼 되살아나 언니 목을 물어뜯을 거라 했죠. 옆에 없는 사람은 죽은 사람이잖아."

우미코는 침대 옆 바닥에 명제와 양반다리를 하고 마주 앉았다. 일회용 소주잔을, 그 애는 누가 쫓아오듯 스피디하게 비웠다. 침대 끄트머리에 앉은 나, 우미코와 무릎이 닿게 비스듬히 앉은 명제는 서로 눈짓했다.

"여기 거의 여자들만 숙박하겠네? 여탕 싫은데."

레즈 클럽과 오백 미터쯤 떨어진 비즈니스호텔로 바로 온 명제는 종이로 된 슬리퍼에 발을 꿰자마자 인상을 썼다. 하지만 누구에게나 친화적인 성격, 타고난 술꾼답게 우미코를 잘 견뎌 주고 있었다. 홍명제는 누구와도 잘 융화됐다. 반면 난 우미코의 작정하고 엇나가려는 십 대 같은 치기, 위악과 작위적인 태도가 내내 불편했다.

"하루 정도가 무슨 문제예요. 나도 칠 년 사귄 사람, 지금 이 순간 묻어 버렸는데."

"순리에 어긋나. 유리랑 그냥 자매처럼 친하게 지내."

명제가 목소리를 깔았다. 우미코는 흐릿해진 눈을 명제에게 고정했다.

"혹시 결혼한 건 아니겠지?"

"결혼 박람회장은 가 본 적 있지만, 아니라고요."

"바 정도야 관광 차원에서 방문할 수 있다 쳐. 미디어에서도 요즘 유행인 거 알아. 종전까진 많이 없었으니까 쿨하고 힙해 보인다고들 생각하겠지. 하지만 동성 간 성교는 성경에 죄악이라고 적혀 있어."

"후대의 해석이겠죠."

난 발을 뻗어 명제의 어깨를 툭 쳤다.

"네 신념은 네 거고 존중하는데, 우리도 머리라는 게 있어."

"근데 동성애자든 양성애자든, 그렇게 사는 게 편해? 비밀이 많은 삶은 행복할 수가 없어."

"설령 불행하더라도, 불행이 본인의 선택이면 행복인 거야."

분위기는 젤리처럼 응고됐다. 명제는 술만 들이켰다. 우미코는 고장 난 인형처럼 온몸을 끄덕거리며, 볏단처럼 삐죽삐죽 튀어나온 잔머리를 괜히 만지작거렸다.

"넌 혼자 똑똑하지? 채유리, 좀 커라." 편의점에서 사온 봉지 얼음을 깐 호텔 잔에 봄베이 사파이어를 붓던 명제가 말했다.

"이런 데 관심 갖고 방황할 나이 아니잖아."

"알아."

"우리 나이 여자들, 얼마나 열심히 사는지 좀 봐. 커리어든, 결혼 염두한 연애든."

"넌 선로와 순리대로 살아. 난 하루 살아도 내 쪼대로 살다 죽을래."

짠, 난 우미코와 잔을 부딪치고, 어깨를 감싸 안았다. 우미코가 바닥을 짚은 내 손등에 손을 얹으며 머리를 기대 왔다. 차고 마른 손. 딱딱한 광대뼈. 뾰족한 어깨. 취한 와중에도 도저히 정감이 일지 않았지만, 난 왠지 명제 앞에서 우미코를 좋아하는 척하고 싶었다.

"뭐 하는 짓이야. 이 자식들이 취해서 퓨즈가 나갔네."

토닉워터를 넣은 파란 액체를 들이켜던 명제가 우리에게 달려들었다.

"떨어져. 야 일본 이름 쓰는 애, 내 친구 놓으라고."

건어물과 알코올 냄새, 먼지 같은 체취가 날 덮쳐 왔다. 명제가 손목을 잡아 뜯어내려 했지만, 우미코는 내 얼굴을 감싼 양손을 놓지 않았다. 취한 인간들은 힘이 장사라더니, 실패한 명제는 짧게 욕을 뱉고 베란다로 나가 버렸다. 아마 남친일 누군가와 통화하는 소리가 들려왔다.

난 조용히 우미코의 손을 떼냈다.

"싫었어요?"

대답하지 않고, 눈앞의 여자를 가만 보았다. 분명 우미코에게는 우미코만의 아름다움이 있다. 이건 확실하다. 낯선 것, 취향 아닌 것도 고유의 아름다움이 있다. 우미코는 어둠 속에 포복한 고양이처럼, 호기심과 설렘에 빛나는 눈으로 날 보았다. 내 앞에 실재하는 거대한 물음표.

나 머리가 아파, 우미코는 미끈한 검은 고양이처럼 카

펫에 누워 버린다. 미지의 세계가, 나만을 위해, 내 앞에 무방비 상태로 눕는다. 그걸 탐구하고, 날 그 안에 스며 들어가게 할 수 있을까.

우미코의 발등을 가만 손끝으로 쓸었다. 왜인지 우미코의 맨발은 안돼 보였다. 다리의 곡선을 따라가고, 피부를 느끼고, 미끈하고 따뜻한 안에 손가락을 넣는 걸 상상해 봤다. 모든 역사적으로 위대한 발견들은 우연이 많을까, 철저한 계획과 의도에 의한 것이 많을까. 끝내 본능에 실려 갈 수 없다면, 난 우미코라는 새로운 섬의 아름다움을 의식적으로라도 발견할 수 있을까.

"밤은 짧다. 잘 보내."

고개를 드니, 담배 냄새를 풍기는 홍명제가 우미코의 목 밑에 베개를 받쳐 주고 있었다. 옷을 다 입은 명제는 알 수 없는 표정으로 나를 내려다보았다.

"정말로 원하는 거야?"

"너무나 원해서 해야만 하는 일은 세상에 없어."

묵직한 머리를 난 개처럼 탈탈 털었다. "시간은 모눈종이처럼 많고, 그냥 공백을 견디지 못해 하고 싶은 일, 혹은 해야만 할 것 같은 일들을 하는 거야 모두들."

"철학을 해라. 하여튼 옛날부터 넌 좀 이상했어."

"넌 섹스를 죽도록 원해서 남자랑 자고 다녀? 아님 쿨걸이라고 남한테 자랑하기 위해? 둘 다 아니잖아."

흐릿해지는 눈으로 명제를 쏘아 올려 보았다. 명제는 말없이 날 내려다봤다.

"언제나 한 가지 이유로 이루어지는 일은 없어. 모든 이유가 뒤섞이면 제로가 돼. 그건 이유라는 게 처음부터 꼭 있어야만 할 이유는 없다는 뜻이지."

"난 모르겠다. 다만 네 혓바닥이 긴 건 마음에 걸려."

명제는 백팩을 집어 들었다. 난 옆얼굴을 매트리스에 기댄 채 비실비실 웃으며 말했다.

"또 순리 얘기 안 해?"

"이유란 게 반드시 있어야 할 이유는 없다며. 어쩌면 이치도 마찬가지겠지."

명제는 마지막으로 말하고 복도로 걸어갔다. 채유리, 내가 너에게 훈계할 수는 없겠지만, 친구로서 이 밤은 캡슐처럼 기억에만 넣어 두고 평생 잠가 뒀음 해. 너 자신, 그리고 하룻밤 인연이지만 저 애, 둘 다를 위해.

투명하게 비치는 커튼에 보랏빛, 노란빛 네온사인이 스며들어 온다.

창턱 아래 놓인, 불편한 원탁 의자에 난 가만 앉아 있다. 창 왼편으론 소형 냉장고와 화장대가, 맞은편은 더블베드가 공간 대부분을 차지한다. 침대에 모로 누운 우미코, 은선이 나를 빤히 보고 있다. 뭐라도 해 봐, 하듯.

"먼저 씻을게요."

난 핸드백을 가지고 욕실에 들어간다.

참, 머리핀. 옷을 벗어 수건 꽂이에 걸어 놓자마자 혼 잣말이 나온다. 남자와 자는 게 예상되는 날은, 머리카락 이 젖지 않게 틀어 올릴 집게 핀을 미리 백에 넣어 온다. 긴 머리 여자들은 섹스 전 샤워할 시간은 있지만 대부분 머리까진 감지 못한다. 그러고 보니 여자와의 원나잇은 내 인생 처음이구나, 새삼 깨닫는다.

별 감상이나 긴장감은 없다. 오히려 레즈비언 원나잇 은 몰카 및 신상 노출, 성폭력의 위험에선 자유롭다는 이 점도 있겠지, 생각한다. 난 어메니티로 포장된 일회용 플 라스틱 빗의 포장을 벗기고, 비녀처럼 머리칼을 어설프 게 고정해 본다.

욕조 안에 들어가 몸을 씻으며, 투명한 유리문 너머를 흘끗 본다. 우미코는 다시 잠든 것 같다. 로맨틱하던 축의 남자들이 그랬듯, 침대에 미끄러질 듯 들어가 팔베개부 터 해 준 뒤 이마에 부드럽게 입을 맞춰야 하나. 거친 섹스 를 좋아했던 남자들처럼, 상대가 눈을 감고 있건 말건 아 랑곳없이 일단 올라타야 하나. 어떤 잠자리에서도 해 본 적 없는 고민이라, 난감하다.

"인제 내 차례죠."

알아서 깬 우미코가 눈을 비비며 욕실 앞에 서 있다.

난 침대 헤드에 기대 대형 티브이를 켜 본다. 얼굴 모르는 십 대 애들이 무더기로 나와 뛰고 구르는 쇼 프로그램, 맛집 프로그램, 한물간 영화를 재탕해 주는 채널, 에로 채널까지 채널을 쭉 올려 본다. 김빠진 맥주 속에 가라앉은 기분이다. 숙박업소 특유의 얇은 종이 같은 시트 위에서 다리를 움직여 바스락대는 소리를 내 본다. 하지만 우미코와 만난 낮부터 지금까지, 누군가 프로그래밍 한 대로 억지로 움직이는 듯한 느낌이 든다.

선득하고 청결한 비누 냄새가 어깨께에서 풍겨오고, 우미코가 리모컨을 내 손에서 뺏는다.

옆으로 조금 옮겨 앉자, 몸을 찰싹 붙여 온다. 마르고 차가운 나뭇가지 같다. 가늘지만 단단한 팔이 어느새 매트리스에 눕혀진 날 사이에 가두고, 허벅지가 내 골반을 조인다. 올려다보이는 어두운 얼굴은 불가해하다. 전혀, 조금도 두근거리지 않는다.

우미코는 예상외로 나를 리드하려 한다. 위에서는 축축한 입술로 내 입술을 부드럽게 살며시 물고, 잠시 떨어졌다 다시 가볍게 물며 내 입이 벌어지도록 한다. 눈꺼풀이 무거워지고 입술 새에서 가벼운 한숨이 새어 나온다.

여자와 키스하는 건 처음은 아니다. 인생 첫 섹스는 남자였지만, 첫 키스는 여자와 했다.

초등학교 때였고, 대상의 이름은 현근이었다. 열 살 어린 남동생이 있던 애였다. 초등학교에서만 네 번째 전학을 가게 된 난 현근에게 마지막 선물을 주고 싶었다. 현근은 내 손을 잡고 깨끗한 화장실 칸막이에 들어왔다. 세필로 그린 듯 생긴 아이로, 입술도 새 부리처럼 얇고 작았던 기억이다. 쪽, 소리를 내자마자 난 화장실 나무 문을 닫고 뛰쳐나왔다.

오래된 기억은 변질되고 왜곡된다. 그때 왜 그랬는지, 잘 모르겠다. 현근이란 애를 평소 특별히 마음에 두고 있지도 않았던 것 같아서. 나중에야, 이성애자일 확률이 높을 현근에겐 기분 더러울 기억을 만들어 준 것일 수도 있겠다는 생각을 했지만, 그럼 뭐 어떻게 할 거야, 자기 정당화를 했다. 어차피 첫 키스, 첫 성 경험은 신데렐라처럼 예쁜 계단을 사뿐 밟는 것보다 교통사고에 가까운 일이다. 그리고 요즘 남자애들처럼 안마방 여자와 첫 경험을 하는 것보다는, 동성과 생애 첫 키스를 하는 게 낫지 않나.

지금 내 반응에 몰두하는 우미코의 입술과 얼굴은 현근을 떠올리게 한다. 전혀 몰랐는데, 내 무의식 어딘가는 얼굴과 몸이 한데 가는 선으로 그린 듯한 여자에게 감응하는 모양이다. 하지만 그러는 동시에, 반작용처럼 자인을 떠올리게 된다. 따뜻하고 하얗게 부푼 식빵처럼, 온통 부드러움만으로 구성된 풍만하고 따뜻한 살집. 정말 원하는 여자의 몸은 그렇다.

하지만 내 몸은 우미코의 손가락에 조금씩 반응하기 시작한다. 당연한 반사 작용이다. 여자의 손가락은 남자의 투박한 손가락과 거친 손놀림보다 훨씬 애태우듯 부드럽게, 섬세하게 움직인다.

우미코는 나를 새털 쓰다듬듯 만진다. 섹스에서 흥분을 이끄는 감정, 무기력함이 물결처럼 내 맨몸을 덮는다. 내 몸은 그렇게 깊이 가라앉지만, 동시에 피부와 혈관은 날카롭게 양각된다. 살 없고 차가운 손가락, 난 빨려 들어가면서도 종내 그것 때문에 집중할 수 없다. 뜨거운 파동보다는 이물감이 강하다.

애무는, 핵심으로 닿을 듯 닿을 듯하다 묘하게 변죽만 울린다. 서툴다. 쾌락의 과녁을 겨누지 못하고 그 근방에서 미끄러져 버린다. 나 역시 상대가 노력한 만큼 미지근한 파도에 몸을 맡겨 보려 하지만, 얇은 선 하나를 좀처럼 넘어갈 수 없다.

우미코는 내 허리 위에서 티셔츠를 벗어 휙 던진다. 소녀 취향의 작은 리본 달린 체크무늬 면 브래지어도 벗는다. 마른 체형인 내 가슴만큼이나 작다. 난 자인처럼 원래 가슴 큰 여자들이 입는, 스트랩이 두껍고 컵이 커다랗고 얇은 브래지어를 좋아한다. 그건 정말이지 보는 것만으로 흥분이 된다. 그 안에 담길, 중력을 못 이겨 아래로 처진 풍만하고 따뜻한 살덩어리까지 연상돼 그런지.

난 우미코의 가슴을 만져 본다. 살짝 꼬집은 듯 종형으로 솟아 있는 살, 짙고 작은 유두를. 뼈가 도드라진 새가슴 사이로 잡다한 목걸이들이 달랑거려 거추장스럽다. 조금 긴 듯한 군살 없는 허리와 등도 손끝으로 쓸어 본다. 우미코가 몸을 숙인다. 거친 머리칼이 내 목, 쇄골, 갈비뼈를 긁는다. 이 이질감이, 이 애가 입술로 내 가슴을 빠는 감각보다 조금 더 크다. 난 내 팬티 허리춤에 들어온 우미코의 양손을 잡아뗀다.

"불편해요?"

대답하지 않자, 거미 같은 손가락들이 다시 내 가슴을 더듬어 온다. 다시 양손을 쥐고, 힘주어 뗀다. 난 등을 돌린 채 바닥에 널브러진 티셔츠를 주워 입고, 스키니진에 다리를 끼워 넣는다. 명제가 두고 간 듯한 담뱃갑을 집어 들다가, 하릴없이 다시 놓는다.

"미안."

"역시, 애인이 맘에 걸리는 거예요?"

"그런 건 없어. 있대도 상관없는 일이고. 아무튼 미안하게 됐어요."

"언닌 되게 복잡한 사람이에요. 뭐가 그리 다 심각해요? 좀 쉽게 쉽게 가면 안 돼요?"

난 눈을 감고, 고개를 젓는다. 온갖 말재주를 동원해 처음 본 여자를 호텔에 야심 차게 데려왔지만, 갑작스런 발기부전으로 일 못 치른 남자가 이런 기분일까. 이건 자인에 대한 죄책감 때문이 아니다. 명제에겐 호기롭게 의미라는 게 있어야만 하는 건 아니라고 외쳤음에도, 모든 것이 탈색되듯 한 번에 다 흥미를 잃은 듯한 기분이 난 당황스럽다.

다만 그러지 않으면 젊음을 방기하는 양, 틈만 나면 강박적으로 옷을 벗고, 흥분되지 않는 이와 자고 싶지는 않다. 내가 원나잇들을 했던 건, 원했기 때문이었다. 내가 몸을 팔았던 건 돈이 필요했고, 호기심을 느꼈기 때문이었다. 성욕도, 돈도, 인간적 호기심도 아닌, 오직 주민의 그림자에 반역하고 섀도우 복싱을 하기 위해 다른 사람을 이용해야만 하나.

같잖은 윤리가 날 덮치기 전, 난 침대에 우미코를 밀어 눕힌다.

남자가 여자에게 하는 것처럼 급하고 빠르게 입을 맞춘다. 귓불과 목과 어깨에 입술을 댄 후, 허리선에 바람 불어넣듯 간질인다. 문지방을 밟듯, 관문들을 하나하나 통과한다. 작위적이야, 생각하지만, 이제야 우미코는 만족스럽게 눈을 감는다. 팔을 들어 내 다리 사이를 짚는 마른 손가락에 힘이 실린다. 우리는 서로의 핵심을 빠르게 자극한다.

나는 눈앞에 펼쳐진 신세계를 본다. 진한 분홍빛의 촉

촉하고 작은 입구. 순간 어떤 식으로 입을 갖다 델지 몰라 좀 망설인다. 비누 향과 섞인 여자의 냄새. 난 눈을 뜬 채, 고양이처럼 혀끝을 세워 문을 두드려 본다. 손가락으로 쓰다듬듯이, 끊길 듯 이어지는 피아노 선율처럼 조심스럽게. 동시에 손을 뻗어, 낮게 퍼진 가슴을 부드럽게 쓰다듬는다.

넌 이게 기쁜가? 이 아이는 진짜 흥분을 하는 건가. 자동반사적인 것 같은 신음이 거슬린다. 하지만 난 눈을 감을 수도 없다. 오래도록 기억할 새로운 세계, 내 촉각과 미뢰가 난생처음 느끼는 이 감각들. 너무도 낯설어 아직 호불호조차 파악할 수 없는, 뇌에 강하게 음각되는 맛과 동작과 소리와 순간들.

난 부드럽고도 단단한 양 허벅지 안쪽에 입을 맞춘 후, 다시 미끄러져 내려온다. 후우. 내 입에서도 짧은 탄성이 나온다. 난 우미코의 가장 안쪽까지, 혀를 깊숙이 넣는다.

이 애의 흥분이 전류처럼 내 혀를 타고 들어와, 온몸에 퍼지기를. 내 입술이 젖는다. 서로의 입에 묻은 액체처럼 섞일 수 있다고 생각하는 순간, 상체를 세워 앉은 상대가 내 입술로 다가온다. 얼굴을 피한 난 침대에 털썩 엎드려 버린다.

우미코의 데스마스크 같은 얼굴을 점멸하는 네온사인이 부질없이 물들인다.

테헤란로-1

마변의 방에 들어서면, 강펀치 맞은 복서처럼 콧등이 욱신거린다.

마 변호사, 나의 보스는 맡아 본 것 중 가장 독한 남자 향수로 매일 중무장하고 출근한다. 마치 카리스마 있는 남자는 이런 향을 뿌릴 거라고 생각하는 것처럼.

몸이 순간 휘청할 만큼 무거운 사건 봉투를 들고 나설 때, 편철할 증거 서류에 대한 설명을 들을 때, 밑바닥에 마변이 본인 이름을 친히 네임펜으로 적어 놓은 찻잔들을 때로 손을 조금 떨어 덜그럭거리며 들고 나갈 때, 그래서 마변의 무표정한 눈길이 내 팔에 꽂힐 때, 난 코피를 스프링클러처럼 흩뿌리면서 마변이 자비로 구입했다는 카펫 위에 쓰러져 얼룩을 입히는 상상을 종종 한다. 그럼 저 아무 감정도 느껴 본 적 없어 뵈는, 나 외의 다른 여비서들에게만 지어 보이는 웃음조차 어색한 얼굴에 약간의 미동이라도 일까. 그가 인상을 쓴다면, 내 건강이 아니라 카펫이 더러워질 것에 대한 우려일 거다.

매일 아침, 마변 방 창문을 열고 진공청소기를 돌린다. 그러는 와중에도 십 년간 이 방의 주인은 나였음을 알려주듯, 마변의 머스크 향수는 진동을 한다. 하지만 콧노래를 흥얼대며 즐겁게 청소기를 돌렸다. 홀수 주 월요일, 주석과 만나는 날이므로.

이제 삼십 대가 된 난, 여자로서 이미지가 비교적 좋

다고 할 수 있는 여비서가 되었다. 얼마 전 프러포즈해 온 대학 교수 남자 친구, 연하의 섹스 파트너가 다 있는 인생. 아침까지 이런 내 인생에 난 추호의 불만도, 의심도 없었다.

몇 시간 지난 오후, 복도를 걷는 내 얼굴은 산뜻하고 건조했다.

호출을 받고 방에 들어갔다. 마변은 오랫동안 고뇌했다는 듯한 포즈를 취하고 있었다. 보톡스를 맞았나 싶었을 정도로 팽팽하던 미간엔 굵은 세로금이 가 있었고, 두 눈은 석상처럼 감고 있었다.

"그냥 앉으십시오."

업무 수첩을 들고 메모할 자세를 취하자—자신과 말을 할 때 늘 그가 요구하는 것이었다—'오늘은 그럴 필요가 없다'고 그는 말했다. 언제나 그렇듯, 거슬릴 정도로 정중한 말투로. 마변은 실제 변호사라기보다는 티브이 드라마에서 '냉철한 캐릭터'로 요약되는 변호사 역을 맡은 배우 같은 느낌을 준다. 잘생겼다는 말이 아니라, 그의 언행이 늘 연기 투로 작위적이라는 말이다.

"예전에 말했었지만 난 지금껏 같이 일해 왔던 비서들에게 어떤 사적인 감정도 가져 본 적 없습니다. 맹세컨대 채유리 씨에게도 개인적인 어떠한 악감정도 없습니다."

"네⋯."

"다만 채유리 씨는 최근 세 가지 큰 실수를 저질렀는데, 그 실수들은 나를 매우 곤혹스럽게 합니다. 채유리 씨는 소송에만 전념해야 할 내 집중력을 치명적으로 흩뜨렸고, 그걸 더 이상 용납할 수 없다는 것이 내 판단입니다. 오늘이 십칠 일이죠? 이번 달 말까지만 나오십시오."

"⋯예?" 난 고개를 쳐들었다.

"회계팀엔 삼 개월 치 월급을 지급하라고 이미 말해 두었습니다. 지급에 차질이 생길 일은 없을 겁니다."

"변호사님, 그래도 이렇게 갑작스럽게⋯. 전 좀 당황스럽습니다."

"이해합니다. 하지만 내 결정은 변하지 않습니다."

자리에 돌아오자마자 난 미정에게 에스오에스를 보냈다. 메신저 창이 반짝거림과 동시에, 미정은 접견용 회의실로 달려왔다. 대표 변의 비서 둘 중 하나로, 모든 변호사와 사무장들, 비서를 아우르는 법인의 소식통이다. 그 애는 호증 도장을 쥔 채였다. 미정의 얼굴을 보자마자 난 아이처럼 눈물을 와락 쏟았다.

"그랬구나. 마변님 좀 괴팍한 건 법인 사람들 다 아는 사실이지. 그래도 너무하신다, 진짜."

미정은 내 얼굴에 붙은 티슈 쪼가리를 떼 주었다.

"울지 마, 언니. 요즘 우리 법인에 변화가 많으니 다른 변호사님 실에 들어갈 수도 있는 거구. 함께 방법을 찾아보자."

동부법원에 서면을 제출해야 한다는 미정을 배웅하고, 난 훌쩍이며 화장실 거울 앞에 서서 면봉으로 눈 밑을 문질러 닦았다. 화장은 더욱 뭉개지기만 했다. 〈오늘은 어떤 속옷 입었어요? 아침부터 일이 손에 안 잡혀.〉 서주석의 타이밍 절묘한 카톡에, 난 힐 신은 발로 바닥을 탕 차고 꽥 소리를 질렀다.

마변이 든 해고 사유는 이랬다.

첫째, 내가 금일 재판의 선고 청취를 놓쳤으며, 둘째, 전자세금계산서 발행 시 부가세를 잘못 입력해 업체로부터 자신이 직접 전화를 받게 했으며, 셋째, 자신이 지시할 때 내가 종종 한숨을 내쉰다는 것이었다.

재판 결과는 당일 해당 재판부에 전화를 걸면 바로 확인할 수 있다. 전자세금계산서는 금액은 십오만 원이었는데, 내가 법원에 간 동안 마변이 전화를 받은 모양이었다. 오류가 있을 시 이택스 사이트에서 일 초 만에 바로 재발행할 수 있는 부분인데, 마변은 세금계산서를 다시 발급해 주라고 내게 따로 메모를 남기지 않았다. 매일 향수로 범벅을 하니 업무 지시를 옆에서 듣다 보면 질식할 것 같아 가끔 심호흡을 했는데, 그걸 마변은 한숨 쉬는 걸로 인식한 모양이다.

메모장을 켜 항명을 써 내려가 보다가, 마변이 어떤 통사정도, 회유도 먹히지 않는 인간임을 떠올렸다. 사회적 직위로서도, 인성으로도 설득이 불가능한 종류의 인종이 있는 것이다.

다음 날 출근하니, 내 의자 옆에 놓인 보조 의자에서 다리를 꼬고 핸드폰을 하던 까무잡잡하고 깡마른 여자애가 날 보곤 까딱 목례했다. 난 울리는 수화기를 들었다. 마변이었다.

"채유리 씨는 끝까지 최선을 다할 분인 건 압니다. 인수인계 잘 부탁드립니다."

"커피는 제가 타 갈게요. 주민센터 다녀오실래요?"

수진, 후임자에게 지시하고 탕비실로 들어간다. 마변과 일하면서 난 일주일에 한두 번은 주민센터에 가곤 했다. 소송에 필요한 문서들 중 가끔 전자민원으로는 발급이 안 되는 것들도 있다. 역삼일동 주민센터는 문서 백 통을 뗀대도 한 시간 안에 사무실로 복귀할 수 있는 거리다. 또 탕비실에는 다른 여직원들도 수시로 드나든다. 난 서둘러야 했다.

여느 때처럼, 철제 식기 건조대엔 포트메리온 잔들이 두서없이 놓여 있다. 싱크대에 남아 있는 식기들은 청소 아주머니가 볼 때마다 씻어 놓는다. 하지만 가끔 여러 명의 손님이 한꺼번에 와 식기 건조대의 잔이 모자랄 때, 비서들은 꼼꼼히 잔을 세척할 시간이 없다.

"충분히 이해되는 일이죠. 하지만 난 그 상황을 선호하지 않습니다. 이제부터 제 잔은 채유리 씨한테 믿고 맡기겠습니다. 물때, 물기 모두 없도록 주의해 주십시오. 지저분한 컵을 쓰면, 내가 아픕니다."

난 포트메리온 잔을 뒤집어 바닥을 노려본다. 마, 재, 혁. 네임펜으로 여러 번 겹쳐 썼지만 그간 내가 손수 물때, 물기 없도록 공들여 세척한 덕분에 희미해져 있다. 당연히, 초딩도 아니고 컵 밑바닥에 이름을 써 놓은 건 온 법인에 마변뿐이다. 지시대로 미세모 칫솔을 사 마변의 잔을 뽀득뽀득 씻을 때, 탕비실에 들어온 미정이 폭소하기도 했었다.

— 그럼 본인 책상 구석에 자기 잔이나 텀블러를 갖다 놓으셔도 될 것을, 왜 굳이 또 공용 컵을 쓰신대?

— 내 말이.

— 원래 변님들이 유별난 분들이 계시지. 나 모시는 두 분 대표 중 한 분은 흰밥에 버터랑 설탕 쳐 드시거든? 그러면서 맨날 혈압, 당뇨 걱정하셔서 아침마다 녹즙 갈잖아나.

— 녹즙 아줌마들 세 군데서 오던데? 맨날 출근하면

자리에 쪼그만 샘플 놓고 가잖아.

　— 신선함이 다르다 이거지. 아, 케일, 비트, 마 사러 가야 하는데. 언니랑 얘기하다 보니 떠올랐다. 여튼 대표님도, 마변님도 참 독특하셔. 이따 얘기해 언니!

　공용 냉장고를 열어, 역시 마변의 이름을 뚜껑에 적어 놓은 연유 통을 꺼낸다. 난 기계처럼 커피를 제조하기 시작한다. 프림 셋, 설탕 둘, 연유 둘, 커피 넷.

　마변은 말했다.

　— 최대한 비엔나커피 같은 풍미를 내는 거죠. 비엔나커피는 위에 크림 얹은 것 아니냐고요? 모두가 들락대는 탕비실에서 내 비서에게 나만 사용할 핸드 믹서를 번번이 사용하고, 씻어 두라고 시키는 건 과한 일이죠. 난 그렇게 까다로운 사람은 아닙니다. 어차피 크림은 뜨거운 커피 온도에 금방 녹고, 이 레시피만으로도 꽤 비슷한 맛을 구현할 수 있거든요. 전 비서들이 고생했죠, 이 레시피 찾아내느라. 근데 채유리 씨, 정작 빈에는 비엔나커피가 없다는 사실을 알고 있습니까?

　내가 그걸 왜 알아야 되는데요. 마변의 망령을 쫓아버리듯 고개를 휘휘 젓고, 전기 포트에 물을 올린다.

　그나저나 어떤 피날레를 선사해 줘야 하나? 억울하게 쫓겨나는 마지막 근무 날.

　물 끓는 동안, 난 탕비실 구석구석을 돌아보며 골똘히

생각한다. 마변을 뺀 대부분의 변들이 애용하는 캡슐커피 머신, 미정이 대표 변의 녹즙을 제조할 때 쓰는 녹즙기, 바닥에 이름 따윈 적혀 있지 않은, 커피가 남은 채 개수대에 놓인 잔들. 침을 뱉는 건 너무 원초적이야. 마변이 야매 비엔나커피를 홀짝일 때, 그의 침과 내 타액이 섞이는 건 상상만 해도 찝찝하고. 퐁퐁 딱 한 방울만 짜 넣을까? 아냐, "컵이 더러우면 난 아픕니다"랬지. 예민한 인간이니, 응급실이라도 가게 되면 퇴사한 상태라도 직접 원고가 돼 손해배상청구소송을 걸 수도 있다.

악덕 보스가 하필 변호사일 때, 직원이 복수할 수 있는 방법은 사실상 없을 것이다. 소위 빽이 없다면. 난 여느 때처럼 커피를 고분고분 탄다.

"다시 만들어 오십시오."

복잡하게 놓인 서류들을 피해, 평소처럼 조심스럽게 책상 귀퉁이에 커피잔을 내려놓고 나서는데 마변이 말한다.

"네?"

"표면에 뭐가 떠 있어서요. 탕비실에 먼지가 좀 많았습니까?"

눈살을 찡그리고 커피를 관찰하지만, 노안이 시작됐을 마변보다는 시력 좋은 내 눈엔 아무것도 띄지 않는다. 마변은 정물처럼 물끄러미 날 본다. 그는 입버릇처럼 말했었다. 나는 두 번 말하지 않습니다. 보이지 않는 기압처럼, 내 목을 조르던 무언의 지시.

"알겠습니다."

얌전히 커피를 가지고 나온다. 아직 김 나는 액체를 개수대에 쏟아 버린다. 컵을 바득바득 씻는다. 표면의 물기를 꼼꼼히 닦는다. 이 모든 과정을, 처음부터 반복한다. 프림 셋, 설탕 둘, 연유 둘, 커피 넷.

난 두 번째 야매 비엔나커피를 마변에게 대령한다.

"흠, 총무팀에서 구입하는 인스턴트커피의 종류가 바뀌었습니까?" 그가 미간을 찡그린다.

"그런 것 같진 않은데요…. 늘 드시던 커피입니다."

"물이 좀 적었나? 다시 타오십시오."

난 마변을 가만 본다. 우리의 시선이 허공에서 마주친다. 마른 불꽃이 일기도 전, 몸을 돌려 사무실을 나온다. 트레이를 들고 복도를 걸으며, 눈을 깜빡깜빡한다. 눈물이 나는 건 지긋지긋한 마변의 머스크 향, 그게 돌기가 돋아 있는 세균처럼 마지막까지 내 눈과 코 점막을 공격해 왔기 때문이다.

자근자근 땅 다지듯, 수백 번 커피를 타며 난 가슴에 굴욕감을 차곡차곡 쌓았다. 비서라면 커피를 하루 백 잔도 탈 수 있다. 커피 타는 게 비서 일의 전부나 대표가 아니지만, 커피 타는 것도 비서의 일이니 그건 전혀 문제가 아니다. 하지만 누구라도 직무와 위력은 구분한다. 업무인지, '감쓰' 즉 감정 쓰레기통이 되는 건지는 구별할 수 있단 말이다. 많은 노동자는 순수한 업무 과다는 견뎌도, 감쓰가 되는 건 못 버틸 것이다. 인간은 노동에 필요한 엔진과 톱니로만 이루어져 있지 않기 때문이다. 세 번째 커피를 타며, 난 입술을 깨문다.

"수고했습니다."

"전 그럼 수진 씨 전자서면 업로드하는 거 확인하러 나가 보겠습니다."

"잠깐. 이거 제 컵 맞나요?"

온종일 눈을 마주치지 않으려 노력했지만, 문손잡이를 잡고 그를 돌아볼 수밖에 없다. 마변은 정말 골똘한 표정이다.

"제가 쓰는 잔 표면엔 보라색 제비꽃이 그려져 있었는데요. 이 잔 무늬는 연보라색 방울꽃 아닙니까?"

난 고장 난 호두까기 인형처럼, 마스크 안에서 입을 떡 벌리다 간신히 말한다.

"변호사님, 바닥에 변호사님 성함이 적혀 있는 잔 맞습니다. 늘 그랬듯 제가 확인하고 커피를 탔습니다."

"난 사소한 기억력이 좋은 사람입니다. 다른 변호사들도 그렇겠지만요." 마변은 짧은 양 팔을 접어 머리 뒤를 받치고, 의자 등받이에 깊숙이 기댄다.

"마지막 날이라 이것저것 정리할 게 많아 정신이 없었나 보죠? 이해할 테니, 다시 만들어 오십시오."

"아니오, 변호사님. 전 다시 커피를 타 오지 않습니다. 그건,"

따가운 눈에서 불이 화륵 타오르는 것 같은 느낌이다. 뛰듯 걸어가 마변의 명패 앞까지 간 자신에게 스스로 놀라지만, 내 행동을 통제할 수가 없다. 커피가 카펫에 주룩 쏟아진다.

"뭐 하는 짓입니까!"

"본인 잔이시거든요. 여기, 성함 보이시죠? 딴 사람 필체라 우기진 않으시겠죠, 손수 여러 번 쓰신 거니."

난 컵 바닥을 마변의 눈앞에 들이민다. 그 와중에 책상 위 서류를 망치지 않으려고, 거꾸로 들린 커피잔 아래 갖다 댄 왼손이 화끈거린다. 신음을 꾹 참고, 그를 내려다본다. 마변의 눈은 냉정을 가장하지만 관자놀이는 실룩거린다.

"여섯 시가 넘었으니 전 퇴근하겠습니다."

"수진 씨 인수인계 마치고, 이 난장판도 다 치우고 가십시오."

"인계 사항은 컴퓨터에 파일로 다 정리해 뒀습니다. 이 법인의 딴 여직원들은 일주일에서 길어야 이 주지만, 전 삼 주 전 해고 통보받은 직후부터 오늘까지 한 달을 옆에 앉아 일을 가르쳐 줬습니다. 제 계약은 이미 일주일 전에 마감됐고, 아시다시피 근로자는 근로계약이 종료된 이후에는 인수인계의 의무와 책임이 없으니, 제가 해야 할 일은 이제 없습니다. 비엔나커피 만드는 법까지 인수인계 파일에 자세히 적어 놨으니, 수진 씨가 곧 새 커피 만들어 드릴 겁니다."

"……."

"또 변호사님도 쓰시는 우리 법인 비서 계약서엔 여섯 시 이후 퇴근 시 시간외 수당 지급한다고 되어 있는 거 아시죠? 퇴직금까지 이미 다 지급된 제게 수당을 따로 주고 싶진 않으실 것 같습니다. 수진 씨에겐 지금 와서 청소기 돌리고, 아끼시는 거니 카펫 세탁도 특별히 유의해서 맡기라 하고 퇴근하겠습니다. 그간 많이 배웠습니다. 변호사님, 건강하세요."

목례를 하고, 등 뒤로 방문을 닫고 나선다. 탕비실로 가 손을 찬물에 오래오래 씻는다. 커피 가루 누르듯 감정이 꾹꾹 눌러 담겼던 가슴이, 약간은 물에 풀려 나가는 것 같다.

난 왼손에 붕대를 감은 채 법인 정문을 마지막으로 나선다.

원래 섹스 파트너를 만나기로 약속했던 날, 이렇게 완

전한 실직자가 됐다. 이때까지는 그래도 썩 나쁘지만은 않았다. 어떤 면에선 행복했다고 할 수도 있다. 마변의 마수에서 벗어났으니까.

하나 일주일 후, 난 싸늘한 시체로 발견되었다.

열심히 산 죄뿐인 내가 어쩌다 젊은 여자 변사체가 되었는지에 대해서는 약간의 설명이 필요하다. 설령 신문 사회면의 단신에서 한 줄 정도로 요약되고, 너무나 흔해 이젠 많은 사람에게 약간의 감정마저 일으키지 않는 흔한 죽음이라도, 모든 시체는 고유하며 히스토리가 있다.

테헤란로-2

근 일 년 전, 내가 '사단법인 이십일세기문화창조를 위한저작권수호협회'를 무단 퇴사한 후, 김진출 팀장은 여러 번 전화했었다. 핸드폰에 쌓인 메시지는 수도 없다. 그 메시지들은 갈수록 가감 없이 솔직해져, 회사를 뛰쳐나오고 나서야 전 회사 상사에게 비로소 인간적인 정감을 느낄 수 있었다.

신입인 유리 씨에게 너무 과중한 짐을 지워 준 것 같습니다. 팀장으로서 내 과오입니다. 사과합니다.

윗분들께는 급한 집안 사정상 연차 당겨 썼다고 겨우 막아 놨어. 하지만 신입은 일 년에 휴가 3일인 협회 특성상 더 이상 무단결근은 곤란해. 내일 오후라도 마음잡고 출근하길 바라

유리 씨, 안 그렇게 봤는데 정말 너무하네. 이럼 내가 뭐가 돼? 성인이자 사회인으로서의 자세가 아니지 않나? 가정교육과 기본 인성이 의심될 정도군

술에 떡이 돼 보낸 것 같은 마지막 메시지에서는, 김 팀장의 인간미가 가슴을 때렸다.

대가리 피도 안 마른 년이 누굴 엿 먹이려고 잘먹고 잘 살아라 퉤

무단 퇴사는 내가 평생을 지켜 온 가치관, 개인주의와 공리주의에 명백히 위배되는 것이었다. 어떤 외부의 것도, 위기 상황에 기어 들어가는 인디언 텐트 같은 내 영역은 침범할 수 없다. 내가 폐를 입지 않으려는 만큼, 나 역시 타인에게 절대 폐를 끼치지 않는다. 하지만 꾹꾹 참으려 했던, 내부에서 차곡차곡 쌓여 온 것들이 어떤 발화점을 건드리니 나조차도 나를 어찌할 수 없었다. 또 공리주의의 사전적 의미는 공공의 이익을 위하는 것이니, 공익을 위해서는 마음 떠난 구성원은 하루빨리 사라져 주는 것이 팀과 협회를 위하는 길일 거란 생각도 들었다. 머리로는 자기 정당화임을 알면서, 몸은 뛰쳐나올 수밖에 없었다.

　　이후 또 일 년간, 난 지리멸렬하게 살았다. 또한 캐득캐득 웃으며 조각 치즈를 베어 먹는 생쥐의 치즈 같은 비밀을 만들기도 했다.

　　시간은 모눈종이 같은 것이다. 누구나 자신의 연필과 자신의 모눈종이를 가지고 있다. 거기에 냅다 연필을 문질러 깜지로 만드는 것도, 아무 모눈도 안 채우고 내버려 두는 것도 당신의 선택이다. 모눈들을 솜씨 있게 채워 멋진 문양을 만들어낼 수도 있을 것이다. 다만 어릴 때 연습장 맨 뒤 붙어 있던 모눈종이를 채워 나가던 때를 떠올려 보면, 그건 거의 생각 없는 유희에 가까웠을 것이다. 시간은 그 안에 있을 때는 모른다. 작품을 만들려는 계획된 작업은 하기 힘든 것이다.

난 내 모눈을 이렇게 채웠다. 일단 면접은, 띄엄띄엄 다녔다. 코로나 이후 구직 상황은, 다행인지 불행인지 종전과 크게 다르지 않은 형세로 보였다. 아이엠에프 사태 이후 한국 구직계를 묘사하는 언론에서는 '구직난'이란 단어가 빠진 적 거의 없다는데, 이 전례에 빗대어 보아 근미래에 코로나가 종식되더라도 이 상황은 변하지 않을 가능성이 높다. 모두들 언제나 힘드니까, 굳이 나만이 한강에 빠져야 할 이유도 없었다.

머리로는 합격 연락이 간절히 오길 바랐다. 그러면서 한편으로는 그 일이 조금은 유예되기를 바랐다. 기이한 양가감정이 날 지배했다. 게으름의 타성은 중독적이다. 실은 폐기름과 부유물이 둥둥 떠 다니지만 주위는 아름다운, 미지근한 바다에 튜브를 끼고 떠다니는 기분이었다. 절대 이 아무것도 아닌 상태에서 벗어나고 싶지 않았다.

그러나 역시, 모든 인간에겐 자백이 필요하다. 잉여 인간이라도 쓰레기는 아니라는 자기 위안이 필요한 것이다. 이틀에 한 번은 도서관에 갔다. 방문자 중 확진자가 나와, 도서관이 이 주간 문을 닫았을 때가 기억난다. 난 면접에 떨어졌을 때보다 조금 적은 정도로 좌절했다. 이 주 동안 빌려 온 책들을 되짚어 읽으며 울분을 달랬다.

이 주 뒤 도서관에 가니, 이번에는 오미크론에 의한 거리 두기 단계 격상으로 코로나 백신 미접종자는 열람도, 대출도 불가능하다는 안내문이 붙어 있었다. 회사에 들어가면 당연히 접종을 요구할 것이므로, 실직 기간 거의 아무와도 '밀접히 접촉하지' 않고 있던 난 백신을 맞지 않은 상태였다.

나는 속으로 화를 내며, 두꺼운 마스크를 쓰고 지하철 세 구역 거리를 걸어 중고 책방에 갔다. 책 여러 권을 집어 들었다 뺐다 했지만, 결국 빈손으로 귀가했다. 그리고 첫 번째 백신을 맞았다. 접종 당일에는 좀 망설이다 치킨을 시켜 먹었고, 두 번째 날엔 좀 앓았으며, 셋째 날엔 부활해 도서관에 가 에코백에 책 열 권을 쓸어 담아 왔다.

비밀이란, 물론 이런 사소한 일상들은 아니다. 이제는 감흥도 긴장도 없어진 면접들과 양가감정, 도서관의 책들, 각각 뇌 표면과 허벅지에 달라붙은 활자 찌꺼기들과 지방 세포, 죄책감을 느껴 가끔 나갔던 한강 조깅, 게으름을 유지하는 관성과 죄책감의 구간 반복 등. 이런 것도 좋았지만, 이 시기에만 할 수 있는 다른 걸 원했다.

난 당분간 건전 사회의 서클에서 튕겨 나온 인간임을

상기했다. 그렇다면 그런 때만이 만끽할 수 있는 일도 있을 것이다. 이미 난 누구에게도 말하지 않을 비밀을 만든 적 있다. 가슴 속에만 묻어 놓고, 굳이 내용물을 확인해 볼 필요도 없이 존재감만으로 은밀한 힘이 되는 타임캡슐을. 공백의 시기에 그런 비밀을 한 번쯤 더 만드는 건, 합리적이고 필요 불가결한 일인 것이다.

어른 여자라는 건 원할 때 비밀을 만드는 것이다. 그 비밀이 있어, 햇빛 아래에서는 정반대의 청결하고 고아한 얼굴을 하고 걸어 다닐 수 있는 존재이기도.

이것이 로펌에 들어오기 전, 나의 비밀이다.

— 어레인지드 메리지를 위한 미팅에 나가야만 해.

시트로 맨몸을 감싼 난 한숨 쉬며 천장에 시선을 고정했다.

— 아버지의 병원비를 대기 위해 늙은이와 결혼하겠다는 건 난센스다. 분명히 후회할 거야.

— 가족을 위해 할 수 있는 일이 있다는 게 기뻐.

난 담담히 말했다. 마르코는 진정으로 화나 보였다.

— 너의 문화를 저징(judging) 하고 싶지는 않다. 하지만 난 어떤 동아시아 문화는 비합리적이고 비논리적이라는 걸 비판하지 않을 수 없어. 지금은 이십일 세기고 남자와 여자는 동등하다. 그런데도 아들은 숭배하고, 딸은 희

생시키다니.

그는 절레절레 고개를 저었다. 누가 독일인 아니랄까 봐, 찌그러진 호박처럼 늘 찌푸린 미간을 더 강하게 찡그렸다. 보지 않는 척, 마르코의 동향에 난 촉각을 곤두세웠다. 그가 옆에 누운 내 쪽을 힐끔거리는 게 느껴졌다.

— 난 위기에 처해 있어. 물론 나도 죽도록 싫어, 하지만 가족을 위해 희생하겠어.

— 고쉬(gosh). 유리, 나 좀 봐. 이런.

마르코는 돌아누운 내 어깨를 억지로 돌렸다. 그는 내 젖은 뺨을 보고 당황했다.

— 이봐, 울지 마. 난 여자가 우는 게 정말 싫다.

말은 그렇게 하지만, 순진한 태도를 가장하며 실은 제 잇속만 아는 한국인들과 반대로, 냉랭해 보이나 둔탁한 진솔함이 있는 게르만인은 날 껴안았다. 그가 어깨를 토닥이자, 속에 웅크린 알 껍질이 탁 깨지는 것 같았다.

나는 애처럼 엉엉 소리 내 울었다. 세상에 없는 자신이 진심으로 너무 가여웠다. 난 뺨에 흘러내리는 눈물을 의식하며, 게르만인의 흔들리는 새파란 눈동자를 속으로 은밀히 관찰했다.

마침내 마르코가 입을 뗐다.

— 내가 널 도울 방법이 있나?

예스. 머릿속으로 한주먹을 쥐며, 난 고요히 말했다.

— 백만 원, 아니 오십만 원만 우리가 만날 때마다 줘. 오늘처럼, 앞으로도 최선을 다해 널 기쁘게 만들겠어.

조금 망설이던 마르코는 침대 협탁에 놓인 검은 아이폰을 집어 들었다.

— 계좌번호랑 은행이 뭐야?

내가 답하자 그는 페이팔로 바로 오십만 원을 쏴 주었다. 여전히 미간을 찡그린 채. 마르코는 말했다.

— 난 널 푸시(pussy)로만 보지 않아. 넌 곤경에 빠져 있는 사람이고, 내 친구다. 병원비엔 턱도 없겠지만 도움이 되길 바란다.

난 환성을 지르며 백인 남자의 두툼하고 푸석푸석한 목을 껴안았다. "네가 최고야!" 마르코는 내 이마에 입을 맞추고 등을 토닥여 주었다. 관대한 남자에게는 절로 사랑이 샘솟는다. 난 시트 아래로 기어들어 가, 마르코의 붉은 털이 부숭부숭한 허벅지 사이에 얼굴을 파묻었다.

육체적 감각에 정서적 친밀감이라는 흥분제가 뿌려져, 우린 한층 더 강하게 얽혀들었다.

— 돈은?

— 책상에 올려 두었다. 현금 쪽이 나중에 곤란할 일이 없을 것 같다며.

— 정말 만 원짜리 오십 장이네. 넌 나의 기사(knight), 내 구원자야.

이후로도 마르코는 몇 번이나 돈을 주었다. 마르코만 그런 건 아니다. 댄, 필립, 마크, 키이쓰, 즈루이, 기욤, 피에트로, 이고르, 후안. 그들도 내게 삼십만 원에서 오십만 원씩을 주었다.

예상과 달리, 데이팅 어플에서 구한 내 '고객'들은 한국인이거나 교포인 경우보다 순수한 외국인인 경우 더 후했다. 이 나라는 언제 어디서든 원한다면 내가 부른 금액보다 적은 돈으로 여자와 잘 수 있는 탄탄한 인프라, 즉 매춘 문화가 구축되어 있기 때문일 것이다.

또 한국에 온 지 얼마 안 된 외국인들은 어떤 면에선 순진한 데가 있었다. 에이전시에 속한 에스코트 걸이 아닌, 일반적인 데이트를 위해 데이팅 앱에 가입했을 거라 그들이 짐작하는 평범한 사무직 여자가 (물론 그들에겐 아직 내가 역삼동 로펌에 다니고 있는 것처럼 말했다) 동아시아적 가치에 맞게 가족의 수술비라는 난처한 상황에 처해 있다는 말을, 정말 열에 여덟은 믿었기 때문이다.

내게 돈을 준 외국 남자들 모두는, 한국 전문직 남자들처럼 어플에서 처음 만난 여자를 하이엔드 급 오마카세에 데려갈 정도는 아니지만, 다 멀쩡한 직장과 지능을 갖고 있었다. 난 위장에서 사라질 고급 스시보다는, 실체적 숫자로 남는 돈을 원했다.

이렇게 남자들이 십시일반 준 돈으로 난 그리도 원했

던 것, 이 서울이란 도시에 방을 살 수 있었던 것이다! 그
것도 한강 뷰 아파트로. 서울에 아파트 등기 친 젊은 여자
가 인생에 더 바라는 게 있을까? 바로 코 아래 한강이 보이
고, 특히 한낮과 석양 질 때는 윤슬이 탬버린의 징글들처
럼 반짝이는데. 그럴 땐 난 너무나 행복해 그냥 거기로 뛰
어들고 싶었다.

물론, 이건 거짓말이다.
내가 남자들에게 받아 모은 돈은 몇 달간 전혀 부족
함 없이 쓸 수 있는 생활비가 되었지만, 당연히 전세 보증
금도 못 되는 액수였다. 역삼동 이후, 다시 한번 깨달았다.
여자가 섹스의 대가로 돈을 받는 건, 봐줄 만하게 생긴 젊
은 여자에게 모종의 권력(이런 게 진짜 있다고 믿는다면
바보다)을 주는 임파워먼트(empowerment)도, 반대로 필
연적으로 자학과 자기 파괴를 동반하는 비참함도 아니
다. 이 양극단의 이미지는 사회가, 많은 남자들이, 그리고
남자의 시각으로 여자를 보는 여자들의 은밀한 희망일
뿐이다.
나는 거래를 했을 뿐이다. 신화와 진화생물학이 오랫
동안 정의해 온 남성성을 공략한 결과, 어느 정도 유의미
하고 운도 따른 성공을 거둔. 자본주의 사회 하 모든 거래
의 본질은 감정을 배제하며 상호 이득을 최대화하는 것

이다. 거래는 비인간적인 것이 아니다. 오히려 외압이 전혀 없는 합의와 동의를 거친 거래는 깔끔하고 클린하다.

공정거래. 서연은 이 말 좋다, 했다.

— 와우, 실장도 없이 혼자 직거랠 때리다니 대박, 앙톡 같은 데서 가출한 십 대들이 변태 낚는 걸로만 생각했거든. 멀쩡한 남자들도 그런 식으로 낚을 수 있구나. 솔까 언니도 알겠지만 나 그땐 언니 쫌 무시했는데, 아니 원래 업소녀들은 민간인 무시함. ㅋㅋ 근데 대박이네. 인정.

가게는 역삼에서 논현으로 옮겼다지만 현업인 서연에게 인정받았으니, 나의 이론 및 실행은 어쩌다 실생활에서 성공을 거둔 우연과 비논리의 소치는 아니었을 것이다. 적시에 활용했을 뿐인 내 신념은 이렇다.

첫째, 댐즐 인 디스트레스(Damsel in Distress). 남자는 위기에 처한 여자에게 도움을 주는 걸 좋아한다. 불 뿜는 용의 아귀에서 창을 들고 분연히 공주를 구해내는 기사까지는 아니더라도, 약아지고 나약해졌다는 현대 남성에게도 여자에게 영웅이 되고픈 욕망은 남아 있다. 이 정도면 같이 잘 수 있다고 생각하는 젊은 축의 여자라면 백발백중이다. 얼마나 많은 신화 속 남정네들이 위기에 닥친 아름다운 여인을 위해 목숨을 낡은 신발짝마냥 내던졌나.

둘째, 여자 친구도 와이프도 아닌, 잘 알지 못하는 여자에게 남자는 더 구원자가 되고 싶어 한다. 이미 많이 알고 자기를 좋아하는 여자한테 남자는 사람으로 보이고 싶지만, 잘 모르는 여자한테는 신사와 기사가 되고 싶은 것이다.

많은 여자와 일부 남자는 이 사실을 믿지 못할 것이다. 대부분의 여자에게 사랑은 시간이 지날수록 깊어지며 의리 및 윤리와 결부되는 것이지만, 많은 남자에게 사랑은 성욕에 기반한 소모적인 연료에 가깝다. 남자에겐 번식욕이 먼저, 사랑은 추후에 만들어지는 것이기 때문이다.

당연 '모든 남자'가 그런 건 아니다. 본능에 의례와 의식이라는 코드를 덧붙이는 문화적 존재가 인간이니. 하지만 저것이 남자의 일면이자 본능이다. 자신이 부잣집 딸이거나 패션모델이라면 이야기가 다를 거라고 여자들은 생각하겠지만, 설령 그럴지라도 당신보다 못생긴 것 같은 낯선 여자한테 기사가 되고 싶은 당신 남자의 생각은 막을 수 없다. 어쩌면 남자가 진정으로 여자를 사랑하게 될 때는, 그녀를 더 이상 성적으론 원하지 않음에도 여전히 경제적 주 부양자이자 깊은 감정을 나눌 수 있는 친구로서 함께 늙기를 선택한 시점부터일지도 모른다.

— 남친이랑 놀 땐 연락도 씹었구, 라운딩 가자 태국 가자, 드럽게 졸라대는데 안 갔지. 당근 안 자 줬지. 그러니까 쏟아붓는 거야, 자빠뜨릴 때까지.

가게의 대기실에서, 서연은 부러질 듯한 팔목엔 버거워 보이는 번쩍이는 시계를 들어 보였다. 이거 롤리야, 얼마 같아? 하며. 베젤과 숫자판에 다이아몬드가 박힌 핑크색 롤렉스였다. 두꺼비, 그러니까 내가 역삼동에서 잤던 중년 남자의 처남이자 후에 세종시에서 문화 사단법인의 하청업자로 조우했던 남자가 사 줬다고 했다.

— 지를 사랑하지 않는 것 같고, 사랑을 바라지도 않는 것 같은 여자한테 남자는 주머니를 더 열지. 여자가 자길 많이 좋아한다고 눈치챈 순간 남자는 동태 눈깔이 되고.

캠퍼스에서 희애도 서연 비슷한 말을 했었다. 번갈아 들고 다니던 '샤' 클래식 캐비어 백과 '엘메' 버킨백 둘 다, '사귀는 건 아니고 잠도 안 자는 오빠들'한테 받았다고 그 애는 말했었다.

난 서연이나 희애처럼 천만 원 넘는 시계나 가방을 받지는 못했지만, 비슷한 원리다. 외국 남자들에게 난 여자 친구도, 아내도 아닌 낯선 여자였다. 그들을 사랑하지도 않았다. 그래서 그들은 내 뻔한 시나리오를 믿고(혹은 믿기로 하고), 내게 돈을 줬던 것이다.

나는 이기적이거나 비윤리적인 여자가 아니다. 다시, 내가 한 건 페어 트레이드다. 오히려 난 아주 선량한 여자였다. 남자의 사랑도, 관계 정의도 바라지 않았다. 데이트, 소소한 연락, 감정 교류 모두 필요 없었다. 내가 원한 건 오직 돈과 섹스뿐이었다. 그 남자들이 날 만나지 않을 때 어디서 뭘 하건, 귀엽고 겸손하면서도 이국적 섹시함이 있는 다른 코리언 레이디들과 자건 말건 전혀 신경 쓰이지 않았다. 왜 거기에 관심 둬야 하나? 난 그들에게 먼저 연락하지 않았고, 아무것도 묻지 않음으로써 그들의 사생활을 철저히 보장해 주었다. 이렇게 이타적인 여자가 세상에 어디 있나?

여자를 많이 만나 본 남자는 알 것이다. 일상적 관심, 애정, 보호, 성욕, 충실함, 남친이나 남편이 있는 여자라는 레이블과 인정 욕구까지, 그러니까 사랑. 남자에게 사랑을 원하는 여자가 실은 탐욕스러운 여자라는 걸. 섹스와 돈만 원하는 여자는 오히려 착한 여자다. 내가 잔 남자들의 팔십 퍼센트는 이 진리를 알 정도로 머리가 돌아가고, 여자들에게 인기도 있었던 것이다.

물론 탐욕스럽거나 고전적인 데이트 개념에 집착하는 남자들도 있었다. "난 여자를 돈으로 사는 남자가 아니다." 그들이 돈을 못 주겠다고 하면, 난 깔끔히 언매치 및 카톡 차단을 한 뒤 즉시 다른 상대를 찾았다. 자존심만 세고 이기적인 남자를 설득할 시간이 아까웠기 때문이다.

여자식 탐욕은, 본인도 성인인데 남자가 보호자인 양 끊임없는 애정과 관심과 사랑을 바라고, 상대가 날 '(사귀거나 결혼할) 가치 있는 여자(!)'로 인정해 주길 은밀히 원해 같이 자거나 퍼다 준 후에 원하는 결과가 돌아오지 않으면 자신은 희생자, 남자는 죽일 놈으로 생각하고 자학하며 저주하는 것이다. 반면 남자식 탐욕은 여자에게 최소의 투자조차 없이 섹스와 심심풀이, 외로움 해소용 데이트 같은 다른 자원들을 바라는 것이다. 이건 소위 진짜 창녀보다도 못한 방식으로 여자를 취급하는 것이다. 관계 정의도, 평범한 남자들이 여자의 마음을 얻기 위해 흔히 하는 최소한의 노력도, 심지어 창녀를 사는 남자들은 이의 없이 하는 금전적인 보상조차 없이, 오직 여자가 자신에게 매력, 케미스트리를 느껴 '쿨하게' 잠자리 플러스 알파를 해 주길 바라는 부류들이 요즘 창궐하고 있다(여자는 순전한 자신의 결정에 의해 잠자리한 것이며, 또 여자는 강하므로 모든 책임은 여자 본인의 것이며, 섹스 후 관계 정의를 바라는 여자는 '서로 즐긴' 잠자리 한 번에 남자를 얽어매려는 매력 없고 조종하는(manipulating) 여자라는 것이다! 백인 남자들은 정말이지 영리하다!).

너희는, 여자를 돈으로 사는 남자들보다 더 별로야. 적어도 섹스를 돈으로 사고 섹스 이외의 것은 아무것도 바라지 않는 남자들에겐 없는 가식을, 너희는 칭칭 두르고 있거든. 너희들의 주장과 달리, 너희는 여권주의자나 윤리적이라 매춘을 반대하는 게 아니니까. 니들은 그냥 노력과 책임감은 없이, 여자의 몸과 여자가 줄 수 있는 모든 것들을 취하고 싶을 뿐이거든. 실은 섹스를 하기 위해 남자가 돈을 써야 한다는 아이디어가 마음에 안 들 뿐이지. 그러니까 니들은 공짜 섹스와 책임감 없는 데이팅과 외로움 해소를 원하며, 그걸 위해 이런 논리들을 갖다 붙일 뿐이거든. 여자도 남자처럼 성적 권리가 있는 주체다!(너희의 눈엔 임신과 성병에 취약한 신체, 강간, 폭행, 살인 가능성 등등 섹스에 의한 모든 리스크들이 남자보다 여자에게 훨씬 크다는 엄연한 생물학적 사회적 팩트는 웬일인지 전혀 보이지 않음.) 성관계에서의 물질의 교환은 비인간적이다! 난 역삼동 손님과 무스탕이 너희 같은 포식자들보다 신사였다 생각해. 적어도 저들은, 왜 너도 같이 즐기면서 돈을 받냐고 생떼를 부리진 않았거든, 이라 말해 줄 수도 있었지만, 그럴 가치가 없는 것이다.

실은, 정상적인 남자들은 교환 논리를 안다. 역사적으로 덜 노골적인 방식으로 변주되어 왔지만, 무의식중에 받아들여지는 룰을 알고 있다. 일반적인 연애나 결혼 관계에서 남자가 여자에게 하는 것들을 줄 수 없을 때, 즉 오직 책임 없는 섹스만을 하기 위해서는 최소한의 물질적인 대가는 지불해야 한다는 진리 말이다. 그것조차 거부하는 인간종 남자는, 암컷 새에게 알곡을 물어다 주는 수새보다 못하다.

마지막, 역시 어떤 관계에서건 서로를 좋아할 수밖에

없다. 돈이 오가건 오가지 않던, 그건 중요하지 않다.

애초부터, 애정과 거래는 흑백이 아니다. 진실과 거짓은 구분하는 것이 아니라, 섞거나 처음부터 구분하지 말아야 하는 것이다. 이것은 찰나의 진심일까, 스테인리스 스틸처럼 오래가는 거짓일까? 생각을 할 필요가 없다. 진심은 아름답고 가식은 추하며, 릴레이션십은 숭고하고 매춘은 추하다는 건, 진실 아닌 신화고 믿음에 가깝다. 많은 사람들이 본인의 평안을 위해, 그러기를 바라는.

— 막말로 돈 안 받음 못 잘 것 같아 그랬던 건 아니겠지? 트리마제 해 준대도 싫은 놈은 죽어도 싫은 게 또 여자거든

서연마저 말했었다.

틀렸다. 난 내가 돈을 받고 잔 남자들을 정말로 좋아했다. 침대에서 난 많은 말을 했다. 유 알 마이 나이트(knight), 유 알 마이 세이비어(savior), 유 알 쏘 젠틀맨, 아이 리얼리 땡크 유, 아이 리스펙트 유. 진지한 관계를 원치 않는 백인 남자들이 기겁할 아이 러브 유, 오해 받을 수 있는 아이 라이크 유를 빼고, 모든 좋고 달콤하며 상찬하는 말들을. 그 모든 말들은 거짓이고, 동시에 진심이었다.

상대가 원하는 걸 해 주는 일이 사랑이 아니면 뭔가? 난 원하는 걸 주는 남자들을 사랑해 기쁘게 섹스했고, 기쁘게 돈을 받았다. 나는 너무 행복해 연애 관계에서 했던

것들보다 침대에서 과감히 움직였고, 남자들도 행복해했다. 남자들과 난 다 기쁨에 기진맥진 젖었다. 단 한 번의 만남으로 끝난 남자들은 거의 없었다. 난 남자들을 좋아했고, 그들은 날 좋아했다.

관계 정의 된 사이에서의 섹스는 사랑이고, 돈을 매개로 한 섹스는 동물의 짓일 뿐이란 건 유아적인 구분이다. 선과 악, 흑과 백, 아름다움과 추함을 구분하고 안정감을 느끼는 것이 개인의 삶에 편리한 사고방식일 수는 있을 것이다. 하지만 어른의 방식이나 성숙한 여자의 길은 아니다.

아무튼 난 섹스를 하고 돈을 받은, 혹은 돈을 받고 같이 섹스한 남자들을 진심으로 좋아했다. 이는 역삼동에서의 내 최초이자 최후의 손님, 중년 남자에게 룸에서부터 호텔에서까지 모종의 친밀감을 느꼈던 원리와 비슷한 것 같다.

사람을 진실로 좋아한다는 건 독점욕과는 오히려 정반대의 일이다. 진심으로 어떤 사람을 좋아한다는 건, 그들의 모든 자유를 인정하는 것이다. 태그와 이름표, 역할이 아닌 한 인간으로서. 그렇게 상대를 강하고 자유로운 인간으로 인정할 때는, 다자연애 따위 라벨조차 필요 없다. 모든 상황에서 라벨을 필요로 하는 것 역시, 유아적이거나 불안한 심리다.

진심으로 역삼동의 중년 남자도, 내가 데이팅 어플로 잤던 모든 남자들이 행복하고 건강하기를 난 바란다. 내가 남자들을 지갑으로만 간주해 비하하고 싫어하지 않았듯, 그들도 날 성기나 도구로만 대하지 않았다. 이런 거래는 내 인생 처음이야, 많은 남자들은 말했지만 '거래'라는 개념을 인식하고 있음에도 그들은 신사였다. 예상외로 모든 돈을 지불할 테니 섹스 말고 평범한 데이트나 여행을 가자는 남자들도 있었다. 이건 여자와의 관계에서 손해를 잘 보지 않는 남자 특유의 자기중심적 성향이기도 하지만(여자와 데이트나 여행을 하려면 일단 충분한 라포부터 쌓아야 하니, 어떤 남자들에겐 이것이 일회적인 매춘보다 더 어려운 일일 수도 있다.), 역시 인간은 다면적이고 복잡한 존재란 걸 다시금 깨달았다.

이것이 역삼동 이후 갖게 된, 소중한 나의 다른 비밀이다. 비밀이 많아질수록 그림자는 길어지고 동시에 더욱 강해진다.

나는 늘 비즈니스호텔을 나서는 길에 바로 은행을 들렀다. 표면이 끈끈해진 전동 딜도와 바이브레이터가 든 검은 비닐봉지에서 오만 원짜리나 만 원짜리 지폐 뭉치를 꺼내 에이티엠기에 넣고, 계수하는 소리를 듣던 순간을 떠올린다. 기계가 돈을 넘기는 상쾌한 소리도. 명세표에 적힌, 규칙대로 바뀔 뿐인 숫자의 무감함도.

소녀는 비밀에 붕괴되거나 그것 때문에 괴로워하지만, 여자는 비밀을 비타민제처럼 삼키고 흡수시켜 더욱 강해지는 것이다.

넉 달 뒤, 몇 달의 생활비가 떨어지기 전, 난 다시 서초동 대법원 앞 법률사무소에 앉아 있었다. 흔해 빠진 흰 니트에 검정 에이치라인 스커트를 입고. 돈 받고 섹스를 할 것처럼은 생기지 않은 얼굴로.

인터넷 전자소송 사이트에 서면 업로드를 마친 난 단어 하나를 떠올리고 있었다. 둥지.

나는 텃새가 아니었다. 한 번도 그랬던 적 없다. 늘 둥지 안에 있어 온, 그래서 둥지가 당연히 준비됐다 믿는 여자들이 있다. 우리 막내는 결혼 따위 하지 말고 엄마 아빠랑 오래오래 살자 부추기는, 원앙 같은 양친이 있는 여자. 혼전 임신으로 스물셋에 결혼식을 올린 여고 동창. 대기업에서 대리를 달고 내년이나 내후년엔 식 올리기로 약속한, 같은 대기업 다니는 남자 친구가 있는 여자들.

썩 드물지 않은 이 경우들 중, 난 어디에도 해당하지 않는다. 둥지를 가져 본 적 없고, 둥지를 지어 줄 수새도 없다.

난 텃새 아니고 철새겠지, 벌레를 먹고 살아남으려면 한시적이라도 둥지를 만들어야 하지 않겠어? 어차피 죽을 건데 부러 지금 죽을 필요도 없고, 돈 받는 섹스는 든든한 둥지는 될 수 없는 것이다. 그래서 난 꾸물꾸물 몸을 일으켜 구직 활동을 했고, 한 곳에 출근할 수 있었다.

이곳의 대표 변은, 과는 다르지만 삼십 년 전 나와 같은 대학 법대를 나왔다. 면접 볼 때, 그는 고개를 갸웃했었다.

"아침엔 책상 닦고, 복사하고, 스캔 뜨고, 법원에 서류 내거나 인터넷에 올리고, 우체국 심부름하고. 할 일은 그 정도야. 할 수 있겠니?"

당연히 고개를 끄덕였다. 대학 나와서 그 정도 일도 못 하려고.

하지만 대표 변의 속뜻은 대학, 그중에서도 '그 대학' 씩이나 나와 그런 일을 하겠냐는 뜻이었다. 많은 법률사무소나 법무법인은 고졸 여직원을 뽑는다. 소송은 중차대한 일이지만 여직원 대부분은 철저히 보조적인 일만 한다. 소송 관련해서는 도장을 찍고 번호를 매겨 증거 목록을 만들고, 이 증거 목록과 변호사가 작성한 준비서면, 의견서 등을 원고측 소송을 대리할 경우 빨간색, 피고측 소송을 대리할 경우 파란색 용지에 뽑아 전자소송 사이트에 올리거나 법원에 직접 제출하고, 이러한 소송 관련 서류들을 편철하고 누런 사건 봉투에 담으며, 선고, 재판 등 소송 관련 각종 기일을 확인해 변호사에게 상기시켜 준다.

이에 아침마다 변호사의 책상과 방을 정리하고, 손님을 안내하고 차를 내주며, 지방 출장이나 재판을 가는 변호사의 기차나 비행기표 예약, 인터넷 서핑으로 각종 개인 용무를 처리해 주는 일반적인 비서 업무가 추가된다.

변호사 비서 일은 홍보, 기획, 리서치, 출판 종사자들이 종종 불평하는 야근이 없다. 영업, 마케팅 같은 실적 압박도 없다. 보스의 출퇴근 시간에 따라 가끔은 새벽 출근이나 야근, 주말 근무도 한다는 일반 기업 비서와 달리, 한 달에 한두 번 야근을 한다. 대개 변호사들의 근무 시간은 월에서 금, 나인투식스를 기준으로 하는 일반 직장인보다 더 플렉시블하기 때문이다. 아주 운 나쁜 경우가 아니라면 (정확히 삼 개월 뒤, 난 아주 운 나쁜 경우에 처해졌으나) 대체로 업무는 강도가 낮으며, 루틴하다. 일은 돈벌이의 수단, 자아는 노는 시간에 실현하는 것이란 철학을 실천하게 해 주는 일이라는 게 만족스러웠다.

단, 초봉은 협회에서와 똑같이 한 달에 백오십만 원이었다. 법학 전공자가 아닌 이상 대졸자 우대 같은 건 없다. 법대를 나왔다면 변호사도, 하다못해 사기업 법무팀 직원도 아닌 변호사 비서가 되는 경우는 안타까운 일이라 위로금 조라 생각할 수도 있으므로, 일면 이해되는 일이었다. 변호사가 재판을 가는 날엔 웹서핑으로 몇 시간을 보낼 수 있는 정도의 업무 강도에 불만을 품을 이유도 없었다.

그 소규모 법률사무소에서 삼 개월 인턴 과정을 마친 셈이다. 그곳은 법률사무소 중에서도 나중에 알고 보니 여직원들이 가장 힘들어한다는 기업 파산, 회생 전문이었다. 변호사는 얼굴만 내걸고 실질적인 업무는 파산팀이 거의 처리하는 구조였다. 나보다 세 살 어리고 무려 법대를 나온 파산팀 막내 여직원은 쉼 없이 걸려 오는 호통치고 울부짖고 앓아대는 전화벨 소리, 흙빛 얼굴에 눈이 붕어처럼 튀어나온 다혈질 팀장의 고함만 들어도 심장이 벌렁거린다고 했다. 그 친구와 비슷한 시기에 퇴사했다.

난 그렇게 삼 개월의 수습을 마친 후 '법무법인 세리'로 가, 내 머리를 두 번 갈긴 운명의 마변을 만나게 된 것이다.

물론 마변이 내 뒤통수를 물리적으로 후려갈긴 건 아니다. 아마, 그럴 것이다. 금전적 피해를 입히지 않고 고분고분 해고당한 직원의 뒤를 밟아, 굳이 흉기로 그녀의 뒤통수를 후려갈겨 때려눕힐 보스는 없을 것이다. 특히 그 남자가 금고 이상의 형을 받으면 면허가 취소되는 전문직 종사자라면.

하지만 마변이 날 갑자기 해고하지 않았다면, 난 전혀

계획에 없던 지방행을 충동적으로 감행하지 않았을 것이다. 내 인생에 적어도 지금 같은 일은 생기지 않았을 것이다.

센트럴시티 터미널 대기석에 앉아 군산행 버스를 기다릴 때처럼, 마변을 떠올리며 이를 바득 갈아 보려 했다. 대신 입안에서 이가 딱딱 부딪치는 소리가 들렸다.

사위는 포돗빛이었다. 수평선 멀리 흔들리는 어선의 불빛처럼, 의식이 가물거렸다. 뜨끈하던 뒤통수는 해변 저녁 바람에 이젠 써늘한 기운이 들었다. 머리가 쇠 추처럼 무거웠다. 손등 피부는 살얼음이 앉은 것 같았다. 힘겹게 고개를 돌리니, 고물대는 칠게가 작은 장벽처럼 내 검지를 기어 넘어가고 있었다.

더러운 모래밭에 혼자 누워, 난 별을 찾아보려 했다.

중대형 로펌 '법무법인 세리'는 지리상으로는 역삼동에 속해 있으나 강남역과 더 가까웠다. 저녁, 강남역 지하상가에 좀비처럼 들어찬 어린애들을 뚫고 테헤란로 초입으로 바지런히 걸어왔다.

— 곁에선 간판이 안 보여요. 맞은편엔 던킨도너츠가 있고 일 층엔 은행이 있어요. 팔 층으로 올라오심 돼요.

전임자가 될 수도 있는 여자의 목소리는 친절했지만, 변호사 비서의 특권인 칼퇴에 실패했다는 짜증을 숨기지 않았다. 면접은 내 퇴근 후 이동 시간에 맞춰 여섯 시 반 넘어 이루어졌다.

마변의 첫인상은 굉장히 독특했다. 얼굴은 성인 남자였으나 팔다리 길이는 아동이었다. 악의를 품은 초등학교 남자애 같은 팽팽한 얼굴이었으나, 벗겨지기 시작하는 이마는 어쩔 수 없었다.

"왜 법률업계로 왔죠? 이 업계는 여직원을 대졸자라고 절대 우대해 주지 않습니다. 더 좋은 회사도 갈 수 있었을 것 같은데요."

"실례되는 질문이지만 결혼 계획은 없나요?"

"집이 마포 쪽이면 이쪽과는 많이 멀 것 같은데요."

그는 한 번도 웃음을 비치지 않고, 내 대답이 끝나기도 전에 속사포로 질문을 이어 갔다. 나는 이때 나폴레옹 같은 그의 사디스틱한 성향을 이미 눈치챘고, 그건 이후 그가 업무 지시를 하느라 자기 컴퓨터 모니터를 보여 줬을 때 즐겨찾기 목록에서 '코리안 페티시-키워드: SM'을 본 걸로 증명되었다. 나는 마조히스트 역할답게 염화미소를 지으며 질문 하나하나마다 조신한 여자처럼 대답했다. 그날의 '에스엠 플레이'는 성적인 뉘앙스와는 전혀 거리가 멀었으며 난 그쪽엔 한 번도 흥미를 품어 본 적 없지만, 아무튼 그날의 내 역할 수행은 성공적이라 생각했다.

하지만 마변은 다음 날 내게 친히 전화를 걸어 와 불합격을 알렸다.

"알겠습니다."

"실례가 되지 않는다면 제가 조언 하나를 해 드려도 될까요?"

쓸데없을뿐더러 오만한 친절이었다. 하지만 그러시라고 답했다.

"서초동 대법원 쪽에 법률사무교육원이란 곳이 있습니다. 채유리 씨 같은 무경력자는 그 기관의 교육 과정을 이수하면 법률업계에 취직하기 더 쉽다고 들었습니다. 기분 나쁘신 건 아니죠?"

"아닙니다, 조언 감사드립니다. 건강하세요 변호사님."

SM 플레이도 해 봤어야지 잘하겠지, 웃음 띤 목소리로 전화를 끊고, 모든 떨어진 면접에서 그래 왔듯 마 변호사와 그의 로펌은 머릿속에서 치워 버렸다. 다시 서울지방변호사회 홈페이지 채용 공고란을 열심히 검색했다. 그날 퇴근 후, 동네 미용실에 앉아 있는데 전화가 걸려 왔다.

"법무법인 세리의 마 변호사입니다. 혹시 다른 사무실 결정되셨나요?"

"아직이요. 근데 왜⋯."

"혹시 월요일부터 출근 가능하십니까?"

"네? 아까는 떨어졌다고."

"저는 지금껏 최소 경력 오 년 이상인 베테랑 여직원과만 일해 왔습니다. 그런데 어떤 계기로 생각을 바꾸게 되었습니다. 월요일부터 나올 수 있겠습니까?"

마변은 전화를 끊고 문자를 보내 왔다.

채유리 씨의 채용 조건은 다음과 같습니다. 주 5일 근무, 초봉 1800만원(법인에서 정한 신입 기준에 따름, 매년 인상), 4대 보험, 식대 지원(식권), 여름휴가. 법무법인 유한 세리 마재혁 변호사.

난 뿌리 염색을 거듭할수록 점점 더 밝아지는 머리색을 다시 얌전히 톤 다운 해야 하나 고민하며, 집에 와 재취업 자축용으로 혼자 캔 맥주를 땄다.

그래도 늦은 나이에 신입으로 들어온 나를 위해, 마변은 무려 점심밥을 같이 먹을 여비서 동료들까지 짝지어 줬다. 일반 회사와 비슷한 공산제가 아닌, 각 변호사들이 개인사업자처럼 자신의 사무장과 여직원을 데리고 법인에서 제공하는 사무실에 세를 든 꼴인 별산제 법인이라, 이미 형성된 여비서들 무리에 끼기 더 힘들 수 있다는 이유였다. 내 '밥 멤버'들은 마 변호사님 새 비서라는 소개에 하나같이 "아…. 반가워요." 하며 뭔가를 억지로 삼키는 듯한 불편한 표정을 지었다.

다행히 나까지 다섯 명인 밥 멤버들은 유치한 여고 일진 무리처럼 소음을 몰고 다니는 무리와는 거리가 먼, 일 열심히 하고 수수한 타입들이라 좋았다.

전화 교환원들을 연상케 하는, 구획된 파티션에 해당 변호사 비서들이 하나씩 앉게 된 비서관에서, 난 들어온 지 얼마 되지 않아 쉽게 이름을 알렸다.

"언니가 서관에서 유일하게 땀 흘리며 뛰어다니는 여직원이잖아요."

"마 변호사님 비서면, (웃음) 힘 좀 써야겠네. 잘해 봐요."

마변은 "나는 기다리는 성격이 아닙니다."라 했다. 한 가지 일을 처리하는 와중에도 계속 사내 메신저의 주황 불이 깜빡였다.

— 준비서면 업로드는 완료됐나요?

— 이숙자 의뢰인에게 전화는 해 줬습니까?

— J그룹 집단소송 단체 문자는 다 보내졌나요?

— 의정부 공장 건 사건 봉투 제작되는 대로 가져오세요.

업무 하나가 끝날 때마다 지체 없이 바로바로 보고해

야 했다. 하루에 스무 번은 족히 넘게 비서실과 변호사실을 오갔다. 블라우스 겨드랑이는 미국산 강력 데오드란트를 발라도 땀에 젖어 신경이 쓰였다.

고맙게도 마변은 '업계 신참인 나의 빠른 업무 숙달을 위해', 그가 면접 시 들먹였던 법률사무교육원에 직장인 환급 과정을 이용해 나를 등록시켜 주기도 했다. 난 주 세 번 퇴근하자마자 서초로 달려가 편의점 삼각김밥을 욱여넣고, 밤 열한 시 가까이까지 졸음을 참으며 민사, 형사, 가사, 보전처분과 공탁, 강제집행 등으로 나뉜 수업들을 들었다. 물론 대부분의 내용은 낮 동안 충분히 시달린 내 귀를 솔솔 스쳐 지나갔다.

"채 양은 마 변호사님 덕에 오래 살겠어."

"왜요?"

"담즙이 위에 고이면 암에 잘 걸리거든. 하루에도 수백 번 일어나 왔다 갔다 하니, 담즙이 고일 새가 있나!"

맞은편 책상을 쓰던, 옆 팀 홍 사무장은 엄지를 척 들어 보였다.

여직원들의 필수 아이템, 강남역 지하상가 화장품 로드숍 매장에서 받은 에코백을 멘 난 쓴웃음을 지었다. 에이포 용지 크기의 서면과 우편 봉투를 나르는 데는, 화장품 로드숍에서 만 원 이상 사면 주는 천 가방만 한 게 없다.

한 티브이 드라마에서 로펌 여직원들이 쪽머리에 타이트한 치마 정장을 입고, 딱 봐도 비싸 보이는 브랜드 숄더백을 메고(협찬이라 그렇겠지만) 힐을 신은 장면이 나와, 난 좀 웃었었다. 안내 데스크 직원이면 그럴 수도 있겠지만, 한번 외근 나갈 때 대개 법원, 주민센터, 우체국 등 업무 봐야 할 곳을 다 찍고 사무실에 복귀해야 하는 여직원이 그런 차림으로 기동성이 나올까? 실제 우린 굳이 집에서 세탁해 오지 않아 때가 탄 천 에코백을 메고, 얼추 검정색으로만 맞춘 하의에 딱 봐도 비싸 보이진 않지만 단정한 여직원의 아이덴티티는 부여하는 약간 구김 간 블라우스 위 카디건(역시 강남역 지하상가에서 많이 파는) 따위를 걸치고, 통굽 슬리퍼나 스니커즈를 신고 다녔다.

일부 변호사들은 자기 여직원에게는 '의뢰인들 드나드는데, 품위 없이' 슬리퍼 차림으로 안팎을 오가지 말라고 지시하기는 했다. 하지만 어차피 그들은 자기 사무실에서 문 닫고 일하느라 여직원들의 공동 업무 공간과 복도 풍경은 잘 몰랐으므로, 나를 포함한 많은 여직원들은 거리낌 없이 스니커즈, 슬리퍼를 신고 오갔다.

"채유리 씨 편하실 대로 하십시오."

의외로, 이 부분에선 마변은 유연한 편이었다.

"전 잘 모르지만 여성분들, 힐 신으면 빨리 걸을 수가 없지 않나요? 시간이 금인데 말이죠."

요는 법인 전체의 품위나 여직원의 발목 건강보다는, 조금이라도 빨리 복귀해 월급 값을 하라는 극도의 실용주의였다.

"마 변호사님 밑에 있는 여직원은 행운인 거야. 배울 게 많으니."

홍 사무장처럼, 변호사들은 바뀌어도 법무법인에 망령처럼 더 오래 살아남는 늙수그레한 사무장들은 종종 말에 뼈를 묻곤 했다. 해서 저건 내가 저주받았다는 말에 가까웠다.

아무튼 '세리'엔 늘 말이 많았다. 변호사들의 뒷담, 여직원들의 행동과 외모 평이 하수구의 나방처럼 삼 층부터 구 층까지 날아다녔다(법인은 한 건물의 삼 층과 팔 층, 구 층을 임대해 쓰고 있었다). 모든 층엔 탕비실, 넓고 청결한 화장실(의뢰인들이 수도 없이 드나드니까), 실제로는 쓰는 여직원들이 별로 없었지만 라꾸라꾸 침대도 놓여 있던 휴게실, 공용으로 사용하는 대형 복사기 몇 대가 있었다. 해서 나처럼 구 층에서 일하는 비서들은 친한 비서가 없다면 삼 층이나 팔 층엔 내려가 본 적도 없는 경우가 많았다.

대표 변들의 비서인 미정만이, 전선(戰線)의 비둘기마냥 세 개의 층을 누벼대며 뒷담을 전달했다.

"언니, 소식 들었어? 팔 층 황 변호사님, 의뢰인이랑 바람나 담달에 법인 나간대. 이혼 소송 중 그런 거고, 상대가 변호사니 남편 쪽에서도 더 일 안 키우고 이 정도로 마무리하는 거지. 그쪽 법인이 그렇게 큰 데도 아니구. 사라, 아 황 변호사님 비서. 사라가 사무실 오셨을 때 봤는데, 그 의뢰인 분 사십 대에 애도 셋인데 색기가 줄줄 흐르긴 했대. 황 변호사님도 애 셋이잖아. 참 부지런들도 하서, 호호."

"우리 층 한송이 알아, 언니? 삼 층 오 변호사님이랑 윤 변호사님 일, 딴 여직원 둘이랑 나눠서 하는 애. 아, 몰라? 다행이다. 걔랑 거리 둬, 언니. 내가 독실한 신자잖아. 이런 말 입에 꺼내기도 남사스럽다. 섹스 중독자래! 그래, 송이 걔. 얼굴은 세상 참하게 생겨 가지구, 쯧쯧. 암튼 걔가 혜진 언니한테 소개팅 시켜 줬는데, 아 팔 층 인포 언니. 평소엔 둘이 친하지도 않거든? 언니네처럼 거기도 집단 소송 많이 하는 팀인데, 송이 걘 맨날 사건 봉투 들고 왔다 갔다 하면서도 늘 쌩하니 인사도 않구. 근데 지난달에 갑자기 데스크 와선 언니 혹시 소개팅 할래요? 하더란 거야. 남자도 증권사 다닌대고, 밑질 건 없으니 좋다 했지. 혜진 언니 세 달 전 파혼했거든. 아차, 딴 애들한테 내가 말했다 하면 안 돼! 암튼 만난 날 케미가 맞아 둘이 이차로 강남역 뒤 루프탑 바까지 갔대. 근데 남자가 혀가 꼬여선 이러더란 거야. 세리 여직원들은 미모 보고 뽑나 봐요? 성격들도 앗쌀하시구. 싸해서 혜진 언니가 뭔 말이냐고 캐물으니까, 사실은 둘이 엔조이 하던 사이라는 거야! 세상에. 소개팅한 날 둘이 잤는데, 성격이 안 맞아 쿨하게 친구로 지내기로 했대. 참나. 응, 남자 쪽 얘기긴 하지. 근데 송이 걔 완전 안드로메다급 개념 아니니? 어떻게 지가 섹파 하던 남자를 직장 동료더러 만나 보라 들이밀 수 있어? 무개념, 완전 무개념."

— 혜진 언니, 채유리라고 알아? 구 층 사이코, 마변이 지난달 새로 뽑은. 글쎄, 막 이쁜 건 모르겠구 그냥 머리 길고 말랐어. 마변 취향이 마른 여잔가 봐, 전에 있던 여직원도 뼈다구였잖아. 넘 뺑뺑이 돌려 쏠쏠히 마르다 못해 나간 건가? 암튼 그 언니, 나이는 있는데 뭐 잡지사 다니다 무슨 문화 법인? 이런 데 다니구, 딴 일만 하다 와 암것도 몰라. 왜 뽑았는지 모를. 암튼 나한테 밥 사 주면서 잘 좀 부탁한다 하더라고, 마변이. 아니, 본인 없이 나한테만 살짝. 나보다 나이 많으니 본인이 알면 존심 상할 거 아냐. 아니, 대표님 두 분 뒤치다꺼리만두 정신없구만, 왜 이 법인 변호사님들은 새 직원 들어오면 나한테 다 일 가르쳐 주라는 거야? 우리 법인도 유경력자만 뽑음 좋겠어. 혜진 언니, 내가 몸이 남아나질 않는다.

아니 일 물어봐서 짜증 난다는 건 아닌데, 처음부터 분위기가 좀 그랬어. 마변이 친하게 지내라니 우리 밥 멤버에 껴 주긴 했는데. 글쎄 설명할 순 없는데, 왠지 한송이 첨 봤을 때랑 비슷한 느낌? 왜 언니두 송이 보고 그랬잖아, 저렇게 안 그렇게 생긴 애들이 뒷구멍으로 호박씨 깔 상이라고.

아, 그래서 채유리가 뭔 짓을 했냐고? 잠깐, 문 잘 닫혔는지 좀 보고. 혜진 언니, 여기서 회의 잡힌 거 없는 거 맞지? 이런 얘기 하는데 누가 또 문 팍 밀고 들어옴 어떡해. 아니, 이건 진짜면 법인 뒤집어지는 일인데, 휴.

유리 언니 법인 들어오기 전, 남자들한테 돈 받고 몸 팔았다는 소문이 있어. 미쳤지? 아니, 술집서 일하는 거 말구 일대일로 호텔에서 만나 돈 받고 잤대. 아, 그걸 에스코트라고 해? 뭐, 쨉브? 이름들이 뭐 그래? 암튼 대박이지? 알지, 구 층 연주 언니도 그런 소문 있었잖아, 룸 다녔었다고. 결혼하구 임신까지 하니 쏙 들어간 거지. 근데 연주 언닌 솔까 얼굴도 많이 만졌구 딱 봐도 그런 삘로 생겼잖어. 말투도 좀 쌍스럽구, 히히. 근데 유리 언닌 진짜 의외지 않아? 어휴, 그게 진짜면 이제껏 같이 밥 먹었던 것두 찝찝해. 반찬도 나눠 먹었다니까, 소름.

미정은 다른 비서나 사무장들에게, 딱 저런 식으로 내 뒷담도 했을 것 같다. 그녀는 다른 여직원이나 사무장, 변

호사 들의 풍문을 세리의 탕비실이나 빈 회의실들에서뿐
만 아니라 퇴근 후, 심지어 가끔 주말에도 전화로 조잘댔
었다. 그러나 내가 퇴사한 후 미정에게서는 거짓말처럼
연락이 뚝 끊겼다. 따라서 이건 합리적 의심이다. 이웃을
사랑하라며, 못된 년.

하지만 미정도, 마변도, 사무장 들도, 아무리 생각해
봐도 세리엔 굳이 날 공격할 만한 사람은 없다. 난 업무 미
숙으로 때로 미정을 귀찮게 했고, 마변의 주장대로 그의
능률을 떨어지게 했을 수도 있다. 그러나 이건 상해 혹은
살해 치사의 동기로는 턱없이 부족하다.

난 미정과 몇몇 비서들처럼, 소문의 당사자에게는 치
명적일 수 있는 세리 구성원들의 뒷담을 하지도 않았다.
여직원들 간, 혹은 사무장과 여직원 간엔 아주 가끔씩 언
성이 높아지는 일도 있었다. 하지만 우리 팀엔 마변과 나
뿐이었고, 마변은 내게 다른 여직원과 싸울 시간조차 주
지 않았다. 그러니까 난 원한을 살 만한 행동도 하지 않은
것이다. 또한 세리의 누구도 나를 공격함으로써 얻는 이
득이 없다.

살해 동기, 원한 관계, 이익. 모두 다 세리 사람들에겐
제로다. 범죄 수사 프로그램에 패널로 나오는 프로파일
러들이 쓰던 기법을 상기하며, 난 씩 웃었다. 그러다 입가

가 굳었다. 세리 사람들이 아니라면, 그렇다면.

홍 사무장은 미정과 죽이 맞아, 자주 둘이 수다를 떨곤 했다. 그 어르신에게 미정이 내 이야기도 한 모양이었다.

"사건 한 오십 개 진행하시나?"

"훨씬 더 되죠."

"여직원 하나 더 쓸 만도 하신데. 바람 불면 날아가겠어 채 양."

말[言]이 말[馬]처럼 달려 다른 층으로 전해지는 동네라, 난 입으로만 하하 웃곤 했다. 그러잖아도 입사 두 달 만에 삼 킬로그램 넘게 체중이 내렸었다. 마변 말고도, 내 담즙을 순환시켜 장수를 꾀하게 해 준 고마운 인물이 하나 더 있었다. 다시 한번, 내게 비밀의 치즈를 갖다준 인물.

혹시, 그 서주석이 회사서 쫓겨나 지방으로 떠난 뒤를 밟아, 머리를 각목으로 내리쳤을까? 지금 이렇게 손가락 하나도 움직일 수 없도록?

— 오늘은 무슨 옷 입었어요? 전에 만났을 때처럼 검은 투명 스타킹?

— 미니스커트랑 좀 비치는 블라우스.

— 치. 다른 남자들 보라고. 나만 봐야 되는데.

— 후후, 질투쟁이.

— 지금 대학로에 트리 만들기 행사 지원 가고 있어요. 잠깐 통화 돼요?

피시 카톡을 잠그고, 시계를 한번 본 후 핸드폰을 쥐고 비상구로 달려가곤 했다.

제약회사 영업부에서 일하는 주석은 늘 캐러멜시럽을 과하게 뿌린 커피 같은 목소리를 냈다. 공개할 수 없는 비밀의 연인을 대하는 젠틀한 남자는, 그 여자가 애틋해 죽겠다는 듯한 목소리를 낸다는 공식을 잊지 않았다. 이 남자는 나로 하여금 다시 한번 거짓과 진실의 차이를 떠올리게 했다. 적어도 남녀 관계에서는, 그걸 따지면 따질수록 패자이자 빈자가 된다.

— 난 유리 씨 애인 하고 싶어요. 거래 같은 건 싫어. 낭만 없고 비인간적이야.

— 슬프지만 그럼 우린 함께 할 수 없어. 난 자기 결혼생활을 철저히 보장해 주잖아. 다른 건 아무것도 원치 않는데, 왜 이리 이기적으로 구는 거야?

— 알겠어요…. 정 원한다면. 난 유리 씨 계속 보고 싶으니까.

서주석은 나보다 네 살 어리지만 유부남이다. 처음에는 주석이 진심이었는지, 소위 몸만 노리고 접근했는지는 아무리 생각해도 알 수 없었다. 서로 몇 달을 밀고 당기며 타이밍이 절묘히 어긋난 것 같기도 하고, 이 남자애가 처음부터 과도하게 들이댄다는 느낌도 들었다. 하지만 상대의 의도가 무엇이건 나로선 정확히 알 수 없고, 지난 일은 생각해 봤자 소용이 없으며, 되짚어 생각해 봤자 머리만 아프다.

내가 필요한 건 이십 대 후반의 건강한 남자의 몸과 가끔 섹스하는 것이었고, 주석이 원하는 건 나와 일상적인 데이트나 결혼을 하는 것이 아닌 역시 섹스를 하는 것이었다. 대형 로펌 비서라는 타이틀은 그의 허영심을 충족시켜 준다는 점을 난 정확히 지적했고, 주석 또한 내가 다시 법률업계에 취업하기 전에 만났던 서양 남자들처럼 돈을 주었다. 우리 관계는 원활했다.

섹스 파트너, 내연녀, 상간녀.

무슨 시사 프로그램들에서만 접하던 추상적이고도 비릿한 개념들이 칭하는 행위를 내가 실제 하고 있다는 자각마저 없다. 얼굴 없는 손가락질에, 도대체 그게 무슨 문젠데요? 따지고 들고픈 반항 의식 또한 없다. 이상한 열망에 싸여 있긴 하지만, 파탄을 예상하지도 미래를 그리지도 않는다. 지금 서로를 원하는 여자와 남자가 만나 원하는 일을 할 뿐이다.

주석은 모르겠지만, 난 세 살 연상이라는 그의 와이프나 내 맞선 상대에게 이 일이 알려지면 어쩌지 하는 고민조차 해 본 적 없었다. 내가 하는 일이 사회에서 어떻게 평가받는다는 걸 머리로는 알지만, 느낌은 전혀 없었다. 물론 떳떳한 일은 아니지만, 그건 나와 주석 둘 사이의 일이었다. 우리 둘과 각각 긴밀하게 연결된 이들이 우리의 관계를 결국 모른다면 그들에겐 어떤 피해도 없으므로, 내겐 죄책감을 느껴야만 할 당위가 없었다.

— 나랑 연애까지 하고 싶다고 했지? 그럼 신혼여행 가서도 매일 한 번은 카톡 보내.

— 히잉, 그것만은. 시차도 그렇고 와이프가 보면 나 죽어, 유리야.

— 주석 씨가 그 정도의 성의도 보이지 않는다면, 난 너무 비참한 여자가 된 기분일 거예요.

난 비련의 연인인 양, 우는소리를 했다. 이것도 플레이의 일부였다. 주석 또한 여자의 몸과 연애 감정까지 원하는 이기적인, 또는 유아적인 남자였던 것이다. 내가 말한 대로 그는 매일매일 연락했고, 신혼여행에서 돌아온 지이틀 뒤에 다시 나와 뒹굴었다. 나는 꽤 쓰레기 년 같다는 생각도 들었지만, 솔직히 쾌감을 느꼈다.

마변이 출근하기 전, 피씨 카톡 창을 최대로 투명하게 하고 주석과 나누는 음란 톡은 엄정한 법률 사무의 세계와 팽팽히 대치됐다. 주석 씨 책상 아래서 혀로 감싸고 빨아 올려 줄게요, 유리 씨 스타킹을 찢고 손가락만 넣어 기분 좋게 해 줄게요, 따뜻하고 타이트한 유리 씨 안에 넣고 싶어요. 그 대화들에 힘입어 난 의뢰인과 마변에게 미소 지으며 차를 내왔고, 몇백 장 분량의 사건 기록 열 권을 법원 복사실에서 하루 종일 복사했고, 땀 흘리면서 주민 센터와 중앙, 동부, 북부, 남부 법원과 우체국을 드나들었었다.

이전 남자들이나 주석과의 만남은, 매주 반복되는 맞선의 세계에도 엔진 역할을 했다. 절대 섞일 수 없는 대립각들을 안고 이걸 혼자만의 비밀에 붙이며 평범한 여자인 척 웃을 때, 난 진정한 성인이 된 느낌이었다.

참, 결혼에 대해.

협회에 다닐 때까지만 해도 독신주의자였던 난, 손바닥 뒤집듯 생각을 완전히 뒤집어 결혼 활동에 한번 투신해 보기로 마음먹었다.

여자의 일생이란 원래 그런 건지, 그냥 그렇게 됐다. 아니, 정확히는 이런 생각이 들었다. 모두들 그토록 갈구하는 둥지, 그게 그렇게 대단하다면 혹은 당연히 만들어야 한다면 나 또한 욕망하고 이뤄 볼 수 있는 것 아닌가. 시도는 해 볼 수 있지 않을까. 그럼 이왕 하는 거, 나가떨어질 만큼, 해 볼 만큼 해 보자고. 원래 극과 극은 뫼비우스의 띠를 타고 만난다. 그리고 삶을 이끄는 건 자유 의지보단 당위일 것이다. 난 스스로를 재프로그래밍 하기로 했다.

토, 일 이틀, 많게는 금요일 저녁까지 매주 최소 두 번 맞선을 보는 주말이 계속된다는 건, 피학적인 즐거움마저 느끼게 하는 과정이다. 뒤로도 비슷한 주선자가 해 준 선 스케줄이 계속 잡혀 있으므로, 집 나서기 직전까지 취소하고픈 강렬한 충동에 시달린대도 도저히 그렇게 할 수 없다.

한번 맞선을 볼 때마다 장거리 달리기를 마친 느낌이 든다. 그렇지만 어김없이 난 최고의 옷으로 나가 최고의 미소로 웃고, 예의 차리고, 품격 있는 대화를 나누고 집으로 돌아왔다.

즉각적이고 도전적인 기쁨을 주는 글리터 펄 아이섀도를 눈에 얹는 대신, 결코 투명하지 않은 투명 메이크업을 연출하려 손목이 저리도록 팩트를 두드리는 것. 안 한 것처럼 보이도록 가는 아이라인을 손가락을 덜덜 떨며 그리는 것. 미소 짓느라 마른 입을 수시로 차로 축일 때, 입술 각질이 불어나 흉해 보이지 않게 바세린으로 꼼꼼히 입술을 문지르는 것. 참하고도 현진건 소설의 B사감처럼 보이진 않고, 여성미를 드러내면서도 나이에 안 맞게 귀염 떠는 양 보이거나 너무 '싼' 여자로 보이진 않고, 남자의 기를 죽이도록 너무 세련되지도 너무 사치스럽게도 보이지 않지만, 가난한 여자처럼 보이지도 않는 바로 그런 옷을 고르고, 입고, 전혀 불편하지 않은 것처럼 행동하는 것. 미소로 호응하면서도 모나리자처럼 웃기만 하진 않는 것, 말은 통하면서도 응당 대화의 주도권은 남자에게 주는 것. 이 섬세한 과정들을 하나하나 거칠 때마다, 유체 이탈하는 기분이었다.

선 자리에 나오는 남자들은 정확히 두 부류다. 왜 결혼을 하지 않았는지 의심되는 남자와, 왜 결혼을 할 수 있다고 생각하는지 의심되는 남자. 살아생전 사적인 관계는 맺을 일 없겠다 싶던 이들-이를테면 의사, 병원장, 백억대 자산가나 사업가 등-도 만났고(물론 거의 잘되진 않았다), 사회성이나 정신적 문제가 심각하게 의심되는 남자들도 만났다.

삼십 년 넘게 살며 만나 온 남자보다 수십 배 많은 남자를 한꺼번에 만나고 나니, 완전히 녹다운 됐다. 몇 번의 짧은 만남이 있었지만, 이제껏 해 온 평범한 연애처럼 마음이 통하지도, 그렇다고 조건만 보고 결혼이란 걸 승낙할 '인연'을 만나지도 못했다. 사람이 살던 대로 살아야 한다고, 맞선 같은 건 때려칠까 싶던 때 손호성 교수님이 나타났다.

손호성 교수는 토요일 저녁, 우리 동네에서 '뷰'가 가장 좋은 꼭대기 레스토랑으로 왔다. 강남만큼은 못하겠지만 분위기도, 스테이크 육질도 꽤 훌륭했다. 그는 스카이 대학 중 한 곳의 토목공학과 교수로, 올해 단과대 전체 학장 임용을 앞두고 있다고 했다. 재바른 걸음으로 레스토랑에 들어설 때 다른 감흥은 없었고, 그냥 전형적인 교수처럼 생긴 아저씨구나 생각했다.

그는 편하게 웃으며 말을 하는 나를 빤히 바라보며, "솔직히 매니저님께 유리 씨가 저와의 만남을 승낙했다는 걸 들었을 때 믿을 수 없었어요."라 말했다. 그는 나보다 열여섯 살 많다.

"전처는 워싱턴에 살고 있고 이미 재혼했어요. 아이가 어려서부터 떨어져 지냈죠. 혹여 나중에 곤란해질 일은 없다고 보셔도 좋을 겁니다."

"교수님의 아들이라면 분명 훌륭하고 씩씩하게 잘 자라날 거예요."

성적인 상상이 전혀 들지 않는 남자이므로, 오히려 손님 접대하듯 생긋생긋 웃어 줄 수 있었다.

남들 같은 안식처를 나도 욕심낼 수 있는 것 아닐까. 어둔 길 헤매더라도 풀 죽은 어린 양마냥 고개 숙여 들어가 쉴 수 있는 집. 곳곳을 떠돌더라도 결국 닻 내리고 정박할 수 있는 항구. 아버지 같은 남자 말이다. 파더 콤플렉스를 따지는 건 정신과 의사들의 일이고, 내 인생에서 부친의 부재(不在)나 재(在)의 여부와 상관없이 기대 쉬고, 감싸여 안길 남자를 원하게 됐다.

또한 결혼 승률을 높이려다 보니 또래 남자가 아닌 띠 동갑 이상 위면서 재력은 있는 남자들이 걸렸고, 그들 역시 또래 남자들보다 더 나를 원했다. 나이와 돈이 함께 많은 남자들은, 오래 맞벌이할 수 있는 공무원이나 약사를 원하는 또래 남자들보다 내 비서라는 직업과 외모를 더 고평가했다. 나 또한 여자에게 전통적 성 역할을 원하는 나이 많은 남자들이 외모는 늙었지만 차라리 더 '남자답다'고 생각했다.

사십 대 중반 이상의 남자들에게서 성적 매력 같은 건 당연히 고려하지도 않았다. 그들은 대실 세 시간에 여자를 두세 번은 안는, 하지만 그것 말고는 거의 줄 게 없는 서주석 같은 이십 대 남자와는 다른 종족이다. 나 역시 모든 걸 갖지 못해 징징대는 꼴사나운 공주는 아니다. 난 자신의 분수와 처지를 냉정히 판단해 온, 내가 가진 모든 자원으로 세상과 정면으로 부닥쳐 자신을 수레처럼 이끌어야 했던 프롤레타리아 여자다.

"내년에 학장이 되면 한남동으로 집을 옮길까 해요. 이국적이지만 독특한 주택들도 많아 연구에도 좋고."

"근사하겠네요. 저도 그 동네 가 봤는데 남산이 가까이 있어서 공기도 맑고 좋은 것 같았어요."

"유리 씨는 괜찮겠어요?"

"네? 후후. 교수님 편하신 대로 하시는 거죠."

"이층집을 지을 겁니다. 볕이 잘 드는 거실에서 제가 커피를 마실 동안, 유리 씨는 쇼팽을 쳐 주세요."

쇼팽의 녹턴 2번은 더할 나위 없이 아름다우나, 이 곡을 친 건 중학생 때가 마지막이다. 음악 시간, 바스라질 듯한 꽃잎 같은 곡을 표현하느라 한껏 숙인 내 등에 반 애들은 잘난 척한다는 야유를 퍼부었다. 삼 년 뒤 진로를 결정할 때가 오자, 난 피아노를 주저 없이 팔아 버리고 가장 평범한 인문계를 택했다.

구체적인 미래를 시원스럽게 약속하는 남자는 맞선에 지친 여자에겐 구원의 신이다. 손호성은 네 번째 만난 날, 나를 하얏트 로비 라운지 카페로 데려갔다. 다음번엔 양친께 인사를 드리고 싶다고 했다. 청첩장을 돌리기 전까지 맞선의 세계에 순정은 없으므로 주의 또 주의해야 했지만, 손호성 교수의 눈빛은 촛불에 열정적으로 일렁였다.

"사실 이제껏 많은 훌륭한 여성분들을 만나 보았습니다. 하지만 딱 이 사람이다, 란 느낌은 받지 못했지요. 이 나이 먹어서도 남자는 애라, 내 앞의 여성이 바로 이 여자다, 란 느낌이 오지 않으면 주저하게 되거든요. 처음으로 유리 씨에게 그런 느낌을 받았습니다."

"감사해요, 교수님. 저도 교수님을 존경하고, 매우 좋은 인상을 받고 있어요."

"너무 이르게 느껴지시겠지만 전 최대한 빨리, 올해 안에 식을 올리고 싶은데요. 어떠신가요."

"아…."

그토록 기다린 순간이었으나, 기쁨보다는 혼란에 머리가 멍했다.

결혼이란 게 이렇게 쉬운 거였나? 인륜지대사라는 게, 이렇게 쉽게, 한순간에 결정되어도 되나? 무엇보다 이 엄숙한 손 교수님과는 잠자리는커녕 아직 손도 제대로 잡아 보지 않은 사이인 것이다.

"유리 씨 표정이 굳었어요. 좀 두려운데요."

손 교수는 현미경으로 관찰하듯 내 얼굴을 들여다봤다.

"저흰 아직 만난 지도 얼마 안 되니…. 알아 갈 시간이 조금은 더 필요하지 않을까 해요."

"이해합니다. 하지만 그만큼 제 마음은 진심이에요. 확답을 주실 시간을 드리겠습니다. 좋은 쪽으로 고려해 주시길 바라 마지않지만, 하하."

"네…. 진지하게 생각해 볼게요."

주석의 허리 위에서 몸을 흔들면서, 나는 한껏 진지하게 생각했었다.

내가 결혼이란 걸 하게 되다니. 것도 한국 최고 사립대의 교수, 아니 학장 마누라가 된다. 흠, 그런데 애 딸린, 뭐 전처가 키운다지만, 아무튼 재혼남. 이 사실을 집에는 어떻게 알려야 하나. 난 부모란 사람들에게 이제껏 단 한 번도 연애 상대에 대해서조차 말한 적 없다. 물론 부모이기 때문에 그런 것들을 간혹 물어는 왔으나, 대강 얼버무리고 말아 버렸다. 하지만 결혼은 양가 부모가 찬성해야만 이루어지는 이벤트니, 어떻게든 설득해 상대 부모와 함께 내 가족을 웨딩 홀에 앉혀 놓아야만 한다. 앞으로의 길이 첩첩산중처럼 느껴진다. 어쩌지? 어쩐다? 골치 아파.

"유리 씨 오늘 너무 세. 못 참겠어요 나."

서주석은 한 타임을 마치고 순한 돼지처럼 내 머리 뒤에 팔을 껴 넣곤 씩씩 자더니, 조금 이따 일어나 "선은 어땠어요? 또 의사, 변호사 이런 사람들 만났어?"라 물어 왔다. 질투라곤 전혀 없는 순전한 호기심이었다. 나 또한 아무 거리낌 없이 그대로 답해 주었다.

"스카이 교수요. 올해 대학 학장 될 거예요."

"와, 대단하네. 근데 학장급이면 늙은 거 아니에요?"

"나보다 열여섯 살 위."

"헉, 완전 아저씨잖아."

주석은 진심으로 놀란 표정을 지어 보였다. "성생활을 할 수나 있을까?"

난 서주석의 옆구리를 찰싹 때리곤, 품에 파고들었다.

"얘가, 저주하네. 주석 씨보단 부유하게 잘살 거예요. 행복하게, 잘 맞춰서. 완벽한 가정을 꾸려 나갈 거야."

"그래요. 유리 씨는 예쁘고 머리도 좋으니까 좋은 아내가 될 수 있을 거야."

서주석은 왠지 정말 시무룩해 보이는 얼굴을 지었다. 물론 난 그의 말과 얼굴을 믿지 않으면서, 늘 생긋 웃어 준다.

"유리 씨…. 결혼해도 우리 계속 만날 수 있죠? 못 보게 되면 나 죽을지도 몰라."

난 배를 잡고 깔깔대며, 호텔의 싸구려 침대를 굴렀다.

주석의 와이프는 자신이 미모가 뛰어나거나 경제력이 좋지도 않은 연상임을 초조해하듯 의부증 기질이 있다. 핸드폰을 꺼 놓거나 밤 열한 시 넘어 들어가는 것은 상상도 못 하는 주석의 사정을 존중해, 우린 그의 아파트와 가까운 마포역 근처의 비즈니스호텔에서 시간을 보냈다.

주석은 온 친척이 대학 등록금을 십시일반 해 줄 정도의 집안에서 자라, 아마도 저소득층 특별전형으로 입학한 듯한 지방 국립대 경영학과에서 야욕을 불태웠다. 현재 집권 여당의 국회의원이 되는 것이 그의 진지한 꿈이었다.

— 진심이에요? 와.

— 그 전 단계로 내가 졸업한 대학 교수가 되거나, 지

금 다니는 회사의 임원이 되어야만 해요.

주석이 꿈을 이루기 위해서는, 고등학교 졸업 후 계속 일해 온 연상 와이프의 맞벌이 수입이 꼭 필요했다. 경영학을 전공한 그에게는, 새로운 여대생이나 직장 여자 동료와의 밀회를 꾀하는 것보다 나를 계속 '킵'해 두는 게 리스크는 적고 가성비는 앞서는 선택일 것이다.

"그럼요, 나도 주석 씨 못 잊어."

"정말이지? 유리 나 안 떠날 거지?"

밀어는 섹스 전의 유희일 뿐이다. 이 사회가 인정하고 적극 보호하는 결혼이란 관계를 정숙한 얼굴로 유지하기 위해서는, 서로의 성기에 얼굴을 파묻고 마음껏 낄낄댈 수 있는 애인의 존재가 필수적인지도 모른다.

주석의 와이프는 오럴섹스를 해 주지도, 받지도 않는다고 한다.

"난 그거 되게 좋아하는데." "나도 좋아하는데."

난 팔을 뻗어 주석의 술살이 붙기 시작하는 골반께를 양손으로 잡았다.

나와 주석은 그렇게 비즈니스호텔의 작은 방에서 행복을 만끽했다. 그날까지는, 아니 법무법인 세리를 떠나는 날 아침까지는 아무런 의심을 품을 이유가 없었다. 이제야 내가 켠 행복들에도, 서주석에게도.

전북 군산-1

평소 출근길처럼 새벽 지하철을 탔지만, 세 시간여 후 난 역삼동과는 매우 동떨어진 곳에 와 있다.

멀미기와 두통을 참으며 고속버스터미널 콘크리트 바닥을 내딛는다. 버스 세 대가 정차돼 있고, 승객이 열 명쯤 내린 자그마한 터미널은 묽은 노른자 같은 빛으로 가득 차 있다. 출근길에 서초 고등법원이나 대법원을 들렀다가 판결을 듣고 출근해 컴퓨터 앞에 앉을 시간이군, 가늠해 보니 우울해진다.

군산에 온 것은 전적으로 충동적인 결정이다.

마변은 일방적인 해고 통보 오 일 후, 내가 퇴근한 시간에 면접을 봐서 뽑았다는 상업계 고등학교 출신의 비서를 내 자리에 앉혀 놓았다.

"후임의 업무에 지장이 없도록 말일까지 충실히 인수인계 해 주기 바랍니다."

그는 '사실 유리 씨 입장에선 인수인계 안 해 주고 바로 나간대도 내가 할 말은 없다.'(법률업계 여직원은 들고남이 잦은 편이라, 한 달 전 퇴사를 통보해야 하고 통상 일이 주는 후임에게 업무 인계를 해 주어야 하는 일반 회사보다 인수인계 불이 느슨하다)는 말을 손바닥처럼 쉽게 뒤집었다. 그 변태 나폴레옹이 하자는 대로 따라 주는 건 이젠 자존심, 자기애와 관련되는 일이 됐다. 난 전날 미리 꺼내 놓는 출근용 복장을 새벽에 일어나 다시 개 넣고, 몇 시간 동안 뜬눈으로 있다가 캐주얼 차림으로 집을 나섰다.

아무튼 해물이 그득 담긴 매운 짬뽕이나 튀김소보루가 유명해 새벽부터 줄을 선다는 빵집 이야기는 어디서 본 적 있고, 나이 든 경상도인들과 달리 평소 전라도 쪽에 뚜렷한 근거 없이 좋은 감정을 갖고 있기도 했지만, 반드시 군산이어야 할 이유는 없었다. 다만 서울과 지리적, 정서적으로 멀리 떨어진 느낌의, 이왕이면 바다가 있는, 하지만 경남처럼 너무 멀지 않고 서울에서 가기도 비교적 쉬운 도피처를 떠올리다 보니 그곳이 걸렸을 뿐이다.

이 도시는 뭔가 어정쩡하다. 관광객을 위한 표지판이나 안내문 등 관광 인프라는 마련돼 있으나, 본격 관광지의 타이트하고 뺀질뺀질한 느낌이 덜하다.

평일이라 그런지 가장 붐벼야 할 버스터미널 근처인데도, 좀 위축될 만큼 휑하다. 편의점에서 생수를 한 병 사들고, 팔마광장오거리로 걸어간다. 내항으로 가기 위해서는 다시 버스를 타야 하는 것 같다.

역사박물관이나 테마공원 같은 건 평소 여행이었다면 강박적으로 돌아보지는 않을 지점들이겠지만, 왠지 평범하고 태평한 관광객이고 싶다는 욕구가 든다. 시내버스에 올라타자마자 뒤쪽 자리로 걸어가 앉곤, 창문을 끝까지 열어젖힌다. 갈퀴처럼 건조한 바람에 약간은 소금기가 배어 있는 듯도 하다.

급하게 결정한 거라 핸드폰 충전기를 가지고 나오지 않아, 최대한 어둡게 맞춰 놓은 화면에 눈을 찡그리며 메시지를 확인한다.

아직 첫 수업 전인지 손호성 교수님께는 연락이 없고, 주석에게서만 여느 때처럼 야한 카톡이 와 있다. 노골적인 그 내용이 갑자기 신물 날 만큼 진부하게 느껴진다. 핸드폰을 숄더백 깊숙이 넣는다.

구 조선은행, 군산세관을 보자 가장 좋아하는 소설 중 하나인 채만식의『탁류』가 떠오른다. 주인공 여자의 첫 정혼자가 저 은행을 다니는 걸로 나왔던 기억이다.

힘없는 들꽃처럼 가녀리고 청초하던 주인공은, 주위에서 성실한 미남자로 알던 정혼자가 유부녀와 내통하다 두개골을 맞고 비명횡사한 후 괴물 같은 꼽추에게 범해져, 온갖 모진 풍파를 겪은 후에 결국 남편 살해범이 되고 만다. 일제시대라는 시간적 배경보다 군산이라는 거친 항구라는 공간적 배경이 더 기억에 남았다. 예뻐도 가난하고 힘없는 여자는 결국 세상이 괴물로 만들고 말지….

손에 든 안내 지도대로 내항을 등지고, 굴뚝처럼 솟은 탑이 이름을 알리는 진포해양테마공원 쪽으로 걷는다.

공원도 역시 한산하다. 공원 입구를 지나 들어가니 크

기가 그리 크지 않은 탱크, 군함 등 각종 군사 무기들이 우측으로 쭉 도열돼 있다. 뭔가 귀여워 보이는 수송기는 내부로 들어가 안을 구경할 수 있는 듯 도어가 열려 있다. 날개 측에 서서 잠시 망설이는데, 누가 내 어깨를 쳐 흠칫 놀란다.

"저기요?"

돌아보니, 캐주얼 차림의 남자 두 명이 삼십 센티미터도 안 될 거리에 서 있어 반사적으로 뒤로 재빨리 물러선다. 중키 정도에 둘 다 호리호리한 체격이고 젊어 보이지만, 역광 때문에 진 짙은 그늘 속 남자들은 석상처럼 위압적으로 느껴진다. 한낮이지만 주위에서는 아무 소리도 들려오지 않는다.

"혹시 혼자 여행 오셨어요? 아까부터 봤는데 그러신 것 같아서."

"아뇨…. 일행이, 가족이 시내에 있어요."

나는 너희들의 얼굴을 봤어, 이 메시지를 전달하려 얼굴을 굳히고, 젊은 남자들의 눈을 일부러 마주 쏘아본다. 그러곤 가방 끈을 한번 추키고, 햇살 속으로 걸어 나온다.

술렁술렁 따라오는 남자들은 평범한 듯 멀끔한 인상이다. 나이는 나보다 대여섯 살쯤 어릴까, 전문대학을 졸업하고 일찍 공장에 취직해, 평일 휴무일에 자신들이 사는 중소 도시의 익숙한 번화가에 바람 쐬러 나온 듯한 느낌. 한 명은 MLB 야구모자를 눌러썼고, 하나는 맨머리다. 역광 때문인지 약간 수줍어하는 것처럼 날 쳐다보는 맨머리 남자애의 머리가 바람에 푸스스 날린다. 털 많은 개 같아 왠지 귀엽다는 생각이 일지만, 미소를 참는다.

"사실은 이쪽이."

야구모자가 맨머리를 가리킨다.

"좀 자기 스타일이시라고. 서울 분 아니세요? 저희가 안내해 드릴 수 있는데. 군산 토박이라 지리 잘 알거든요."

"정말 괜찮아요. 가족들이 기다려서요."

양팔을 내저으며 주위를 둘러본다. 내가 가 본 지방 관광 도시 몇 곳처럼, 이 도시도 한낮이 무섭도록 고요하다. 남자들이 위협을 가해 온 건 아니지만 아무튼 난 낯선 도시에 혼자 있는 여자인 것이다. 입을 꾹 다물고, 무표정하게 남자들을 노려본다.

"알겠어요. 그럼 관광 잘하세요."

남자들은 약간 웃음 띤 얼굴로 서로를 쳐다보더니, 한 명이 비꼼이 담긴 목소리로 불분명하게 내뱉는다. 돌아 걸어가는 남자들의 등에 대고 가볍게 한숨을 내쉰다. 수송기 내부 구경 따위는 접고, 다른 곳으로 이동하기로 한다.

아무리 먼 곳에 몸을 옮겨 놔도 본질적인 것들은 변

하지 않는다. 두 발목에 그림자처럼 달린 기억 덩어리는 세상 끝까지 가도 휘발되지 않는다. 여행은 일시적인 도피이자 환기일 뿐이다. 공원 밖으로 나와 석재 볼라드에 걸터앉아, 두 다리를 쭉 펴고 발을 힘없이 흔든다.

자인과 보낸 그젯밤이 떠올랐다. 그 일은, 몇 년을 꿈꿔 왔던 일은 너무나 우습지도 않게 허무하게, 저절로 이루어졌다.

―올여름에 귀국했다고요?

―네.

―…계속 시카고에 있는 줄만 알았네요.

그냥, 문득 그곳에 가 보고 싶었다.

그 골목은 홍대 부근 많은 거리가 그렇듯, 이전 흔적을 찾아볼 수 없을 정도로 변했다. 전면이 통유리라 추워, 약간 지저분해 보이는 담요를 무릎에 끌어다 덮은 자인의 얼굴을 테이블 램프가 흐리게 비추고 잔잔한 영미 인디 음악을 틀던 카페 자리에는 흔한 싸구려 일본식 주점이 들어서 있었다.

나는 깨어진 꿈을 주워 담아 보려는 듯 골목 초입에 서 있었다. 자인과 내가 자정이 되기 직전까지 시간을 보낸 그날 이후, 너무 많은 사람들이 그 거리를 오갔고 우리의 흔적은 작은 가루로도 남지 않았다. 청바지에 뒤축이 닳은 스니커즈 차림이었던 내가 치마 정장에 버버리코트를 걸치고 그 거리에 서 있었다. 걸음을 옮기려 했지만, 자력에 묶인 듯 발이 떨어지지 않았다. 그런데 골목 반대편 끝에서, 기억 속에서 나타난 듯 자인이 홀연히 사람들과 함께 걸어왔다.

— 카톡 받고 놀라고 기뻤어요. 약속 잡으려 했는데, 이렇게 또 만나네요.

— 근처 전골집에서 뒷풀이 마치고 집에 가던 길이었어요. 이젠 그 재즈클럽에서 우리 퀸텟이 매주 정기 공연을 하거든요. 작년엔 자라섬 페스티벌에도 참여했어요.

— 진짜 멋져요. 잘됐네요.

— 신기한 것 같아요. 이렇게 다시 만나다니.

자인에겐 근 십 년의 흔적이 묻어 있지 않았다. 아니, 아주 약간, 삼십 대 여자의 느긋한 여유가 내려앉은 얇게 쌍꺼풀 진 눈꺼풀을 제외하면. 부드러운 두부 같은 몸집과 모가 가는 갈색 머리, 하얀 목과 둥근 이마, 야무진 매듭 같은 손끝 모두 그대로였다. 이 모든 게 마법 같았다.

나는 자인의 모든 걸 핥듯이 훑곤, 손톱으로 와인 글라스를 초조하게 긁었다. 나는 자인을 조각상처럼 감상하고 자인은 그런 나를 관조한다. 그 구도 또한 그대로였다.

— 자인 씨, 그동안 난 다른 사람들도 만났지만, 한 번

도 잊은 적은 없어요.

— 네….

— 그때도 좋아했고, 지금도 좋아해요.

좁고 긴 계단 아래로 나를 이끄는 자인의 손은 부드러 웠다. 불을 켜지 말아요, 자인은 귓전에 대고 작게 휘파람 을 불듯 속삭였다.

우리는 어둠 속에서 영화에서처럼 서로를 갈급하게 껴안았다. 내가 비틀대자 자인이 내 옆구리를 단단히 감 싸 안아 주었다.

— 뼈 잡히는 것 봐. 유리 씨는 옛날부터 참 날씬해요.

— 자인 씨가 보기 좋은 거예요. 너무 부드럽고, 따뜻 하고, 예뻐.

취기가 뿌연 안개처럼 발밑에서 올라와, 온몸을 밀어 올렸다. 자인은 내 블라우스 단추를 일부러 그러는 듯 안 달 날 정도로 천천히 열어 내려갔다. 어둠이 눈에 익자, 검 고 큰 유리와 방음벽으로 구획된, 문 닫힌 합주실이 보였 다.

자인과 내가 정강이를 비비고 선, 합주실을 마주 보는 진한 초콜릿색 소파 쿠션에서 우스꽝스런 마찰음이 났 다. 그 옛날 은혜 언니가 콘트라베이스랑 잤을 때보다 더 멋지고 뜨거운 잠자리를 만들어야지. 그런데 취중에도 씻지 않고 섹스하는 건 처음이라는 위험 신호가 들었다.

하지만 의식적으로 무시했다.

오늘 밤 자인의 모든 은밀한 것을 그대로 느끼고, 기억하려고 다짐했다. 목덜미, 가슴골 사이와 무릎 뒤에서 나는 가벼운 땀 냄새, 더 깊은 곳이 풍기는, 우리가 서로를 유혹하기 위해 태어난 인간이라는 증거. 그런 것들을, 작은 하나라도 빠짐없이 탐색하고, 포착하고, 문지르고, 으깨고, 입에 넣었다간 다시 상대의 온몸에 펴 바르는 행위. 뼛속부터 진피층까지 엉기고 엉킨다고 믿으면서, 물리적으로, 화학적으로 하나가 되는 것.

먼저 의욕적으로 달려들었으나, 술기운 때문에 난 무력한 남자처럼 반듯이 누워 있었고, 자인은 스페셜리스트처럼 냉정한 손길들로 내 몸을 일깨웠다. 거의 알려지지 않은 이상한 현대 음악을 연주하듯, 스스로도 낯선 부분들을 자인은 건반을 짚듯 입술과 손끝으로 하나하나 눌러 갔다.

어떤 부위엔 뜨거움이, 어떤 곳엔 이질감이 일었다. 그 촉각들 하나하나가 한 점에 모여 나를 어떠한 경지로 몰고 가는지 분석해 보고 싶었으나, 머리가 너무 무거웠다. 하지만 벌어진 허벅지 안쪽에서 천천히 열기가 차올랐다.

눈을 뜨고 감을 때마다 진회색 천장을 이루고 있는, 네모와 원형이 반복되는 모양의 입체 타일들이 커졌다 작아지기를 반복했다. 우리는 어둠 속에서 가만가만 낮은 한숨을 내쉬었다. 자인의 머리를 부드럽게 쓰다듬었다.

— 어때요?

— 이 순간만을 위해 살아온 것 같아요.

턱 아래에서 자인의 눈이 나를 응시하며 픽 웃었다. 입구에 얼굴을 붙이려는 자인의 이마를 손으로 살짝 막자, 가느다란 손가락이 미끄러지듯 팬티 속으로 들어왔다. 아, 역시 여자는 다르다. 자인은 먼저 내 전체를 부드럽게 쥐었다가 놓고, 조금 아래로 내려와 손톱이 닿지 않게 부드러운 원을 천천히 그렸다. 빙, 빙, 빙글빙글, 손가락이 더 빨라지자 난 소리 없이 입을 벌려 비명을 삼켰다. 농밀한 피로가 중력처럼 온몸에 내려앉았다.

내가 준비됐음을 손끝으로 확인하고, 자인은 조심스럽게 안으로 들어왔다. 자인의 얼굴이 아주 가까이에서, 어떤 작은 변화도 다 포착하겠다는 듯이 내 얼굴을 관찰하고 있었다.

내려다보는 자와 내려다보이는 자, 여전한 구도.

한 번도 신을 믿은 적 없다. 인간이 부여한 모든 신성이 있다면, 그걸 늘 부수는 쪽으로 살고 싶다고 생각해 왔다.

나는 무거운 몸을 일으켜, 자인을 떠밀면서 위로 올라탔다. 어둠 속에서 자인의 동공이 조금 커졌다.

*

마지막 순간, 떠오르는 건 자인의 그 눈이다.

전북 군산-2

평일 관광지의 대기는 서늘하고, 모든 것이 녹슬고 낡아 보인다. 관광에 적합한 날씨는 아니다.

당일치기 여행이라는 행위는 내가 처한 상황에 대한 면피일 뿐이다. 야상 단추를 목까지 채우고, 낯선 길을 그냥 걷는 게 할 수 있는 유일한 일이다. 어차피 날이 어두워지기 전까지 이 도시에서 유명한 곳은 다 볼 수 있을 것 같다. 발길 닿는 대로 천천히 움직이기로 한다.

"죄송한데 말씀 좀 물을게요. 혹시 월명공원을 어떻게 가야 하나요?"

"가까워요. 어차피 가는 길인데 같이 가요."

"아, 감사합니다."

운동하러 가는 듯한 현지인의 친절에 조금 감동한다. 사십 대로 보이는, 선캡에 등산복 차림인 아주머니는 조금 간격을 두고 걸으며 한국 중년답게 공과 사를 넘나드는 질문들을 던지고, 나는 멋쩍게 웃거나 단답만 한다. 좋은 사람임에 분명했지만 낯선 이와 몇 분 만에 친교를 맺는 건 내 성격이 아니다.

"서울 아가씨라 꼼시럽네. 암튼 잘 보고 가요."

"감사했습니다. 조심히 들어가셔요."

저녁나절 비가 오려는지, 좁은 돌계단을 오르는 동안 양옆에서 나뭇잎과 흙냄새가 강하게 풍긴다. 꼭대기까지 올라가면 이 도시의 전경을 내려다볼 수 있다고 들었다.

조금 뒤, 난 기지개를 켠다. 가끔 올라가곤 했던 동네 뒷산이나 별다를 바 없는 풍경이다. 서울 시민이 '지방'에 가면 별세계가 펼쳐질 거라 기대하는 것도 어쩌면 식민 사관 같은 오만일 것이고, 세상 아무리 멀리 가도 사람 사는 데는 다 비슷할 거다. 계단을 계속 딛으며, 왠지 스스로 아주 늙어 버린 것 같은 생각이 든다.

촛불 모양으로 세로로 길쭉한 조형물을 세워 놓은 기념탑 앞에 선다. 야트막한 산과 회색 바다가 한눈에 펼쳐진다. 산보다는 바다를 좋아해 왔다. 풀과 나무와 벌레로 빽빽한 산보다는, 겉보기엔 어떤 생명체도 보이지 않는 탁 트인 공간이 좋기 때문이다. 하지만 진회색 하늘 아래 굳은 듯 미동 없이 가라앉은 군산 앞바다는 아무 감흥도 주지 못한다. 하루를 묵을 생각으로 내려온 건 아니라 올라갈 차표를 끊지 않았기 때문에, 날이 어둡기 전에는 다시 터미널로 돌아가야 한다. 천천히 계단을 걸어 내려가며, 자인을 생각한다.

내 손과 입이 거칠고 급하게 자인을 누르고, 훑고, 쥐어짰다. 부드럽게 해야 해, 생각도 들었으나 늦출 수 없었고, 멈추지도 않았다. 나는 느긋한 섹스를 해 본 적 없어, 충동을 한 템포씩 늦추며 흥분을 배가시키는 기술을 알지 못했다.

자인을 굴복시키고 싶다는 생각만 머릿속에 가득 찼다. 내 양 허벅지 사이에서 괴로운 신음을 하며 몸부림치는 자인의 이마에 밴 땀을 핥으며, 마음 밑바닥에서부터 애정이 차오르는 동시에, 자인이 지극히 평범한 여느 여자들, 아니 어쩌면 평범 이하의 여자로 보인다는 생각이 덮쳐 와 크게 당황했다.

통영에서 올라왔던 우미코란 여자애와 홍대에서 잤을 때가 떠올랐다. 그때와 별로 다를 게 없었다. 남자들과의 섹스와 비교해도 마찬가지다. 상대를 귀를 움켜쥔 토끼 다루듯 거칠게 밀어붙이며 모종의 우월감과 공격성을 느끼고, 그 감정들을 쾌락이라 착각하며 쾌감을 느끼는 것. 이게 내가 그토록 꿈꿔 왔던 순간이었나?

자인이 유리 씨 잠깐, 좀 아파요, 하며 내 손아귀를 풀어내려고 했다. 이 정도의 평이한, 흔한, 대상이 누구라도 얼마든지 충족될, 세상에 널린 그냥 쾌락에 불과한 것에 대체 왜 몇 년을 의미 부여 해 온 걸까?

손에서 힘이 풀렸다.

고요한 산에서 내려와, 짧은 터널 같은 해망굴을 천천히 걸어 통과한다. 굴 주변에도 사람이라곤 거의 없다. 서울에 올라가면, 이 도시에서 보내는 시간 동안만이라도 떠올리지 않으려 애썼는데, 일 년이 안 된 이력부터 잘 포장해 이력서를 고쳐 어디어디 구직 사이트에 등록해야지, 생각한다.

매일 오전 한 번 보내오는,《좋은 생각》에서 본 듯한 사연을 응용한 듯한 손호성 교수의 문자 메시지도 체기처럼 머리 한가운데 뭉쳐 있다. 그는 내가 '어려운 법률업계에서 전문적인 일을 야무지게 해 나가는 모습이 보기 좋다'고, 실제 업무의 난이도보다 훨씬, 무안할 정도로 내가 하는 일을 높이 평가했다. 보스에게 일을 못한다는 이유로 잘렸다고 말하면 그는 어떤 반응을 보일까.

끝 쪽엔 작지만 확실히 빛이 보이는 이 굴처럼, 묵묵히 걷다 보면 목적지에 도달하는 게 인생인 줄 알았다. 하지만 삶은 휘발되는 쾌감과 오래 지속되는 고통만을 허용할 뿐이다.

수산시장은 이미 파한 듯, 생선 찌꺼기를 찾아 울어대는 갈매기 몇 마리와 두통이 일 정도로 강렬한 비린내, 쓸 수 있는 건지 폐물인지 알 수 없는, 바닥에 아무렇게나 나뒹구는 퍼런 어망들 말곤 아무것도 없다.

수산물을 살 생각은 없었지만 그래도 문을 연 가게가 있으면 구경하는 척이라도 해 보려 했는데, 가게들도 모두 문을 닫았다. 당장이라도 비가 올 듯 흐린 날씨와 더불어, 완전히 퇴락해 버린 양 수산시장은 을씨년스럽고 좀 음산하기까지 하다. 당일치기라도 여행인데, 날씨도 확인하지 않고 즉흥적으로 내려온 대가다.

하릴없이 모래사장 쪽으로 걸어 내려간다. 몇 척의 작고 낡은 배가 아무렇게나 끈으로 매어져 있을 뿐, 볼 만한 것이라곤 아무것도 없다. 운동화 밑창에 닿는 모래는 진득하고 질다. 이곳의 바다는 해안선까지 걸어가 손끝에 가볍게 적셔 볼 만한 투명한 물이 아니어 보인다. 남은 일이라곤 다시 온 길을 되짚어 가, 유명하다는 오래된 중국집에서 늦은 점심 겸 저녁을 해결하고 서울로 올라가는 것뿐이다. 목적 없는 방황은 이 정도로 됐다.

둘러보니 아주 멀리 떠 있는 어선들이 밝히는 불빛이 도드라질 만큼 사위가 어두워져 있고, 보이지 않는 가는 비가 내리기 시작한다.

몸을 돌리는 순간, 정수리에 둔중한 통증이 가해진다. 난 그대로 모래 위에 쓰러진다.

질질 끌리는 등은 불규칙한 크기의 모래, 자갈, 돌멩이 따위를 그대로 느낀다. 목 뒤는 이미 날카로운 벽돌 따위에 긁혀 깊이 찢어진 것 같다.

놔, 아파, 아프다고. 말하고 싶지만, 목이 꽉 막힌 듯 목소리가 전혀 나오지 않는다. 이마와 볼을 타고 끈끈한 피가 흘러내리는 게 느껴진다.

—아 시발 새끼야, 혹시 죽으면 어떡해.

—그래서 지금 옮기고 있는 거 아니야 병신아.

—어따 둘려고? 아, 시시티브이 있음 어떡하지?

— 이 바닷가에 시시티브이가 어딨냐? 몇 년을 여기 살았는데 그것도 모르냐.

—근데 옮겨서 뭐 어쩌려고. 암 데나 던져 두고 가자.

—어쩌긴. 해야지. 너도 아까 그러자며.

—아, 시발 몰라. 겁나.

—난 이런 년이 제일 재수 털려. 지가 뭐라고 우릴 까, 뭐 대단하다고. 너도 아까 그랬잖아.

— 한 대 갈겼음 됐잖아. 야, 피 졸라 나는데? 옷 다 젖었어.

—잘됐네. 의식 없을 때 해야 더 안전하지.

—미친놈아. 그냥 두고 가자고.

—쫄보 새끼. 갈려면 너나 가, 난 끝장 볼 테니.

두개골이 얼얼하지만, 두 놈이 더러운 모래 위로 축 늘어진 내 몸을 질질 끌고 가고 있는 상황은 파악할 수 있다. 한쪽 손목씩, 둘이 나눠 단단히 붙들고 있다. 덩치가 큰 편이 아니고 어린 것 같지만, 이런 상태로 남자 두 명의 악력을 이길 수는 없다. 완벽한 항거 불능 상태다.

한 놈이 날 내려다본다. 털 많은 개 같은 푸스스한 앞머리. 공원에서의 그놈이다.

"난 돈 안 받거나 내가 즐기지 않는 섹스는 안 해! 시발 놈들아."

외치고 싶었지만, 아무 소리도 나오지 않아 난 포대처럼 질질 끌려간다.

겨우 이렇게 되려고, 피가 흘러들어 와 흐린 눈을 깜빡인다. 이 모든 이야기의 시작을 떠올린다. 시험공부를 하고, 도서관에서 어렵고 괴상한 책들을 읽고, 나름대로는 부지런히 면접을 보러 다니고, 모멸을 참으며 이상한 회사에도 다녔고, 땀을 흘리며 일을 했나?

소현과 희애와 현재. 명제와 나를 마음에 들어 했던 착한 소개팅 남. 서주석과 손호성. 희애는 대한항공에는 떨어졌지만 될 때까지 스튜어디스에 도전할 거라 연락해 왔다. 소현은 지방 국립대의 피트 시험에 붙어, 내년 입학식 전까지 달콤한 휴식을 보낼 것이다. "나 또 일 학년 돼. 정신없을 것 같애. 그래도 틈틈이 연락할게." 난 새로운 삶을 시작하는 소현이 희애와 내게 연락하지 않을 것임을 안다.

서주석은 끝까지 내 결말을 모를 것이다. 그냥 변심해서 잠수 탔나 보다, 좀 아쉬워하다 다시 피둥피둥한 연상 와이프의 팔에 안기겠지. 우리는 애초에 그런 관계로 시작했다.

이혼 말고는 상류층 집안에서 굴곡 없는 삶을 살아온

듯한 손호성 교수는, 프러포즈한 여자가 지방 도시에서 혼자 여행을 하다 변사체로 발견됐다는 얘기를 결국 들을 수밖에 없다. 죄송합니다, 그런 소식을 남, 더욱이 이런 관계의 분이 듣도록 하는 것은 정말 제가 추구한 삶의 방식이 아니었어요. 그래도 십육 년이란 시간을 나보다 더 오래 산 교수님은 고통과 황망함을 예상보다 빨리 극복할 수 있을 것이다. 따지고 보면 우린 오랜 정을 나눠 온 연인도 아닌 것이다.

그리고 명제, 지금쯤 휴게실에서 몰고 들어온 담배 냄새를 풍기며 회사 모니터를 노려보고 있을 이 당찬 친구를 나는 특히 좋아했다. 결국 사귀진 않았지만, 그때 소개해 준 동기는 소개팅 역사상 가장 멀쩡한 남자분이어서 고마워. 그때 받은 이미지와 달리 작년에 속도위반으로 결혼했다는 그분 가정의 행복을 바라.

참, 현재, 이제는 기억도 가물가물한 내 영원한 숫총각. 우미코와 있을 때 현재인 줄 알고 가슴이 내려앉았던 카톡은, 누군지도 모르는 남자에게서 온 이상한 메시지였다. 현재가 살았는지 죽었는지도 난 모른다. 충돌하고 바로 멀어져 우주를 떠도는 작은 운석들처럼, 그렇게 끝나 버리는 인간관계도 감수해야 하는 것이다, 우리가 이 생에서 오래 살아남기 위해서는.

오래 살아남는다.

난 콧속까지 흘러들어오는 피를 칵칵대고 뱉으며, 마음속으로 고개를 젓는다.

전북 군산-끝

사실 오래전부터 알고 있었다.

이십오 층 내 방 창턱에서 상체를 전부 내놓고 몸을 까딱거리는 놀이를 즐겼을 때, 저작권 협회의 옥상에서 상암동의 거대한 무덤 같은 붉은 흙산을 보며 담배를 피울 때, 명랑한 척하며 주석과 사랑놀음을 할 때, 진땀을 흘리며 마변의 눈 밖에 나지 않기 위해 고군분투할 때, 그 모든 순간 사실 난 내심 이런 결말을 기다려 왔는지도 모른다는 생각이 든다. 그 생각이 결국 강력한 자기 충족적 예언으로 작용한 것이다.

심지어 가끔 자인과 함께 양순한 할머니들로 늙어 가는 목가적 풍경, 완벽한 판타지를 그릴 때조차, 가슴에 드리운 그림자를 완전히 쫓아낼 수는 없었다. 그런 종류의 그림자가 사람의 의식에 한번 파고들면, 매주 일요일 꼬박꼬박 교회에 나가거나 삼십 대엔 평온한 사인 가정을 이룰 거라 믿어 의심치 않는 사람들과는 다른 인생을 살 수밖에 없는 것 같다. 어쩌면 자인을 사랑한 순간부터, 정상적인 궤도를 이탈한 난….

마치 요요 같아요.

다른 곳으로 발 옮기려 할 때마다, 가는 실이 내 허리를 잡아당겨.

늘 그 생각을 했어요. 벗어날 수 없다고.

고작 유원지 헌팅을 거절했다는 이유로 나를 강간하

고 살해하려는 이 새파란 범죄자들은 어쩌면 내 전령들이다. 고통이라는 필수적인 관문을 거쳐, 날 영원히 쉬는 세계로 데려가기 위해 나타난 메신저들.

세상 모든 일엔 이유가 있다지, 현인들이 그렇게 말했지. 태어나 처음 겪는 절대적인 통증이 찾아오니, 비로소 난 겸허해진다.

아니, 실은 이건 마지막 순간까지 허울 좋은 품위를 잃지 않으려는 내 정신 승리일 뿐이다.

솔직히 난 눈앞의 저 새끼들보다, 이제껏 그 무게에 눌려 내 안에서 정당화해 보려 애쓴 이 세계가 더 역겹고, 더럽고, 엿같다. 헛웃음이 날 정도로 팔다리에 약간의 힘도 들어가지 않는다. 이게 이 세계가 내게 마지막으로 주는 응답인 것이다.

그래, 그렇지. 이래야 일관성이 있지. 내가 지금 간절히 바라는 건 모두 나랑 같이 돼지고, 망해 버리는 거다. 예수와 부처의 얼굴을 열 손톱으로 긁고, 피떡이 되게 주먹으로 내리치고 싶다. 미친년처럼 바닥에 나뒹굴며 눈에 보이는 아무에게나 욕을 한 바가지 퍼붓고 싶다. 화려하진 않아도 평범하고 평탄하게 살 수도 있는데, 그런 인생이 이 바다 모래알처럼 널리고 널렸는데, 또 어차피 죽는 게 삶인데, 개고생만 하다 재수 옴 붙은 모양새로 죽기까지 해야 하나?

스튜어디스 지망생, 내 예쁜 친구 희애가 말하기를,

"다 지랄이지 뭐."

그렇다, 모두 다 지랄일 뿐이었다.

울 이유는 없다. 울 필요도 없다.

피가 흘러든 눈꺼풀을 힘겹게 올려 보지만, 남자애들
의 목소리는 이미 밤하늘처럼 멀다.

이것이 발에 차이는 평범한 젊은 여자인 나, 채유리의
끝이다.

그랜드하얏트 서울

프리섹스라는 단어가 나왔을 때, 언젠가 누구와 대화하며 굉장히 웃은 기억이 난다.

물론 그리 박장대소할 일은 아니다. 섹스에 대한 담론 자체가 이미 진부하기 그지없으니. 차라리 넉넉한 모노톤 옷만 입고 늘 조용하게 유기농 채소를 뜯으며, 섹스란 단어는 들어 본 적도 없다는 중성적인 표정을 하고 있는 게 이십일 세기의 가장 세련된 태도일지도 모른다.

그럼에도 그냥 섹스 말고 프리섹스란 것이 있다면, 존재해야만 한다면, 그걸 완벽히 행하기 위해 필요한 건 쿨한 마인드보다는 지독히 둔감한, 그래서 강인한 정신이다. 에로스와 파토스의 관계를 생각하면, 이런 둔함과 강함이야말로 인간을 오래도록 '살아남게' 해 줄 것이다. 죽음의 문턱까지 갔다 살아 돌아온 나는 이젠 멍청한 가축처럼 오래오래 살고 싶다.

"상처 좀 봐. 진짜 괜찮겠어요? 무리하는 거 아니야?"

"그래서 오늘은 그건 안 해 줄래. 누워만 있을 거야."

"알았어, 내가 유리한테 다 해 줄게. 하다가 무리일 것 같음 말해요."

비누 향이 몸의 열기에 녹은, 향긋한 살냄새. 체온이 높은 젊은 남자가 갓 샤워하고 나왔을 때, 살이 풍기는 향은 거의 포만감을 느끼게 할 정도다. 난 남자의 몸, 따뜻하고 건강한 인간의 몸이 정말 좋다. 침대에 편안히 누워, 눈앞에 놓인 남자의 투박한 턱선부터 굵은 목줄기, 조금 솟아 있는 딱딱한 어깨와 굵직한 팔을 천천히 더듬어 내려온다.

"청바지 입은 건 처음 보는 것 같네."

"친정에 갔거든요. 집에 들러 샤워하고 편한 옷으로 갈아입고 나왔어. 어때요?"

"새롭네. 신선해."

"벗을까?"

촌스러운 빨간 브리프가 칙칙하고 뻔한 허공을 획 가르고 침대 옆에 떨어지자, 조심성 없이 허벅지를 한껏 드러낸 난 철없는 여대생처럼 깔깔거리며 말한다.

"자, 오늘은 어떤 플레이를 해 볼까?"

나는 정말 많은 피를 흘리고, 두개골 한쪽에 금이 가고, 양 손목이 으스러진 채 서울로 이송돼 왔다. 새벽, 통발어선을 띄우러 온 어부가 맞아 죽은 인어처럼 뱃머리에 걸쳐져 있던 젊은 여자를 발견했다. 간이 크지는 않은 녀석들이라 내 다른 곳들은 상처를 입지 않았지만, 그놈들을 찾기는 힘들 것 같다고 경찰들은 내 가족에게 말했다.

내 가족이 감질나다 못해 돌아 버리도록, 난 오랫동안 눈을 감고 있었다. 눈자위가 짓무르도록, 팔다리가 연대

세브란스병원 침상에 딱 붙어 떨어지지 않을 정도로 누워만 있었다.

어떻게 알았는지, 자인이 한 번 왔다 갔다. 아니 그렇게 믿었다. 너무나 말랑하고 따뜻한, 절대 잊지 못할 그 손이 침대 밖으로 늘어진 내 손을 한 번 꼭 잡곤 곧 사라졌기 때문이다. 그러고 얼마 지나지 않아, 의식이 돌아왔다.

눈 뜨니, 난 다시 어린 유부남 섹스 파트너와 뒹굴던 마포의 호텔방에 와 있다. 체리색 화장대 거울로 내 뒤통수와 뒷목 깊이 난 상처를 머리칼을 올려 확인하고, 여느 때처럼 샤워한 후 살이 비치는 슬립을 입었다.

많은 시간이 흐른 것도 같지만, 아무것도 변하지 않았다.

그렇지 않다면, 서주석이 누워 있는 내 허벅지를 잡아끌어 안으로 들어오는 걸 보면서 생각한다, 애타 하던 손호성 교수도 나를 버리지 않고, 내 결혼 계획을 들었음에도 자인이 비밀스런 연인으로 머물러 주겠다고 약속했을 리 없다. 다음 주에는 집과 가까운 서부지방법원 앞의 한 곳, '법무법인 세리'보다 더 규모가 큰 서초동의 한 곳, 이렇게 두 군데 로펌에 면접 일정도 잡혀 있다. 두 곳 모두 이력서를 넣자마자 연락이 왔으므로, 골라서 갈 수 있을 듯한 좋은 예감이 든다. 많은 부침이 있었으나 내 미래는 결국 탄탄대로로 예정돼 있었다. 그 모든 고통은 결국 보상받기 위함이었다.

그런데 갑자기 선득한 불안감이 맨살 위로 내려앉는다.

지금 이 호텔방은, 어쩌면 낯선 지방 도시 바닷가 후미진 곳에 휴지처럼 버려져 새벽 칼바람을 온몸으로 맞으며 쥐어짜낸 내 마지막 상상이지 않나? 그리고 너무 춥다. 싼 비즈니스호텔인 데다, 완쾌하지 않아 그런 건지.

하지만 무엇보다 지금 이 순간, 천박하지만 어쩌면 인생의 모든 것이라 해도 과언이 아닌 이 느낌은 너무도 생생하다. 온몸이 흔들리며 머리 아픈 생각들을 입 다물게 하고, 미지근한 설탕물 속으로 깊숙이 가라앉는 듯한 이 감각.

내 몸이 흔들린다. 이건 비린내 나던 작은 고기잡이배의 요동이 아닌 주석의 리듬이다, 나는 믿기로 한다.

또 비관적으로, 쓸데없는 상상을 했어. 평범하나마 아직 젊고 창창한 여자로서 이젠 그렇게 살지 않겠다고 다짐해 놓고서도. 베개 위에서 고개를 젓는다. 이 정도면 인생에 만족할 만하지 않나 생각하며, 황홀히 눈을 감는다.

— 하지만 난 이런 식으로 날 끝내고 싶지 않다.

근 이 년 전으로, 난 회상의 시곗바늘을 맞춘다.

그때 작은 광고 회사에 합격을 취소하고 뛰쳐나온 난 청담 거리를 헤매고 있었다. 햇살이 부러진 화살촉처럼 온몸에 쏟아져 내리던 걸 기억한다. 그 후로 난 남자에게 몸을 팔기도 했고, 피가 난 발등으로 서울 도처를 용감히 헤매며 세일즈맨처럼 자신을 팔았다. 수입과 괜찮은 일자리, 내가 원한 건 그뿐이었다. 난 평범하고 미숙한 젊은 여자였고, 세상은 많은 평범하고 미숙한 여자들에게 그렇듯 나를 학대했다.

그러나 난 언제나 단 하나만은 알았다. 모든 종(種)에게 생래적으로 주어진 믿음은 종교보다 강함을. 약속의 땅도, 화려한 미래도 내겐 보험의 영역 밖이지만, 내 미래가 초라하더라도 어쨌든 난 살아남을 거라고. 그건 인간이라는, 또 여자라는 종족의 약속임을 난 알고 있었다.

바깥으로 활짝 열리는 거대한 오크목 창틀 밖으로 고개를 내밀어, 움직이는 그림을 내려다본다. 세상은 간혹 먼지 날리고 난삽하지만, 어떤 명화보다 생생히 아름답다.

계절은 우리보다 항상 빠르다. 색 바랜 파라솔의 과일 좌판, 대성교회와 동아약국 쪽 보도로 이따금 무단 횡단하는 색색의 사람들, 몸뻬 바지를 입고 햇빛을 피해 이 차선 도로 경계석에 앉아 있는 노인들. 낙엽 냄새에 섞인 숯불구이 고기 냄새가 흘러들어 온다.

"부클릿 느낌 좋다."

난 빠닥빠닥한 코팅지를 차르르 넘겨본다. 기분 좋은 선뜻함을 손끝으로 만지작대며, 사진 속 스탠드 마이크 앞에서 눈 감은 여자를 본다. 내 앞에 앉은 여자는 언제나처럼 다소 수줍어 보이지만, 그녀가 마이크 앞에서는 얼마나 자유롭고 과감한지 난 안다. 봄의 정점을 이 사람과 만끽하고 있다는 걸, 믿을 수 없다.

"처음 재즈 배웠던 교수님, 엄마 다음으로 주는 거야."

"역시 이자인 씨도 날 좋아해. 내가 톱 쓰리란 거잖아."

난 웃으며 황금빛 볕에 물든 동그란 이마, 엄지로 가만 눌러 보고픈 작은 입술을 본다.

이 계절에 맞는 호박색의 세인트 버나두스 트리펠을 자인에게 가득 따른다. 가슴에 그림자가 덮쳐 오듯, 초조하다. 째깍째깍 돌아가는 세계의 거대한 시계에 밀랍을 붓고 싶다. 이 순간이, 일 초 일 초가 지나는 게, 가슴 저미도록 안타깝다.

"아직도 네가 관객 열 명 앞에 노래하던 날을 기억해."

"그런 날들이 더 많았지. 무명 트로트 가수들, 지방 주부 합창단들이랑 같은 무대를 서기도 했어."

"고생했네."

"쉽지는 않았지만, 다 행복이었어."

자인은 잠시 생각에 잠긴다. 그녀는 조심스레 내 손등에 손을 얹는다.

"유리 씨도 노력하고 있잖아. 경력이 있으니 곧 취업되겠지."

"그쪽은 늘 일자리가 많이 나오긴 해. 변호사들이 어떠냐, 페이가 어떠냐가 문제지."

난 며칠 전 교대역과 공덕역 근처에서 각각 면접 본 얘기를 자인에게 짧게 들려주었다. 결과가 긍정적일 걸 예감했기 때문이다.

"필라테스 강사도 하고 있고. 걱정할 거 없네."

"술값은 낼 수 있어."

난 이마를 문지르며 웃는다.

"아직 강사라기엔 경험이 일천해서. 돈 받는 실습 정도로 생각해."

난 중랑구민체육센터에서 화요일과 목요일 아침에 주부들에게 필라테스를 가르치고 있기도 하다.

자격증을 따는 것 자체는 크게 어렵지 않았다. 오랜만에 구립 도서관에 가 인체 해부도 상 각 부위의 영어 명칭, 필라테스의 육대 원칙, 소매틱 링, 소매틱 밴드, 폼롤러 등 소도구를 이용한 오십여 가지 동작의 이름들, 각 동작별로 자극되는 주 근육들을 외워야 했긴 하지만.

그렇게 필기시험에 통과하고, 배럴 위에서 허리를 삐 끗하고, 캐포머에서 행잉 동작을 하다 몇 번 떨어지기도 했지만, 결국 두 번의 실기시험도 붙었다. 동작의 완벽한 수행도 쉽지 않지만, 남이 잘할 수 있게 가르치는 건 한층 더 어렵다. 세상 모든 일이 그렇듯이.

"풀 타임 강사 될 생각은 없고?"

"법무법인 일자리가 조건이 별로인 데만 나온다면 생 각해 볼 수도 있겠지. 많이 노력해야겠지만 할 수는 있을 거라 믿어."

난 참 많은 일을 겪어 왔거든. 네가 알 필요는 없는 일 들이지, 넌 좋은 것만 알아야 하니까. 난 속으로만 생각한 다.

"올해는 자라섬 재즈 페스티벌에 처음 초청됐지만, 앨범을 계속 내려면 앞으로도 그런 무대도 더 겪어야 하 겠지."

"겁 안 나잖아."

"난 각오가 돼 있어."

"네가 그런 식으로 말하는 것. 그게 너를 언제나."

난 눈을 깔고 카스틸 쿠베 드 샤토를 홀짝이다 잔을 내 민다. "마셔 볼래?"

"술맛도 모르면서."

"아닌데…."

"유리 씨, 아직 만나?"

"…누구?"

윤준성? 서주석? 그 외에 자인과 다시 만나게 될 줄도 모르고, 개념 없고 가감 없이 실명만 빼고 내가 다 적어 올렸던, 여성 전용 사이트의 내 '방'에 잠깐씩 등장했던 남자들? 윤준성은 사단법인 일이 하도 팍팍해 짝사랑해 본 환기구 같은 남자야. 서주석은 네가 내 방에서 읽었던 남자들이랑 똑같아, 물처럼 목마르다가도 들이켜고 나면 잊어버리는. 가끔 내가 돈을 받고 만났던 서양 남자들? 날 거쳐 간 남자들은 죽은 그림이나 잔영, 먼지들이야. 내 세계에서 살아 있는 건, 너밖에 없어.

모든 말들을 목구멍으로 삼키고, 난 자인의 손을 잡고 말한다.

"나만을 위해, 오늘 한 곡만 불러 줄래? 딱 한 번만이라도."

"정말, 아름답다."

자인이 낮게 탄성을 뱉었다.

아름답다, 라는 형용사가 맞다. 그랜드하얏트호텔 남산 뷰 룸 전면 창에는 부드럽게 흘러 내려가는 남산의 능선 위, 서울타워가 손을 뻗으면 집을 수 있을 듯한 반짝이는 미니어처로 보인다. 오늘 밤 서울타워의 불빛은 파란

빛, 대기는 맑다.

말 없는 풍경에 경도돼, 자인은 침대 끝에 조심스레 앉아 점멸하는 푸른빛을 지켜본다. 난 통유리와 수직으로 붙여 놓은 회색 패브릭 소파에 앉는다.

"어릴 때 신기한 게 있었어."

자인이 입을 뗀다.

"어딜 가도 문득 멈춰 서 돌아보면 항상 서울타워가 따라붙는 것."

"서울 시민의 숙명 아닐까? 욕망덩어리로 살라는."

"욕망이 불타는 삶, 나쁘지 않다고 생각해. 그게 사적 욕망이든 공적 욕망이든, 굳은 피처럼 정체된 것보단 나아."

"유리 씨 욕망은 뭐야?"

너, 라 단답하면 자인이 벌떡 일어나 방을 나가 버릴 것 같아, 숨을 한번 고르고 말한다.

"웨스틴 조선호텔 아리아 뷔페는 대게를 차게 안 내주고 따뜻하게 쪄서 줘. 제이더블유 메리어트 스파는 경기도에서 공수해 오는 천연 온천수고. 여수 바다 앞에는 네 글자 호텔이 있는데, 여기서 서울타워가 한달음에 보이듯 거기는 욕조에 앉으면 망망대해를 떠가는 느낌이래. 시그니엘, 강릉 씨마크, 부산 파라다이스, 이런 데들은 설명할 필요도 없지."

"돈 많이 벌어야겠네."

"거기 모두에 자인, 널 데려갈 거야."

어둠 속에서 우리는 서로를 마주 본다.

"그게 정말 내 꿈이야. 전부는 아니지만, 큰 지분이야."

서울타워가 명멸한다. 침묵이 강처럼 흐른다. 자인이
말한다.

"미안해."

"괜찮아."

난 무릎을 털고 일어선다.

"오늘이 마지막 만남이라면 작별 노래는 불러줄 거
지?"

자인을 스쳐, 침대 머리맡의 베드사이드에 붙은 마스
터 컨트롤러 버튼을 누른다. 모든 불이 꺼지자, 서울타워
가 코발트색 장막에 크리스마스트리처럼 더 양각되어 나
타난다.

침대에 기대 세워 둔 기타 케이스를 자인이 몸쪽으로
끌어온다.

"무슨 노래 불러 줄까?"

"네 앨범 중 네가 제일 좋아하는 곡?"

"더 연습해야 돼. 유리 씨가 가장 좋아하는 노래 말해
줘."

전면으로 거절당한 순간, 노래 따위가 중요하겠어. 하

지만 내가 들개라면 자인은 섬세하고 쉽게 경계하는 고양이 같은 사람인 걸 잘 알고 있었다. 날 이용할 수 있는 조금의 여지도 남기지 않는 깔끔한 거절이 자인이 가진 품위라, 차라리 만족스럽다.

"내가 한 번도 들어 본 적 없을 법한 노래를 불러 줘. 오늘이 마지막 날인 것처럼."

난 순순히 통유리 창에 기대앉는다.

자인이 작은 역삼각형 모양 피크를 집어 든다. 침대 위에 맨발로 양반다리를 하고 앉은 그 애가 기타 줄을 다랑, 울리자, 느슨하던 공기가 모여든다.

난 텅 빈 헝겊 인형 같은 기분으로 소파 위에서 무릎을 끌어안는다. 내 몸이, 뇌 속까지 솜으로만 가득 차면 좋겠다, 아무것도 느끼지 않게.

"…기다려 줄래?"

서울의 그림자에 잠겨 보이지 않는 자인이, 느린 전주를 연주하며 말한다.

"시간을 좀 많이 줄 수 있어? 난 유리 씨처럼 용감하지 않아. 느리게 마음 여는 사람이라."

응축됐던 공기가 감미로운 선율과 함께 스르르 풀린다. 난 눈을 감는다. 자인의 음악이 얇고 부드러운 호텔 시트처럼 날 휘감는다.

수십 번을 꿨던 꿈속에 들어와 있는 것 같다. 넌 날 늘 사랑하지, 꿈에서만. 이제 그만하자, 더 이상 희망 고문 하지 마, 말하고 싶다. 보이지 않는 자인의 손끝이 내 머리칼부터 뺨, 목선과 쇄골, 위팔에서 가슴으로 서서히 움직이며, 숨 쉴 수 없게 한다. 아, 이 도시처럼 넌 정말 나쁘다. 포기하려 하는 순간, 생명력으로 착각되는 오기를 불어넣어 날 자학을 견디는 노예로 만들지. 하지만 이 비참한 사랑을 내가 뼈아프게 즐긴다면.

천천히 네게 갈게, 그저 이 순간을 즐기자, 눈을 뜨지 마.

귓전에 자인이 작게 속삭인다.

밤이 끝나지 않듯, 음악은 계속된다. 음표들이 천천히 열리며 서로를 매만지고 섞여 들어간다.

악보 위 느슨히 풀린 우리는, 서울타워 너머 은빛 달로 서로를 밀어 올린다. 음과 리듬이 서로를 탐색하다 포착하고, 문질렀다 으깨고, 상대에게 혀를 감으며 엉겨 붙어 결국 하나가 된다. 뒤늦은 취기가 올라오는지, 그만 아득해진다. 난 달콤하게 굴복한다.

자인은 스페셜리스트처럼 부드러우면서도 냉정한 손길로, 처음 듣는 노래로 내 모든 감각을 일깨운다. 난 거의 알려지지 않은 이상한 현대 음악이, 누구도 알지 못했던 기묘한 악기가 되어 버린다. 스스로도 낯선 감각의 수

용체들을 자인의 손끝이 하나하나 짚는다.

어느새 난 알몸이 되어 물결 같은 흰 시트에 누워 있다. 무수히 반복해 온 행위임에도, 다시 태어난 것 같다. 이런 기분은 처음이다.

기타 현처럼 황홀에 떨며 누운 난 고개 돌려 자인의 하얀 어깨를, 그 뒤에 비치는 서울타워를 바라본다. 빛이 사라지지 않는 곳. 침잠한 어둠 속에서도 가만가만 낮게 숨쉬며 반짝이는 도시. 아름다운 빛들이 퍼지고 흐려진다.

봄밤에 핀 목련 같아.

밤바다의 밀물에 흔들리는 작은 배처럼, 난 이를 부딪치며 간신히 말한다.

목련?

너무 아름답고, 멀고, 만질 수 없는 것 말이지.

속절없이 떨어지는 잎처럼, 어둠 속으로 빛들이 하나둘씩 사라진다. 왜 아무것도 약속하지 않는 이 야경이 이토록 아름다운지 누가 내게 설명해 주길. 바닷물처럼 괴로움과 행복이 목구멍에 차올라, 두 눈이 따뜻해진다. 그러나 말이지, 작게 중얼대며 난 깊은 잠의 파도에 잠긴다. 과거의 모든 수난과 예비된 고통에 상관없이, 나는 언제나 너를 사랑했고 앞으로도 마찬가지야.

카타스트로프의 현기증, 나는 그곳에 없었다

황유지(문학평론가)

낮과 밤, 환멸과 데카당스의 이중 세계

개인의 내적인 중요성이 역사의 정점에 도달했다는 루카치의 진단은 전적으로 자기 자신 속에서만 가치를 획득하는 내면성에 자아를 기댈 수밖에 없었던 냉엄한 현실 인식이 촉발시킨 이른바 환멸의 낭만주의에 대한 선언이었다. 무의미하고 타락한 회생 불가의 현실에 부딪는 영혼은 밤하늘에 내면을 투사하고 거기에 오로지 '나'만이 신뢰할 수 있는 유토피아를 만들어 올려 둔다. 그러나 이런 관조의 시선은 필연적으로 실패하는 개인의 몫임을 우리는 문학적 경험을 통해 알고 있다. 이제 그로부터도 세계는 더욱 비대해져 개인을 압도하면서도 진실을 은폐하려는 어떤 노력도 하지 않는다. 모든 것은 발가벗겨진 채로 돌아다닌다. 둥둥 떠다니는 진실과 거짓, 사실과 허구 사이에서 우리는 책임을 담보로 선택에 대한 자유를 떠안는다. 모든 가치는 교환 가능한 것으로 환산되고 평가된다. 지불의 능력과 대가는 꿈과 이상의 자리에 들어앉으며 쉽게 당위를 획득한다. 이른바 신자유주의는 모든 것을 사고 팔 수 있는 서

바이벌 시장의 형태로 우리 삶의 하부 구조에 나노 블록으로 깔려 있으며 상부 구조로 오를수록 그것은 더욱 비대해지기만 한다.

*

이런 거대 시장에서 '유리'는 자신을 철저히 상품화시킨다. 근대의 속성은 분리에 기반을 두는 바, 성적 욕망 또한 몸은 도구로서만 기능하되 마음은 결코 구속되지 않는다는 자기 기만적 분리를 체현한다. 이런 분열증적 세계관을 경유해 그는 낮과 밤의 세계를 엄격히 구분하고 각각의 세계에 걸맞은 '몸'을 연출한다. 낮 세계에서 여성의 몸은 적당히 감추어지길 요청받는다. 감추는 몸은 업무에 지장을 주지는 않으면서도 그렇다고 너무 성의 없지도 않아야 하며 적당히 구성원들 간의 균형을 맞추고 일할 맛 나는 분위기에 일조할 수 있는, 타자의 시선을 고려한 공인될 만한 취향이 투사된 결과물이어야 한다. 한편 밤 세계는 낮 동안 은밀히 굴절되었던 시선들이 여과 없이 간단히 투과될 수 있도록 몸들이 적당히 보여지길 원하는 것이다.

'괜찮은' 대학을 나오고도 연봉 1,800만 원에 자신의 가치를 타협해야 하는 낮의 세계는 매끈한 양복 소매 속에서 비어져 나오는 땀처럼 축축하고 끈적한 세계이

고, 창작물의 가치를 수호한다는 (준)공무원의 세계이
지만, 실상은 혈과 연으로 질척대는 앙시앙 레짐(Ancien
regime)일 뿐이다. 이런 곳에서 소위 한강 뷰의 전셋집
을 얻고 싶은 여성 청년의 욕망은 결코 충족될 가능성
을 획득하지 못한다. 그래서 그는 '돈과 호기심'이라는
촉매를 이용해 밤의 세계로 진입한다. 다소 뭉뚱그려진
저 동기의 내면을 들여다보면, 그에게 명함이 되는 낮
세계에서의 여성이란 몇 가지의 유형별 옷과 관계라는
코디네이션의 집합체로 통제받는 타자화된 여성들의
합이라는 인식을 읽게 된다. 이는 유소년기를 지나오는
동안 체제에 순응하며 적당히 착한 여자아이로 길러졌
던 여성 청년들의 전사(前史)와 포개지며 그에게 '처벌'
의 영역으로 각인된다. 그러한 여성의 길러짐이 자아를
결박하고 마치 벌과 같은 통과의례를 지나왔다는 성찰
앞에서 밤은 더욱 적극적으로 문을 열어젖힌다. 처벌
에의 인식은 이제 쾌락에 대한 타협과 금지를 지워 버
린다. 처벌을 이미 받았다는 것은 그에 대한 위험이 제
거되었다는 것의 다른 표현이기 때문이다. 이때 쾌락
은 처벌과 한 배를 타고 서로의 손을 붙잡는다. "낮은 림
보를 여러 개 통과하면 돈, 자존, 사회적 정체성과 자립
이란 상이 주어진다."(95쪽)는 그에게 현실은 어쩌면 매
저키스트의 그것처럼 처벌 뒤에 오는 보상과 그로 인한
처벌의 견딤으로 순환하고 있는지도 모른다.

성적 욕망의 주체라는 배반

응시의 대상화로부터 탈피하는 방법으로 그가 택한 것은 더욱 적극적인 몸의 물성화, 매춘이다. 타자로부터 촉발돼 나에게 오는 성적 욕망을 폭력으로 인식하는 인물의 환멸은 성적 욕망 주체의 자리에 자신을 앉힘으로써 세계라는 힘의 전복을 꾀한다. 낮 세계의 하이퍼리얼리즘적 포르노그래피로서 밤 세계는 욕망의 생산자, 주체가 되고자 하는 인물을 주저 없이 흡수한다. 음흉한 시선의 은밀한 욕망으로부터 비켜날 것을 과시적으로 전시하는 밤은 그간의 연애에서와 마찬가지로 평등의 성적 지향이 아닌 남성을 전복하는 사유로서 인물에게 깃든다. 그러나 적극적으로 자신의 성적 욕망과 그 실현을 향유했다는 믿음에서 오는 주체의 성립은 제 뜻과 달리 머릿속에서만 그려지는 탈현실, 즉 허상에 머무르고 만다. 그가 간과하고 있는 거대한 매춘 시장, 그것을 '관리'하는 포주, 무엇보다 돈으로 교환되는 성은 자신을 더욱 깊이 대상화하고 전시하며 상품화를 가속화하는 장치로 작동한다. 이렇게 내부의 주관성만이 '가능 세계'로 인식되는 인물에게는 오직 영혼만이 삶의 방편이 된다. 그것은 직업, 결혼, 계급 등을 헝클며 바깥의 모든 것을 가망 없는, 굴욕적인 것으로 진단하는 저 환멸의 낭만주의 주인공의 그림자를 들씌우는 기제로 작동하며 영혼과 육체는 인물의 소외를 가속화하고 배반하게 되는 것이다.

　기호의 작용은 '쫓아내는 것'이라는 보드리야르에
따르면, 우리가 이미지로서 소비하는 현실은 기호가 만
들어내는 거리를 발생시킨다. 매스미디어에 대한 이 정
의는 정보를 일종의 상품으로 치환할 때, 유리라는 인
물을 소외시키는 본질에 대한 사유를 부추긴다. 그것은
이 인물이 침대 위의 남성들을 하나의 기호로서 인식하
지만, 그가 성 상품의 판매자로 위치할 때 그 자신이야
말로 엄밀히는 판매자도 아닌 성 상품이라는 기호로 변
모한다는 사실에 기인한다. 이때 인물은 매춘 여성이라
는 하위 구조의 속성을 지닌 기호를 통해 자신의 위치
를 빼앗기고 자신으로부터 몰아내어지는 것이다. 결국
매춘은 유리와 같은 인물에게는 인격화·개별화된 주체
로의 관계나 욕망의 상호 교환과는 무관하게 철저히 기
호화되고 마는 진열 상품으로의 변환이고, 구매자에게
는 다분히 비현실적인 현실, 성적 욕망이라는 판타지와
소비의 형태를 한 낭비, 그 흘러넘침이라는 과소비 행
위로서 버려지는 잉여적 활동인 것이다.

＊

　이런 성적 욕망의 주체로 서고자 하는 그의 적극성
은 수동성이라는 전혀 의도하지 않은 형태의 역전을 일

으키기도 한다. 그 스스로 매춘을 "'몸을 파는 것'이 아니"며, "몸 바깥에서 일어나는 무형의 운동"일 뿐이므로, "나를 손상시키거나 변화시키지 못한다"(159쪽)고 정의하고 있음에도 불구하고, 이런 해석은 '파는' 행위는 '사는' 주체가 있어야 성립하는 '팔리는' 행위라는 것을 부인할 수 없다는 사실 앞에서 자기 기만적 전략으로 추락하고 만다. 또한 그것이 남성 고객을 대상으로 하는, 다시 말해 타자를 통해서만이 그가 주장하는 주체로 성립 가능하다는 전제를 지워낼 수 없다는 점에서도 그의 해석은 자의적이라는 혐의를 벗기 어렵다.

여기서 얼핏 김승옥의 「야행(夜行)」을 떠올리게 되는데, 현주는 강간을 당한 후 얼굴 없는 남성과의 강압적인 성행위를 원하고 있는 자신을 발견하는 것이다. 이런 일탈의 욕망은 그가 낮 세계에 묻어 둔 비밀에 연유한다. 은행원인 현주는 사내 커플로 결혼 없이 동거를 하고 있는데, 사내 결혼을 할 경우 여성은 이직이나 사직을 해야 한다는 규정 때문에 이를 비밀에 부치고 있는 터였다. 자발적인 선택이었음에도 불구하고, 그것을 깨지 않는 남편에 대한 분노와 갑갑증, 거짓말에 대한 불편은 분출구를 요하던 차에 그런 일탈만이 낮 세계의 껄끄러움을 상쇄하는 처벌로서 기능한다. 그러면서도 현주는 낮과 밤의 세계가 각각 남편-얼굴 없는 남성이라는 타인으로 하여금 깨뜨려지기를 내맡기고 있는 것이다. 이 인물에 유리가 겹치는 것은 그런 수동성, 의존성에 있다. 그래서 유리의 성적 욕망 주체로 서기 작업은 거꾸로 선, 온전하지 못한 되레 탈주체화의 양 상을 띤다. 그것은 타자를 경유해야만 성립되는 주체로 서 불구성을 가지며, 남성화된 여성의 모습을 구현하는 것이다.

부잣집 외동딸이지만 적당히 평범한 여대생의 취향 을 코디네이션하고 상대에게 고가의 핸드백을 선물받 는 것을 자신의 젊음에 대한 대가라고 여기는 희애, 헐 렁한 청바지와 티셔츠 차림을 고수하며 남자 직원들과 맞담배를 피는 '쿨함'을 전시하는 홍명제와 같은 주변 인물 역시 모순성을 껴안고 있다. 이들은 자인을 향한 유리의 사랑을 순리에 맞지 않는 것으로 여기는가 하면 착한 남자 친구에게 헌신에 가까운 태도를 요청하기도 하는 것이다. 이런 모순들은 억눌린 성애관이 과도한 역전을 통해 '남자-되기'로의 여성을 잉태해 버린 데서 오는 부조리이다. 그래서인지 유리가 다른 여성들을 바 라보는 시선은 자못 날 서 있다. '임산부 직원'은 하나의 호명법이 되고, 스캔들로 얽힐 뻔한 윤준성의 여자 친 구를 두고는 "유치한 여자 풍"(284쪽)의 블로그를 운영 하는 "시골 아낙네같이 생긴 여자"(286쪽)라는 식의 발 언을 서슴지 않게 되는 것이다.

그래서 이들과 대척점에 있는 여성의 모습은 매우

평면적으로 그려진다. 여성들 간의 곁눈질과 암투가 도사린 세계와 정반대의 지점에 서연이 있다. 서연은 다이어트를 돕는다는 일명 '나비약' 중독자이다. 매춘을 전업으로 하며 늘 약에 취해 있는 서연은 이 구조의 가장 하부에 위치한 듯 보인다. 유리는 늘 서연의 자기 인식과 자기 정의를 명쾌하고 솔직한 것으로 받아들이는데, 이런 그의 판단에 무조건적인 신뢰를 표할 수 없는 이유는 서연이 말할 능력, 판단 능력이 마취된 인위적인 불구성을 입은 인물이기 때문이다. 오로지 '신체'로만 존재하는 서연은 오히려 무성(無性) 혹은 탈성(脫性)에 가까워 보인다. 이는 사회의 구도화, 도구화된 성적 인식에 대한 피로를 약물로써 차단해 버린 환멸에 기인한 작가의 처방일지도 모르겠다.

실패하는 욕망, 없는 '나'

유리에게 '몸'은 바꾸어 낄 수 있는 부속품들의 집합체와도 같다. 그는 늘 사람들의 몸을 읽고, 본다. 몸을 통해 세계를 해석하는 것이다. 남자들의 살찐 목덜미를 보고, 바지 속에 꽉 낀 허벅지를 본다. 여자들의 치렁거리는 머리카락을 보고, 부종의 종아리를 본다. 그런 시선의 부딪힘이라는 사건은 밤의 '고객'을 낮의 거래처에서 만났을 때 일어난다. 응시 속에서 엎치락뒤치락하던 시선 간의 불안은 결국 비밀의 누설이 누구에게 더욱 치명적일 것인가라는 계산 속으로 빠르게 흡수된다. 이 찰나의 암투 속에서 유리는 성을 구매했다는 추악한 진실을 껴안는 수고로움을 남성이 굳이 하지 않을 것임을 재빨리 셈하고는 안심과 동시에 일종의 승리감을 맛본다. 그러나 이 에피소드야말로 유리가 성적 욕망의 주체가 아님을, 행위의 구매자와 향유자는 따로 있음을 보여 주는 반증으로 제출된다. 응시라는 시선의 권력, 그 상위를 점하려는 유리의 욕망은 자꾸만 실패한다.

성적 욕망을 부추기거나 혐오감을 불러일으키는 매개 물질로의 몸은 이 소설에서 항상 너무 마르거나 살찐, 축축하고 미끈대는 물성으로 그려진다. 그렇지 않은 것은 오로지 자인의 몸뿐인데, 그것은 유리의 정신세계를 떠받치는 일종의 관념에 가깝다. 따라서 그의 사랑은 철저히 이상화되고 낭만화된 영원히 충족되지 않을 환상을 통해서만 향유된다. 그들에게 찾아온 단한 번 몸의 조우는 우연처럼 지나갈 뿐이다. 자인은 유리에게 도달 불가능성으로 남는 추상과 허상이다. 유토피아로만 존재하는 자인의 세계는 유리가 닿을 수 없는 욕망의 자리에 가장 근접해 있다. 타자의 시선으로부터 자유로워 보이는 자인의 몸, 벌이와는 무관한 생활과 취미, 재즈 음악과 시카고에서의 삶 같은 것은 유리가 움켜쥘 수 없는 욕망의 실체에 다름 아닌 것이다.

그러니까 욕망을 이루기 위해 물성화된 자신과는 달리 한껏 고양된 자의식 덩어리로서 자인은 유리가 가지지 못한 도저한 자기 이상이다. 닿고 싶지만 움켜쥐고 있지 않은 욕망의 기호들은 유리가 스스로를 생산의 도구로 변모시켜 은밀한 비밀을 만들게 하고 이 비밀은 다시 발설의 위험과 세계의 구조 그 하부를 더욱 쪼개어 보이며 바닥은 더 깊은 곳에 있다고 위협할 때, 낮 세계는 생의 알리바이로서 기능하며 인물의 불안을 일시적으로 잠재운다. 그런데, 기묘한 것은 그 알리바이가 때로 밤 세계 쪽에 있는 것처럼 보이기도 한다는 것이다. 낮의 세계를 견디기 위한 욕구의 해소와 '팔리고' 있다는 데서 가치 매김 되는 안심이 유리의 정체성을 엉클어 놓는 것이다. 그런 혼란 속에서 오직 자인이라는 세계만이 하나의 형이상학적 구원과 추앙이라는 불명확한 형태로 저 높은 곳에 둥실 떠 있게 되는데, 그토록 원하는 자인을 상상 속에서 탐하는 것은 대상화의 과정이면서도 자인만은 기어이 대상화의 굴레를 반복적으로 빠져나가는 이유이기도 하다. 오직 자인이 거머쥐고 있는 세계만이 유리의 진짜 욕망을 얼핏 보여 줄 뿐이다.

이런 역전은 가짜 욕망에 압사당한 실패한 진짜 욕망의 모습으로 읽을 수 있다. 성욕으로 가뿐히 넘어서려던 욕망의 실체 앞에서 가짜 욕망은 쉽게 소비될 수 있는 것이 되어 버리고, 그런 도구로서 몸을 변환시킨

유리는, "여자로서 철저히 이기적인 성적 환희와 나르시시즘만"(215쪽)으로 도취된 뭉크의 〈마돈나〉 앞에서도 정작 자신의 욕망은 돈으로 치환하며 정당성을 확보하고자 하는 방식으로 미끄러지며 욕망의 사생아만을 배태했던 것이다. 자신과 전적으로 다른 것에 의존해야 한다는 형벌을 받은 이는 다른 것을 통해 어떤 본질도 발견하지 못한다는 취향과 분열에 대한 아감벤의 통찰은 옳다. 의식 속에서, 취향을 통해서 고고하고자 하는 유리의 분열증적 세계 해석은 사실은 〈마돈나〉가 성적 욕망의 주체는 언제든 욕망의 대상으로 뒤집힐 수 있음의 방증이기도 하다는 것을 간과한 개인의 실패, 즉 죽음의 복선이기도 하다.

결국, 허무하게 낯선 곳에서 낯선 이들에 의해 죽음을 맞는 유리의 마지막은 역전의 쾌감 대신 타나토스의 소진이라는 예견된 죽음과 그로 인한 무, 즉 존재하지 않음을 통해서만 단 한순간 아주 짧게 반짝일 따름이다. 이는 존재가 소멸의 순간 내뿜는 빛으로 뒤집힘의 아찔한 현기증, 허무의 현기증만을 남긴다. 이런 소멸은 한 줄의 기사로만 소비될 것이고 그때 유리, '나'라는 존재는 죽음의 현장에도, 매스미디어의 현실에도 없는 것이 되고 만다. 어떤 세계에도 온전히 편입되지 못한 유리의 욕망은 결국 한껏 쪼그라든 존재의 찌꺼기와 같은 표상으로 조수(潮水)와 함께 간단히 쓸려가 버리고,

그가 돌려놓은 시곗바늘을 통해 구민체육센터에서 필라테스를 가르치며 자인과 미래를 이야기하는 소박한 낮의 환영 속에서만 그의 진짜 욕망은 소박하게 떠오른다.

작가의 말

이 이야기의 어떤 부분들은 개인적인 체험을 바탕으로 한다. 자전 소설이라 할 수도 있고, 그 호칭을 거부할 수도 있다. 어떤 경우에도, 픽션은 한정되고 편협할 수밖에 없는 작가 한 명의 경험에만 의지할 수는 없기에. 소설을 쓰며 가장 행복한 때는, 내가 좀 더 강해진 듯한 느낌이 드는 순간이다. 마치 부모의 품을 떠나 여러 사람을 만나고, 경전(經典)과 교전(敎典)을 넘어 자신만의 룰을 찾는, 갓 성인이 된 존재처럼. 아직은 세계의 외곽을 베어 물 뿐일지라도.

소설은, 무엇에 대해 말하건, 결국엔 상상력이란 엔진으로 가동돼야 하며, 최후엔 보편성이란 신발을 신어야 한다는 믿음이 있다. 작자의 오만과 한계를 넘기 위한 조사와 인터뷰를 거치고도, 이 글은 나름의 우여곡절 끝에(!) 처음 생각했던 시기보다 몇 년이 지난 후 이렇게 세상의 빛을 보게 됐다. 한국은 디스코 팡팡 같은 곳이니 그간 사회상의 업데이트들을 반영하는 작업도 필요했는데, 그 다변함 속에서도 한 가지 변하지 않은 현실은 이 소설의 주제가 됐다. 여자, 특히 사회에 막 나왔거나 낮은 위치에 있는 젊은 여자들의 삶. 종종 함부로 대해지며, 비틀거리고, 무수한 좌절을 겪지만, 꿈꾸길 멈추지 않는 사람들. 무엇보다, 욕망하는 존재들. 때로 그 욕망이 허무하거나, 괴상하거나, 바람직하지 못할지라도, 추구하는 여자들을 난 언제나 사랑한다. 우아하게 침묵하고 고아하게 사라지기보다, 욕을 처먹고 눈총을 받더라도 프랑켄슈타인 또는 좀비처럼 살아남을 여자들. 어떤 지형과 지평에도 속하지 않으며, 자신이 원하는 것만 원하는 여자들. 앞으로도 이런 여자들은 내가 쓸 글들의 주된 테마가 될 것 같다.

여자, 그리고 여자가 원했으나 갖지 못해 온 것들에 대해 어느 때보다 많은 이야기가 터져 나오는 듯한 시대다. 세상이 용인하고 찬양하는 여자의 이미지가 아직은 한정된 만큼, 소설들 역시 모든 여자들을 그리고 있다고 생각진 않는다. 이 소설을 읽은 분들이, 주인공에게 이건 좀 희한한 여자네? 정도의 느낌을 받는다면 더 바랄 게 없을 것 같다. '여비서'라는 호칭에 별 불만 없이 살던 내게 소설을 쓰고 싶다는 욕망을 불어넣어 주신 강영숙 선생님께 감사드린다. 날뛰던 원고가 차분한 책이 되게끔 애써 주신 걷는사람 편집부에도 깊은 감사를 전한다.

2022년 11월
최은

젊은 여자는 살아남는다

2022년 11월 14일 초판 1쇄 펴냄

지은이	최은
펴낸이	김성규
편집	김안녕 김도현 김채현
디자인	신아영
펴낸곳	걷는사람
주소	서울 마포구 월드컵로16길 51 서교자이빌 304호
전화	02 323 2602
팩스	02 323 2603
등록	2016년 11월 18일 제25100-2016-000083호

ISBN   979-11-92333-33-5 03810